RESTATE DECONSTRUCTION

重申解构主义

著 [美] J. 希利斯·米勒 (J. Hillis Miller)

译 郭英剑等

中国社会科学出版社

（京）新登字 030 号

图书在版编目（CIP）数据

重申解构主义／[美]米勒著；郭英剑等译 . —北京：中国社会科学出版社，2000.1（2011.1 重印）

（知识分子图书馆）

ISBN 978 - 7 - 5004 - 2339 - 3

Ⅰ. 重… Ⅱ. ①米…②郭… Ⅲ. 解构主义—研究 Ⅳ. B089

中国版本图书馆 CIP 数据核字（98）第 25067 号

责任编辑 郭沂纹
特约编辑 沂 涟
责任校对 刘 俊
封面设计 每天出发坊
技术编辑 李 建

出版发行 中国社会科学出版社

社 址 北京鼓楼西大街甲 158 号 邮 编 100720
电 话 010—84029450（邮购）
网 址 http://www.csspw.cn
经 销 新华书店
印 刷 北京君升印刷有限公司 装 订 广增装订厂
版 次 2000 年 1 月第 1 版 印 次 2011 年 1 月第 2 次印刷
开 本 640×960 1/16
印 张 21.25 插 页 2
字 数 272 千字
定 价 36.00 元

《知识分子图书馆》编委会

顾　问　弗里德里希·冯·哈耶克

主　编　王逸舟　J.希利斯·米勒

编　委
（按姓氏笔画为序）

J.希利斯·米勒　　王　宁　　王逸舟

白　烨　　弗里德里希·冯·哈耶克　　史瑞森

李银河　　刘索拉　　汪民安　　张旭东

金　衡　　阎克文　　赵国辉　　潘少梅

总 序

　　1986—1987 年，我在厄湾加州大学（UC Irvine）从事博士后研究，先后结识了莫瑞·克里格（Murray Krieger）、J. 希利斯·米勒（J. Hillis Miller）、沃尔夫冈·伊瑟尔（Walfgang Iser）、雅克·德里达（Jacques Derrida）和海登·怀特（Hayden White）；后来应老朋友弗雷德里克·詹姆逊（Fredric Jameson）之邀赴杜克大学参加学术会议，在他的安排下又结识了斯坦利·费什（Stanley Fish）、费兰克·伦屈夏（Frank Lentricchia）和爱德华·赛义德（Edward W. Said）等人。这期间因编选《最新西方文论选》的需要，与杰费里·哈特曼（Geoffrey Hartman）及其他一些学者也有过通信往来。通过与他们交流和阅读他们的作品，我发现这些批评家或理论家各有所长，他们的理论思想和批评建构各有特色，因此便萌发了编译一批当代批评理论家的"自选集"的想法。1988 年 5 月，J. 希利斯·米勒来华参加学术会议，我向他谈了自己的想法和计划。他说"这是一个绝好的计划"，并表示将全力给予支持。考虑到编选的难度以及与某些作者联系的问题，我请他与我合作来完成这项计划。于是我们商定了一个方案：我们先选定十位批评理论家，由我起草一份编译计划，然后由米勒与作者联系，请他们每人自选能够反映其思想发展或基本理论观点的文章约 50 万至 60 万字，由我再从中选出约 25 万至 30 万字的文章，负责组织翻译，在中国出版。但

1989 年以后，由于种种原因，这套书的计划被搁置下来。1993年，米勒再次来华，我们商定，不论多么困难，也要将这一翻译项目继续下去（此时又增加了版权问题，米勒担保他可以解决）。作为第一辑，我们当时选定了十位批评理论家：哈罗德·布鲁姆（Harold Bloom）、保罗·德曼（Paul de Man）、德里达、特里·伊格尔顿（Terry Eagleton）、伊瑟尔、费什、詹姆逊、克里格、米勒和赛义德。1995 年，中国社会科学出版社决定独家出版这套书，并于 1996 年签了正式出版合同，大大促进了工作的进展。

　　为什么要选择这些批评理论家的作品翻译出版呢？首先，他们都是在当代文坛上活跃的批评理论家，在国内外有相当大的影响。保罗·德曼虽已逝世，但其影响仍在，而且其最后一部作品于去年刚刚出版。其次，这些批评理论家分别代表了当代批评理论界的不同流派或不同方面，例如克里格代表芝加哥学派或新形式主义，德里达代表解构主义，费什代表读者反应批评或实用批评，赛义德代表后殖民主义文化研究，德曼代表修辞批评，伊瑟尔代表接受美学，米勒代表美国解构主义，詹姆逊代表美国马克思主义和后现代主义文化研究，伊格尔顿代表英国马克思主义和意识形态研究。当然，这十位批评理论家并不能反映当代思想的全貌。因此，我们正在商定下一批批评家和理论家的名单，打算将这套书长期出版下去，而且，书籍的自选集形式也可能会灵活变通。

　　从总体上说，这些批评家或理论家的论著都属于"批评理论"（critical theory）范畴。那么什么是批评理论呢？虽然这对专业工作者已不是什么新的概念，但我觉得仍应该略加说明。实际上，批评理论是 60 年代以来一直在西方流行的一个概念。简单说，它是关于批评的理论。通常所说的批评注重的是文本的具体特征和具体价值，它可能涉及哲学的思考，但仍然不会脱离文本价值的整体观念，包括文学文本的艺术特征和审美价值。而批评理论则不同，它关注的是文本本身的性质，文本与作者的关系，文本与读者的关系以及读者的作用，文本与现实的关系，语言的作用和地位，等等。换句话说，它关注的是批评的形成过程和运作方式，批评本身的特征和价值。由于批评可以涉及多种学科和多种文本，所以批评理论不限于文学，而是一个新的跨学科的领域。它与文学批评和文学理论有这样那样的联系，甚至某些共同的问题，但它有自己的独立性和自治性。大而化之，可以说批评理论的对象是关于社会文本批评的理论，涉及文学、哲学、历史、人类学、政治学、社会学、建筑学、影视、绘画，等等。

　　批评理论的产生与社会发展密切相关。60 年代以来，西方进入了所谓的后期资本主义，又称后工业社会、信息社会、跨国资本主义社会、工业化之后的时期或后现代时期。知识分子在经历了 60 年代的动荡、追求和幻灭之后，对社会采取批判的审视态度。他们发现，社会制度和生产方式以及与之相联系的文学艺术，出现了种种充满矛盾和悖论的现象，例如跨国公司的兴起，大众文化的流行，公民社会的衰微，消费意识的蔓延，信息爆炸，传统断裂，个人主体性的丧失，电脑空间和视觉形象的扩展，等等。面对这种情况，他们充满了焦虑，试图对种种矛盾进行解释。他们重新考察现时与过去或现代时期的关系，力求找到可行的、合理的方案。由于社会的一切运作（如政治、经济、法律、文学艺术等）都离不开话语和话语形成的文本，所以便出现了大量以话语和文本为客体的批评及批评理论。这种批评理论的出现不仅改变了大学文科教育的性质，更重要的是提高了人们的思想意识和辨析问题的能力。正因为如此，批评理论一直在西方盛行不衰。

　　我们知道，个人的知识涵养如何，可以表现出他的文化水

平。同样，一个社会的文化水平如何，可以通过构成它的个人的
知识能力来窥知。经济发展和物质条件的改善，并不意味着文化
水平会同步提高。个人文化水平的提高，在很大程度上取决于阅
读的习惯和质量以及认识问题的能力。阅读习惯也许是现在许多
人面临的一个问题。传统的阅读方式固然重要，但若不引入新的
阅读方式、改变旧的阅读习惯，恐怕就很难提高阅读的质量。其
实，阅读方式也是内容，是认知能力的一个方面。譬如一谈到批
评理论，有些人就以传统的批评方式来抵制，说这些理论脱离实
际，脱离具体的文学作品。他们认为，批评理论不仅应该提供分
析作品的方式方法，而且应该提供分析的具体范例。显然，这是
以传统的观念来看待当前的批评理论，或者说将批评理论与通常
所说的文学批评或理论混同了起来。其实，批评理论并没有脱离
实际，更没有脱离文本；它注重的是社会和文化实际，分析的是
社会文本和批评本身的文本。所谓脱离实际或脱离作品只不过是
脱离了传统的文学经典文本而已，而且也并非所有的批评理论都
是如此，例如詹姆逊那部被认为最难懂的《政治无意识》，就是
通过分析福楼拜、普鲁斯特、康拉德、吉辛等作家作品来提出他
的批评理论的。因此，我们阅读批评理论时，必须改变传统的阅
读习惯，必须将它作为一个新的跨学科的领域来理解其思辨的意
义。

　　要提高认识问题的能力，首先要提高自己的理论修养。这
就需要像经济建设那样，采取一种对外开放、吸收先进成果的
态度。对于引进批评理论，还应该有一种辩证的认识。因为任
何一种文化，若不与其他文化发生联系，就不可能形成自己的
存在。正如一个人，若无他人，这个人便不会形成存在；若不
将个人置于与其他人的关系当中，就不可能产生自我。同理，
若不将一国文化置于与世界其他文化关系之中，也就谈不上该
国本身的民族文化。然而，只要与其他文化发生关系，影响就

是双向性的；这种关系是一种张力关系，既互相吸引又互相排斥。一切文化的发展，都离不开与其他文化的联系；只有不断吸收外来的新鲜东西，才能不断激发自己的生机。正如近亲结婚一代不如一代，优种杂交产生新的优良品种，世界各国的文化也应该互相引进、互相借鉴。我们无须担忧西方批评理论的种种缺陷及其负面影响，因为我们固有的文化传统，已经变成了无意识的构成，这种内在化了的传统因素，足以形成我们自己的文化身份，在吸收、借鉴外国文化（包括批评理论）中形成自己的立足点。

今天，随着全球化的发展，资本的内在作用或市场经济和资本的运作，正影响着世界经济的秩序和文化的构成。面对这种形势，批评理论越来越多地采取批判姿态，有些甚至带有强烈的政治色彩。因此一些保守的传统主义者抱怨文学研究被降低为政治学和社会科学的一个分支，对文本的分析过于集中于种族、阶级、性别、帝国主义或殖民主义等非美学因素。然而，正是这种批判态度，有助于我们认识晚期资本主义文化的内在逻辑，使我们能够在全球化的形势下，更好地思考自己相应的文化策略。应该说，这也是我们编译这套丛书的目的之一。

在这套丛书的编选翻译过程中，首先要感谢出版社领导对出版的保证；同时要感谢翻译者和出版社编辑们（如白烨、汪民安等）的通力合作；另外更要感谢国内外许多学者的热情鼓励和支持。这些学者们认为，这套丛书必将受到读者的欢迎，因为由作者本人或其代理人选择的有关文章具有权威性，提供原著的译文比介绍性文章更能反映原作的原汁原味，目前国内非常需要这类新的批评理论著作，而由中国社会科学出版社出版无疑会对这套丛书的质量提供可靠的保障。这些鼓励无疑为我们完成丛书带来了巨大力量。我们将力求把一套高价值、高质量的批评理论丛书奉献给读者，同时也期望广大读者及专家学者热情地提出建议和批评，以便我们在以后的编选、翻译和出版中不断改进。

王逢振

1997 年 10 月于北京

目 录

米勒:修辞的解构主义

　　J. 希利斯·米勒（J. Hillis Miller，1928）是本丛书的主编之一，原想请他本人为这部选集作序，但他最近太忙，我只好越俎代庖，勉为其难。

　　米勒是美国著名批评家，1928 年生于弗吉尼亚州，先后在欧伯林学院和哈佛大学就读，1952 年获哈佛大学博士学位；1953—1972 年在约翰斯·霍普金斯大学任教；1972—1985 年为耶鲁大学教授，曾担任英文系主任；1986 年至今为厄湾加州大学杰出教授（distinguished professor）；曾任 1986 年度北美现代语言协会（MLA）主席。自 20 世纪 60 年代以来，米勒一直是美国文坛上的重要人物，迄今已出版十多部专著，主要包括《狄更斯的小说世界》（Charles Dickens：*The World of His Novels*，1958）、《上帝的消失：五位十九世纪作家》（*The Disappearance of God*：*Five Nineteenth-Century Writers*，1963）、《现实的诗人：六位二十世纪作家》（*Poets of Reality*：*Six Twentieth-Century Writers*，1965）、《虚构与重复：七部英国小说》（*Fiction and Repetition*：*Seven English Novels*，1982）、《阅读的道德》（*The Ethics of Reading*，1986）、《皮格马利翁种种》（*Versions of Pygmalion*，1990）、《霍桑和历史》（*Hawthorne and History*，1991）、《维多利亚时期的主体》（*Victorian Subjects*，*1991*——米勒称这里"subjects"有三重意思［主题、主体、臣民］，故译名有多重含义"主体"）

以及《地志学》（*Topographies*，1995）。

米勒的文学批评大致分两个阶段。第一个阶段是他任教于霍普金斯大学期间，当时布莱也在那里，受布莱的影响，接受了日内瓦学派的思想。这一时期，他的批评以现象学理论为基础，亦称"意识批评"。他那时认为，文学基本上是"一种意识形式"，不是寓于诗和小说文字中的客观意义结构，不是信息的自我参照组织，不是作者无意识情绪的表达，也不是与社会相结合的隐在的交流结构之揭示。在他看来，文学体现"一种思想状态"，在作品的语言里，某种意识的形式通过思想和文学的结合表现出来，或者说这种结合使意识为他人所了解。换句话说，他关心的不是单个文学作品的外部客观结构，而是整个作品所揭示的主观思想结构。

这里选择的《乔治·布莱的"认同批评"》写于 1971 年，正是米勒从"意识批评"转向解构主义不久。文章一方面解释了布莱批评的精髓，表现了他对布莱的尊敬，同时也反映了他已经转向，对布莱采取了解构而非建构的态度。正如文章开头所说：布莱认为，阅读的特殊之处在于它给人以接近他人思想的独一无二的机会："无需离开自我，也无需放弃自己的内心思想，……'投入'阅读的人单凭这一事实便可以进入另一个人的内心深处，他的精神与之呼应。"投入一本书并不是说进入一个由文字组成的非个人的领域。它意味着进入另一个人的意识，因为"读者的意识，尤其是身为评论家的那种特殊读者的意识，其典型特征就是习惯于认同与自己思想不同的思想"。这无疑道出了布莱批评的精华。但在评述了布莱的观点之后，米勒通过援引他的解构批评同盟者保罗·德曼和雅克·德里达，指出了意识批评与解构批评的分歧："德里达对布莱批评中的所有假设进行质疑，并觉得它们差强人意。""看来德里达和布莱所分别代表的传统必然以不可调和的、'非此即彼'的方式相互对立。"

不过，毕竟米勒曾受到布莱的重大影响，因此仍能在布莱和德里达之间找到某种共同点："他们的做法至少有一点相同。像布莱一样，德里达也呼吁重新经历我们传统中的重要文本。"换句话说，他们都注重文本的阅读。阅读先于批评，是批评之源。至于如何阅读，米勒认为既然一切文本都是语言，最佳的方式当是修辞的解读。于是，米勒开始了他批评的第二个阶段：修辞的解构主义。在这一阶段，他与德里达、德曼和杰弗里·哈特曼从不同方面共同推进解构主义理论，在美国产生了巨大影响。他自己的基本论点是：文学文本的语言是关于其他语言和文本的语言；语言是不确定的；一切阅读都是"误读"；通过阅读会产生附加的文本，破坏原有的文本，而且这个过程永无止境；阅读可以改进人们的思维，提高人们的意识，增强辨析问题的能力。

这里选择的文章，除最后两篇，基本上都是米勒以实例阐述他的修辞解构理论。在他看来，一切符号都是修辞的图形——所有的词都是隐喻。他认为："与其说修辞手段从正确使用语言中产生或转化而来，毋宁说一切语言开始就有修辞手段的性质；语言的实义或指称作用的概念，只不过是从忘记语言的隐喻'根源'中产生的一种幻想。"[①] 通过把符号置于不一致的、分裂的修辞力量之中，米勒破坏了语言的指称性，使符号随意产生令人困惑的歪曲语义的效果。不过，在批评实践中，米勒主要追溯修辞手段造成的歪曲，动摇文本中的指称参照。他认为："文学研究绝不应想当然地承认文学的模仿参照性。这样一种真正的文学学科，将再也不只是由思想、主题和种种人类的心理组成。它将

---

① 米勒：《传统与差异》，载《批评百家》(*Diacritics*)，第 2 期（1972），第 11页。

再次成为哲学、修辞学，以及对转义的认识论的研究。"① 实质上，米勒所说的修辞方式，提供了一条超越指称错误的道路，提供了一种打破逻各斯中心主义的封闭的方法。

根据虚构与重复的解构修辞原则，米勒把他的修辞批评扩展到文本间的关系，提出文学作品中有一种"寄生"和"寄主"的关系不断发生作用。在《作为寄主的批评家》一文里，他以雪莱的最后一首长诗《生命的凯旋》为例，对这种关系作了详细的说明。他认为，每一部作品中都有一系列"寄生的"东西，即存在着对以前作品的模仿、借喻，乃至存在着以前作品的某些主要精神。但它们存在的方式奇特而隐晦，既有肯定又有否定，既有升华又有歪曲，既有修正又有模仿……以前的文本既是新文本的基础，又被新文本以改编的方式破坏，或者说必须适应新文本的精神基础。新的文本既需要以前的文本，又需要破坏它们；既寄生于以前的文本，靠它们的精神本质生存，同时又是它们"邪恶的"寄主，通过吸食它们将它们破坏。

米勒认为，"寄生"和"寄主"的关系存在于一切文本，形成一个历史的链条。这种关系贯穿着整个文学过程，不仅存在于文本的关系之中，而且也构成当代批评的特点，就是说，在不同批评文本或批评话语之间也存在类似的"寄生"和"寄主"关系。每一个批评文本和每一种批评方法都是整个批评链条的组成部分，既有对以前诸批评因素的肯定或否定，升华或歪曲，修正或模仿，也有构成它之后的新批评方法的因素。例如，现象学和阐释学，结构主义和后结构主义，无一不包含这样一种关系。而且，米勒一再强调，这种关系会不断重复、延续，以至无穷。

如果对米勒的观点加以概括，人们很容易得出这样的结论：

---

① 米勒：《自然和语言的时刻》，载《自然和维多利亚时期的想象》（U. C. 科诺普弗尔梅彻编，伯克莱加州大学出版社 1977 年版），第 450 页。

不论文学作品还是文学批评，一切文本都是关于话语的话语，任何文本都不能仅只归纳为一种确定的意义；文本产生一种无限联想的结构，其中只有痕迹和线索存在；在"寄生"和"寄主"的文本关系中，话语不可能连贯一致，以前文本的诸因素只能间接地表现出来，不可避免地会出现脱节或矛盾。因此解构主义批评的主要任务是揭示文本的自相矛盾，说明文本的意图受到它本身表述的破坏。实际上，米勒解读文本的方法之一便是找出一个关键词的意义，追溯它的认识论的根源。这样做，他就使这个词脱离封闭的系统，失去稳定性，进入一个不断变化、往返交织的迷宫。而这种语义扩散的结果，势必毁灭文本，揭示出不可穷尽的种种解释的可能，表现出逻辑安排或整体综合的徒劳。所以米勒认为，评论既无法穷尽文本的意义，也不可能运用一种不产生修辞偏差的语言——结构主义和符号学所追求的元语言，只能是不切实际的幻想。

显然，米勒的解构方法推崇一种内在的阅读。通过仔细追溯并重复选择的文本因素，如修辞手段、观念、主题等，解构主义释放出内在于一切重复中的破坏性力量。实际上，批评重复使"差延"（Différence）发生作用，引起一种无定向的取代链条，动摇稳定的文本系统。本书中的大部分论文都说明了这种差延性重复的批评力量。

米勒的方法显然也破坏了逻各斯中心主义的传统。正如他自己所说，"所谓'形而上学'的解构，一向是形而上学的一个部分，是它自己光照范围内的一片阴影……"① 这就是说，一切文本都包含传统的形而上学素材，同时又包含对这些素材的破坏。"这种破坏被纳入观念的文字、修辞手段和西方的神话，成为它

----

① 米勒：《语言的时刻：从华兹华斯到史蒂文斯》，普林斯顿大学出版社 1985年版，第 62 页。

自己光线下的阴影。"① 因此米勒认为，不必也不可能跳出悠久的自我解构的逻各斯中心系统。西方的文学、哲学和文化，本身已经包含着不一致性、重复转义、断裂和不确定性。历史的传统像密码似的编进了文本之内，或者说陷进了文本的囚牢；而文本既是形而上学的，同时也是自我解构的。所以文本和"文本互涉性"（intertextuality）对米勒至关重要，他在本书的《史蒂文斯的岩石与作为治疗的批评》一文中明确指出：一个文学文本自身并不是一个"有机统一体"，而是与其他文本的关系，而其他文本反过来又是与另外文本的关系——文学研究就是对文本互涉性的研究。

　　米勒的激进观点曾受到一些批评家的抨击，指责他的研究使文学脱离了历史和社会。本书中《在边缘：当代批评的交叉口》的"附录：1984"部分，反映了艾布拉姆斯对他的批评和他的反驳。在分析美国文学批评现状的基础上，米勒断言：美国文学研究的未来，仍然有赖于坚持和发展修辞的解读。他指出，一些人主张转向历史和社会，主张探索文学的"物质基础"、"经济条件"和"体制"，探索构成文学基础的阶级和性别区分的现实，但他们忽视了这些主张实质上是坚持形而上学的物质概念，或者说是一种未曾认真研究的"物质基础"的思想。米勒认为，物质的概念永远不是一种基础或根本，不是现实的基石，也不是可以用来反对不可捉摸的语言作用或理论抽象的某种东西，它本身是一种极端不确定的概念、看法或术语，虽然它在论述文化或历史中有其必要的作用和地位。不加批评的"物质基础"的概念，完全是思想意识上的东西。它是西方形而上学或逻各斯中心主义的组成部分，是理想主义的镜像式反映，而不是外在的东

―――――――――

　　①　米勒：《阿里亚克诺破碎的织物》，载《乔治亚评论》，第 31 期（1977），第 59 页。

西。当用"物质基础"来反对各种形式的理想主义、思想意识或者"上层建筑"时,这种情况尤其明显。所谓的"物质"、"物质性"或"物质基础",只有通过抹掉它们所指的具体东西才能使我们掌握它们。它们本身不可能直接触及,因为它们总是通过公认的语言或其他符号表达出来,例如通过马克思的著作表达出来。因此米勒说,物质的概念不是一种解决办法而是一个问题;仔细思考这个问题正是今天文学理论和文化批评的主要任务。

米勒显然仍然坚持语言第一的观点:人靠语言思维,"物质基础"的概念是人们思维的结果,因此必然具有语言的属性,而不可能是客观的、外在的东西。记得他曾援引巴赫金的话说:"事物的名称也是符号。不是从事物到词,而是从词到事物;词产生事物。"(《米哈伊尔·巴赫金:论文和对话》英译本,第182页)显然,米勒的意思是说,"物质性"或"物质基础"只是假定存在于语言之外的整个事物领域的名称。

在文学研究中,米勒认为首要的物质基础是书页上的文字,它处于阅读行为这种独特的、不可重复的时间当中。手里拿本书阅读就等于面对物质性。这种物质基础还包括文章、电脑、录音带和复印机等。但这种印出来的文字或转变成程序的软件隐蔽了事物的直观效果,使物质基础变成了一般的抽象。因此,米勒指出,解构主义强调文本的解读,恰恰是注重对这种抽象的研究,本质上并没有脱离物质基础,因而也没有脱离社会现实。相反,解构主义是记住那种因形成文字而被抹掉其直观性的现实的最好形式。

米勒认为,解构主义更没有脱离历史。他在《叙事与历史》一文中表明,这不仅因为历史是以语言形式表明的,而且解构主义本身就是在研究语言历史的基础上形成的。他指出,解构主义者在分析具体文学作品时,无一不把作品置于具体历史时间中来考察，因为强调每一次阅读行为的特定时刻，正是与整个阅读行为（包括本人过去的阅读和他人的阅读）相对而言的。

对于解构主义脱离社会政治的指责，米勒认为，只要看看解构主义对女权主义的影响，看看它在大学里被广泛承认的事实，就不难了解它与社会政治的关系。解构主义强调表意方式的研究，强调修辞的解读，而社会存在的主要方式之一是人们之间的思想交流，况且人的任何活动又离不开语言，所以解构主义不可能脱离社会，而是会对社会产生这样或那样的影响。其实，米勒非常关注文学研究的社会功能，这里收入的《当前文学理论的功用》和《"全球化"及其对文学研究的影响》，无疑都是很好的例证。

近些年来，随着文化研究的兴起，不少人认为解构主义已经日暮途穷。但米勒却不以为然。虽然他不得不把他的研究扩大到文学的外在关系，但他始终没有放弃解构主义。他仍然坚持修辞解构的方法，强调转义的力量——"特别注意'拟人法'作为基本的、生产性的语言行为"。"如果无故事便无道德，无拟人法便无故事，那么理解那种修辞手段对理解道德至关重要。"①"那种修辞手段"就是拟人法，就是转义，这样米勒就又回到了他的修辞解构理论。米勒指出，人们以为社会、历史或政治条件是作品的"原因"或"决定性的语境"，或者说作品反映了它的背景，或者作品表现了其作者所处的阶级和历史阶段的意识形态，并通过那种意识形态间接地表现了"真正的历史和社会条件"，其实这种看法并不正确。米勒认为，在这些关系中，事实上每一种都是这种或那种修辞方式。"反映和模仿是隐喻的一个类别。它假定反映者和被反映者之间的一种相似性。""语言就是哲学——不是抽象的而是具体的社会哲学，这种哲学渗透着一

---

① 米勒：《皮格马利翁种种》，哈佛大学出版社1990年版，第13页。

种价值系统,与生活实践和阶级斗争不可分开。"① 因此,米勒强调,当今人文科学最迫切的工作就是将文学的修辞研究纳入对文学的历史、社会和意识形态方面的研究。

应该说,对米勒和解构主义的种种指责,本身也是一种抽象的理论说明。今天要否定解构主义,不可能脱离解构主义的历史背景关系,不可能不去研究德里达、德曼、哈特曼、布鲁姆、巴巴拉·约翰逊和米勒本人的著作。这种历史背景关系已经从根本上影响了一、二代人的阅读和写作行为,因此即使说解构主义已经过时也不可避免地带有某些解构理论的特点。正如米勒所说:历史可以重新解释,但历史绝不能逆转。②

真理无需保护,在自由争论中它会更加发展。这里选辑的米勒的论文,无疑主要反映了他的修辞解构理论。但究竟其价值如何,相信明眼的读者自会评断。

王逢振

1998 年仲夏

---

① 米勒:《阅读的道德》,哥伦比亚大学出版社 1987 年版,第 4 页。
② 1996 年春米勒访华时与本文作者的谈话。

乔治·布莱的"认同批评"[①]

一

阅读行为先于批评，它是批评之源头。乔治·布莱认为，阅

① 本文前 5 部分缩写和改写自《乔治·布莱的文学批评》，最早刊登于《文学语言随笔》第 78 卷第 5 期，1963 年 12 月，第 471—488 页，承蒙约翰·霍普金斯大学出版社准许在此转载。当时，布莱已出版了三本书：《人类时间研究》（爱丁堡：爱丁堡大学出版社 1949 年版；巴黎：普龙，1950 年）；《内省距离》（巴黎：普龙，1952 年）；《循环变形》（巴黎：普龙，1961 年）。这三本书已翻译成英文，并由约翰·霍普金斯大学出版社出版。1963 年，布莱发表了三篇评论与他同一学派的法语批评家（他们是瑞士人）的文章，它们最后成为他正准备出版的《论当代批评思想》中的一部分，这三篇文章是：《论阿尔伯特·贝居安的批评思想》（《南方手册》第 360 期，1961 年，第 177—198 页）；《马塞尔·雷蒙的批评思想》（《法语文学评论与研究》，米兰：费尔特瑞耐里，1963 年，第 203—229 页）；《让·斯塔洛宾斯基的批评思想》（《批评》第 19 卷第 192 期，1963 年 5 月，第 387—410 页）。

本文第 6 至第 9 部分是基于布莱 1963 年后出版的著作而对我以前文章的延伸。从 1963 年起他已出了 5 本书以及许多文章：《普鲁斯特的空间》（巴黎：加利马，1963 年）；《出发点》（巴黎：普龙，1964 年）；《论浪漫主义神话的三篇文章》（巴黎：科蒂，1966 年）；《瞬间测定》（巴黎：普龙，1968 年）；《邦雅曼·贡斯当自述》（巴黎：开端，1968 年）。虽然至今没有论当代批评的著作，但这段时间内发表的几篇文章很可能会成为这种研究的一部分：《巴歇拉尔与自我意识》（《形而上学及伦理学回顾》第 70 卷第 1 期，1965 年 1—3 月，第 1—26 页）；《巴歇拉尔与当代批评》（J. C. 艾里森主编：《法国文学思潮：纪念 G. T. 克莱普顿论文集》，纽约：巴恩斯和诺伯，1966 年，第 353—357 页）；《夏尔·杜·博斯的批评思想》（《批评》第 21 卷第 217 期，1965 年 6 月，第 491—516 页）；《莫里斯·布朗夏，批评家和小

读的特殊之处在于它给人以接近他人思想的独一无二的机会："无需离开自我，也无需放弃自己的内心思想，如人们所说，'投入'阅读的人仅凭此就可以进入另一个人的内心深处，他的精神与之相呼应。"[1]投身到一本书中去并不是说进入一个由文字组成的非个人的领域。它意味着进入另一个人的意识，因为"读者的意识，尤其是身为评论家的那种特殊读者的意识，其典型特征就是习惯于认同与自己思想不同的思想"[2]。

很多文学作品，特别是小说，其中心主题是意识之间的相互作用。根据一个作家设想人物之间对应存在之方式，我们可以将他同别的作家区分开来。譬如，简·奥斯丁的小说人物之间的相对不透明，与特罗洛普的小说人物之间的相对透明性即可形成对比。布莱的批评中很少直接涉及主体间对应的主题。读他的文章，我们通常会被带入一种仿佛唯我独存的意识当中。不过，他的批评之所以产生，只能是通过评论家彻底进入被评论作家的思想这一阅读行为。

布莱认为，阅读中两种主体性不是交流或对话的关系，不是真实思想的密切结合（其中两个自我相辅相成），也不是萨特所

说家》（《批评》第 22 卷第 229 期，1966 年 6 月，第 485—497 页）。此外，布莱在西拉思拉萨勒举办过一次很重要的批评会议，该会的论文已结集出版，书名为《批评之当前道路》（巴黎：普龙，1967 年），该书的序章是布莱所撰写的评论他的批评界前辈们的文章，包括迪波代、雅克·里维埃、夏尔·杜·博斯、拉蒙·费尔南代、马塞尔·普鲁斯特。一本论波德莱尔的新书《波德莱尔之面目》（日内瓦：斯齐拉，1969 年）刚刚问世。

1963 年之后还出版了关于布莱著作的进一步的讨论。一篇很不错的英文研究收录在萨拉·拉沃尔的《意识批评家：文学之存在结构》（坎布里奇，马萨诸塞州，1968 年，第 74—135 页）里，杰弗里·哈特曼的《超越形式主义》中也有对布莱的评论（《现代语言随笔》第 81 卷第 5 期，1966 年 12 月，第 550—555 页）。我在《日内瓦学派》中也简单地讨论过布莱的著作（《弗吉尼亚季刊评论》第 63 卷第 3 期，1967 年夏，第 313—316 页）。此外还有保罗·德曼所写的全面而透彻的文章《乔治·布莱著作中的真理及方法》（《批评》第 25 卷第 226 期，1969 年 7 月，第 608—623 页）。

① 布莱：《阿尔伯特·贝居安的批评思想》，第 178 页。本文中布莱批评的引文皆是我自己翻译的。

② 布莱：《马塞尔·雷蒙的批评思想》，第 203 页。

描述的两种思想之间不可调和的斗争。只有读者对作者的思想了
解达到"难以描绘的熟悉程度"①，二者的思想达到完全一致，
他才能算得上投入到书本当中。批评来源于严格的放弃自我。布
莱说："阅读或批评就意味着牺牲（我们）所有的习惯、欲望、
信仰。"② 放弃一切个人信念之后，读者便成了一种中立的理解
力。这种中立并不是懒散地屈从于外部力量。按照布莱的观点，
文学批评"之所以能够进行，完全取决于批评者的思想是否变
为被批评者的思想，取决于它是否能成功地从内部对后者加以再
感受、再思考、再想象"③。

　　在评论马塞尔·雷蒙的文章中，布莱将批评者的自我牺牲行
为比作基督教那些谦恭的美德，在宗教信仰时期，正是它们使人
能够做到摒弃自我，从而成为接纳上帝之存在的合适人选。④ 这
种接受能力是那些被称作"日内瓦学派"的批评家的特征。然
而，布莱更有他自己的一种特性，即他的公正无私性。同他特别
推崇的 17 世纪的寂静主义者一样，布莱自己并无所图。尽管他
喜欢某些视写作为超度灵魂的一种手段的作家（年轻的歌德、
拜伦、夏多布里昂、唯美主义者佩特），他自己的批评却没有普
罗米修斯式的或自我主义的动机。批评家对作家思想的再创造不
是为了要对批评家有什么好处，而是为了被批评的作家的缘故。
如果说布莱的批评和雷蒙的批评一样是 17 世纪祈祷书在 20 世纪
的再现，它却丝毫没有寂静主义者意识里的那种自我主义的痕
迹，即在上帝面前摒弃自我是赢得天堂中一席之位的一种方法，
也许是唯一的方法。对布莱而言，"与他人灵魂之间的绝对透明

---

① 布莱：《马塞尔·雷蒙的批评思想》，第 209 页。
② 同上书，第 203 页。
③ 布莱：《答复》，《新文学》，1959 年 6 月 24 日，第 10 页。
④ 布莱：《马塞尔·雷蒙的批评思想》，第 204 页。

度"① 本身就是一个目标，而不是达到某一深层目标的手段。

　　这种无偿性还表现在布莱之批评另一个与众不同的特点上。他从不试图通过认同作家的思想得到超出那个思想或它以外的任何东西。与他同一学派的其他批评家，无论他们是怎样的自我谦卑，都私下里或者公开地力求通过文学获得文学之外的一些东西。阿尔伯特·贝居安以求通过诗歌拥有"满园收获"②，他在作品中有所收获之后，又试图越过它们去拥有作者。加斯东·巴什拉和让—皮埃尔·理查德的批评也是通过诗歌到达物质世界，并且从内部感受词句借自事物的所有肌质和实体的细微差别。莫里斯·布朗绍则试图通过对词句耐心又系统的消解，取得在那些词句背后忽隐忽现、晦涩又吸引人的不在。俄耳甫斯对欧律狄克那致命的一瞥堪称所有文学作品之典范，它超越了文学及文学中所表现的意识。让·斯塔洛宾斯基似乎要通过文学间接找到自我，即找到"我们自己的、只有在镜子反映作用中才经得起看的面貌"③。在所有这些批评家中与布莱最为接近的是马塞尔·雷蒙，甚至于他也通过文学寻求一种超越文学的寂静。他在意识中寻觅一种混乱又模糊的"潜意识"，在那种潜意识状态下，"事物不再是事物，物体也不再是物体，如此一来，意识与事物相互交融，形成一种普遍的非二重性，其中处处闪耀着内在神性的光辉"④。实物、一种超然或内在的神性、批评家隐藏的自我和所有存在之基底的存在——通过认同于一个作家的思想，这些批评家们力求获得以别的方式无法得到的某些东西，某些超出那种思想且与它有实质区别的东西。对这些批评家来说，文学是某种中介形式。

---

① 布莱：《让·斯塔洛宾斯基的批评思想》，第408页。
② 布莱：《阿尔伯特·贝居安的批评思想》，第178页。
③ 布莱：《让·斯塔洛宾斯基的批评思想》，第409页。
④ 布莱：《马塞尔·雷蒙的批评思想》，第228页。

　　布莱并非如此。他想要通过他的"纯粹认同批评"① 了解作者的思想，仅此而已。物质实体、别人以及各种不同形式的上帝形象，这些全都出现在布莱的批评中，但仅以词句的形式出现，即它们被转化为一种意识形式。所有存在的一切都必须存在于作者的思维之中，这思维如同球形气泡，它从不迸裂。布莱认为批评"必须将自己基本界定为意识接纳意识（对意识的理解）"②。批评应该自始至终保持不变：即意识之意识，别无其他。

二

　　在认同他人的思想之后，读者又该怎么做呢？从某种意义上说，阅读是一种纯言语活动，因为它存在于读者对文字意思的理解吸收，但在另一个意义上说，它又是缄默无声的。阅读超越文字，获得一种难以表达的、某种意识寓于另一种意识之中的存在。阅读行为一结束，这种存在也便消失，读者的头脑又变成空的，准备好被另一本书、另一种思想侵入和占据。此外，在阅读过程中，一种思想对另一种思想的存在既生动形象又模糊无序。它是那另一种思想所有内容的堆积，就像是一间堆满小摆设、桌椅、沙发、台灯等杂物的储藏室，一切都杂乱无章。简而言之，阅读还不是批评。

　　对布莱而言，批评就是对通过阅读所获得的认同进行整理和明晰化。有序和透明是他思想的两个基本需要。透明只有通过看穿作者才能做到，即发掘他在作品中所表达的意识之每一特点的深层原因。尽管布莱偏好的是一种半透明、半模糊、具有一定难度的意识，这可能因为此类思想是对他消除混乱能力的一个挑

　　① 布莱：《让·斯塔洛宾斯基的批评思想》，第408页。
　　② 布莱：《马塞尔·雷蒙的批评思想》，第208页。

战。甚至当他谈及模糊或非理性时，他也通过证明它的可能性而将混乱转变为明晰。要阐明它的可能性，就是要解释它与作者作品中一切其他鲜明主题之间的联系。只有对被批评意识所有特征的共同含义进行说明，才能获得透明。如果说模糊性使布莱头疼的话，同样让他烦恼的还有不连续性，以及仅限于主题罗列、相互之间并无联系的对作者的描述。意识气泡的一切内容必须表现出相互之间的作用与反作用，即相互交换。一个作者的作品构成一个复杂的三维结构，一个以其各个部分、各个因素之间的相互影响而有机结合起来的充实思想的水晶宫殿。

布莱的批评的两个基本观点可以这样去理解：一个作者的全部作品形成一个不可分割的整体，这一整体中各部分之间的相互联系是辩证的。同所有文学作品一样，批评是时间性的，因此也是连续的。辩证法是避免文字与时刻相互排斥的一种方法。辩证进程的各个阶段在任何单个阶段都同时出现，而其展开只不过是要揭示被选作开端的某一时刻的含义。这些含义并非逻辑进程的必然或确定的含义。它们是不受限制、不可预测的，也就是说，任何一个阶段之后都可能有与实际出现阶段不同的其他阶段，然而在事后看来，连续性似乎又不可避免。辩证法是从各个方面展现水晶宫复杂性的一种方法，仿佛一种意识在缓慢地循环往复，同时仍然继续着它自身的内在运动，直至经过一段时间之后，最终超越了时间概念，表现为一种非时间性的统一体。

布莱就一些作家的作品写了不止一篇评论文章，由此可以看出他的辩证法的特殊性质。他写了两篇评论帕斯卡尔的文章，两篇评论卢梭的文章，两篇评论巴尔扎克的文章，还有两篇评论波德莱尔的文章——每一篇都是对该作家全部作品的详尽研究。即便每一种意识是一个空间，而不是一幢公寓楼，即便这个空间的内容可能有限，但在一篇评论文章中仍然有许多方法可以由此及彼。布莱关于卢梭（或者巴尔扎克、或者波德莱尔）的两篇文章是相同的又是不同的。对作家作品的整体性的直观感受贯穿每一篇文章，但穿越作品的路径又各不相同。两篇文章有时运用了相同的引文，然而换一个新角度来处理，它们就展现出所有其他主题的内在属性的一个新的方面，正如在《追忆逝水年华》中，马丁维尔的塔保持不变，但从另一种途径走近时，它们看上去又不一样了。如果说清晰是布莱批评的一个特色，那么这种透明来自将存在的一切灵活地联系起来，而不是来自严肃的逻辑推理。这意味着对同一个作家能够写出无数篇站得住脚的评论文章。

　　辩证的流动结构与一些批评家视为文学根本的客观结构形成鲜明对比。布莱认为，单独一部作品的结构是附加的、表面的，因为"从主观上来说，文学没有什么形式"①。没有任何一种客观形式能够容纳或表述活生生的、变化多样的思维力量。

　　　　同时创造结构和超越结构是作品的一个特点。我甚至应该说毁灭结构。因此，作家的作品当然是他所写的个人作品的总汇，但却达到了它们一个接一个地互相取代的程度，并恰恰由此揭示出从结构中获得解放的运动。②

　　如果布莱所属的批评学派将批评定义为"诗的思想的一种延续和深化"③，那么这种延续的途径则是批评家的语言。在布莱的批评当中，语言是以三个互相联系的方式来使用的。它首先是"'批评的'认同赖以发生的必不可少的媒介"④。诗人的文字是这种认同的最初手段，但它却是由批评家的文字来完成的。批评家的语言是两种思想间的斗争，最终达到彻底的同化。

---

① 布莱：《内心距离》，第 ii 页。
② 布莱：《新文学》，1959 年 6 月 24 日，第 12 页。
③ 布莱：《马塞尔·雷蒙的批评思想》，第 225 页。
④ 同上书，第 224 页。

同化的标志是批评家的语言和作者的语言取得一致。假如说布莱的批评中用了很多引文，那么引文的使用是根据批评家和作者的语言要尽可能在风格及词汇上保持一致这一事实而确定的。布莱的批评首先是模仿，当批评家能够交替使用作者的语言和批评家自己的语言为作者说话时，由于两种语言已经变得相同，作者的思想在批评家头脑里的复制便会完成。这种一致显示出了布莱之批评同浪漫派的角色扮演策略之间的联系。像济慈、勃朗宁或狄尔泰一样，布莱想再次经历他人的内心生活，仿佛那是他自己的生活。

不过，布莱的评论文章并不是一种奇特的口技。这样的批评只是"一种拙劣的模仿"①，是对诗人声音的一种无创造性的重复。如果说批评是"关于文学的文学"②，如果它是要延续和深化文学，那么它必须增加一些东西。在布莱的批评中，这种增加绝不是斯塔洛宾斯基有时建议的那种疏远而超脱的"俯视"。那种超脱会将批评家同作者分隔开来，使深刻的理解不可能实现："批评家若不想或者不能获得我所说的恰当的主观理解，他便被迫仅仅从外部去观察和表述存在和其他事物。"③ 布莱根本不愿意使自己同评论的作者分开，不愿根据作者本身标准之外的尺度在远处做出判断，不愿对他在作者的作品中所发现的任何事物的正确性、明智性、真实性或者合理性提出疑问。批评家不仅不该退出作者的思维，他还要用自己的语言深化诗人的语言，也就是说更加准确地界定它，这样就可以延续那种语言，通过建立诗人也许从来没有明确说明的联系和含义来使它得到延续。深化和延续实际上恰恰是布莱的思想在同别人的思想发生联系时所经常需

① 布莱：《让·斯塔洛宾斯基的批评思想》，第 408 页。

② 乔治·布莱为让—皮埃尔·理查德的《文学与感觉》（巴黎，1954 年）所写的前言。

③ 布莱：《新文学》，1959 年 6 月 24 日，第 11 页。

要的那种明晰化和条理化。

只有高度注意作者在作品中的某一方面，才能做到明晰化。只要布莱停留在作者思想的某个区域里面，准确定义那一区域的特点就似乎是最重要的事情。这一定义是由一系列更加细致的区分来完成的，而这些区分渐渐地包围所谈论主题的明确、细微的差别，并且尽可能精确地来限定这种差别。这种不懈地追求越来越细致的明晰化就像是将显微镜对准焦距一样，一次次地换上更高倍的镜片。最后，在此之前模糊或看不见的区域使整个视野都充满了显露无遗的细节。在布莱的批评言语中常见到一系列的区分；当一个区分因为太粗糙而被否决之后，另一个较鲜明的区分就取而代之，直到最终达到必要的精确程度："然后，奇怪的幻影出现了，它出现在自我深处和思想深处，这么说就够了吗？不够，它还出现在生命的深处，更进一步地，在另一个人的存在的深处。"①

随着明晰化而来的是整理。为了确定作家作品中某段文字的准确含义，布莱能够将注意力集中到单独一段上，而他文章的注意力则可能在别处。和让—皮埃尔·理查德不同，布莱很少通过对实体意象的结构和实质进行缜密研究而使自己的批评获得强度。物质世界可以进入诗歌，但是当这一世界变为诗歌的时候，它就脱离了物质世界。布莱文章的强度主要来自对作家思想或感受的高度浓缩。这种文章力图将一部多卷册作品的基本结构纳入一篇简洁的论文。布莱的智慧力量表现在其极度稳固的辩证结构上，同样也表现在他区分感受或思想的细微差别的能力上。结构的稳固来自于不寻常的归纳能力。一个作家在一生中不同时期写的不同书中的段落被并列放在一起，于是它们的相似之处也就一目了然。像巴尔扎克或波德莱尔这种风格多样化的作家，所有明显的多样性都被归纳为容易处理的几个主题。这些主题安排成一

---

① 　布莱：《马塞尔·雷蒙的批评思想》，第205页。

个系列，表现出每个主题怎样引出下一个主题，以及所有主题如何相互联系。当批评家发现自己过去早就认为是潜在的一种联系在一篇以前未读过的作品里得以明确地表述时，他会确证自己与该作家的思想是相吻合的。如果说布莱不喜欢简单叠加的排序，那么他批评中最重要的词语就是辩证联系词："但是"、"然后"、"或者"、"因此"、"不过"、"然而"、"另一方面"、"也就是说"、"再者"、"不仅……而且"。

三

明晰化和条理化，加深和延续——这些是布莱的批评超越模仿重合的方法。这时出现了一个难题：假如一个作者的作品就像一颗透明的水晶，假如一切都能从一开始就自然地表现出来，那么究竟从哪里开始才合适呢？也许并没有适当的开始，因此一篇文章的组织顺序是任意的。不论从哪里开始，批评家最终都能被带到各处，因为作者思想的各个方面是同时存在的，每一方面都隐含着其他方面。布莱会不满足于这种不确定性。他思想中最强烈的一个倾向促使他去寻找作者"心路历程"的真正起点。

真正的起点是我思。正因如此，我思这一主题在布莱的著作中才有着如此的重要性。我思是出现得最频繁的概念，几乎他所有文章的开头都力图确立我思那独一无二的形式，作为对该作家进行批评的出发点。布莱称马塞尔·雷蒙为第一个"将我思原则运用到对文学思想和作品进行批评认识的批评家，他使那种批评开始于一个与我思的时刻性质相同的时刻，因为存在在他现有的思想活动中发现他自己"[1]。如果说雷蒙最先将我思用作一种

---

① 布莱：《马塞尔·雷蒙的批评思想》，第210页。

批评手段，那么布莱则无疑是对它的所有变化进行最系统研究的批评家。

很容易理解为什么我思对布莱如此重要。一种完全指向他人意识的批评，会力求辨识他人最纯粹思想形式的性质，但不是依照它被某种内容改变的方式，而是依照它本身存在的方式。如果意识是一种"内在深度"①，可以被所有意识的内容占据，那么，那种内在的空间并非是一个中立而无条件的空壳；它是"一种周围和环境、一个统一的领域"②。每一种意识都有它自身明确的特征或格调。该特征或格调是恒定不变的，它始终贯穿自我意识的各种体验。它是一个不可化简的 X，是意识所意识到的所有事物的必要的系数。由于这个使一个人区别于他人的恒定特征在意识与某一对象发生联系时是隐匿或变形的，批评家就想在只有裸露的意识独自存在的时刻捕捉到它。这就是我思的时刻。

对布莱而言，这一时刻基本上是原始的、创造性的。完全指向意识的批评不会允许意识有其自身之外的原因和来源。意识的发生没有什么源头。它就是开始，在它之前无路可走。做这一假定的布莱看起来像是某种唯心主义的继承人。如果意识之前别无他物，如果不存在任何产生它、解释它、支撑它的东西，那么从人类生存的观点看，意识就是其他一切的起源，而"一种自我意识的行为"就是"从内部审视的人类生存的亘古不变的出发点"③。在同化任何客体之前的自我流露的时刻就是真正的开始，这不仅因为它之前没有任何东西存在，而且因为我思之时刻是其他一切的基础。它是一切的开始，正如一小块纸摊开后可能是一幅世界地图，或者如一粒无色的胚芽在一杯水中能长成满是鲜花、树木和灌木的神奇的日本花园。如果我思具有如此奇特的扩

---

① 布莱：《内省距离》，第 i 页。
② 同上。
③ 布莱：《马塞尔·雷蒙的批评思想》，第 209 页。

展能力，批评家就会希望在它"产生这种力量并汹涌向前时"抓住它，也就是说，在它喷发成形之前，当它还处于"一种近乎原始状态，还没有被大量的客观内容所侵袭和掩盖"① 的时刻抓住它。

批评家要再经历、再建构作者的内心体验，适当的开始一定总是我思，但是我思不仅以笛卡尔主义或理性主义的方式存在，即怀疑一切思想内容以便获得一种清晰独特的思想来证明自我的存在。我思以许多方式存在，对每一个时代或每一个作家，这些方式各不相同，布莱在他的批评中就辨识出多种这样的方式：各种形式的基督教之我思，唯理智论之我思，浪漫主义或感觉主义之我思，马拉美之我思，等等，一直到《循环变形》最后一页中所解释的乔治·吉伦之我思。

因为自我意识时刻的极端重要性，描写作者本人从梦中醒来的段落尤其使布莱高兴。如果梦醒时刻是对天地初创的重复，醒来的人对事物的惊奇类似于亚当或米兰达，那么梦醒又是对我思的每天一次的重复，是一次新鲜的自我发现。从蒙田、孔狄亚克塑像或卢梭的梦醒到爱伦·坡、普鲁斯特或贝戈安的梦醒，布莱始终贯穿"觉醒时刻"这一主题，而且在上面每一个例子中，梦醒都是人们深刻理解我思的方法。对布莱来说，我思并不是抽象的理论，它总是最直接、最内省的体验。

四

我思的普遍性为布莱和雷蒙解决了起点问题，但是在使用此批评工具时，布莱与雷蒙是截然不同的。雷蒙的批评在某种程度上是反潮流的。它的运作背离意识中大量的主题和细节，朝向意

---

① 布莱：《马塞尔·雷蒙的批评思想》，第208页。

识中除自身外空无一物的原始时刻。雷蒙的最终目的是认同这一时刻，因为它是意识和无意识的边界，而只有在这一时刻批评家才有机会到达宇宙中所有人与物的混乱不清的共在。而布莱则不同，他从我思之时刻出发，沿着思维与客体搏斗的经历行进。水晶气泡般意识的构成是思维与事物的交战，批评家对世界进行吸收同化时必须紧跟作家。布莱想看看作者究竟能将他带多远，因而他从不对所能到达的最远的距离表示疑问，但与此同时，他仍然处于一种独特的思想领域之内。

意识会与物质实体、与时间和空间、与别的意识、与上帝发生联系。布莱在批评中探讨了这种种关系，但是所有这一切都倾向于变成主体与客体之间无穷无尽的各种可能的交流，这些交流发生在内在空间，布莱所称的"内省距离"。这种对主客体关系首要性的重现再次表明，布莱是浪漫主义和唯心主义的继承人。从蒙田、笛卡尔、卢梭到柯勒律治、费希特或艾米尔，再到叶芝、克洛岱尔或普鲁斯特，文艺复兴以来文学和哲学连续性的标志就是主体和客体、自我与世界的二元论。作为整体来看，布莱的批评可以说概述了在这种二元论范围之内的各种可能的经验。

只有承认这种传统今天已近结束，我们才能同意莫里斯·布朗绍1963年在评论《循环变形》文章中一段怪异的话："关上这本书后，我自问，为什么合上书时竟将批评史和文化史也一并关上了，为什么它带着一丝忧郁和平静既阻止同时又准许我们进入一个新的空间。"[①] 由于不同意布朗绍摧毁布莱所珍视的各种形式的主体性的想法，可以说某些当代作家，如乔治·吉伦或威廉·卡洛斯·威廉斯，已经超越了主体与客体的分野，一如他们超越了居于世界之外的先验力量的传统。这些作家并未表现文化

①　布朗绍:《新艺术》,《新法语月刊》第125期,1963年5月,第886—887页。

的终结，但他们与布莱批评中常见的观点相悖。布莱意识到了这一点：

> 吉伦的诗歌与其他欧洲诗歌截然不同。它不是从内部，而是从外部开始。它不处于意识的中空地带，而是处于有形现实的外部表现之中……这么一个奇特的关系似乎颠覆了习惯性的思维方式。什么？一切都不再是从内部开始？什么？生命的起源和延续都不再是从中心开始？①

此处的"什么"可以解释为与某种新传统相遇的时刻，颠倒了先前的思想习惯。因为论吉伦的文章形成《循环变形》中的结论，该书不是宣告文学和批评的结束，而是面对一个新的时代，在此时代中，意识的定义不再是"世界在其中重新安排的内部空间"②。

布莱非常习惯于这种内部环境的意象，所以他的思想基本上可以说是空间性的。虽然他的第一本著作名为《人类时间研究》，但其中对时间的处理却依据思想与通过主体距离向其呈现的客体之间的关系。这一内省距离的概念成了他下一本书的书名——《内省距离》，在最近的著作中他公开承认自己批评实践中关注空间性的倾向。在《循环变形》中，从巴门尼德到 T. S. 艾略特等作家皆是通过中心与边缘的关系来表现的，这些关系也处于思想的球状气泡范围之内。中心是我思，即一切之源头，在意识的各个地方，意识之所有客体皆处于一种动态的总体状态，这一总体有时扩展至无限，有时缩小至一点，但总是自我封闭的。通过西方思想史，布莱探究了不同形式的空间关系：距离、

---

① 布莱：《循环变形》，第 515—516 页。
② 布莱：《内省距离》，第 ii 页。

毗邻或连接；连续与间断；浓缩与膨胀；稠密与稀薄——在所有这些类别中人们都可以对中心与循环进行分离、识别，或者以某种方式联系起来。

通观这一发展过程，意识的两种状态对布莱来说至关重要。只要有距离存在，意识就无法明确地与自身重合。前面已讨论过避免这一情况的一种方法：我思，即将一切缩小至一个中心点。另一种可能性就是将此点扩散，直至它能涵盖一切，正如扔块石头进水可以引发一系列同心圆向外无限扩散，布莱特别喜欢在所研究的作家中寻找这一意象。布莱对艾米尔的评论同样适用于许多别的作家："特定的活动在此只是一个中项，一面是存在于永恒原则之中的生命的未作延伸之深度，另一面是通过思想的扩散与宇宙之深度相吻合的生命的延伸。"① 在他的早期和最近的著作中，布莱一直固守着"整体共时"的梦想，即生命由意识所包围，这种包围是超越时间和空间的无限延伸。如果说让·斯塔洛宾斯基在其早期评论文章中遵从"天使之罪恶"② 的观点，那么布莱批评的主旨就是不愿像天使，而要像上帝。在论热拉尔·德·内赫瓦拉的文章中，布莱论述道，"一切只是来自于自身的思想对于其本身都是不够的"，"人类思想不可能容忍它代替真实的整体性或其简单性"③。然而，布莱极感兴趣的是那些在力所能及的范围内竭力接近一种神圣的自足状态的作家。也许正因如此，卢梭在布莱的批评中具有特别的重要性，因为卢梭是达到无边幻想状态的第一人，在此状态中，自我所盘踞的领域只有孤寂的思维及其客体，自我控制着一切，所以它"像上帝一样是自足的"④。在论述每个作者时，布莱都尽量达到"整体共时"，

---

①　布莱：《循环变形》，第 339 页。
②　布莱：《让·斯塔洛宾斯基的批评思想》，第 397 页。
③　布莱：《循环变形》，第 263 页。
④　布莱：《人类时间研究之一》，第 176 页。

这是神圣的同时性和无处不在性的人类对应物。他的文章结尾常常是非常接近这种最终的胜利，或者认识到无法获取及保持这种胜利。

事实上，失败比暂时的成功更为重要。对布莱来说，不论是就其广泛延伸性还是就其与我思的纯粹性相对而言，人类意识总有一种"不充分存在"之感，"一种偶发事件及能力丧失之感"①。因此才有他批评中持续创作之观点的重要性。除非有什么力量支撑着自我，否则自我无力带来自己的未来。每个人都"受一种巨大的需求召唤，（但）又在自身内发现巨大的缺陷"②。

五

当评论家尽力做到与作者一致时，文章就完成了。结尾之后的寂静标志着使文章成为可能的评论家与作者思想上的融合业已消散。吻合之后是分离。评论家的思想竭尽全力研究了被另一个人意识占据的感受，现在回到了聚精会神的空闲状态。他必须转向另一个作者，再一次忘记别的作家，重新开始写作评论文章的过程。

但是，说忘记其他作家是不对的。在布莱的批评里经常有对两个作家的比较。他很少借此表明两人的相似之处，而总是更准确地说明所评论的作家的独特之处。布莱之批评的中心就是关注每个人意识的独特性，这一点总是体现在将两个作家的观点和主题并置，正如一种色彩与另一种色彩放在一起才能更准确地确定其颜色。在一篇文章之内对两个作家进行比较可以更准确地定义

① 摘自 1963 年的一封信。
② 布莱：《内省距离》，第 251 页。

某一主题，同样，在一本书内将关于不同作家的几篇文章放在一起可以显示出没有哪两个人的意识是相同的。布莱极端反感模糊作家思想完整性的做法。如果说他关注思想史，那么他所关注的主要是"思想史中仍然被忽略的部分，即我们可称之为意识史的部分"①，而且，似乎对意识史的研究必须基于莱布尼兹的假定，即每个人的思想都是独特的、独立于其他的思想。

这一假定固然重要，然而，还有同等重要的相反的假定。这后一种假定提供了一条使人能摆脱明显是两难困境的出路。如果每个意识皆排除别的意识，那么批评家怎么能将几篇文章汇集在一本书里呢？言外之意即是，他怎么能同时拥有几个人的思想呢？布莱说："逃脱这种困难是不可能的，除非想象每个时代有一种意识与同时代所有人的思想一致。正是在这种普遍意识之中，个人的思想和感情受到沐浴。"② 在某一特定时刻，不论个体意识多么独特，总是会参与普遍意识。它的独特性在于以自己的方式描述或组织那个时代公认的观点，而不在于它思考在当时当地前所未闻的观点的能力。在布莱的早期著作中，这种看法只在《人类时间研究》的序章中有过明确表述，而《循环变形》中有好几章类似的看法新出现在布莱的批评当中：如论古代及中世纪思想的文章，论文艺复兴的文章，论巴罗克时期的文章，论18世纪的文章和论浪漫主义的文章。这些文章的假定是：一个时代的意识自成一封闭的整体，一个与个体思想相似的水晶般的球体。通过掌握一个作家思想的意识可以掌握这一集体思想，而且还可以通过其结构以同样的辩证思路仿效它。

拥有一个时代意识的是一种语言或文化中的天才。可能是在阅读和评论中受某种欲望所激发，布莱想承继法语之鼎盛及变

---

① 布莱：《马塞尔·雷蒙的批评思想》，第212—213页。
② 布莱：《新文学》，1959年6月24日，第12页。

迁，将它作为种种人类生存的表现。法语之外的是整个西方文化。像 T. S. 艾略特一样，布莱强烈地感受到西方文明的一体性，他将其看作一种无限的意识，这种意识以一种动态的方式同时包含该文化中所有成员的思想，远至早期教会神父，近至创作出自己的作品并随之改变整体的真正的诗人。从一个作家到一个时代的思想、到一种语言的所有作品、再到整个西方文化，这一切大的整体皆包含小整体，并且形成它的环境。整体来看，它们是围绕意识的一个个同心圆，像中国雕刻一样一圈套一圈。

为什么西方文化会形成其中最大的圈？能不能说布莱之批评隐含历史发展中人类意识的统一性？因此文学史就能被定义为"人类意识史"①。《循环变形》中提出的历史模式是一种前进中的变化，从思想相对同一的古代到中世纪、到文艺复兴和 18 世纪，再到个性爆发的 19 及 20 世纪，在这最后时期，每一个重要作家都值得写一篇长文来论述。很有意味的是，关于浪漫主义的一章有两次没有论及时代之意识，还有一次集中注意单个人的思想，即柯勒律治及歌德的思想。虽然意识史的现状比较多样化，但还是保持了连续性。所有个体意识仍然同时存在于一种包容一切的普遍思想之中，巴尔扎克和波德莱尔属于同一个时代，一如蒙田和帕斯卡尔属于他们的时代。

布莱所持的历史连续性的看法并没有让他认同狄尔泰的观点，即应当竭尽全力再经历人类全部观点，以便人可以站在历史之外来审视历史。对布莱来说，人类精神所具有的潜在多样性是不可穷尽的，它的发展总是不完整的，总是在力图实现其无限的可能性。如果是这样，那么文学评论家永远无法达到上帝"整体共时"的对应地步。他所能做的就是对迄今为止的人类思想进行集中、重建及协调。通过这一策略，他可以随着意识不断发

---

① 布莱：《新文学》，1959 年 6 月 24 日，第 12 页。

展，此意识会接近它所永远达不到的终点。批评家也许可以穷尽
某一作家的思想，因为个人的思想是有限的，但是批评永远不能
走到人类总体思想的尽头。这思想总是无限的、未完成的。

对布莱批评中的基本历史性的认识会引向对它的最终定义。
对布莱以及浪漫主义者而言，历史不是线性地发展，而是球体般
扩展。一种重建历史的批评是球状的，而不是像雅克·里维埃和
罗伯特·勃朗宁认为的那样是渐进的，但它也同样是朝着无限远
处行进的。当曲线移向渐近线时，里维埃就趋向于与另一个人的
思想相吻合，但他永远不能达到吻合，而勃朗宁则将人类历史看
作达到充分神性的渐进过程。布莱之批评仅忠实于人类意识，因
此一个三维的封闭体是描述它的恰当的形象。像一个不断向它永
远达不到的无限扩展的球体，他的批评追寻人类的思想，同时又
揭示内心空间无限的宝藏。

六

本文前面部分写于 1963 年。它可以作为对布莱批评范围的
介绍和对其理论观点的概括。在以下的篇幅中，我将关注自
1963 年以来布莱所发表的诸多著作及文章，[1] 并进一步解释其著
作的重要性。

布莱最近的著作在几个方面完善了乔治·布莱毕生事业之轮
廓。一些新的纲领性的话再次证实了他对"意识批评"的信念。
他说："我愿以任何代价拯救文学的主观性"，[2] 而且他还坚定不
移地将他的批评方式定义为"说到底，这是一种参与性批评，
或更准确地说，是认同性批评。除非两种意识相吻合，否则便没

---

① 　见本书第 10 页注释 1。
② 　布莱：《批评之当前道路》，第 251 页。

有真正的批评"①。文学文本是一种途径，批评家可借此达到对"作品中的意识"② 的认同，而他的批评则是这种认同结果的表现形式。

随着《人类时间研究》第三、四册《出发点》《瞬间测定》的出版，布莱著作的重要性及包容性更加显露无遗，作为一个整体，他的著作力图从内部再经历、并在批评中多多少少体现法国文学从文艺复兴到现在的全貌，将它置于一种不甚完整的对古代及中世纪文学以及对其他欧洲语系中主要作家的分析语境之中：包括歌德、英国浪漫主义作家爱伦·坡、惠特曼、亨利·詹姆斯、吉伦，等等。事实上，《循环变形》只是多少有点武断地被排除在《人类时间研究》系列之外（大概因为它的主题呈现的是空间形式而非时间形式）。五册书放在一起（《人类时间研究之一》《内省距离》《循环变形》《出发点》及《瞬间测定》），它们所包含的 70 篇论作家或作家群或文学阶段的文章构成了一本独特的、内容极其丰富的著作。其中大多数文章是关于单个作家的，每一篇都沿着一条辩证思路在所论述的作家的内心空间巡回，从他全部作品中旁征博引，描绘出引领该作家从开始认识意识到最终胜利或失败的一条"心路历程"。这 70 篇文章可以认为是按空间全景并置的，有点像布莱在"普鲁斯特的空间"中对普鲁斯特的解释，将《追忆逝水年华》中马瑟尔一生的不同时间并置，如同教堂中关于圣徒一生大事的三联画。若借用另一个普鲁斯特的隐喻，布莱的五册批评著作就像宽大的教堂里面的五间侧厅，而论普鲁斯特、贡斯当等的小册子则是毗邻的小教堂。每一册的导言都确定了该册在关于文学时间和空间所有主题中的特殊任务：《人类时间研究》第一卷论述人类时间性的文学

---

① 布莱：《批评之当前道路》，第 9 页。
② 同上书，第 55 页。

体验的范围，《内省距离》探索文学中意识及意识对象之间的距离，《循环变形》论述思想的球形扩展和收缩的永不枯竭、不断更新的运动，《出发点》论述 20 世纪诗人对契机的生成能量的信念，《瞬间测定》论述在虚无和整体之间运动的瞬间力量，就像它已被许多作家所"测定"的那样。每一册书的内部组织都是按时间顺序的，都是沿历史轨道运行，有时从文艺复兴到现在，如《人类时间研究》第一卷中从蒙田到普鲁斯特的 18 篇文章，中间有笛卡尔、帕斯卡尔、莫里哀、高乃依、拉辛、菲耶特夫人、丰德耐勒、普雷沃神父、卢梭、狄德罗、邦雅曼·贡斯当、阿尔弗雷德·德·维尼、戴奥菲勒·戈蒂埃、福楼拜、波德莱尔和保罗·瓦莱里，或如《循环变形》中从"文艺复兴"到里尔克、艾略特和吉伦的 20 篇文章，中间有"巴罗克时期"、帕斯卡尔、"18 世纪"、卢梭、"浪漫主义"、拉马丁、巴尔扎克、维尼、内赫瓦拉、坡、艾米尔、福楼拜、波德莱尔、"马拉美的'散文'"、亨利·詹姆斯、克洛岱尔；或如《瞬间测定》中从莫里斯·斯凯吾到朱莉安·格林的 14 篇文章，中间有圣希朗、拉辛、费奈隆、卡萨诺瓦、儒贝尔、"英国浪漫主义作家"、斯塔尔夫人、拉马丁、司汤达、米什莱、艾米尔、普鲁斯特和居里安·格林。还有些时候这轨道并不如此包罗万象，如《内省距离》中从马里沃经沃伍纳格、尚福、拉克洛、儒贝尔、巴尔扎克、雨果、缪塞和莫里斯·德·盖兰到马拉美，或如《出发点》中集中论述的 9 位晚近作家：惠特曼、贝尔纳诺斯、夏尔、絮佩维埃尔、艾吕雅、圣约翰·佩希、勒韦迪、昂加热蒂以及萨特。

每册书中对历史运动的概述一遍一遍地涉及从文艺复兴到现在文学史上的相同阶段，这使人们更加明白布莱批评事业中的历史模式。在他看来，欧洲文学在文艺复兴时期发生了新的转折，其时以蒙田和笛卡尔等作家为代表，意识开始有了强烈的自觉性。论述 17 世纪时，布莱对宗教作家特别感兴趣（帕斯卡尔、圣希朗、拉辛、费奈隆），因为他们强烈地感受到人类精神在神之超验方面的可能性。这种久远的神性一定会不停地干预，时不时地再创心灵，防止它坠入虚无。布莱认为 18 世纪对神的持续力量的信仰变弱。在这个时期，人发觉自己很孤独，不得不通过无边的幻想、通过感觉或通过感情上的回忆来创造一种持续和一种自我。自卢梭以降，浪漫主义作家试图在难得的世俗狂喜时刻创造出一种人与神之"整体共时"的对应。在 20 世纪，这种历史运动得到了延续，其趋势是"与任何先验的时间概念决裂"，只保留活生生的经验瞬间。20 世纪作家将此瞬间作为一个原发点，它是作家必须"发明或重新发现（一）"①的基础。

这一历史模式渐渐成为具有构造功能的常量，此时，很明显，布莱认为在开放的各种精神经验面前，每个作家都多少被他的时代所限制。同时，对每个作家的复杂性和多样性又有了一种相反的认识。这一点隐含在布莱能回到以前文章中提到的作家并就他提出一些新的观点，有关的例子不胜枚举。比如，《瞬间测定》中有新的论述拉辛、儒贝尔、艾米尔和普鲁斯特的文章，而这些作家已经被讨论过不止一次。布莱 1963 年以后发表的著作更清楚地表明，他认为一个伟大的作家不可能穷尽。例如像普鲁斯特这样的作家，其巨大的想象空间总是可以从不同角度、以不同方式来进行新的探讨。

最后，布莱的近作更清楚地表明了他的事业的深刻信念，表明了他在陈述中公开确认的有关批评性质的看法背后的一些设想。有人说布莱不偏不倚、不愿将批评中获得的对另一个人思想的了然作为"达到深层目的的手段"②，因而应将他和同学派的

---

① 布莱：《出发点》，第 27 页。
② 见我的文章《日内瓦学派》，第 477 页。

其他批评家（比如阿尔伯特·贝居安或马塞尔·雷蒙）区分开来，这一看法并不完全正确。虽然布莱不像他的同事那样有广泛而普遍的同情心，虽然他论及的作家范围要广得多，但人们仍然会觉得他的批评动机是一种隐蔽的个人追求，也许他本人并不完全清楚此追求的指导思想。正如德曼最近所断言的，这可能是因为每个作家或批评家都有一个盲点，这盲点是他作品运行的轴心，也是作品隐藏的动力源泉。就布莱而言，这一主要关注点可能多少以隐蔽的方式统管着他的追求，即通过论述其他作家来寻求自己问题的答案。他著作中的这一方面证明了他的著作本身就是真正的文学作品，或许还是我们时代最重要的作品之一。此外，在这些领域，布莱的著作非常难以捉摸，它以自己的方式提出了 20 世纪文学、哲学和批评甚为关键的问题。就布莱而言，原生的关注是什么？制定规则使文学探索得以进行的那种未说出的假设系统又是什么？

七

哲学家伯格森对布莱早期的著作产生过巨大影响，布莱从他那里继承了不可信的空间化时间与可信的时间持续之间的区别。然而，在他自己的著作中，这一思想表现为转瞬即逝的流动的人世时间和包罗万象的固定的神性时间。布莱文学探索的主导原则就是寻求一条出路，逃脱短暂的人世时间以达到完全充分的时间。他在所研究的大多数作家身上发现了这种追求的变体。因此，与其说他的批评是研究自文艺复兴以来主要作家所体验的人世时间，倒不如说是研究这些作家摆脱流动而无常的日常时间的种种努力——基督教作家是通过发现时间之外的超验力量，像卢梭一样的作家是通过发现上帝"整体共时"在感觉上的对应物，而某些现代作家则是通过排斥现时瞬间以外的一切时间。布莱有时发觉自我会扩展到包括整个宇宙，有时又缩小到自足的一点。在所有这些变化中，常量都是以这种或那种方式的空间在逃避时间的过渡性。

这种寻求逃避时间流动的企图也可以说成是寻求真正的出发点，寻求引发其他一切的坚实的起点。要逃脱流动性就必须在变化中找到静止的岩石。布莱的批评以演绎的方式假定，这一起点（其前、后、下方皆无路可走）应该在意识之中，在真正的我之中，在去除了一切内容之后的自我之自我当中。他在每篇文章中都力图"径直走回作者作品中想象之宇宙洞开的那一点"①。这一点是自我意识的时刻。布莱说此刻是一切人类存在真正的出发点。② 在 1961 年写的一封重要信件中，他详尽地界定了这自我意识时刻的特点，并指明了它所归属的传统：

　　我不难断定：最重要的主体形式并不是被客体所征服、所充斥的思想，而是另一种（意识），它有时在客体方面显露出来，同时又与其保持距离、不受其影响。这一主体以其自身存在而存在，远离可能从外部对它起决定作用的任何力量，它以一种直觉控制自己，但这直觉与自知截然不同，因为自知是我们与世界关系的间接结果。换句话说，我应该说（批评中的）主体性是与文本内部（每一个文学文本）所思所想之人的意识相吻合的批评家的意识，然而这种双重意识并不存在于它与事物之间多样的感官上的关系，而是作为自我意识或纯意识先于并脱离于任何客体……正如你所看到的，在这点上我很忠实于笛卡尔的传统。③

---

① 布莱：《论浪漫主义神话的三篇文章》，第 11 页。
② 见本文第 3 部分关于我思的讨论。
③ 来自寄给我的一封信。

　　这就是布莱起初在每篇文章中提到的我思，他力图确证它是所论及的作家身上重要之处的来源。他在"双重意识"之时刻来进行确证，此时作家本人靠纯粹的直觉把握其思想的独特感情色彩，而批评家接受的思想又凭直觉洞悉那内省的思想。在这不含内容的纯主体性里，在其以"多产力量的多重效果"① 向世界开放时所经历的种种变化中，布莱认为有一种基本特征："存在"之特征。这一状况是对真实性的基本检验，布莱将它运用于文学中所记载的种种经验。它作为以多种形式滋生的主题中的一个常量贯穿于布莱的批评之中——它是思想对自身的存在，存在于自我意识发生时刻的"难以描绘的熟悉"之中；它是一种意识对另一种意识的存在，存在于批评之前发生在阅读中的两种思想的吻合；它是现时存在中赋予此时此刻即时经验的先在；它是客体对思想的存在，存在于感觉或知觉的瞬间；它是过去一些时刻的感觉对现在意识的存在，存在于布莱在许多作家身上所发现的那种情感记忆重现的现在；它是整个世界对思想的存在，存在于在有限、流动的人类意识中模仿无限、永恒的上帝意识的"整体共时"之即时性。如果卢梭的重要性在于：在他的著作中"第一次出现了要求追溯亚力山大人及经院哲学家们之'整体共时'的文学文本，不是作为说教的发展，也不是作为神秘的幻觉，而是作为亲身经历的经验"②，那么，在《瞬间测定》中论述英国浪漫派诗人的文章中，这些诗人就被描写成以某种方式寻求人类形式的神圣的"整体共时"，即"一种个人的、主体的永恒性；一种为他们自己所用的永恒性"③。布莱在《出发点》中是这样论述保罗·克洛岱尔的：没有人"比他更充分地描绘了

---

① 布莱：《马塞尔·雷蒙的批评思想》，第 208 页。
② 布莱：《人类时间研究之一》，第 174 页。
③ 布莱：《瞬间测定》，第 164 页。

那种同时是宇宙的和人世的永恒性的'整体共时'"①。从思想历险之初毫无内容的意识对自身的存在到思维同时包含所有存在的无边的幻想，布莱之批评无不认定现时和存在的优先权和最高价值。

　　这意味着，不论布莱是如何长时间地思考文学中的时间之主题，他还是默认了时间性的空间模式，一种由基督教—柏拉图继承的西方形而上学传统所决定的模式。在从苏格拉底前哲学家到普鲁斯特等作家中，布莱发现了空间化时间的多种不同的变体。尽管他致力于探究人类时间，空间意象在布莱的批评中举足轻重绝非偶然，比如《内省距离》的观点，或《循环变形》题目中的意象，或《普鲁斯特的空间》中并置的概念。布莱正确地指出：这种关于时间的空间意象是我们传统中一个基本的常量，它在哲学家及作家中以数不清的形式出现。比如，时间的空间模式存在于柏拉图的《梯迈乌斯篇》、亚里士多德的《物理学》、圣奥古斯丁的《忏悔录》第十一章、一直到20世纪埃德蒙德·胡塞尔的《内在时间意识的现象学讲演》。② 胡塞尔在他讨论时间的开始赞扬了圣奥古斯丁书的第十一章，由此可见时间意象的连续性。③

　　在论述作家过程中遇到时间之空间性时，布莱几乎毫不保留地接受基督教—柏拉图的观点，这种时间意象的空间性系统地联系着对存在的接受，即认为存在是一种原始范畴，其他范围都由

---

①　布莱：《出发点》，第34页。

②　关于胡塞尔在此立场上的复杂性的最新讨论，见热拉尔·格耐尔的《胡塞尔的时间及感觉观念》（巴黎，1968年），雅克·德里达的《论书写学》（巴黎，1967年）第97—98页及《言语与现象》（巴黎，1967年）第93—96页。

③　英文翻译见詹姆斯·S. 丘吉尔翻译的埃德蒙德·胡塞尔的《内在时间意识的现象学》（布鲁明顿，1964年）第21页。胡塞尔是这样评论奥古斯丁的："这一伟大的思想家如此认真探求这一问题，在这个以知识为豪的现代年代，没有人在这些问题上取得了像他那样精彩而重要的进步。"

它派生出来。柏拉图、亚里士多德、奥古斯丁以及胡塞尔全都将各自的时间意象建立在现在的优先权之上，他们将过去和将来都看成现在，虽然一个业已发生、一个即将发生。照此观点，无论结构多么复杂，时间性仍然是互相关联的现在的一种模式，或如胡塞尔在《内在时间意识的现象学讲演》中用图解表示的时间"流失现象"那样的"现时点"①。这种时间观在传统上总是与人类时间的流动之现时及上帝永恒的无穷之现时这一对矛盾相联系，布莱也经常提到这对矛盾，对前者而言，一个时间内只能有一个现在时刻存在，对后者而言，所有时刻都永远存在于一个包罗万象的空间性现在之中，它保证这些时刻本质的现时性，虽然就某一特定的人类经历看，它们现时并不存在。布莱认为，就一般传统而言，每个人都直觉地希望获得一种作为即时存在的所有时间的经验。他想以某种方式达到像上帝无穷之现时一样的境界。

最后，布莱批评中存在的优先性与文学中视语言为当然的倾向相关。大多数情况下，他并不探究作家的语言，不以若即若离的态度来分析它，不以怀疑的眼光来质疑它，不区分它表面上说什么和实际上说什么。他不细究文本语言，不过问其中隐喻的隐含之义，也不过问严谨的结构和沉默的含义。布莱对作家的大度，部分原因是他不仅视作家经验的真实性为当然，而且视他们借以表达经验的文字的真实性为当然。我们可以毫不夸张地说，布莱将他所讨论的作品的语言看作一个绝对透明的媒介，作家的思想通过这一媒介进入批评家的思想。如果布莱毫无保留地接受西方传统中的存在概念，那么他也同时接受西方传统中的表现或模仿说。他为数不多的文体分析总是认为文学语言是如实反映思想状态的镜子，思想先于语言，思想可以没有语言而完全真实地

---

① 英文翻译见詹姆斯·S. 丘吉尔翻译的埃德蒙德·胡塞尔的《内在时间意识的现象学》，第49页。

存在。因此意识似乎是文学语言的起源，当布莱让大家注意某个作家的风格时，他常使用"表达"、"反映"、"模仿"等词。这样的例子举不胜举，在此我举两个例子。在评论纪德作品中迸发式的句法时，布莱说道："优于其他句法形式的是，感叹句表达的是时刻，并迅即对他做出反应，在迸发过程中，使它只带有目前生活的特点。"① 在评论普鲁斯特时他说："超越，超前！普鲁斯特作品中很少有副词的表达像这两个一样出现得如此频繁，也很少像它们这样准确地同时表达出精神的冲劲以及此精神达到目标的不可能性。"②

在此我们可以更好地识别引文的作用，引文是布莱批评的一个很重要的特点。如果批评家必须大量运用作家的术语或中性的、不会在读者和作者思想间产生隔膜的词语，这是因为他认为在引文中作者、批评家和读者的思想，以三种意识同时存在的方式互相吻合。对语言融合思想的能力产生怀疑也就是怀疑存在的性质，作为一个空间、时间和意识的范畴，存在是布莱批评中的真正出发点。

八

这种存在的特质被称为基础，它优于所有形式的不在或距离，然而，这一点已受到新近的哲学、文学、语言学及批评的挑战。在马克思、弗洛伊德、尼采等19世纪前辈的指引下，新近不同倾向的作家针对"形而上学之解构"立文著书。布莱著作中关于现在和存在的优先性已受到这样或那样的攻击。

比如，弗洛伊德关于无意识的概念质疑了意识是开始或基

---

① 布莱：《出发点》，第9页。
② 布莱：《瞬间测定》，第315页。

础、其下再无他物的观点。弗洛伊德的无意识是对意识永不存在的思想的一个领域，它永远不能彻底脱离昏暗而进入思想对其本身存在的明亮领域。今天人们通常认为，"意识"这一概念或词、或甚至意识本身，在语言因素的系统相互作用中只是作为一种因素产生出来，这种作用是思想的基础，而不是思想这种作用的基础。我思中的"我"（无论是主格还是宾格）似乎证明了自身的存在，但它可能只不过是某种特殊的语法术语，正如埃米尔·本弗尼斯特最近所说的，或如尼采于1885年以一种不同的方式指出的那样。本弗尼斯特说："正是在语言之中并借助于语言，人自己才形成主体，因为在现实中，在存在的现实中，只有语言才能创建'自我'的概念。"① 尼采则说道："我们曾相信'灵魂'，正如相信语法和语法中主语一样；我们曾说'我'是条件，'想'是限定的谓语，思考是活动，主语必定被认为是它的原因。然后我们以非凡的耐性和方法试着看一看反过来是不是也正确。'想'成了条件，'我'是限定性的，于是'我'只是思考所创造出的综合体。"②

　　如今许多语言学家和文学批评家选取了一个类似的论题，他们继承索绪尔的传统——索绪尔否认意义先于语言而存在，否认词语是指向意义或事物的符号（词语被创造之前此意义或事物即已出现）。根据这些思想家的观点，语言以声音或能指彼此之间的差异性而创造意义。这就是说语言永远不是一个即时存在的问题，也不是模仿表现的问题。意义产生于一个能指或音素与另一个之间的相互关系，产生于它们之间的差异的相互作用。语言中的意义总是被延异的，总是处于从现在到不再是或即将是的运

---

　　① 本弗尼斯特：《普通语言学之问题》，巴黎，1966年，第259页。
　　② 见卡尔·施莱奇塔主编的《作品》中尼采《善恶之彼岸》的第54部分，第616页；英语翻译见玛丽安·科温的《超越善与恶》，芝加哥，1955年，第62—63页。

动之中。如果语言构成意识而不是意识构成语言，那么这些批评家的观点就是正确的，即文学批评的真正对象是语言的结构、句法和隐喻细节，而不是它们所产生而非反映的思想。事实上，表现或模仿之概念已经让位于由罗兰·巴特、雅克·德里达、吉尔·德鲁兹等作家所实践的详尽而敏锐的批评。①

再来看看布莱的另一个主题，即寻求文学或生活的出发点的主题。这一主题最近也受到米歇尔·福柯一类思想家的质疑。在此，尼采同样是个先驱，他在《善恶之彼岸》中是这样描述那种坚信一切开始背后总有更先的开始的激进思想家的："他怀疑每个岩洞后面还有一个更深的岩洞，表面之外还有一个更广阔、更奇异、更丰富的世界，每一个'底部'之外、'基础'之后还有一个无底的深渊。"② 在论及部分由尼采引发的19世纪解释领域的变革时，福柯最近提到"拒绝开始"，即拒绝相信在解释行为中有可能回到无前路可走的开始。③

鉴于布莱之批评以达到两个思想认同或重合的阅读行为为基础，埃马纽埃尔·莱文纳斯最近的著作则以相信他人的他性为基础。另一个思想是如此陌生、如此深不可测，以至于永远不可能以任何方法掀开别人与我之间的帐幕。这意味着我永远不能面对作为即时存在的另一个人，而只能遇到他个人经历中的间接的符号和踪迹。④

----

① 比如，见罗兰·巴特的《现实作用》（《通讯》第11期，1968年，第84—89页）；雅克·德里达的《残酷剧院和表现栅栏》（《书写与差异》，巴黎，1967年，第341—368页）；吉尔·德鲁兹的《幽灵与古代哲学》（《意义之逻辑》，巴黎，1969年，第292—324页）。

② 尼采：《善恶之彼岸》第751页第289段，见科温之翻译第232页。

③ 福柯：《尼采，弗洛伊德，马克思》，《尼采》，巴黎，1967年，第187—192页。

④ 比如，《时间及其他》，《选择，世界，存在》（格勒诺布尔，1949年）以及《整体及无限：论外在性》（海牙，1961年）："如果一个人能够控制、抓住、认识另一个人，他就不愿成为另一个人。"

　　若再转向布莱批评的另一个结构性主题，像保罗·德曼一样的批评家会质疑作为布莱对文学解释之基础的文学史的概念。对德曼和现今其他批评家来说，文学史不是一系列自我封闭的"阶段"，每个阶段都有其独特的决定其时文学主题的一套假设。德曼会这样争辩：人的状况在整个历史中是保持不变的，每个时代伟大的作家都是超越当时表面的思想格局，用真实的语言表达人类的困境，尤其是人类时间性经验中的深渊。①

　　最后，在20世纪最著名的分析时间的《存在与时间》中，马丁·海德格尔放弃了自希腊和教会神父而来的空间化的时间模式，接受了一种颇具穿透力的批评。对海德格尔来说，真正的人类时间绝不是一种不经中介的存在的经验，而是一种"迷人"的复杂结构，其中时间来自于尚未存在的将来。时间的每一方面皆向着其他方面伸展，并形成一个向着某种有限的整体性发展的不完善的系统，但是人活着时它永远达不到这种整体性。海德格尔说："时间性本身时间化成一种未来，这种未来使现时处于完成的过程之中。"② 在此时间概念基础上，海德格尔认为柏拉图或基督教的时间观视时间为一连串的现在，它们的基础是类似上帝那样的静止的、无限的永恒性，对于上帝而言一切时间都同时存在。这种时间观作为一种错误的投射产生于不真实的日常时间观念，即认为时间是同等现在的无限连接，在空间连续中前后延伸。所以海德格尔在《存在与时间》的一个脚注里断言：

　　　　传统的"永恒"观表示"持久的'现在'"，它产生于

----

　　① 见德曼论《时间性修辞》的文章，载于《解释：理论与实践》（巴尔的摩，1969年），以及他对布莱著作的历史观点的评论，见上述《批评》中论布莱的文章。德曼说布莱批评的历史纲要是表面的而不是真实的。

　　② 海德格尔：《存在与时间》第10版，图宾根，1963年，第350页，英语翻译为约翰·麦克华瑞和爱德华·罗宾逊的《存在与时间》，纽约，1962年，第401页。

通常理解时间的方式，对它的限定也倾向于永恒现时存在的看法……如果可以在哲学意义上"解释"上帝的永恒性，那么只能将它理解为一种"无限的"更原始的时间性。①

时间作为存在，他者作为存在，意识对于自身的存在，语言作为意识存在的纯粹反映，文学史作为意识的历史，达到所有其他存在都从中产生的原始存在可能——所有这些存在形式都遭到了现代思想主要传统的否定。也许最激进、最全面地从内部瓦解形而上学的尝试是由雅克·德里达发起的。② 德里达质疑布莱批评中所有明显的假设，并发觉它们皆差强人意（虽然没有具体提到布莱），例如他最近在其文章《论延异》中所采取的立场。③德里达说道："活生生的现在"所得到的特权

是形而上学的苍穹，是我们思想中的因素，只要思想陷入形而上学的语言之中。要逃脱这样一种包围的限制是不可能的，除非现在质疑那种存在的价值，海德格尔已经表明它是本体神学对存在的限定；因此，通过质疑那种存在的价值，通过质疑其必然独特的地位，我们也从总体上质疑那种形式或那个存在时期的绝对特权，它是像语言意志那样在其对自身存在之中的意识。④

---

① 海德格尔：《存在与时间》第 10 版，图宾根，1963 年，第 427 页，英语翻译为约翰·麦克华瑞和爱德华·罗宾逊的《存在与时间》，纽约，1962 年，第 499 页。

② 除了上述三本书，德里达还发表了《布拉冬的药店》，《原样》第 32、33 期，1968 年，第 3—48、18—59 页；《论差异》，《法国哲学协会通讯》1962 年第 3 期，1968 年 7—9 月，第 73—120 页；《ΟΥΣΙΑ 和 ΓΡΑΜΜΗ》，《思想之韧性》，巴黎，1968 年，第 219—266 页；《论散播》，《批评》第 262、263 期（1969 年 3、4 月），第 99—139、215—249 页。

③ 同上。

④ 德里达：《论差异》，第 89—90 页。

九

看来德里达和布莱所分别代表的传统必然以不可调和的"非此即彼"的方式相互对立。批评家要么选择存在的传统，要么选择"差异"的传统，因为它们关于语言、文学、历史和关于精神的设想互不兼容。然而，对布莱的批评读得越深越细，就发觉它越发显得也在怀疑自己的基本假设，而且随着著作的发展，它也以自己的方式遇到了对德里达这样的批评家来说很重要的问题。它应付这些问题的办法是试图达到自己公开宣布的目标，即从内心重新经历西方主要作家的"心路历程"，以求发现他们是否有人找到了逃离时间流动的出路，同时希望在每一个案中发现作品各方面得以产生的意识之内的出发点。正如德里达一再申明的那样，"对形而上学的解构"发生在形而上学内部并仍然处于形而上学之内，因为我们的语言只是西方形而上学传统的这种或那种变体。无论德里达与布莱在语气和态度上多么相同，他们的做法至少有一点相同。像布莱一样，德里达也呼吁重新经历我们传统中的重要文本，这在他看来就是梳理构成文本肌质的形而上学的基本丝缕。德里达说，现在远不是"超越形而上学"，"而是必须……停留在这一阶段的困难之中（通过回到形而上学之传统），通过一丝不苟地解读使西方话语规范化的形而上学重复它，而且不仅仅在'哲学史'的文本中重复它"①。布莱的批评可以说是这样一种一丝不苟的解读形式，而且在勾勒自文艺复兴以来文学传统的浓缩形象中，布莱其实也是在检验这一传统，虽然他的检验是间接的。

此外，如果布莱"一丝不苟的解读"的动力是一种隐秘的

---

① 德里达：《论差异》，第 96 页。

欲望，即想在稳固的出发点中发现逃出时间流动的出路，那么这一探求的结果是个失败。除非在一时的幻觉之中，布莱没有在任何作家身上找到他所寻求的东西。在批评中，通过重新经历别人的经历，他一次又一次地体会到意识无法回到出发点。他发现思想中存在一个无底的深渊，每个底部之下还有更深的底部。布莱对作家之我思的探索导致他认识到我思是一种没有开始的经验、是一种无法弥补的思维不稳定性的经验。追求开始的结果是发现不可能到达起源。这与下面的发现不谋而合，即衍生其他一切的意识的现在时刻被不在破坏，因而是在奔向无法企及的整体过程中永不停歇的运动。与德里达不一样的是，布莱无意"解构"形而上学。正好相反。他想使它延长、使它继续。但是从内部对它再经历时，他已经参与了那种解构，因为他遇到了传统所依的基础的不稳定性：意识与现在。布莱下面所说的话也许是他就自己文学研究之结果所说的最发人深省的话，他说："我相信"，

> 在其真正的内部延长所有作者的精神性过程中，人们会最终看到他们之外的东西，并建立起一种集合……（心灵）深处是如此深奥，以至于人们永远不能看见其边缘或尽头，而且中心具有一种超越性，正如在帕斯卡尔身上见到的那样。[1]

这种中心的超越性是任何可能达到的起源的缺失。无论探究得多深多远，中心仍然躲着探求者。在最深处之下还有更深处，文学的真实性即由这种无法到达底部的体验所构成。布莱继续写道："首先吸引我的是"

---

[1]　来自 1963 年的一封信。

那样一些人，文学对他们来说是一项精神活动，它需要人们
超越它的深处，或者尽管做不到这一点，尽管意识到无法超
越自己，但却仍然声称自己体验和证明了一个根本性
失败。①

这种对文学的中心运动是失败之体验的洞悉解释了帕斯卡
尔、卢梭、波德莱尔、普鲁斯特等作家对布莱的重要性。在这些
令人难以捉摸的作家身上，意识无法支撑自己的情况经常以某种
方式出现，或者意识支撑自己的努力非常崇高（比如卢梭）。马
瑟尔·普鲁斯特在此比其他作家更能体现布莱批评的内在情况。
布莱曾多次论及普鲁斯特，如他的顶峰文章《人类时间研究之
一》，长篇大论《普鲁斯特的空间》，以及收入《瞬间测定》里
备受赞扬的文章。在《出发点》的引言结尾也有很重要的几页，
而在《批评之当前道路》的序章中，布莱敬称普鲁斯特为"主
题批评"的发起人。该批评由于已经"深入到构成同一作家作
品集的那种表面无序的状态之内，所以在其中发现了……所有这
些作品的共同的主题"②。沿着这一系列关于普鲁斯特的文章，
人们就可以通过一系列明显的论点追溯布莱著作的发展，并可以
发现这样一点：如果布莱以自己的方式质疑存在的价值和意识的
解说——这似乎是他著作的基本出发点——那么他也就不会认为
文学由文字组成的观点微不足道，虽然表面看起来并非如此。他
对客观地研究文学语言的反感缘于他想保护文学的不定性，以免
一些人将它变成一个固定的空间结构，并可以信手拈来作为一种
外在的客体进行研究。以此方式将文学作品变成客体的结果是：
不能从内部体验它，因而不能发现它所记录的思想未能与其始点

---

① 来自 1963 年的一封信。
② 布莱：《批评之当前道路》，第 23 页。

相吻合的失败。一旦认识到这一失败，意识和语言的关系就不再被视作以文字被动地反映先在的思想。语言就成了思想赖以探索自身深度的工具，思想会借此发现自身内部没有可以企及的起点，并会最终认识到语言本身必须是一种途径，思想可以通过这条途径在自身内部无底的鸿沟上构成连续性和持续性。

布莱第一篇论普鲁斯特的文章研究了《追忆逝水年华》中脆弱、摇曳的现在的自我如何将自己建立在恢复自己过去的明显牢固的基础之上。《普鲁斯特的空间》将浩瀚的《追忆逝水年华》看作一个空间的全景图，其中用语言记录的事件被并置在书中的现在。《瞬间测定》中的文章显示了一个新的普鲁斯特，此人面向未来，面向通过写作行为，即语言创造出来的一种展望。布莱说《追忆逝水年华》最终的决定是

> 从过去的生存中得到将来的作品，结果主人公的最后决定成了新的小说的开头，一个新的未来的出发点……普鲁斯特的小说并不引导人们简单地将过去理解为过去。它创造了自己的未来；它以一种持续性的方式重新建立了未来活力的首要性。①

早在《出发点》中，布莱就洞悉到语言作为文学真正"出发点"之必不可少但又岌岌可危的功能，他还认识到语言是揭示和创造而不仅仅是反映或模仿的工具。在那本书中，布莱提到了 20 世纪文学中的特别发现，即发现了毫无掩饰的现在，在其基础之上文学有必要"发明或恢复那（失去的）持续性"②。布莱继续说道，这种发明或恢复工作"不是不可能，但是很困难，其中失

---

① 布莱：《瞬间测定》，第 335 页。
② 但是，值得注意的是："非此即彼"中回避了一个根本问题。发明或恢复，到底是哪一个？

败远比胜利频繁。在 20 世纪文学中有数不清的这样的例子：持
续性成形、夭折、爆破、甚至未达到并不持久的持续性"①。

这些作家当中，布莱认为没有人比普鲁斯特更好地显示了通
过文字创造持续性的困难，但是布莱的批评本身就是这样一个建
构。它远不只是对他人作品的简单表述，而是对持续性的创造，
此持续性来源于文字记录的经验中所有孤立的时刻，它们在所有
著作中不时显现。像普鲁斯特创造《追忆逝水年华》一样，这
种创造随着语言前进，在概述和组织过去的行为中移向一个永不
完结的未来：

> 人们无法……理解文学作品，除非将自己置于结构性的
> 奋斗之中，当它渐渐将自己展现在读者眼前时，它也同时显
> 示自己是如何离开瞬间状态的，也就是说，从构成它的一系
> 列孤立的合理事件移向一个结构性的暂时性，就是说，移向
> 逐渐形成的内聚力，它将不同部分聚在一起，使它们彼此形
> 成实证或辩证的关系，然后再以同样方式使意识形态和文体
> 上的常量以及形式上的序列昭之于众……与人们推想的相
> 反，时间并不是穿过现在从过去到将来、或从将来到过去。
> 它真实的方向是从孤立的瞬间到暂时的连续。正如伯格森所
> 坚信的，持续性不是意识直接给定的。我们所有的并不是时
> 间，而是瞬间。有了给定的瞬间，就该由我们来制造时
> 间了。②

布莱对文学的所有研究都旨在证实，在逐渐展开的创造性行
为中，意识和语言之间互相补偿、互相依存。在永远不会静止的

---

① 布莱：《出发点》，第 37 页。
② 同上书，第 40 页。

起点，思想和文字摇摇晃晃地互相平衡着、支撑着。这种观点使布莱超越了空间化的时间概念而面对这样一个事实：如果依然可以保留始源之概念，那么主观性和语言的真正开始便是人类时间性的动摇不定，是在时间之内为人类洞开的裂缝和错位。

（董文胜　译　王逢振　校）

叙事与历史

    黑格尔说："在历史、特别是世界历史的深处，有一种终极目的，这实际上已经在历史中被认识到了，而且还在认识之中——此乃天之计划——因为历史中存在着'理性'：这要从哲学上证明，并由此证明完全是必然的。"他还说："历史若无这样一种目的和这样一种观点，只能是一种意志薄弱的想象的消遣，甚至连童话也不如。因为即便是孩子们，也要求故事有趣，也就是说，要求某种至少能感觉到的目的，以及与目的相关的事件和行动。"结论：任何故事都必须有一个目的，因而一个民族的历史、乃至世界的历史也必须有一个目的。这意味着：因为有"世界历史"，所以在世界进程中一定也有某种目的。也就是说：我们只需要有目的的故事，但绝不需要关于世界进程的故事，因为我们把谈论它看做是个骗局。"我的生活没有目的"这个说法是明白无误的，哪怕是从其本源的非本质属性来看也是如此；而"我能为自己设定一个目的"则是另一回事。但是，一个国家没有目的；只有我们给它这样或那样的目的。

——弗里德里克·尼采，1873 年笔记①

---

    ①　引自《袖珍本尼采文集》（*The Portable Nietzsche*），沃尔特·考夫曼英译，纽约：维京出版社 1954 年版，第 39—40 页。

　　历史认知的丰硕果实使时间成为一颗既珍贵但又乏味的种子。

　　　　　　　　　　——W. 本雅明，《历史哲学论集》，1940 年

　　从许多方面看，一部小说都是一条置换的链条——将作者置换成虚构的叙事者的角色，再将叙事者置换进想象中的角色的生活——这些想象中角色的思想、感情，就体现在那种所谓"间接话语"古怪的口技中，[1] 然后故事（在历史事件或是作者的生活经历中）的"本源"又置换成了叙事的虚构事件。在这里，从各种蹊径进入虚构空间的方法被淡忘了，与此同时得以秘密显示的是一种奇妙的传统（这体现在自 16 世纪以来近代中产阶级的小说中），那就是，一部小说传统上并不被看作是小说，而是被当作语言的另一种形式。它差不多已经成为了某种"再现的"形式，深深植根于历史与"真实的"人类经验的直接报告之中。小说似乎耻于把自己描述为"自己是什么"，而总爱把自己描述为"自己不是什么"，描述为是语言的某种非虚构的形式。小说偏偏要假托自己是某种语言，而且标榜自己同心理的或是历史的现实有着一对一的对应关系，以此来体现自身的合法性。

　　写作一部小说时，置换的反向与抑制往往有几种形式。一部小说可以是一部书信集（如《克拉丽莎》）；可以是回忆录或是文献集（如《匹克威克外传》）；可以是在箱子底或是水瓶中发现的昔日手稿（如爱伦·坡的《水瓶中发现的手稿》）；可以是自传（如《鲁滨逊漂流记》《大卫·科波菲尔》《亨利·艾斯蒙

──────────

　　① 之所以说"古怪"，是因为叙事者没有作为主人公直接言说，就像埃德加·伯根替代查里·麦卡锡言说，或是乔伊斯替代莫利·布鲁姆在她自言自语时的内心独白那样。"间接话语"的作者假托是一个为主人公说话的叙事者，为他提供一种语言形式的词语，这种语言形式总是在某种程度上牵涉到反讽的距离或是差异。这里涉及的置换存在于运用到的语言学策略之中。

德》）；可以是一篇法律证书（如麦尔维尔的《贝尼托·切莱诺》的最后一节）；可以是新闻报道（如狄更斯的《博兹札记》）；可以是旅行指南（如《泰比》）；甚至可以是一幅逼真的图画（托马斯·哈代《绿阴树下》的副标题就是"荷兰学校的田园图画"，而《米德尔马契》的副标题是"外省生活研究"，尽管这里"研究"二字看上去倒更像是一篇社会学或是科学论文，但这又为我这里所列的单子增添了一种置换形式）。

或许这种掩饰最重要的形式，是把一部小说当作了历史的一种形式。事实上，"历史"这个词总是混淆了置换的其他形式，甚至是取而代之。尽管《亨利·艾斯蒙德》的体裁是一部虚构的自传，但它完整的标题却是《由为安妮皇后陛下效忠的陆军上校亨利·艾斯蒙德先生撰写的自己的历史》；狄更斯的小说《大卫·科波菲尔》的完整标题是：《大卫·科波菲尔的个人历史》。"历史"这个词在小说标题中的运用，最出名的例子恐怕莫过于《弃儿汤姆·琼斯的历史》了。当然，从小说的近代传统中还可以找到大量的例子。巴塞特最后的小说题为《巴塞特最后的记事》（应该说"记事"与"历史"之间的区别还是很重要的），而 H. G. 威尔斯在 1910 年出版了《波利先生的历史》。

反置换的特殊形式居于特殊地位，原因是显而易见的。把一部小说称为历史，就此一笔，它的作者就遮蔽了"虚构"一词所带来的杜撰、凭空创作与谎言的所有含义。与此同时，他断言自己的小说是逼真的，其坚实的基础基于早已存在的事实之上，而这种事实是同历史的观念密切相关的。企图掩盖小说就是一部虚构作品这一事实的焦虑感，以及要把它纳入历史的大旗之下的迫切感，最突出的例子是亨利·詹姆斯在论述特罗洛普（1888）一篇文章中的一段话。至少对詹姆斯来说，虚构的想象似乎只有掩盖了自身的真实面目才能获得自由。在詹姆斯看来，一部小说似乎只有掩饰自己不是什么，读者才会信以为真。在文章中，詹姆斯悲叹特罗洛普的（对欲做小说家的人来说是至关重要的）"幻想"的"反复无常"和"危害性"。（顺便说一句，詹姆斯在很大程度上夸张了特罗洛普的这种"有害的把戏"。在特罗洛普的后期小说中，已经很少见到这种把戏了。而且，相对于亨利·詹姆斯来说，当代批评家在特罗洛普小说中更容易找到"反小说"的例子，认为它们更能说明问题、更有意义，尤其会指认它们事实上是自《堂吉诃德》以来小说传统技巧的一部分。）詹姆斯说，特罗洛普"有一种自我毁灭的满足，总是在提醒读者：他所讲述的故事仅仅是，最终也只是，似真非真而已。他习惯于将手头（正在进行创作）的作品当作小说，把自己称为小说家，也乐于让读者知道：这位小说家能够根据自己的喜好安排情节"。詹姆斯对此持反对态度，他旗帜鲜明地申明了自己的观点：为了自身的存在，一部小说必然仰赖于它的主张：它就是历史。

　　小说家只能把自己当作历史学家、把自己的叙事当作历史，除此之外真难以想象他还能把自己当作什么。只有做一位历史学家，他才有最起码的确认的地位（locus standi），而作为虚构事件的叙事者，他就毫无地位；为了使他的企图得到某种逻辑的支持，他必须叙述那些假定是真实的事件。这种假定充斥着最严肃的讲述故事的人们的作品，同时也激励着他们的创作。我们只要看看巴尔扎克叙事宏大的历史语气就足够了（无需再多举例子），他其实早该想到向读者承认，他是在哄骗他们，就像加利克或是约翰·肯布尔总会想到在上舞台以前脱下伪装展示给观众看一样。所以，当特罗洛普突然向我们眨眼示意，提醒我们他讲述的是一件很随意的事情，我们就会大吃一惊，同时也会感到震惊，仿佛麦考利或是莫特利准备拉下历史的面具，然后明确表示：奥兰治的威廉仅只是个神话，或者说阿拉瓦公爵纯属虚构。①

　　这段话绝对引人深思！在这里，"把一部小说叫作一部历史"这种传统的说法被提到了表面，詹姆斯（甚至没有使用他常用的隐喻）用一种夸张的、"激烈的"（他常用的词汇）语气转弯抹角地承认，恰恰因为小说不是历史，所以它必须小心谨慎地保持它虚构的本质。尽管奥兰治的威廉和阿拉瓦公爵确有其人，巴尔扎克笔下的人物并不真实（就像加利克或是肯布尔的表演一样是种假象），但小说家必须坚持虚构，只有这样他的人物才具有历史真实性，否则他就"一事无成"。在我看来，这意味着，一部自称是小说的小说，不是化为一片云烟就是堕入深不可测的深渊，就像一个人丧失了自己的立足点、自己的基础和自己确认的地位。"最严肃的讲故事的人"的实质在于，他必须有"某个地方"，也就是有一个假定的历史真实性来作为背景或场景。只有在这样的语境下，作为所有叙事基础的种种换喻才能转换；也只有在这样的语境下，才能使特定叙事的故事具有连续性，才能使人们对叙事者所讲故事的阐释具有完整性。

　　然而，"小说家的叙事是历史"这一设定，其意义绝不仅仅在于只是简单地给了他作品一个基础。它同时"在他的企图中嵌入了逻辑作为支柱"。倘若没有"具有一种历史的根基"这个设定，一部小说似乎就会土崩瓦解，变成互不关联的碎片瓦砾，或者用亨利·詹姆斯的名言，就会变成一头"庞大、散乱的怪物"，成为无脊椎动物、优柔寡断之人或是美杜莎。唯有设定它就是历史，一部小说才会有开始、连续和结局，也才能形成一个首尾一致的整体，具有一种独一无二的意义或是特有的个性，就

————————

　　①　引自《小说的艺术散文集》，纽约：牛津大学出版社 1948 年版，第59—60页。

像一个有脊椎的动物一般。在他使用"逻辑"这个词（还有同时使用"定位点"与"支柱"这些隐喻）的时候，詹姆斯揭示了小说的有机形式的观念同（西方文化的历史观念相关的）设定体系之间的联系。他含蓄地承认，有关小说形式的种种传统观念都被历史观念的描述取代了。有关小说的形式和意义的设定的全部内涵（詹姆斯用自己作品中绝妙的序言对此作了权威性的描述），完全是和"界定一部小说是作为历史的一个类型"这样的隐喻共存亡的。

　　有关历史的设定——已经转换成传统的小说形式的观念——可以加以印证。它们包括了下述概念：始源和结局（"考古学"与"目的论"）；统一性和整体性或是"整体化"；潜在的"理性"或是"基础"；自我、意识或是"人类的本性"；时间的同质性、直线性和连续性；必要的进展；"天数"、"命运"或是"天命"；因果关系；逐渐显现的"意义"；再现和真实——简言之，所有上述有关世界历史的设定，都在我文章起首所引尼采转引黑格尔的话所论述的范畴之内。像流水、织布或是一个生物体之类的一些隐喻，都趋向于重现在这种设定体系的表述之中，更确切地说，无论这种体系何时被表述，这些定时必然出现的、明显的隐喻便显示了这样的事实：体系本身就是一个隐喻、一种修辞手段，只不过它原初的隐喻或想象中的特性已经被抹去了。正如黑格尔所说，"即便是孩子们，也会要求故事有趣（也就是说，要求某种至少能感受到的目的），以及与目的相关的事件和行动"。这里，黑格尔从反面运用了我所探讨的隐喻的种种因素。没有目的的故事和没有将所有的内容从属于这个目的的故事，都将"是一种意志薄弱的想象的消遣"。

　　西方历史观与西方小说观所共有的一整套设定，并不是——这一点至关重要——不同的属性以及碰巧在那里出现的显著特征的组合。恰恰相反，它们是一个严格的体系，也就是说，每一个方面也都暗指其他方面。没有一个可以被动摇或是被引发而不导致对所有其他因素的质疑。德里达令人叹服地说明了所有这些方面彼此共有的内在属性：

> 形而上学的历史概念……是历史作为意义历史的概念，……是意义自身的发展、自身的生产、自身的实现的历史。它是线性的，……直线的或环线的。……历史概念的形而上学特点不仅与线性相联系，而且与整个含义的系统相联系（包括目的论，末日论，提高和内在化的意义的收集，某种类型的传统性，某种连续性的概念，真理的概念，等等）。因此它不是一种偶然的属性，通过局部切除就可以移开，而不会整个置换组织安排，使整个系统发生作用。①

这个体系中有关历史观的所有因素，可以原封不动地转换成小说形式的通行概念。人们通常想象，一部小说的形式结构是其意义逐渐显现的过程，它同小说的结局（目的论的实现）相吻合。结局就是整体的连贯性的回顾性显现，是它的"有机统一体"。作品最后一页就是它一直不停地移向的终点，总是处在"感觉是结局了"的地方。这种感觉连接了所有部分，成了叙事的脊椎。与此同时，逐渐显现的意义之意象，将被用于主人公"命运"的概念之中。他们的生活作为一个整体逐渐显现的时候才有"意义"，即"他们生活的意义"。小说结局是主人公命运的最终揭示，也是文本的形式统一体的最终揭示。小说中的所有概念：叙事的、人物的、形式统一体的，都与形成西方历史观的概念体系和谐一致。

毫无疑问，历史学家没有必要等待小说家去提出质询，而这

---

① 德里达：《立场》（巴黎，1972 年），第 77 页。

种质询会使这个设定的体系产生动摇，或者甚至会像蜘蛛网一般被风吹得烟消云散。对这个体系的质疑也用不着等待一种德里达式的或是罗兰·巴特式的解构主义的严密论证。正如里奥·布罗迪在其《历史与小说的叙事形式：休姆、菲尔丁与吉邦》与海顿·怀特在其《元历史》①　中所展示的，对 18 世纪和 19 世纪的历史学家来说，写作历史已经成为了疑难事业，对自维柯以来的现代历史学家来说更是如此。无疑，这对修昔底德与普鲁塔克，甚至对希罗多德来说都是颇有疑问的。恰如詹姆斯显现最后的隐喻所暗示的那样，所有的历史学家都有意识地戴上了"历史的面具"，很像演员穿上戏装、粉饰化妆一般。这么说并不意味着历史学家相信奥兰治的威廉是个神话，或者相信阿拉瓦公爵是虚构的，而是说他们已经意识到，用这样或那样的方式叙述历史的先后顺序，实际上涉及了一个建构性的、阐释性的和虚构的行为。历史学家早已知道，在历史和叙述历史之间，从来就不可能完全吻合。所以，我在这里简要描述的有关历史设定的体系，不仅对历史学家和历史哲学家，就是对（把自己的事业模拟为叙事的历史学家的）小说家来说，都有一种巨大的、带有强制性的蛊惑力。这个体系不可思议地趋向于把自己编织成一种新的形式，哪怕它已经被人为地取消了也是如此，就像一个蜘蛛网又织出了我们西方语言的内部范畴，或者像佩内洛普的网一样，晚上被破坏之后，早上又重新编织而成。

　　这种无休止更新、无休止破坏最为持久的形式之一就是拆散（unweaving），它事实上已经被虚构的作品演示过了。质疑自身的事业已经成为散文体小说——从《堂吉诃德》到《项狄传》（Tristram Shandy）再到约翰·巴斯与 J. L. 博尔赫斯的现代形

---

　　①　分别见普林斯顿：普林斯顿大学出版社 1970 年版；巴尔蒂莫：约翰·霍普金斯出版社 1973 年版。

式——创作实践内在的一部分，就此而言，这种拆解活动（un-ravelling）同样已经成为一种对基本隐喻的拆卸（dismantling），而正是根据这种基本隐喻，散文体小说才确认了自身，也就是说，才把自身定义为某种历史观。一部小说就讲故事的一些重要的设定提出疑问——比方说，提出了始源和结局的概念、意识和自我、因果关系或者逐渐显现的意义等等这样一些问题——那么，这种对叙事形式的质询，同样间接成为了一种对历史或是写作历史的质询。写作小说使用的类推方法，看上去似乎是确认的地位，到头来却以讲故事的行为削弱了自身的基础。一部小说"解构"了虚构"现实"的设定，就此而言，它最终同样要"解构"有关历史或是有关写作历史的朴实的观念。本文的主旨在于：提醒人们重视小说中这种破坏自身基石的、自我拆解性（self-defeating）的复归。

　　我选择乔治·艾略特的《米德尔马契》 （*Middlemarch*，1871—1872）作为一个例子。这或许是适宜的，因为无论从哪方面来看，《米德尔马契》都不属于我上面提到的那个与塞万提斯、斯特恩还有博尔赫斯的名字联结在一起的反小说（anti-no-vel）的传统。《米德尔马契》绝对属于现实主义小说传统，事实上，它也被认为是同类作品在英国文学中的经典之作。《米德尔马契》处心积虑地将事件安排在一个特殊的历史时期和特殊的地点：英国首次改革法案出台前那段时间内的外省生活。小说精心建构了这一时期与地点的历史背景。在这个意义上，它是一部"历史小说"，直言不讳地宣称它的叙事者就是一位"历史学家"，并且公开表明小说就是基于某些历史的设定之上的。这当然包括了这样两个设定：每一个历史阶段都是独一无二的；"历史的力量"决定了在某个时期只能有某种生活。比如说，多萝西娅·布鲁克的生活是残缺不全的，因为它完全缺乏"严密的社会信仰和教派的帮助，给她们炽烈虔诚的心灵提供学识上的指导"（Ⅰ，"序曲"，2）。①"她一生中这些决定性行为"实际上是"年轻而正直的精神在不完美的社会条件下挣扎的结果"（Ⅰ，"序曲"，2）。因为，恰如乔治·艾略特所说，"没有一个人，他的内心如此强大，以致外界的力量不能对它发生巨大的决定性作用"（Ⅲ，"尾声"，464）。事实上，"历史"是《米德尔马契》开篇句中的关键词。在一个著名的比喻中，多萝西娅被展示为是和圣·特里萨略有区别的复制品，是一个不属于她的时代的圣·特里萨。"凡是关心人类的历史，希望了解这奥妙而复杂的万物之灵，在时代千变万化的试验中，会做出什么反应的人，谁没有对圣·特里萨的一生发生过兴趣，至少是短暂的兴趣呢？……"（Ⅰ，"序曲"，1）而且，在《米德尔马契》中，历史就是一个主题，无论是就故事本身而言，还是就卡索邦的历史研究以及艺术与历史的关系来说，都是如此。威尔·拉迪斯劳与他的德国朋友瑙曼在讨论这一点时，对此提出了质疑。叙事者为了自己的事业，也不断地把历史置于读者面前，以此作为基本的类推法。

　　本文没有足够的篇幅来完整地阐释在《米德尔马契》中，究竟哪些主要的段落公开谈论了历史观的问题。但例子之一是第Ⅺ章中有名的一段，它描述了"旧有的外省社会""变换了的……界限"和"微妙的变化"。②乔治·艾略特在《米德尔马契》中展示了一个社会"相互依存"又逐渐变化的范例。这里，

---

　　①　本文有关乔治·艾略特《米德尔马契》的引文部分，采用了人民文学出版社《米德尔马契》（项星耀译）1987 年译本的译文。个别地方，略作修改。引述后面的页码等，为英文原版《米德尔马契》（Edinburgh and London：William Blackwood and Sons）的出处，依次为卷、章、页。——译者注

　　②　参见："有的人败落了，有的人上升了，老百姓发了财，不再把贵族放在眼里，吹毛求疵的新贵代表地方当了议员；有的卷进了政治风潮，有的参加了宗教运动，也许最后仍会发现，他们只是殊途而同归。少数人士或家庭在这风云变幻中，诚然像磐石一样屹立不动，但那坚固的表面也会慢慢呈现新的斑纹，随着自身和旁观者的演变而改变形状。"（Ⅰ，xi，142）

艾略特很明显和希罗多德有着相同的观点："确实，在古老的英国，这类运动和混合并不少见，比之我们在更早的希罗多德的著作中看到的毫不逊色——有趣的是，希罗多德在叙述历史渊源时，开宗明义讲的也是一位妇女的遭遇。"（Ⅰ，xi，143）另一个例子是第 XX 章中极有色彩的一段，它描绘了多萝西娅对罗马那些"惊人的碎片"、"令人难以理解的""影响"的反应：

> 对于那些学识渊博、智慧敏锐的人，他们看到罗马的时候，他们的知识会给一切历史形态注入活的灵魂，找出一切对立现象之间隐蔽的变化轨迹，那么，罗马在他们眼里可能仍是世界的核心和阐释者。但是不妨想想，历史在另一些人心头引起的反应，比如，罗马帝国和教皇城残留的雄伟遗迹，一下子投射到一个少女的意识中，而这个少女是在英国和瑞士的清教精神中长大的，她吸收的养料只是贫乏的新教历史，她接触过的艺术珍品只是袖珍遮光屏之类的东西；她天性热烈，但知识浅薄，她又把这些知识统统变成了原则，她的行动也以这些模式为依据；她的情绪又极易激动，以致在她眼里，抽象的事物也带上了欢乐或痛苦的色彩……（Ⅰ，xx，295）

最后的例子是第 XV 章的起首。乔治·艾略特在此明白无误地解释了她作为一名小说家的策略，是如何同"坚称自己是一位历史学家"的亨利·菲尔丁的策略形成对照的：

> 但是，菲尔丁所处的时代，日子更加漫长（因为时间就像金钱一样，是根据我们的需要来衡量的），到了夏天，下午便闲得没事，至于冬天的黄昏，那更是在时钟慢悠悠的滴答声中度过的。我们这些后起的历史学家可不能学他的

样，随意逗留；如果我们要闲谈，恐怕只得三言两语，匆匆带过，好像我们是坐在木板房里的小折凳上鹦鹉学舌。拿我来说，至少我有许多人生的悲欢离合需要铺叙，看它们怎样纵横交错，编成一张大网。我必须把我所能运用的一切光线，集中在这张特定的网上，不让它们分散在包罗万象的大千世界中。（Ⅰ，xv，213—214）①

历史作为主题在《米德尔马契》中占据了一席之地，但它是与一个链条中的其他主题同时并存的。这些主题包括了：宗教（戏剧式地体现在布尔斯特罗德的故事中），爱情（有三个爱情故事），科学（利德盖特），艺术（瑙曼与拉迪斯劳）和迷信（弗雷德·文奇）等。这里每一个主题的论述，都落入了一个相同的模式。在每一个主题内，主人公都被一个信仰所迷惑：他所遇到的所有的细枝末节都被一个单一的中心、始源，或是结局所支配。在每一个主题内，叙事者都解开了这种幻觉的神秘性，而且显示出它是基于一个错误之上的，这个根本性的语言错误在于：逐字逐句运用了修辞法；设定了因为两个事情相似，所以它们是等同的、发生于同样的来源、或者走向同样的结局、也可用同样的法则辨明。正如叙事者所说——这好像可以被当作是为《米德尔马契》中所有备受精神疾病折磨的人所开出的一种诊断法——"我们每个人，不论他天性严肃或随便，都喜欢把自己的思想跟比喻连在一起，让它们牵着自己的鼻子走。"（I，x，127）卡索邦完全沉迷于古代神话的迷宫式的错综复杂之中，没完没了，又一无所获，这都因为他有着虚假的设定：有一把"开启所有神话的钥匙"，他相信"世界上所有的神话体系或世上残存的片断神话，都是古老传统的独特反映，它的曲折表现"

---

① 另外可参见：《米德尔马契》I，vii，96—97 和 Ⅱ，xxxv，102—103。

（Ⅰ，iii，33）。利德盖特在寻求所有的身体器官产生变异的"原初组织"："……这些机体是否有共同的基础，而它们都来自这基础，正如你的绸衣、罗纱、面网、缎子和丝绒，都是由生丝织成的？"（Ⅰ，xv，224）。布尔斯特罗德认为，天意确认了他的骗术，而他在尘世的成功，证明了上帝指引他的生活走向自救。可怜的弗雷德·文奇则相信，因为他是个好人，所以运气应该站在自己一边，"希望的源泉总是源源不断，永无枯竭之日"（Ⅰ，xxiii，358）："如果事物不符合一个人的愿望，那还谈得到什么天从人愿？既然天不从人愿，那么违背天意，不信鬼神，也无可厚非了。"（Ⅰ，xiv，203）罗莎蒙德的"游丝网"吐丝式的爱情（Ⅰ，xxxvi，304）在利德盖特向她求婚时落入了同样的模式。它依旧是在建构一部由一种虚幻的开始和结局所制约的小说。罗莎蒙德的情况完全是文学性的。就像艾玛·包法利一样，她读了太多的坏小说。叙事者说："罗莎蒙德记下了她的每一个表情和每一句话，认为这是已经构思好的一篇罗曼蒂克故事的序曲，而且正因为它的发展和高潮是可以预卜的，这序曲才更难能可贵。"（Ⅰ，xvi，251）尽管"她的思考往往从虚无缥缈的前提出发"，也就是说，它是没有基础的基础，因此她"一旦找到合适的地基，就会运用她细致绵密、真实生动的想象力，构筑自己的大厦"（Ⅰ，xii，177）。

多萝西娅近乎毁灭性的错误就是嫁给了卡索邦，而她的这个错误不过是普遍错误得以最为详尽描述的变形。她既"热情"又"理智"。她的热情表现在从那些美化她的日常生活细节、按照某种理想式的结局对其进行确认的人那里寻求某种引导。引发她出现错误的是她的"完全从属于崇高热烈的生活目标，而且这种憧憬主要是靠它自身的火焰点燃的"（Ⅰ，iii，38）。这是一个阐释性的错误，再次犯了把一个相同的修辞手段认作特征的错误。就因为卡索邦让多萝西娅想起了圣·奥古斯丁、帕斯卡尔、博斯尤特、奥柏林、与他同名的 17 世纪的人物、弥尔顿以及"见多识广的胡克",所以她以为卡索邦一定也是这样一位精神天才,还以为找到了"一个能够领她在金光大道上行走的领路人"(Ⅰ,i,12;iii,40)。① "真正幸福的婚姻,必须是你的丈夫带有一些父亲的性质"(Ⅰ,i,12)。人们有种普遍误释的倾向(它影响了《米德尔马契》中所有的人物),就此而言,卡索邦是个文本,是导致多萝西娅误读的一组符号集。叙事者在谈到多萝西娅"阅读"卡索邦时说道:"无论先知的预言或诗人的篇章,我们都可以穿凿附会,把各种意思强加给它们,甚至不通的语法也会变得神圣不可侵犯。"(Ⅰ,v,72)而在另外一处,叙事者又说:"符号只是可以计量的小东西,但对它们的解释却可以漫无止境,对于天性温柔热烈的女孩子,每个符合都能唤起惊异、希望和信仰,使它变得像天空一样广大,而以知识的面目出现的一丁点儿颜料,便可在这天空中化成一片彩霞。"(Ⅰ,iii,34)

　　同上述神秘化的所有形式完全并行的是,绝对相信历史是向前进的,历史具有目的性。这种幻想同其他一道被解构了(也许它更加清晰可鉴),而且是以特别适宜于我的目的的方式被解构的,因为这里乔治·艾略特给出的例子是黑格尔式的理论:艺术与世界进程相配合,同时又帮助世界精神自我发展。威尔·拉迪斯劳是乔治·艾略特的代言人,他破坏了历史和叙事之间联系的特殊变形。他与小说中其他人物有所不同,没有找出原始的欲望。卡索邦尖刻地转述了他曾"说他连尼罗河的发源地也不想

---

　　① 值得注意的是,多萝西娅同样误信了始源的阐释的力量:"也许,还应该懂得希伯来文——至少是字母和一些词根——这样才能追根溯源……"(Ⅰ,vii,93)对卡索邦和利德盖特追寻始源的研究,可参见 W. J. 哈维的文章《小说的智性背景》,见 B. 哈代主编《米德尔马契:小说的批评方法》,伦敦:伦敦大学,阿思隆出版社1967 年版,第 25—37 页。

知道，因为就诗的想象而言，未知的领域有的是，尽可供他驰骋探索"（Ⅰ，ix，120）。他拿瑙曼的黑格尔或是"纳扎勒内"的艺术理论开玩笑："你使她的神圣体现在更高的完美之中，只有把她放进你的画布，才能表现她的一切。好吧，你说得对，我画画是闹着玩的，我并不认为整个宇宙只是为你那些意义不明的图画存在的。"（Ⅰ，xix，290）而且，他向多萝西娅展示自己的油画时，嘲弄式地模仿了瑙曼的理论："我用坐在车上的帖木儿象征世界的客观历史进程，这是一种巨大的力量，它鞭策着那些挽车的王朝。在我看来，这是一个很好的神话式阐释。"多萝西娅问道："你是不是打算用帖木儿象征地震和火山？"威尔回答道："一点不错……还有种族大迁移，开辟森林——以至发现新大陆，发明蒸汽机。总之，是你能想象的一切！""这是多么难以理解的速记手法！"多萝西娅答道。（Ⅰ，xxii，326—327）

在《米德尔马契》中去除神话形式，以求真义的努力，可以被定义为是对（历史的传统观念所依赖的）形而上学体系各种形式的一种拆解（dismantling）。尽管它求助于传统的"确认的地位"的办法，指认本身是历史的一种替代形式，但小说可以说是揭开了自己脚下的地毯，丧失了那块坚实的基础。按亨利·詹姆斯的说法——如果他是正确的话——如无这种基础小说便"毫无地位"。乔治·艾略特的小说失去了它在历史方面的基础，因为它表明那种基础也是虚构的，是修辞手段，是神话，是谎言，就像多萝西娅解读卡索邦，或是布尔斯特罗德看待他的宗教命运一样。

但是，乔治·艾略特在《米德尔马契》中的努力并非完全是否定性的。历史、讲故事以及人类的个体生命这些形而上的概念被不同的观念取而代之。始源、结局、连续这些概念，都被下列范畴所取代：重复性、差异性、非连续性、开放性以及个人能量的自由、对立的争斗，等等，而每一个范畴都被视为一个阐释的中心，其实这个阐释是误释，对乔治·艾略特来说，历史并非无序，但控制它的并不是有序化的原则或是目的。历史是一整套行为，而不是一个消极的、必然的进程。它是那些创造了历史的人所附加的结果，就像他们将阐释强加于历史之上一样，对艾略特来说，历史是分层的，总是在运动之中，总是在一种行进的中间阶段，总是不断地对后来者进行重组。说罗马是"世界的核心"，并不是因为它有着神秘的始源，而是因为它是"世界的阐释者"。罗马是一块土地，千百年来它聚合了最富热情的阐释行为。叙事者在另外一处说，"心灵总是继续活在绵延不断的头"（Ⅰ，xvi，243）。唯一的始源就是一种阐释的行为，就是说，一种通向权力意志的行为强加在了一个已经存在的"文本"上，它也许就是被当作文本看待的世界本身，是一组符号。这样的符号，并不是了无生气的。它们只不过是问题而已，就像罗马的"惊人的碎片"一般。然而，与此同时，它们早已背上了先期阐释的包袱。因此，多萝西娅对罗马的反应，只不过是在它先前已经存在的一层又一层的阐释上附加了一层而已，"罗马帝国和教皇城残留的雄伟遗迹，一下子投射到一个少女的意识中，而这个少女是在英国和瑞士的清教精神中长大的，她吸收的养料只是贫乏的新教历史，她接触过的艺术珍品只是袖珍遮光屏之类的东西；她天性热烈，但知识浅薄，她又把这些知识统统变成了原则"，此时此刻增加了一个"历史的对比"，也在她的反应中加进了一个新的意义。尽管多萝西娅的生活并没有一个特定的目的，但她可能赋予它一个目的，就像她最终决意嫁给拉迪斯劳一样。同样，尽管过去没有一个固定的"意义"，我可以用占有它现在的方式赋予它意义，就像叙事者用不断重复多萝西娅的故事的方式给予多萝西娅的生活一个意义一样，这也和读者在解读小说时把自己也附加在了这个链条上完全一样。

乔治·艾略特既反对"艺术品是一个有机体"的观念，也反对"人类生活是逐渐显现其命定的意义"的观念，其目的在于，她反对"一个有差异组成的文本"的概念，反对"没有整体意义的人类生活"的概念，因为对它们来说，"每一个界限既是结局，又是开端"（Ⅲ，"尾声"，455）。这种生活的意义不在于其本身，而在于它们对别人的影响，也就是说，在于别人对它们是如何阐释的。为了取代那些致使《米德尔马契》中的人物痛苦的错误，乔治·艾略特在小说中展示了，每个人的生活都没有理想的始源和结局似乎都是情有可原的。每个人都对周围的人有这样的影响，好像它确有其事，而且不能被普遍化或是先期预言。但它却是"极为分散的"，就像多萝西娅的"依旧还有好的结果"、"完整的性格"一般，尽管它们"正如那条给居鲁士堵塞的大河"，致使它"化成了许多渠道，从此不再在世上享有盛誉了"（Ⅲ，"尾声"，465）。为了替代复杂的有机形式、中心化的形式、一些围绕着某种绝对普遍化的主题所组成的形式这样一些概念，乔治·艾略特展示了一种艺术形式观：无机结构的、无中心的、非连续性的。这样的观点把形式看作是基于不同和差异之上的。乔治·艾略特在她的非同寻常的一篇小文章《论艺术的形式》（1868）①中表述了上述观点，同时又在《米德尔马契》中用真实的结构、清晰的论述展示了这一点。

乔治·艾略特在《论艺术的形式》中说，"从根本上讲，形式就是不同，……而……每个差异都是形式"②。"我反对任何绝对的结论"，她在《米德尔马契》中（Ⅰ，x，125）下了断言。她在小说中有几处论证了所有普遍化的东西都是篡改、伪造而成。她在谈到情感刺激想象时说："这是我们大家都有的体验。只是就某些人而言，却有很大的不同。"（Ⅱ，xlvii，297）她还

---

① 参见托马斯·平尼主编《乔治·艾略特散文集》，纽约：哥伦比亚大学出版社1963年版，第432—436页。

② 同上书，第432—433页。

说道："自负也不是千篇一律的，它随着我们精神气质的微细差别而变化，而精神气质是人人不同的。"（Ⅰ，xv，226）最后的例子是她这样的言论："世界上有许多奇怪的混合物，同样被叫做爱情，自称享有特权，可以用庄严的愤怒对待一切。"（Ⅱ，xxxi，41）事实上，正是"人类这种得天独厚的概括能力使他比不能说话的动物更容易做出错误的判断"（Ⅲ，lviii，90）。

《米德尔马契》本身就是一个源于不同和差异的形式的例证，这种形式为没有绝对中心、始源或是结局所控制。它的意义是由它的几个情节并置而引发的。例如，小说中的三个爱情故事，既有相似之处，更有不同的地方。就连写作它们的手法都有所不同。多萝西娅、卡索邦和威尔的故事都使用了抽象、玄奥的语汇，在开头描述多萝西娅时，把她寻求一个"理想的结局"的道路，称为是"热情"而又有"理性"。支撑这种严肃文体的，是与阿里涅和狄俄尼索斯的神话类似的东西，它既小心谨慎又在暗中操纵。在现代英国要复述古代神话这样的原理，无疑是乔治·艾略特从大卫·弗里德里克·斯特劳斯和路德维格·费尔巴赫那里学来的有关神话理论的变体，后者的理论提前使用了类似沃尔特·佩特提出的在"想象性的描述"中隐而不现的神话概念。从另一方面讲，罗莎蒙德和利德盖特的故事是以中级的文体讲述的，这是19世纪现实主义小说最基本的文本。而一种低级的、田园诗般的、喜剧的、或是讽刺的文体用于弗雷德·文奇向玛丽·加思的求婚上。批评家错误地期待小说会有一种同质的"现实主义的"文体贯穿始终。他们把它误解（同时判断失误）为一个结果，例如他们常常谈到的威尔·拉迪斯劳就是一例。

最后，《米德尔马契》在对其读者产生影响上，本身就是一个形式差异的例子。小说是"极为分散的"。它的的确确对读者产生了这样的效果，就像它们穿过了伪造的迷宫，尽可能地做出了对它的各种阐释，一点都不绝对。每一次误读，在某种意义上，文本都得到了扩充，可以使读者穿凿附会。小说的读者，像多萝西娅、利德盖特，或是卡索邦一样，联结了相似的因素，在一次行动中——它在叙事中显得既富人性，又有不可避免的错误，将一个意愿强加于文本之上——从差异之中形成了模式。正如尼采所说（无意之中回应了乔治·艾略特），"有能力把一个文本当作文本来读而不加入阐释，那就是'内在体验'的是新形式——或许这是一种不大可能的阅读"①。

长久以来，《米德尔马契》被这样始终如一地误读，以至于肯定了事实上已经精心解构了的、历史的形而上学体系。我想，这并不是偶然的。那个体系就在那里，与它的颠覆同在，各种不同的题材明显地严格对应在那里，叙事者对绝对普遍化的嗜好摆在那里（"我们大家生来处在精神的愚昧状态，把世界当作哺育我们至高无上的自我的乳房"［Ⅰ，xxi，323]），完整文本的显而易见的组织（根据某种综合的隐喻——网的隐喻或是流水的隐喻）摆在那里。《米德尔马契》是形而上学的蜘蛛网不可避免再编织的例子。它的文本明白无误地把自己交于它的"小蜡丸"② 大小的篇幅，并且显示了自身的真实面目。

所以，对那些有目共睹者来说，《米德尔马契》是这样一个例子：一部小说，它不仅展示了历史的形而上体系，而且提出了一个可供选择的辅音，同我在本文起首所引尼采和本雅明的话一样。同本雅明一样，乔治·艾略特拒绝接受历史循环论及其逐渐展露其中的进步、同质时间等观点。同时，她像本雅明一样，提出了一个历史写作（the writing of history）的观点，即它是一个重复的行为，其中现在占有了过去，同时又为了现在的目的释放

———————

① 见 F. 尼采《权力的意志》，第 479 段，W. 考夫曼和 R. J. 霍林戴尔英译，纽约：代表作书系，1968 年，第 266 页。

② 参见："谁曾经把婚前了解的一点皮毛限制在小蜡丸中，不让它进入想象的天地呢？"（I，ii，30）

了它，它就以此种方式刺穿了历史的连续统一体。

　　我想引述并评论本雅明《历史哲学论集》中的几段（出现在我文章起首引述之前）来做一总结。因为它提供了和历史有关的一种模式，这可以和多萝西娅面对罗马时和历史的关系相提并论，可以和乔治·艾略特与她所讲述的故事的关系相提并论，可以和读者（当他把它从过去之中提取出来、作为理解历史和叙事之间联系的一个方面的手段）与《米德尔马契》的关系相提并论。下面这段话的难点事实上在于，像《米德尔马契》一样，使用黑格尔式的语言和犹太对救世主的信念式的语言，它可能被解读为重新肯定它事实上已经颠覆了的形而上的体系。① 这段话既包括了形而上学又包括了对它的解构，就像我们不可避免地赋予文学以意义、我们又必须使用文字来言说、同时我们又竭尽全力企图摆脱它以赢得自由一样：

　　　　思想不仅涉及思维的流动，而且涉及思维的阻滞。当思想忽然停留在一个充满了张力的构造（configuration）时，它给予了那个构造一种震动，并且因此成为一个单元（monad）。一个历史唯物主义者看待一个历史的问题，只能从他遇到它还是个单元的地方开始。在这样的结构里，他认为到了一个救世主停止发生的符号，或者换一种说法，认为到了一个为被压抑的过去而战斗的革命性机会。他认知它，是为了从历史同质的进程中毁灭一个具体的时代——从时代中毁灭一个具体的生活或者从毕生的事业中毁灭一部具体的作品。其结果是，毕生的事业在这一部作品中得以存在，同时

---

① 就连马丁·杰伊在他对法兰克福学派的历史所作的权威性描述中，也同样犯了这种阐释的错误，就像本雅明的朋友们在法兰克福学派内所犯的那些显而易见的错误一样。参见《辩证的想象》，波士顿和多伦多：小布朗，1973 年，第 200—201页。

又被抵消；在毕生的事业里，是时代；而在时代里，是历史的整个进程。历史认知的丰硕果实使时间成了一颗既珍贵但又乏味的种子。

人们还可以从《历史哲学论集》的其他方面来讲，救世主的停止发生，并不是一个"现在"（now）（这是在德文 Gegenwart 的意义上讲的）。它不是现实的在场（presence）。它是作为重复的时间的现代（Jetztzeit），也许是特殊的犹太人的一种真实可信的人类时间的直觉。时间成了挖空一切现实的东西，其方法是通过它对过去的永恒的反复。而在那个过去里，救世主（the Messiah）还没有到来，而是正在一个现在之中向我们走来，而在这个现在之中，他还是没有到来，而只是在向我们走来。根据本雅明所引卡尔·克劳斯的格言，这就是"始源即目标"。它是一个现在、是一个过去（这个过去它从来都不在场）空空荡荡重复的现在，而与此同时，它又是未来（作为一种"今后将要成为什么的某种东西"）预期的叙述（prolepsis）。"因此，"本雅明回应马克思的《雾月十八》时说，"对罗伯斯庇尔来说，古代罗马是一个带有现代（Jetztzeit）时间的过去，而他摧毁了历史的连续统一体。法国革命把自身看作是罗马的化身，这唤醒了古代的罗马，就像时装唤醒了过去的装束一样。"时间的乏味的种子——是由被理解为重复的历史果实释放的——并不是作为同质的连续的时间，而是作为一切"确认的地位"永恒的缺席（absence）的时间。这个时间的乏味的种子，才是亨利·詹姆斯如此惧怕面对的小说的"毫无地位"的真正名称。重复的间断，从同质的历史进程中毁灭了一个孤立的单元凝结成为固定，只是为了在一个并不存在的现实中占有它。正是在一个对过去的"进一步的转喻法"（metaleptic）的预设中发生的停止，才既保存了它，同时又废除了它。在蜘蛛网重新编织以前，这种重复致使逻辑的脊柱断裂，暂时解放了历史和小说，使之从始源的虚幻的连续性导向目的、导向结局。

（郭英剑　译）

探寻文学研究的依据

　　你问我我认为或曾经认为你错在哪儿，错在你从不会把你的平衡当作最终决定的不可更改的东西，并以此为基础开始不断地工作，而是一直在调整和修补那平衡本身。
　　　　　　　　　　　　——马修·阿诺德：《致克洛书》①
　　……也许你是一位语文学家，就是说，是一位慢读的老师［ein Lebrer langsmen Lesens］。
　　　　　　　　　　　　——弗雷德里希·尼采：《破晓》序言②

　　乔治·艾略特的《丹尼尔·德荣达》（*Danniel Deronda*，1876）中的一个重要片段谈到女主人公葛温多伦·哈勒斯易于突发不明原因的歇斯底里惊恐症或"精神恐惧"。她面对开阔地就会出现这样的阵发症："独处于任何旷野的景象都使她对远离她的无边无际的存在产生一种难以名状的感觉，在这种感觉中她孤立无援，无法表现自己。"③
　　一个世纪后的1976年，莫里斯·布朗绍（Maurice Blanchot）

---

① 《马修·阿诺德致阿瑟·休·克洛书信集》，F. H. 洛瑞编，牛津大学出版社1932年版，第130页。
② 弗雷德里希·尼采：《破晓：关于道德偏见的思考》（英译本），剑桥大学出版社1982年版，第5页。
③ 乔治·艾略特：《丹尼尔·德荣达》，威廉·布莱克武德父子公司，第90页。

发表了一个题目为《远古景象》（*A Primitive Scene*）的怪异的小段，描述了一种"类似的""经验"，不过这一次写的是一个站在窗前观望户外冬日的城市或乡村景色的七八岁的孩童：

> 他看见的东西，花园、冬树、房墙；他看着他玩耍的地方时，当然是以孩子的方式，觉得厌倦了，就慢慢地向上看着平常的天空，天上有云，灰色的天光，白昼平淡没有深度。随后发生的事：天空，同一个天空，豁然敞开，绝对的黑和绝对的空旷（如同窗户被弄破一般），展现出那么一种缺失，以至于每件东西从此都永远地消失了，直至出现了得到确认和传播的令人晕眩的知识，知道了没有任何东西是那里存在的东西，更没有任何超越那里的东西。①

　　虚无在那里存在，而最重要的是超越那里的虚无。正如华莱士·史蒂文斯的《雪人》中在雪中的听者与观察者："他自己是虚无，因此看到／不存在的虚无和存在的虚无"，② 美化那景色的破坏性经历却留下完全同样的、同样的天空，这种经历是与一种虚无的对抗，而这虚无却以某种方式存在，吸收任何远处的或超然之物。在这种原始的景色中（对布朗绍笔下的孩子，或许也对作为孩子的布朗绍都那么原始）并没有显露天国之光或一群天使高唱"天福，天福，天福"。如果说艾略特小说中独自面对旷野对哈勒斯所产生的影响有时就是歇斯底里的爆发，那么，一片没有敞开的天空的开启对布朗绍笔下的孩子产生的影响似乎就是"破坏的欢乐"带来的绵绵无尽的泪水。

　　我相当随意或者几乎是相当随意地将《丹尼尔·德荣达》

---

① 见《第一分册》（1976），作者英译。
② 华莱士·史蒂文斯：《诗全集》，阿尔弗雷德·A. 诺夫公司1954年版，第10页。

和布朗绍的小景象中的这些细节看作是恐惧或担心的寓言。读者也许能体会到这些，如果他读到了一个极为奇特的、无法解释的、也许甚至是疯狂的文本，例如布朗绍的《死刑》（*Death Sentence*）。只要我们尚未确认能使文本言之有理、可以解释的法则，那么这就如同我们已面对面地与远离我们的无边无际的存在相遇，这存在也许有害、也许宽厚，但无论如何，是某种我们尚未掌握并吸收进我们已知事物的东西。就好像天空已经敞开，但依旧是同一个天空，因为那些书页上的词语不正是熟悉的、普通的词语，是我们母语的词语，是我们知道其意义的词语吗？然而，它们突然敞开了，变得可怕、不可解释。首先，我们作为读者的任务是转向解读亨利·詹姆斯对生活的观察者、初学作家的训诫："力争成为那些一切对他们都不起作用的人当中的一员。"这就是说，一个好的读者尤其注意文本中的特异之处、差异点、不连贯的句子、无根据的结论和明显不相干的细节，简而言之，所有无法解释的标志，所有不可理解的、也许是疯狂的标志。另一方面，读者的任务是使不可理喻的变为可以理喻的，找到其理由、法则、依据，将疯狂变为合情合理。可以看到，读者的任务与心理分析专家的任务没有太大不同。

现行的文学批评倾向于提出以下三种依据之一，以它们为基础，文学的变异可能成为合法的，不可理喻的可能成为可以理喻的：社会，将自己强加于文学并在奇异中表现自己的那种多少有些隐蔽的社会或意识形态的压力；个人心理，将自己强加于一部文学作品并使之奇异、不可理喻的那种多少有些隐蔽的心理压力；语言，多少有些隐蔽的修辞压力，或来自语言自身内的某种扭转的压力，它们将自己强加在作家身上，使其作品不能保持自己绝对的明晰与合理。

莫里斯·布朗绍的故事及其批评提出了第四种可能性。虽然这种可能性——至少在布朗绍那里——极难用那么多单词命名，虽然布朗绍的读者的全部任务可以限定为一种（也许是不可能的），使这种界定对自己或别人都清楚的企图，但是，可以说这第四种可能性对于叙述的明智与连贯的干扰者而言，对于一种既非社会亦非个人心理或语言本身的破坏力而言，本身是宗教的、形而上学的、本体论的，尽管很难说是以传统的或常规的方式。借用一个布朗绍的读者熟悉的惯用语来说，这是一种没有本体论的本体论。同样，也不能简单地把它界定为一种消极的神学。布朗绍给予这种进入词语之中或之间的"某种东西"许多名称，其中有：它［il］、事物［la chose］、死亡［mourir］、中性［le neutre］、恒归的不在［le retour eternal］、写作［ecrire］、思想［la pensee］、真理［la verite］和他者的他者［l'autre de l'autre］，意指在我们与别人的关系中遇到的某种事物，尤其是涉及爱情和背叛关系中的事物，包括他者对我们爱情的最终背叛，即他者的死亡。如此罗列这些名称，不大可能看出它们任何一个的不充分性，也看不出何以它们必须以某种方式是比喻的而不是字义的，唯一可能的是它们的多样性和不连贯性。那种不能固定下来用单一名称标示，以致所有的名称——无论专有的还是普通的——对它都不合适的"东西"是什么呢？所有布朗绍的作品都是试图回答这个问题的一种耐心的、连续的、持久的努力，而这个问题是由《远古景象》记载的经历提出来的。

对于文学描写中不合理或不可解释的现象做出合理的解释、指出其原因或发现其依据，我曾提出了四种方式，其中有两种进一步的特征可以再加以辨识。

第一个特点似乎再明显不过了，虽然它往往躲过我们的注意，以至于需要加以强调。这就是四种方式中任何一种都具有的排他性或扩张性。对于文学中的怪异现象，即要求对他者实施王权，强迫他者以自己为本，每一种方式都有一种解释或论证的方式。你不可能同时使用四种方式或甚至其中的任意两种而没有最终的根据，或者说没有已经隐在的根据。心理阐释倾向于认为，语言学的、宗教的或社会的阐释就是最终在个体人的心理中寻得依据。社会学的阐释把人类的心理、语言和宗教看作是支持和决定社会力量的副现象，是阶级、生产消费和交换的"真正"条件。语言学阐释倾向于暗示或公开断言，社会、心理和宗教"全都是语言"，它们首先是由语言生成的，而最终又是以语言的特点加以阐释的。形而上学的阐释把社会、心理和语言都看作是第二性的、边缘性的。这些方式中的每一种方式都断言自己是真正的"理性原则"，其他的都是伪造的，是深渊而不是大地。每一种方式都坚持一种绝对的对他者的权力意志。

　　这四种阐释文学中奇异现象的方式的第二个特点就是，在它们被付诸实践时彼此之间会产生强烈的对抗。例如，弗洛伊德认定，精神病的根源就在于普遍存在的性的潜意识，对于这一点的对抗就很引人注目，而且这种对抗还远没有平息。在马克思主义理论中，例如路易斯·阿尔都塞在《论马克思》（*For Marx*）中提出的，"意识形态"是对一些想象的结构的命名；在这些结构中，男男女女们拒绝直接面对他们存在其中的真正的经济和社会条件。"因此，意识形态，"阿尔都塞说，"是人与其'世界'关系的表述，也就是，真实关系和他们与他们真实的存在条件之间想象的关系的（过分确定的）统一。"① 至于宣称"这全都是语言"的整体化的阐释，也同样遭到诸如结构主义、符号学以及今天误解了的"解构主义"的对抗。最后，许多人看来都能日复一日、年复一年地生活下去，即使是作为文学作品的读者，也无需认为宗教和形而上学问题有什么力量或实质。人不可能无处不在，也不可能全都是宗教或形而上学的动物。乔治·艾略特在

---

　　① 路易斯·阿尔都塞：《论马克思》（英文本），同年代书屋 1970 年版，第233—234 页。

谈论葛温多伦时，也极具说服力地描述了后者与我说的两种绝对依据原则的对抗：

> 对于其他的禁锢，或更多的精神上的限制，她并没有永久的意识，因为她一贯不喜欢任何以宗教的名义呈现在她面前的东西，就像有些人不喜欢算术和记账一样：这没有在她心中激起任何特别的感情，没有惊恐，没有渴望；因此，她从未想过是否应相信这样的问题，她从来也未想过要对殖民地的财产及金融状况进行调查，而这些，正如曾经多次被告知的那样，是她家产的依靠。（第 89—90 页）

对于事物（包括文学作品）的探讨为何从头至尾都要受到如此强烈、普遍的抵制，其原因我不准备在此解释。也许这根本无法解释。也许这是一种普遍的共识。正如康拉德的《密探》中威尼·弗尔洛克所说的："生活经不起推敲。"[①] 不知道也许更好。

在文学中寻求对如此严肃话题的严肃的关注，以这种或那种方式把文学作品看作对依据的质疑，建立在语言之外、自然之外以及人的心智之外的一种永久的形而上学基础的基础之上，这样做是否合理呢？在我们的文化中，尤其是在我们今天的高等学校，诗歌或"文学"所获得的角色处于令人不可思议的矛盾中。这种矛盾是历史遗留下来的，至少可上溯到康德和 18 世纪的美学理论或"批评哲学"。这一传统从启蒙运动经浪漫主义文学理论，后又经马修·阿诺德（他对美国高等教育中人文科学的发展举足轻重）等人，一直传到新批评和我们今天的人文科学研究。一方面，欣赏诗歌应该是对由词语构成的美的或崇高的有机形式的"不偏不倚"的审美思考。应该是"无价值的"，不会因

---

① 约瑟夫·康拉德：《密探》，花园城市书店 1925 年版，第 8 页。

为将诗歌用于认知、实践、道德或政治目的而受到玷污。据说，这样的借用，是对诗歌的滥用。按照这种审美假定，人们应该能够阅读诸如但丁、弥尔顿或埃斯库勒斯和雪莱的作品，而不会怀疑他们的哲学或宗教信念的真实与虚假，也不会怀疑按照这些信念行动的实践后果。比如，克林思·布鲁克斯在前不久的一篇论文中义正辞严地重申新批评的信条，将《失乐园》作为一个适当的例证："弥尔顿在《失乐园》的开头告诉我们，他的目的是'证明上帝对人的做法'，而且，也没有理由怀疑这是他希望做到的。但诗中实际讲述的是一个天界、地狱和人间的事件交织在一起的故事，场景庄严肃穆、壮丽辉煌，英雄壮举高潮迭起。简而言之，一代又一代读者发现，这首诗的壮丽辉煌远远超过任何直接陈述的神学观。有些读者虽然反对弥尔顿的神学，但却认为《失乐园》是一部伟大的诗作，这一事实使这一点得到了强调。"[1]

　　另一方面，文学在我们的文化中不堪重负，因为那种文化的价值的负担要由它代代相传。这种文化价值正是马修·阿诺德所说的"世上所知和所想的最好的东西"[2]。克林思·布鲁克斯在同一篇论文中反复强调了这种关于文学的传统假想。沃尔特·杰克逊·贝特在其前不久的一篇富有论辩性的文章中，认为专门化（包括新批评的细读的专门化）是对整个人文科学尤其是英语系的巨大削弱。贝特为过去的好时光（指 1930—1959 年）而惋惜，那时，英语系教授阳光下的一切，唯独不教授阅读，使人文学科的文艺复兴理想在现代获得再生。我们高等院校，尤其是英语系的人文学科的文学构成，在匆匆对修辞学和诗学浅尝辄止

---

　　[1]　克林思·布鲁克斯：《第一位的作者》，载《密苏里评论》1982 年第 6 期，第 162 页。

　　[2]　马修·阿诺德：《当前批评的功能》，见《批评演讲和论文集》，密执安大学出版社 1962 年版，第 270 页。

后，便问心无愧地开始教授神学、形而上学、心理学、伦理学、政治学、社会和文化史，乃至科学史和自然史，简而言之，各种各样的科学知识，就像卡莱尔的特菲尔斯德洛克教授。①

在这十分明显的矛盾背后暗含的推论可能不那么难以把握，尽管这推论只会是重复矛盾。正是而且只是因为文学作品是稳定的、自足的、价值无限的、不偏不倚的审美沉思的客体，它们才可能成为代代相传的、未受现实污染的、重大价值的可靠的载体。正是因为这些价值深藏于文学作品之中，没有被投资，没有被征收利息，没有用于庸俗的实用目的，它们才能保持着纯洁，没有被用尽，仍然可以不受限制地挪作他用。康德不是曾在第三批评法《判断批评》（*Critique of Judgment*）中把艺术品归为可靠的、必不可少的、介于认知科学（纯推理、理论、第一批评法主题）和伦理学（实用推理、实践、伦理学、第二批评法主题）之间的中间成员吗？康德不是曾将美——例如体现在一首诗中的美——界定为"道德的象征"② 吗？贝特和雷内·韦勒克二人（后者在其另外一篇题为《毁灭文学研究》［Destroying Literary Studies］的坦率的论辩性文章中）都求助于康德，或毋宁说他们对康德的理解，好像他已经一劳永逸地解决了这些问题，再不必为它们担心，仿佛我们对康德的理解——或毋宁说他们的理解——可以毫无疑问地接受下来："为什么不"，贝特问，"转向大卫·休谟，思想史上最大的怀疑论者……然后转向康德，那位对此解答了如此之多的人呢？"（52）韦勒克说："人们怀疑审美经验本身的存在，拒不承认伊马纽尔·康德的《判断批评》清

① 见沃尔特·杰克逊·贝特《英语研究的危机》，见《哈佛杂志》1982 年第 2 期，第 46—53 页。
② 伊马纽尔·康德：《判断批评》（英文本），哈夫纳尔出版公司 1951 年版，第 196 页。

清楚楚阐明的好的、真的、有用的和美的之间的差别。"① 这么多的存亡攸关，那么，为了确定康德说过贝特和韦勒克说他说过的话，回头去自己阅读康德的作品也许是一个好主意，当然这不是一件轻松的工作。

当马修·阿诺德这位可以说是美国人文学科概念之父的人物称赞不偏不倚的好处的时候，他是忠实于康德的遗产的，但毫无疑问是以席勒有些庸俗化的扭曲的方式。要做一个可以算是康德主义者的人绝不需要读过康德的作品，过去不，现在也不。阿诺德在《当前批评的功能》 （*The Function of Criticism at Present Time*，1864）中对批评作了全面的、程式化的界定，说批评是"学习和宣传世上所知和所想的最好事物的一种不偏不倚的努力"②。在同一篇文章中他还提到了"为了自身的原因，不偏不倚地热爱大脑对所有问题的自由思考"③。阿诺德的《诗之研究》（*The Study of Poetry*，1880）有一句名言随后几十年间在美国的许多英语系被奉为未言明的信条，这句话是："诗歌的未来不可限量，因为诗歌无愧于其崇高使命，随着岁月的推移，我们的种族将会在诗歌中发现一个愈来愈可靠的支柱。"接着，他说明了诗歌之所以是一种"支柱"，是因为它超然于作为事实的真实或虚假。因此，诗歌可以在事实与宗教相悖时取代宗教。诗歌脱离这种问题，在不偏不倚的虚构领域中处于独立地位。正是因此，诗歌是一种"支柱"，一个在其他一切都像一座没有坚实基础的建筑那样坍塌时仍坚如磐石的东西。"没有不动摇的信条，"阿诺德在忧郁的连祷文中说，"没有一个被认可的教条不表现出不可靠性，没有一个既有的传统不受到消亡的威胁。我们的宗教已

---

① 雷内·韦勒克：《毁灭文学研究》，见《新标准》1983 年 12 月，第 2 页。

② 马修·阿诺德：《当前批评的功能》，见《批评演讲和论文集》，密执安大学出版社 1962 年版，第 282 页。

③ 同上书，第 268 页。

经在事实上，在假定的事实上使自己物质化了。它曾将感性依附于事实，可现在，事实背叛了它。但是对于诗歌，思想就是一切，其余的是一个幻象世界，一个神圣的幻象世界。诗歌使自己附着于思想，思想就是事实。"① 这里的形象是一个自我支持的语言的虚构或幻景，它靠一种内在的悬浮在深渊之上的魔力支撑着自己，就像一座浮桥高高地悬在混乱之上，只要你不打破这种平衡，因此，这座桥或平台会支撑诗所包含的思想，从而支撑依靠这些思想支撑自己的读者。

　　早在 1848 年或 1849 年，阿诺德就已经在考虑诗歌的支撑力量所具有的双重或三重意义，在写作《诗之研究》多年前，他在给亚瑟·休·科洛的信中写道："那些读不了希腊文的人应该只读弥尔顿和华兹华斯的部分作品：政府应保证……"② 美国高等院校的许多专攻"英国作家"的一、二年级的课程仍然体现出阿诺德格言的精神。提高阅读弥尔顿作品和华兹华斯部分作品的道德价值——非常重要，最高当局应该强化——开始时是文体意义上的。阿诺德以荷马那种庄严、崇高、严谨的"宏伟"风格，或以弥尔顿和华兹华斯部分作品的风格，反对勃朗宁、济慈和丁尼生的"混乱的多样性"，对除了华兹华斯部分之外整个浪漫主义诗人或维多利亚时期的诗人。阿诺德写信给克洛这件事是因为阅读济慈的书信对他产生的毁灭性影响："让我读济慈的书信，你真是个畜生，不过那事已经过去了：而且思考又恢复了控制生气的力量。"（96）阿诺德从济慈转向希腊作品、弥尔顿和华兹华斯的部分作品，以便既保护自己免受外在的煽动，又可克服自己内在的焦虑。

----

① 马修·阿诺德：《诗歌研究》，见《英国文学和爱尔兰政治，散文作品全集》，密执安大学出版社 1973 年版，第 161 页。

② 《马修·阿诺德致阿瑟·休·科洛书信集》，F. H. 洛瑞编，牛津大学出版社 1932 年版，第 97 页。

仅次于宏伟风格支撑作用的是该风格所表达的思想。一位作家，阿诺德说，"要想不被世界的多样性所战胜，就必须以一种关于世界的观念为起点"。（97）可以说，观念就是风格，或者说，风格就是观念，因为宏大的风格只不过是严肃、崇高、连贯、客观的意思，而这也恰恰是宏大风格的特点。这种宏大、崇高的风格与预设的、先入的或事先安排的、综合的世界观（绝不要考虑它是否经验证）的结合，不仅构成、提高人的思想，而且使之隔离于外界混乱的多样性，因此也隔离于内在混乱的多样性之忧。阿诺德在 1953 年的"前言"中把这种内在混乱的多样性称作"心智与自己的对话"①。他特别将它与现代精神联系在一起，并对它无限恐惧。它是对思想的客观性、平静和自身统一的消解。这种通过文学的组合、提高和隔离的发生，借用阿诺德让我们读的一位作家的话，就如同上帝在创世的壮举中把混乱组织起来一样，或者，如同弥尔顿在《失乐园》的开头，祈祷他那像在无形深渊似的混乱的心能够被圣灵或天神照亮、提高、浸润和支持："你一开始／就出现，巨大的羽翼伸展着／鸽子一样孵坐在巨大的深渊之上／使它孕育生命：照亮我心中的／黑暗，提高并支撑卑贱事物。"（《失乐园》）

从康德《判断批评》的第 59 段将艺术或诗歌形象地比作 hypotyposis［Hypotypose］——不存在直接表达的直觉的间接象征②——到黑格尔肯定诗歌像寓言和道德故事一样，是以象征和象征物之间的不准确性和非相似性为特征的，即他所称的"两者的非一致性"，这之间只不过一步之遥。③ 它也是向 I. A. 瑞恰

---

① 马修·阿诺德：《诗歌集》，朗文公司 1965 年版，第 591 页。

② 伊马纽尔·康德：《判断批评》（英文本），哈夫纳尔出版公司 1951 年版，第 197—198 页。

③ G. W. F. 冯·黑格尔：《美学：演讲集》（英文版），纽约：牛津大学出版社 1975 年版，第 378 页。

兹迈进的又一步；在其《文学批评原理》中，瑞恰兹借用杰雷米·本瑟姆（Jeremy Bentham）的小说理论断言，诗歌的作用是在痛苦矛盾的冲动中产生一种均衡，由此为真正的心理问题提供一些非真实的解决方法。再下一步（这甚至不是一种激进或深化的进步，而只是一种位移）就将我们带到了华莱士·史蒂文斯在《格言》中的论述，他对所有这些作家以不同方式所说的话的回应是："最终的信念就是相信在一部虚构作品中（你知道它是虚构的）没有别的任何东西。绝妙的真理就是知道它是一篇虚构作品，而且你心甘情愿地相信它。"①

　　在这一系列作为保守人文主义基础的作家当中，马修·阿诺德仍然发挥着必不可少的作用，其强有力的证据是尤金·古德哈特（Eugene Goodheart）最近的一篇文章《现时的阿诺德》（Arnold at Present Time），以及同时刊出的乔治·列文（George Levine）、莫里斯·狄克思坦（Morris Dickstein）和斯图尔特·M.塔夫（Stuart M. Tave）②的文章与评论。毫不奇怪，这些文章中的对立意见归根到底就是一个如何解读阿诺德的问题。如果古德哈特极大地歪曲了"解构主义"以及我所倡导的那种"作为批评的批评"，那么他也是阿诺德的一位糟糕的读者或非读者。古德哈特想当然地接受了传统上对阿诺德的误读，正如他所言，这是使他成为"英美人文研究之灵感"（451）所必需的。列文、狄克思坦和塔夫恰巧是阿诺德更为出色、更加敏锐的读者。这里对不同之处的判定当然只能借助对那句口号的回应，即"返回文本"！这一点在文学研究中必须一遍一遍地实行之。以往批评家们所说的一切都不能想当然地接受，不论看上去多么权威。每

---

　　①　华莱士·史蒂文斯：《身后出版的作品》，阿尔弗雷德·A. 诺夫公司1957年版，第163页。

　　②　古德哈特：《马修·阿诺德在现时的作用》，见《批评探索》1983年第9期，第451—468页。

一位读者都要亲自从事艰苦、审慎的慢读工作，力图发现文本实际上说些什么，而不是将他或她想要它们说的或希望它们说的强加于文本。文学研究的前进并不是靠随意地发明新的概念或历史方案（这在任何情况下都不过是旧方案的改头换面），而是靠每一位新的读者都必须重做的那种与文本的格斗。在阿诺德那里，诗歌与散文必须在一起读，不能假定它们是不连贯的部分，或者一个是早期的否定阶段、一个是后来的肯定阶段对前期否定之否定。这样对阿诺德的认真阅读远不是古德哈特所倡导的那种人文主义提供的一种稳固的基础，而是会表明他是一位彻头彻尾的虚无主义作家——这里的虚无主义完全指尼采或海德格尔对该词的定义：它是在西方形而上学发展过程中一个特定历史阶段的表示，在这个阶段，最高的价值自我贬值并随着其超验基础的崩溃而一无所有：① "没有不动摇的信条，没有可信的教条证明不可怀疑，也没有公认的传统不受到消亡的威胁。" "我什么都不是而且很可能永远都不是什么"，阿诺德在致克洛的一封信中说。②

　　一座建在沙滩上的房子不可能牢固，建立在误读阿诺德的摇晃根基之上的人文科学传统就是这样的房子。换句话说，古德哈特、贝特、韦勒克以及和他们一样的人们的断言，最终将加入他们所辩驳的虚无主义的历史运动（"下两个世纪的历史"，尼采这样称它）。③ 最重要的是，他们是在论争行动本身中这样做的。"问题就产生了，"海德格尔在其《尼采》一书中关于虚无主义的一节中说，"虚无主义最内在的本质及其主导力量，是不是不在于把虚无认定为仅仅是一种无，把虚无主义认定为仅仅是无意

---

　　① 见尼采《权力意志》（英文版），同年代书屋1968年版，第5—82页。
　　② 《马修·阿诺德致阿瑟·休·克洛书信集》，F. H. 洛瑞编，牛津大学出版社1932年版，第135页。
　　③ 见尼采《权力意志》（英文版），同年代书屋1968年版，第3页。

义的极点，是一种可以通过强有力的肯定反拨的否定?"①

在一篇关于《理性的准则：学生眼中的大学》② 的出色的论文中，雅克·德里达指出，现代大学以及其中的文学研究是以莱布尼兹的理性准则的支配性为基础的，即德语中所称的 "der Satz vom Grund"，也就是所有的东西都能够而且应该得到说明，一切都有其原因。德里达继承尼采与海德格尔，也证明了所谓的虚无主义是一个历史的阶段，"完全对称于理性的准则，因而也依赖于理性的准则"。（15）虚无主义自然而然不可避免地产生于那个阶段，即技术的时代，这时，普遍性的责任准则支配着为该社会负责的社会机构和大学。"因为理性的准则，" 德里达说，"可能会产生蒙昧主义或虚无主义的作用。它们可以在每一个地方或多或少地见到，包括在欧美那些自以为在保护哲学、文学和人文科学免受这些新探究方式影响的人们中间——这些新方式也是与语言和传统的一种新关系、一种新的肯定和新的承担责任的方式。在大学教授或权威机构的代表全然不考虑比例和控制的情况下，我们也可以轻易地看出蒙昧主义和虚无主义在倒向哪一边，因为在这样的情况下，他们就忘掉了在作品中宣称要保护的准则，并突然开始极尽诬蔑之能事，说出他们能够想到的一切关于文本主题的东西，而这些文本他们显然根本就没有翻开过，或者他们曾经通过某篇平庸的报刊文章对其有所了解，在其他情况下，他们可能会对这样的文章不屑一顾的。"（15）显然，这儿充满危险，我们必须小心地前进，前顾后盼，仔细考察其依据，不想当然地接受任何东西。

从康德到我们今天学术界的人文主义者（如贝特和古德哈特），如果所有时期都把这样一个重担放到文学的肩上，最至关

---

① 海德格尔：《虚无主义》。
② 凯瑟琳·波特等译：《发音学》，1983 年版，第 3—20 页。

要紧的就是要确信文学能堪此重负，或文学适于作为起这种作用的工具。这个问题极其重大，对其答案不可不加以验证。提出诗歌载体的负重能力的问题，当然不是诗歌能够做或应该做的唯一的事，但我认为，它是文学研究中一项最为重要的工作。这儿谈论的问题不是关于文学作品的主题内容或其主张，而是关于文学载体的负重特性，也就是语言的负重特性。这是一个诗歌语言是什么和做什么的问题。根据康德在《判断批评》导言的结尾提供的隐喻，它作为纯粹认知和道德行为之间、理论和实践之间根本不可缺少的桥梁是否足够坚实、足可信赖呢？"在一种法则之下的自然观念的范畴，"康德说，"和另一种法则之下的自由观念的范畴，因超感觉与现象分离的巨大鸿沟而完全阻断了它们可能会有的相互影响。就对自然的理论认知而论，自由的观念什么都不能决定；而就自由的实践法则而论，内在的观念同样决定不了什么。因此，在目前阶段，要在此一领域和彼一领域之间架一道桥梁是不可能的。"①

艺术或审美经验是唯一可能的桥梁。可以说，《判断批评》全书都是为了证明可能用来建造这座必不可少的跨越从知识王国到道德行为王国巨大鸿沟的桥梁的木板的坚固性。如果艺术作品的"美"是道德的合理象征，另一方面，它就是黑格尔在一著名的阐述中所说的，纯观念合理的体现，应和康德的"现象"一词，就是"观念的合理的闪光"②。诚如黑格尔在其他地方指出的："艺术在纯感觉和纯思想之间占据中间地带。"康德或黑格尔是否令人满意地确立了这个基础的坚固性和它作为一座桥梁的准确性，这是另外一个问题，需要读了康德的第三部《批评》和黑格尔的《美学》才能做出回答。其答案不会理所当然是肯

---

① 伊马纽尔·康德：《判断批评》（英文本），哈夫纳尔出版公司1951年版，第32页。

② 黑格尔：《美学》（第1卷），第151页。

定的，也不会是否定的。其他人也在从事这个重读康德和黑格尔的工作。

我所要求的那种质问既不是进行"纯理论"的工作，也不是从事纯实践的工作，即一系列的论证。它是介于这两者中间或为两者作准备的工作，是清理地基或一种挖掘地基的尝试。它是在批评的根本意义上的"批评"，即区分性的验证，在这里是对构成理论与实践之间桥梁的媒介的验证。如果作为批评的批评处于理论与实践之间，那么，一方面，它不能等同于阐释学或探求意图的意义，另一方面，也不能等同于诗学或关于文本如何拥有意义的理论，尽管与后者的关系密切。然而，批评是对这一或那一特定文本中的语言基础的检验，而不是在抽象中或脱离特定实例来进行验证。

按照某种传统的人文主义的观点，如果这种对语言负重特点的研究在今天往往是令人怀疑的目标，那么从另外的角度，根据那些把文学研究的核心工作看作是将文学作品重新放回到其社会语境中去的人们的观点，它仍然会受到攻击。来自对立的政治方面的责难居然令人惊异地相似或对称。它们往往得出同样的结论或者用同样的话语进行表述。就好像存在着一种左与右的无意识的联盟，压制保守的人文主义和"激进的"政治化或社会学化的文学研究的不良居心。一个特殊的难题与后一种动机有关，它试图将文学置于经济规律之下，置于经济变化和社会权力法则之下。这一难点我将另外详细考察，[①] 但在此可以说，在文学研究中把对语言的考虑置于括号之中，想当然地接受文学语言，从词与词之间关系的研究转到词与事物或与主观现象之间关系的研究，凡此种种极端的企图，最终都只会回到语言研究。在文学或关于文学的话语中，任何可以想到的与事物或主观现象的遭遇，

---

① 见《人民之网：论叙述的外在关系》，即出。

一定已经用词语、数字或其他符号表现了事物与主观意识。任何对词与事物、权力、人、生产交换方式、司法或政治制度（或无论什么可能的非语言会给出的名称）的关系可以想到的描述，到头来都将是一种或另一种修辞格。有鉴于此，它就需要一种修辞的解释，正如马克思在《资本论》和《政治经济学批判大纲》中所做的那样。这样的修辞手段中有模仿、镜式反映或表述。这到头来也是隐喻的一种。另外一种这样的修辞手法就是部分之对整体、作品之对环境和决定性背景、文本之对语境、形式之对内容。这种关系是提喻或换喻的另一种或变体。文本与社会语境之间关系的另外一种修辞手法就是失真法或意识形态法，这是一种借助否认、克制达到的肯定，是弗洛伊德所谓的"否定"（Ver-neinung）。文学的社会学家们仍然太经常地只是将某个社会事实与一部文学作品中的某段引文并置，断言后者反映前者，或是由前者说明，或是由前者决定，或是前者的一个内在的组成部分，或是以前者为据。正是在这个地方，在对这种已认定的联系的阐释中，修辞分析工作才必不可少。在那些实践诗学或修辞学的人与文学的社会学家之间，必要的对话几乎尚未开始。保守的人文主义者和"激进"的文学社会学者至少有这么一个共同点：双方都企图压制、置换或取代我所称的文学的语言学阶段。① 然而，否定在此也是肯定。掩盖永远会留下痕迹，沿着这些踪迹可以回到我所提出的那些关于语言的问题。

　　在《判断批评》的"前言"中，康德再一次令人敬仰地系统阐述了这种批评工作的必要性："因为，如果这样一种体系有一天能在整个形而上学的名下完成……那么用于建筑大厦的土地就一定要通过批评深入勘查，一直深入到不受经验所缚的整个原则的基础，以使它不会在任何地方下沉，因为这样的下沉会导致

---

① 一部以此为标题的关于 19、20 世纪的书即将由普林斯顿大学出版社出版。

整个大厦的倾覆。"在《纯理性批判》的其他地方，同样的隐喻已经被假定为纯思想大厦的根基："可是，尽管实施这些想法就是赋予哲学其特有的尊严，但此时我们必须忙于一种不那么辉煌却仍然有价值的工作，即平整地基，使之变得足以安全地建立起这些规模宏大的道德大厦。因为这个地基曾经遭到潜在坑道（各种鼹鼠道：史密斯的译法抹去了修辞格）的暗中破坏；这些坑道是理性在其信心十足但却毫无结果地寻找暗藏宝藏的过程中朝各个方向挖掘的，它威胁到上层建筑的安全。"①

　　哪一个是批评呢？是像第二个引语所宣称的那样，批评是与挖洞和补洞区别开来的破土奠基呢，还是像第一个引语所认定的那样，批评就是挖洞本身，在地下探查基础，在探查的过程中挖空了地下的泥土呢？为了限定批评工作（批评被认为是验证这种限定所利用的架桥的工具），康德使用了一个来自艺术的隐喻，换言之，他以建筑的隐喻抛出了一种自己的小艺术品。康德阐述中的矛盾是否与这个事实有关呢？这是一个深不可测的深渊的例证，即在技术意义上将一个大的符号系统的缩影放置在该符号系统之内，一个潜在的更小的缩影又处于前一个缩影之内，如此继续不断，在填充掩盖那种深渊或沟壑的同时又敞开了深渊。这种同时敞开和掩盖是迷宫的常用规则。

　　我使用了桥梁、坑道、地基和通道等形象，采取了借用阿诺德、康德等人的语言间接描述我自己企图的策略，这是否最终以一种本质上不可避免的必然性做了相同于康德的事呢？这种取代基础的颠倒、自我构建、自我破坏性的语言形式，提出没有坚实基岩的桥梁，是我所称的批评的根本特点。平整土地，似乎成了寻找基岩的不可避免的挖掘，再引用弥尔顿的话来说，就是深渊之下还有更深的深渊。

---

　　① 康德：《纯理性批判》，圣·马丁出版社 1965 年版，第 313—314 页。

　　综上所述，我将得出几点结论，并简要地将所述内容与文类问题联系起来，以此结束本文。第一个结论是重申我的看法：当前文学研究者之间的争论至关重大，我们必须缓慢地、小心地进行，仔细验证基础，不想当然地接受任何东西，再一次回到我们文学研究的现代传统的那些基础文本，耐心细致地对它们做出新的解读。换句话说，教授语言学，教授那种"慢读"，或尼采所说的"慢慢阅读"，依然是人文科学的根本任务，这在今天比以往更为必要。第二个结论：文学研究者之间的争论往往可以追溯到一些更隐蔽的关于预先设定的文学基础的争论——无论这基础被假定为社会、自我、语言，还是"事物"。这四种预设中的任何一个都可能被某一批评家想当然地接受，以致他没有意识到这点决定着他所有解释的程序与策略。把这些冲突的根本原因公开将大有好处。第三个结论：通过慢读检验基础和验证对基础或理性原则的真正看法的思想活动虽然在语言学和批评哲学的名下有着漫长悠久的历史传统，然而，这样的验证在大学中有一种特殊的作用。它可能会表现出颠覆性、威胁性，居于大学内合法行为的范畴之外，如果大学内的研究（包括人文科学的研究及教学），全都受制于理性准则的绝对统治。然而，向前推进到必要的新看法并为人文主义者在人文学科内承担新的责任，现在仍像以前一样依赖于允许那种疑问的产生。

　　这种为了语言和文学或为了文学语言重新担负起责任的做法，即我所称的批评，最终对文类理论或文类批评会有重要的暗示意义。我所说的并不是暗示文类划分或区分以及运用它们指导阐释和评价是非法的、没有根据的，而是说它们在一定意义上是肤浅的。它们并非一直抵达基础，对依据的选择可能比文类区分更能决定文学阐释，甚至能决定那些文类区分和它们的意义。只有在服从于语言、社会、自我或"它"的基础上，文类区分才具有意义和力量。依据的选择既决定每一种文类的界定，又决定它们之间暗含或明显的等级。如果说"这是一首抒情诗"，或"这是一部长篇小说"，这也许是有一定意义的，若以此为基础再往下进行，并遵循某些阐释程序，最后会说"这是一首好的抒情诗"，或"这是一部坏小说"。然而，只有在预先服从基本假定的情况下这样做才可能会有意义，这些假定（也许是完全暗示的或甚至没有想到的）是关于最终的依据的，正如人类的精神居于其中并使用的那么多不同的居所或文化形式一样，所有这些文类都矗立在这依据之上。

此外，也许还可以说，我所称作的批评讲述一个有开头、中间、结尾的故事，支撑着逻各斯或基础，同时又打断或解构那个故事。这种批评对作为转义的修辞学研究做出了双重强调：一方面，强调任何文类作品的转义，另一方面，对于无论何种文类的任何文学作品，这种双重强调倾向于破坏文类区分，承认比喻在小说中的基本转义作用，承认抒情诗讲述故事的方式以及被解释为一种叙述的方法，承认其转义模式或其叙述的故事来解读哲学著作的方法。今天，许多重要的批评违反传统文类的区分，但同时又用与我的四种依据中任何一种有关的新方法使传统的文类区分获得永恒，这恰如最近许多重要的文学作品不那么容易纳入任何一种文类一样。

（方杰　译　王逢振　校）

当前修辞研究的功能

> 新的论调总是被旧的所仇视，对那些生活在旧论调中的人来说，它就像是怀疑主义之深渊。但是人们的眼睛很快适应了它，因为眼睛和它是同一个原因的两个结果；接着它的无害性及益处即显露出来，随即，耗尽了所有的能量，它在新时刻展现之前变得黯淡和衰落。
>
> ——爱默生：《循环》

文学理论和美国高校教学之间目前是什么样的关系？文学系的许多教授仍然认为他们的主要职责在于教授学生如何阅读"主要文本"。然而，履行这一职责的"语境"和环境已与30年前有了很大不同。在美国，关于文学研究的固有的共识在许多方面都受到了挑战。比如，现在围绕着什么是"主要"文本以及如何将它们设计进课程存在着普遍的分歧。与此同时，正如大家所知道的，强有力却互不相容的"批评理论"蔚然成风：结构主义、符号学、拉康主义、马克思主义、读者反应批评、解构主义、新历史主义，等等。

在这样的情况下，"理论"与"范本"的关系被根本地改变了。同时改变的还有理论与阅读范本行为间的关系，以及这整个过程与简单地称为"历史"间的关系。在此，我用"历史"指的是与理论或文学文本截然不同的东西。历史发生在现实世界中，其中有血有肉的男女日复一日地过着他们的生活。在这种意义上，当我们说"历史每天都在被创造着"时，它可能指发生在过去或现在的什么事。我相信今天我们总是认为历史意味着暴力和苦难。与堪萨斯州托皮卡的某个保险推销员和他妻子（或她丈夫）与孩子的"正常"的生活相比，韩国007飞机的坠落可能更容易被人当作历史事件的一个实例。

文学的所有阅读与教学都是理论性的。在严格意义上说的确如此，因为任何形式的文学阅读和教学都以假设文学是什么和应该怎么读为先决条件。此处的"文学理论"指的是一种转变：从判别文学作品之意义的阐释学过程到注重意义是如何产生的。当人们关于文学理论有一种普遍的共识时，比如说新批评曾经在美国被广泛接受，理论就总是处于淡化、隐在、被预先假定状态；人们所做的事就是从事或教授"细读法"。然而，当大量冲突抵触的批评理论需要引起重视时，当文学典律和文学课程设置引起困惑时，比如说现在这个时期，那么文学理论就再不能被忽视，它变得显著、急迫、甚至如有些人所说的刺耳。理论往往会成为通向所读作品的主要途径。而这些作品则被重新定义为显示这个或那个理论"生产效果"的"范本"。

在这种情况下，文学理论本身甚至成了研究的主要对象，现在开设的越来越多的批评理论的课程即是明证，文学理论有时被当作历史现象，有时被当作当前焦点。与此同时，阅读"范本"也不再来自于确定的、以传统方式分类的典律，如以体裁或以历史阶段来分类的典律。结果是阅读范本可能服从于理论，因为该范本多多少少是个人的选择，是从符合某一理论概念的数不清的可能范本中选出来的，而此理论概念声称具有普遍适用性。老师教学生以某种方法来阅读范本。其隐含的主张是所有的东西都应以类比的方式阅读。所教的内容是一种普遍性的阅读方法以及伴随着它的明确、自觉的理论，而不是以传统方式阅读的那些公认的典律中的作品，即认为具有既定意义、从过去传递公认的文化价值的作品。那些既定的意义以及神圣的价值正日益被理论替代。

从这个角度看，理论的功能是将我们从意识形态中、甚至从理论本身的意识形态中解放出来。批评理论所履行的是一种道德和政治行为。它具有制度和社会的力量。因此，批评理论不再"仅仅是理论的"。它使作品没有能力再去传播传统的、主题式阅读方式所盲目主张的意识形态，这些传统方式甚至没有意识到它们仅仅停留在主题层面或受意识形态决定。从这点看，批评理论赢得了"批评的"称号。它成了我们教育制度中揭示意识形态观念的最有力、最必需的途径之一。①

我们的职业正经历着不同寻常的迅猛变化，特别是我们中一些身为英语系系主任的人，没有人会怀疑这一点。压力来自于各个方面。系主任们一定经常感到身处互相对立的变革之风的聚集处，他们像风滚草一样被吹来吹去。系主任的反应可能是尽力使自己像岩石一样沉着、冷静。本文的主旨是指出这是一种错误的策略。

变化一方面来自于社会，另一方面来自于学科内部。虽然这两点看起来互相矛盾，或者说给系、系主任、管理委员会提出了矛盾的要求，但我却不以为然，我认为目前的情况给我们提供了一个重振文学研究和说明文写作的机会。

---

① 后面的文章最早是在得克萨斯 A&M 的"英语系协会"的夏季会议上宣读的；它刊登在《学科状况：70—80 年代》，这是《英语系协会通报》第 62 期专刊（1979 年 9—11 月）。感谢该刊允许我在此转载。我对该文作了些改动，以便更符合我现在的思想，比如，我删去了关于典律的一句话，但是全文还是体现了当时的场合和写作时间。至于典律，我现在想说的是任何典律都不是绝对的。每一个典律都是特定的历史、意识形态、政治环境的一个方面，它既是起因又是结果，既创造历史又被历史所创造。然而，改变典律可以两种方式：一方面是增加新作品筛除旧作品，另一方面是对旧的典律作品进行新的非传统的阅读；比如，对弥尔顿及维多利亚时期小说的新女权主义解读就颇有挑战性。

一个变化是由学科之外、由社会造成的。我说的社会指的是在美国文学研究所处的语境，它所服务和为它服务的语境，其中包括父母、校董会、管理者、校务委员、立法机关、"媒体"。我们这些文学教师已经没有太多的学生，而且在今后的几年显然会更少，这不仅发生在个别课上，而且发生在各个文学系的专业上。我们听说这些不多的学生在文学和所谓的"基本语言技能"方面一向缺乏基础。他们写作能力不行，阅读能力也不行。阅读文学作品在我们的总体文化中所占的重要性似乎日渐削弱。伊丽莎白和詹姆斯一世时期的英格兰所盛行的社会活动是去剧院看戏，维多利亚时期是读小说，今天这些活动似乎被其他活动所取代，尤其是看电视。读小说、诗歌、剧本或是看戏成了越来越造作、次要、过时的活动。对某些人来说，要他们重视欧洲边上一个小岛的文学似乎是件万分奇怪的事，哪怕这小岛曾经是一个世界强国。去学习俄语、汉语、阿拉伯语可能更重要。与此同时，美国社会已开始认识到我们在很大程度上是个多语的民族，不仅因为许多人以西班牙语或别的什么语言作为第一语言，而且因为我们在标准英语的言语和书写方式之外还运用许多不同形式的英语来说话和写字。不管怎样，人们必须学习"作为第二语言的标准英语"，包括大学生。

随着大学入学考试分数逐年下降，我们的社会越来越大声地疾呼：中学和大学应该就年轻人读写能力做些什么事。在大学，这种要求是针对一些教授的，他们所受的教育就是讲授文学史细节以及莎士比亚或弥尔顿、济慈或沃尔夫作品意义的精细之处。甚至在人们要求许多英语系多开设一些写作课程之前，这些系就被注册人数的下降弄得很泄气，它们当时就开始安排（或允许）莎士比亚专家和中世纪文学专家教授现代小说、电影、翻译过来的洲际小说，正如在一所较大的州立大学的古典文学系，它在本科层次上开设了一门讲座课"神话"以证明自己作为文学系存在的合理性。在我最近访问的一所不错的人文学院的英语系，大量的课程中至少包括 J. L. 博尔赫斯的一部作品。这个系实际上是个洲际文学系，那里的西班牙语、法语、德语系皆处境不妙：规模小且效果差。

在说明文写作方面，有很大一部分工作被用于建立新的学科。被动员的人包括像 E. D. 赫什、韦恩·布思、斯坦利·费什这样著名的文学理论家和历史学家，他们本是文学批评家，而不是教作文的专家。与此同时，聪明的年轻人越来越多地以教授写作为职业，他们接受修辞学、语言学、教育心理学的培训，而不局限于文学史和文学批评。这一切当然不错，但是很显然的是，这进一步削弱了传统的文学研究活动。

同时，不寻常的迅猛变革也在另一方面开始，即文学研究学科内部。在 40 年前的美国，文学研究领域几乎整个被两种模式所垄断：称为"新批评"的内部阅读方法以及致力于收集事实和确定文本的实证主义文学史研究。后一种模式是与科学研究的方法相连的。它来源于 19 世纪像希波拉特·泰纳那样将科学方法引入文学研究的传统，它的另一源头是自希腊、拉丁文学研究及圣经解释学以来的欧洲注重语文和文本批评的漫长传统。1948 年出现的诺思罗普·弗莱的原型批评是新批评第一个强有力的劲敌。当时还有处于边缘地位的伟大的德国语文传统，以逃难来的学者埃里克·奥尔巴赫和利奥·斯皮泽为代表。来自俄国、捷克、波兰的欧洲形式主义的信息，通过雷内·韦勒克和奥斯丁·沃伦合著的影响深远的《文学理论》也蔓延开来。然而，尽管有这本书，美国的文学研究仍旧与世隔绝。它多少是个自我封闭的英美传统，始终自信自己可以继续这么孤傲地走下去。

今天的情况已经大为改变。任何对文学抱严肃态度的学生都会认为这一学科是一项国际事业。研读乔叟、莎士比亚、狄更斯的学生不仅要知道论述这些作家的传统的英文专著，要阅读

《美国现代语言学协会会刊》，而且要知道欧洲大陆的文学批评，要阅读像《今日诗学》这样的杂志，后者与前者同等重要。

此外，文学研究方法上的可选择性已变得非常之大。这些选择项似乎很难被协调进某个巨大的综合体。"必须选择"：这不是因为人们要被迫成为其中某一学派的信徒，而是因为人们不可能以折中的方式东拼西凑地将它们结合起来，除非我们愿意将自己对文学和文学教学的思想变得无序而紊乱。除了生命力依然强劲的新批评、原型批评、实证文学史研究，还有发展得较为充分的现象学或阐释学批评，它有时又被称作"意识批评"；受语言学家启发而兴起的新符号学形式主义也已成熟；还有从结构语言学和结构人类学而来的结构主义批评；从法国来的强大的新心理分析批评也有一定影响力；马克思主义和社会批评在美国也东山再起；另一种新形式的批评注重读者反应，在德语里叫做"接受理论"。最后，还有一种文学研究形式注重文学文本的修辞，此修辞观是探究文学中象征语言的作用。这种方法有时又被称作"解构主义"，单从这名称看，人们就可以明确地将它与任何形式的"结构主义"区别开来。这一方法是与法国德里达和耶鲁大学一些批评家联系在一起的，现在越来越与美国、英国、欧洲大陆的大学里年轻的批评家联系在一起。所有这些新形式都具有全球性规模。每一形式的巨著都既可能用英语写成，也可能用俄语、德语、法语或意大利语写成，对它们翻译上的不及时和不充分在最近美国文学研究领域已造成一些困难。这儿能熟练阅读一门外语的学生和年轻教师都很少，更不用说"全副武装"的了。

现在英语系的系主任们已非常清楚这些事实了。还不是很清楚的是对这些事实的正确的反应。我有时发觉自己也和别人一样预见到注重英语文学史的传统系科正在衰退并逐渐消亡。这些系科的主要工作就是讲解英美主要作品，从《贝奥武甫》和乔叟到华莱士·史蒂文斯或罗伯特·弗罗斯特，这样的系科毕竟才存在了不足一百年。在这之前，主要大学没有它们也运行自如。它们可以不复存在，高校可以再次没有它们而运行自如。文学系可以和古典文学系一样变得小而次要。它们的位置可以由说明文写作方面的大的、严格的实用计划所替代。

我现在认为这一切都不可能，除非文学史和文学释义的教授坚定不移地固守着事情的原有模样。与古典文学的比拟是不正确的。希腊语和拉丁语是一些经典作品所用的语言，也是许多世纪以来男性青春期仪式继续下来的基础，但是无论在这些方面有多少优点，它们都不是我们今天说话和写字用的语言。英语才是。对英国文学中的伟大作品的研究会始终很重要，更不用说美国文学了，原因之一便是它们提供了很好的写作范本。

对英语文学来说，最大的灾难是将说明文写作计划与英美文学系全然割裂开来，使它成为大学里独立的王国。毫无疑问，这对文学教授是一个灾难。今天的院长、教务长、校长有点怀疑文学研究的功能。事实上，他们中的许多人一直心存疑虑。他们总是认为英语系的真正作用就是教授写作。他们知道、或者认为自己知道好文章的重要性，因而愿意拨款资助。他们可不太愿意资助文学研究，尤其是当注册乔叟、弥尔顿、华兹华斯等课程的学生数急剧下降时。人们可以预见，将自己与说明文写作割开来的英语系会为此而受罚。它们会衰退下去，正如我们所担心的那样。我曾听到一所著名州立大学的副校长发自内心的感慨，他认为该校某个文学系没有担负起说明文写作的任务，因而说道："我要饿得他们就范！"此话至今萦绕在我的耳边。

另一方面，我相信，如果与英语文学系割离开来，说明文写作计划定然会为此而遭受巨大损失。这种看法是基于一个简单的前提，学习写作与学习阅读是密不可分的。好的英语文学系从来都是将教授阅读作为自己的主要职责。所有的"理论"、所有的文学史史实、所有的文本确定等等都一直处于从属地位。

　　我没有低估同时保留说明文写作和文学研究的难度，我也没有低估改变目前文学课程结构的必要性，改变应从本科一、二年级的基础课一直到最高等研究生的讨论课。我认为这种阅读和写作的综合课程计划是当前我们所从事的职业面临的主要挑战。

　　"修辞研究"是这种综合的关键之所在。我感觉我们在说明文写作方面已经做了很多，但在阅读或阐释方面却远远不够。我相信在过去的几十年中，中学读写教学与外语教学一样已取得令人难以想象的进步，这进步甚至大于统计数据所显示的。看来进步还会更大。渐渐地，到了上大学的年龄时，学生的读写能力大大超过以前。与此同时，迫于紧急的实际需要，全国范围内的许多教师为这一所或那一所大学设计说明文写作方案。这些方案肯定会不断地改进，直到它们发挥作用，当然也不能低估方案的失误和不足之处，其中许多失误和不足至少部分地归咎于立法者、管理者和行政官员，他们不愿相信搞好写作教学要花费大笔费用。而且，对说明文写作的资助往往以文学课程计划为代价。同时，关于说明文写作有了越来越多、越来越珍贵的文献资料——不仅仅有各种各样的课本，而且有许多理论、经验、数据方面的书籍。这些书的部分效用在于：与文学教师不同，这些书的作者们业已悄悄地接受并吸收了发生在我所描绘的学科中的转变。当然，这转变在很大程度上受现代语言学的发展驱动。比如，我想到有时所说的"范式转变"，即从语言的所指或模仿层面移向描述或表述层面。英语语言文学这一学科伸展出一条新的、令人激动的支流，站在此前沿的人会觉得自己所做的事正当而合理，而文学教师有时则显得鬼鬼祟祟、心怀愧疚，似乎他们所做的事在当前的语境中毫无合理性可言。

　　文学教师要做的就是迎头赶上、重新获得站在前沿的兴奋感。我的直觉极其保守。然而，我不相信呼吁在文学课程中保留传统人文价值以抵御现状在今天还能被人们所接受，不论是学生还是财务主管、院长或教务长。我一点也不相信那些重申人文价值的人还像以前一样虔诚；有时候他们的重申听起来像是在防守。请不要误解我的意思。我同意文学研究应该着重探讨这些价值。在文学中与在生活中一样，道德、哲学、宗教问题仍然是重要的问题，理解它们的最好场所之一便是用母语创作出来的杰作。然而，无论如何，强调人文价值应该伴随着在文学课上阅读足够的作品。此外，我相信在今天，根据文学确认的价值为文学所作的任何辩护，都必须与下面这个观点结合起来，即如果不好好阅读我们语言中最好的东西，那么就无法写好一篇文章，哪怕是商业信函或科学报告。

我已经说过阅读和写作结合的关键在于"修辞研究"。自从古希腊开始，修辞一直是一种有两个分支的学科。一方面，它是说服能力的研究，即如何使用词语；另一方面，它是语言之运作的研究。它尤其是转义功能的研究，包括林林总总的修辞手段，不仅仅是隐喻，还有换喻、提喻、反讽、进一步转喻、拟人、夸张、引申，甚至是整个作品。如果说修辞的说服能力研究属于说明文写作，语言的修辞研究属于文学，那显然是过于简单化了。但是，这两个方向确实有相应的侧重点。写作教学难道不是教授如何运用词语吗？这一点对那些认为已经出现从模仿移向表述的范式转变的老师而言尤其正确。阅读教学难道不是教授如何解释转义吗？然而，我认为说明文写作教学的理论与实践（尽管比较复杂）至今在某种程度上仍然为平铺直叙的指称语言的幻象所占据和限制。人们还是常常认为好的作文就是实事求是。一方面，这样的教学可能应该学习文学研究的最新发展，即注重象征语言问题；另一方面，绝不是所有的文学老师都同意本学科的中心在于教授阅读、而阅读的中心在于熟练掌握象征语言。此外，语言的表述及说服能力之问题在最近的阅读理论中的地位越来越高，比如在读者反应理论中。即便如此，我们也应该认识到所有语言都是象征性语言，包括纯粹所指性或概念性的语言，我们还应该探索此认识在文学阐释上的重要性。在我看来，这种认识和探索代表了今天文学研究的主要的前沿领域。我在前面提到的许多新的批评形式——符号学、结构主义、拉康主义——无不以某种方式依赖于最新语言理论，而且都以某种方式认识到文学阐释的中心是转义研究。

在这些批评当中，被称为"解构主义"的形式——比如雅克·德里达和保罗·德曼的著作——特别关注于象征语言的问题。"解构"并不是如人们常说的那样是虚无主义或是否认文学文本的意义。相反，它试图尽可能准确地阐释由不可克服的语言之象征性所产生的意义的摆动。目前这一批评吸引我的一点是：它预示着说明文写作和文学研究的结合，我坚信这是现在我们从事的职业所面临的主要任务。从我有限的个人经验来说，约翰·霍兰德在耶鲁恢复的一些计划和课程，如"耶鲁的文学专业"及"每日主题"，正开始不遗余力地精心设计将修辞的两方面结合起来的课程。1979 年秋，西伯里出版社出版了由耶鲁一批教师所撰写的《解构与批评》，他们在书中以雪莱为例，指出了两种模式的文学阐释可能遵循的方向。在我做过讲座的许多大学，我发现一些年轻教师深受这种批评方式的影响。这些教师开始以深思熟虑的方式将这一批评的影响运用于英语文学的课程设计和组织之中。

毋庸置疑，这种影响会对目前文学课程的安排做出实质性的改动。结束本文之前，我还要指出两种影响：一种涉及我们将文学按阶段组织的观念，另一种表明按功能而非形式来定义体裁的必要性。同时我的分析还旨在为我所谈论的那种批评方法做例证。它可能不一定被运用于文学作品本身，而是运用于按传统组织这些作品的思想观念。

一天他带着自信和虚荣向我展示了那个柜子，里面是他保存的女人给他写的信。那是一个高高的柜子，铜嵌花的下面挺引人注意，总共有一百个小抽屉。

"只有一百个！"我叫道。

"抽屉里面还有小隔间。"达米安带着他那惯有的严肃表情回答道。[①]

（布鲁克先生）："但是现在，你怎么整理你的文件？"

"有些部分用鸽笼式文件格"，卡左邦说道，他努力装出吃惊的样子。

"啊，鸽笼式文件格不行。我曾用过它们，但是里面混乱一片，我总是不知道文件是放在 A 格还是 Z 格。"[②]

"阶段划分"一词指的是一种行为：将文学史分成片断，或把它放入框架或鸽笼之中。于是我们有中世纪文学、新古典主义时期、巴罗克时期、18 世纪、浪漫主义、维多利亚时期、前拉斐尔时期、后维多利亚时期、现代主义、后现代主义，等等。但是这种框架行为的实施根据什么、程度如何、由什么理由指导或支撑？什么能证明它正当有理，就像人将一排铅字排整齐、控制它、使它不至于散落到整页上？"阶段划分"是自由安排还是一种知识的参照记录？它是能动的安排、制造它所命名的东西，还是科学的认识、命名已存在的东西？它是召唤、命令（"让维多利亚时期来吧！"）还是中性的描述（"维多利亚时期是"）？

显而易见，阶段划分的问题是一种特别复杂的命名困难，正如父母或教会或民政长官给孩子取名一样，或如一个作家的全部作品以该作家的名字为标签（"我正在读雪莱"），或如作者或其

---

① 科莱特：《纯与不纯》，赫默·布里福特译（纽约：法拉，施特劳斯，1967年），第 42 页。

② 乔治·艾略特：《米德尔马契》（纽约：诺顿，1977 年），第一部分第二章。

他人或他后来的人给一本书定名（"生命的胜利"）。阶段名称的
复杂性部分在于：被认为可归到一个名称之下的"史实"之间
存在着明显的异质性。"维多利亚文学"怎么可能像"丁尼生"
或"尤利西斯"一样标示一种整体性呢？然而，我所举的例子
已经是个双关词了。我指的是丁尼生的诗歌或乔伊斯的小说吗？
我是不是应该将那两个字斜体而不是加上双引号？两部各自有自
我封闭的独特性的作品怎么可能有同样的名字？按时间顺序后面
的名字是不是一定暗指并引用前一个？此处的问题与双胞胎的问
题相反。如果双胞胎的确"很相像"，难道他们不应该拥有相同
的名字吗？那样他们就不叫谢姆和肖恩或雅各和以骚，而应叫谢
姆一和谢姆二、以骚和以骚或雅各和雅各。

　　阶段命名的特殊复杂性来源于要在它本身的困难之中再加进
历史和文学史之问题。文学史的存在是否有井然的叙事模式和互
为因果的顺序？它是否具有可读性、是否可以理解？或者说它不
过是庞大而不定的虚构物，是历史学家依据史实而编造的？如果
说文学史存在，每一文学阶段的特殊性是其自身的独特性，还是
时间之外某种神秘的精神力量强加的？它是不是从前一阶段发展
来的，而这发展又是井然有序、不可避免的？它是否由前一阶段
所决定，或许可以由某种预言性的反作用力来预测，比如儿子刺
杀父亲但即使这样也受制于父亲？是不是新古典主义之后是浪漫
主义，现代主义之后是后现代主义，就像日夜交替一样？它是不
是一种自然节奏，如我前一个比喻或有些历史学家所述？文学阶
段是不是自然的一部分，像太阳及月亮运行、四季交替、潮涨潮
落？这样的观点也许可以证明我们惯常使用的比喻，即文学史按
阶段产生、成长、发展的比喻。难道每个阶段的特殊性不是特定
的社会结构，不是交流、生产、分配、消费等物质方式的一种特
殊集合？维多利亚文学是不是铁路和印刷期刊激增的产物？或者
换句话说，它是不是电视机尚未出现的产物？

总而言之，阶段名称的问题完完全全是个形而上学的问题，因为阶段划分涉及整个由假想构成的网络，包括关于开始、因果、结局，以及构成西方形而上学结构基础的种种设想，这种形而上学结构将西方文化整个捆绑在一起——远自柏拉图的前辈及《旧约》中的先知，或我们支脉纵横、混杂不堪的"起源"。因此，对阶段名称合理性的质疑就是今天常说的"解构形而上学"的内在部分，虽然这种质疑也一直是形而上学的一部分，就像寄主内的寄生虫。解构本身不是阶段性的。它是我们历史中任何阶段的一部分。

阶段名称的问题首先包括下面这些问题：谁有权来为阶段命名？一个真正的阶段名称是否必须由该阶段内的人确定？是否只有依据史实才能认识并命名一个阶段？换句话说，名称是处在阶段边界之内还是之外？可以想见，这一问题是前面一个问题的翻版，即文学作品的名字是作品的一部分，还是从外部附加的作为一种任意的、也许是错误的标签？阶段名称显示该阶段的内在本质和真实存在吗，还是人们为了方便起见而杜撰的？"P. S. 雪莱"真是"P. S. 雪莱"吗？是不是什么人将自己的意志强加于他，给了他一个与他真实身份不符的名字？如果给定的阶段标签之出处就是它的真实存在，那么该标签是根植于某种决定历史和文学史的超验的或超自然的力量，还是历史本身内部固有的东西？

人们很容易要求否认这最后两种可能，认为它们令人困惑，是使"时代精神"神秘化的某种形式，但我相信，对它们不加思考的、含蓄的接受是根深蒂固的，甚至超出人们的想象。同样，否定辩证唯物的、自然的、思想史的解释是很容易的，但要真正从这些观点中解放出来却不那么容易。即使接受了阶段名称是彻底的杜撰、是无根据的表述行为这一观点，人们也还是需要解释它们在制度化的文学研究中的复杂功能，比如说在美国大学里。这功能与政治、学术有关，与精神"力量"有关，如果确有这"力量"的话。它还与很多事物有关：课程安排，课程设置，教学计划，图书馆中目录和书的摆放，学术和批评杂志，专业组织和会议，英语、法语、德语等系的等级结构，学术生涯的建构，等等。有人发明了"后现代主义"这一术语，看着一个新的学科应运而生，并有了杂志、课程、争名夺誉，等等。此外，用鸽笼方式划分的阶段，从同一大学内的系到系、或从大学到大学、学院到学院或在西方从国家到国家是大不相同的，其差异可能比我们认为的还要大。比如，在苏黎世大学，"现代英语文学"指的是莎士比亚之后的一切，而就我所知，在耶鲁大学，"现代主义"从 1890 年开始。阶段术语可以从一个西方语言或机构翻译到另一个，但也并不尽然。它们既可译又不可译，如同将术语从一种"自然语言"引入另一种。

　　阶段名称被称为杜撰这一复杂性可以由此看出，即它们都是修辞手段。因此它们很容易接受转义学的分析。事实上，我们在现有的阶段名称中能发现令人惊叹的集锦般的比喻。它们都应该放在隐喻—提喻—换喻所组成的轴线上，但在轴线上的什么位置才能引发不同的暗示？每一个阶段名称都是某种提喻，即以部分代表整体。问题是：选中的部分是否真与整体相似？它的隐喻性是否有效？它是否只是一个偶然的换喻？它是否是从异质的混合中任意选出的一部分，被用来代表全部，或使毫无内在统一性的大杂烩看起来像一个整体？

　　每一个阶段名称都在回避关于该阶段性质的数不清的问题。每一个都是一种出于"政治"目的的策略性的解释，其根据是某种方式的喻义简化。阶段名称间的不连贯性很明显，要展开每一阶段的隐含之义都需要做出长篇分析。这种分析会瓦解该阶段的统一性和历史独特性，就像 A. O. 洛夫乔伊著名的分析，它将浪漫主义归纳为异质的"浪漫主义组",或者像保罗·德曼的讨论,它说明"现代主义"作为概念并不独属于某一阶段,而是在每个阶段中针对前面阶段而言的不断重复的、自我颠覆的运动。如果德曼正确的话,那么"后现代主义"这一术语就是个同义反复或逆喻,因为从没有作家或批评家到达过真正再生意义上的现代,更不用说超越它了。"现代"总是阶段划分中又在又不在的东西。

我已经说过,每一阶段术语都需要长篇分析,但是过一会儿大家会看到有几个阶段包含着重复("文艺复兴"、"新古典主义"、"前拉斐尔时期")。这其中每一阶段的特殊性都把自己限定为或被限定为是前一阶段的重现,不论是真正意义上还是讽喻意义上的重现。"古典主义"一词本身就隐含着分类或鸽笼化,它肯定男性对历史女神的支配,这体现在所有捉摸不定的历史文献中。有些阶段名称看起来极其中性或仅表示时间性(如"18世纪"),但是按时间分类当然也是一种形而上学,因为它不可避免地唤起对历史因果关系的看法。其他阶段名称借象征描绘一种风格特征("巴罗克")。"巴罗克"和"文艺复兴"都隐含着本阶段与自然的同化。巴罗克风格是粗陋的,像形状不规则的珍珠,而在文艺复兴时期,古典世界再生了。还有些阶段名称采取换喻,以君主之名命名("维多利亚"、"爱德华")。有些("浪漫主义"、"现代主义")含有对前阶段复杂的解释,并包含一种双重的矛盾的主张:该阶段既有独特性和新颖性又有普遍性和重复性。在德国浪漫主义时期的作品里,特别在弗雷德里奇·施莱格尔的作品里,文学回复文学便是个范例,菲利普·拉古—拉巴特和让—卢克·南希已对此作过精彩的论述。[1]

---

[1] 菲利普·拉古—拉巴特和让—卢克·南希:《文学上帝:德国浪漫主义文学理论》(巴黎:开端,1978 年)。

　　最后，我想简单地讨论一下"维多利亚小说"这一术语，我将此作为一个例子，证明阶段名称是一种档案归类，一种必要的假说和杜撰，一种策略性的表述行为，它在自己所标示的文学内部运作，但同时它又是人们为了"夺权"目的从外部强加的。根据一种鸽笼分类，"维多利亚小说"是大标题"现实主义小说"下的小标题；而根据另一种鸽笼分类，它又是"维多利亚时期"下的分支。

　　"现实主义小说"最突出的特点也许是创造强大的角色幻觉的能力。读者觉得自己像熟悉朋友和亲戚一样熟悉伊丽莎白·贝内特、多萝西娅·布鲁克、布兰坦基内特·帕利瑟、迈克尔·亨查德及乔·克里斯马斯，甚至可能更熟悉这些人物。当时读小说是我们文化中一个主要特点，或许以后再也不会这样了，这一活动的一大引力便是：小说似乎使读者能够接近并亲近另一个人的思想和心灵，他们觉得这比在"现实生活"中容易。然而，无论在小说中还是在现实生活中，感觉自己遇到了"一个角色"、"一个人"、"另一个自我"很显然是个幻觉。它与西方形而上学的其他基本概念是同样的幻觉，两者不可分割地联系在一起。而且，如果过去400年间的现实主义小说强化了自我的幻觉，它们同时又始终明确地解构着这一幻觉。它们证明这是一种错误解释的结果，是对符号的误读。

　　然而，从《堂吉诃德》到《尤利西斯》到《海浪》甚至到《无名的人》，所有的"现实小说"都以两种方式创造着强大的角色幻觉。一种是叙述者。我们感觉叙述者似乎在和自己说话，我们常常忍不住认为他的声音就是作者的声音。另一种幻觉是小说中的人物。他们看起来就像我们自己。创造此两种形式的幻觉是这种小说或这种叙述的一个突出特点，经过适当的修改，童话故事、挪威传说、《奥德赛》莫不如此，谁会否认这些幻觉呢？

可以推测，小说在读者群中的作用也许是循环的。每种文化及该文化的每个阶段，对于自我都有其错综复杂的假定。在英格兰有相对固定的自我观念——它也许被新教的某些方面所加深，而在法国角色感则比较多变。小说在每一读者群中都强化或部分地创造这些假定，或者说在小说是主要文类的阶段是如此。读者读小说是要打消疑虑，遇到“和他们一样”的人物。他们是带着对自我的假定来读小说的，所以，在书页中读到有魔力创造角色幻觉的人物时，他们就像玩玩具木马的孩子，一点也不像电影院中的“野蛮人”。然而，一旦产生了这种解释，一旦他们幻想自己认识皮普、吉姆爷、伊丽莎白·贝内特或多萝西娅·布鲁克，他们就会在读书时寻觅这些人的生活轨迹，就会越来越熟悉他们，就会从内心接近他们，最后，读者会“猛一转身”，以书中的人物模式来理解邻居甚至自己。他们将世界中的人都看成威洛比、克拉拉、多萝西娅。这样，自然就在模仿艺术。1836 年后的英格兰到处都是狄更斯式的人物，很多人甚至认为自己就是狄更斯书中的人物。

于是，在其盛行时期，小说的社会作用是巨大的和必不可少的。小说人物和人物生活的虚构形成了将每个读者群聚集到一起的主要凝聚力。一个读者群可以说是一群把相同的虚构、相同的简单化过程、相同的具体人物作为真实存在的人。小说有助于形成并保持这样的群体。

小说的这一功能似乎很清楚，但是每部虚构作品相反方面的功能呢？这相反方面就是：对那种产生支撑社会的良性力量的角色概念进行质疑。这种分解似乎不仅是反社会的，而且是自我消解的，因为它瓦解了小说力量和功能所依赖的角色幻觉。这一自我解构使一部小说的读者回到孩童状态，他们已稍微长大而不再喜欢玩具，相反，他们看到了木马后面的棍子和纱线。为什么这种解构自身根本性的虚构和创造虚构人物一样都是现实主义小说一贯的特点呢？

我认为这功能是驱邪性的。它抛弃已经被抛弃的东西，为的是拯救它；它摧毁已经被摧毁的东西，为的是保留它仍然完整的错觉。生活在一种文化之中、业已接受某种角色概念的人们有一种不安的感觉，他们觉得自己对角色和自身的笃信竟是虚幻的。于是，小说在自我解构方面的功能便会通过虚构这一安全地带公开消除人们隐藏的疑虑。因此，尽管被质疑，角色还是成功地得以确认，即使此确认可能不过是持续不绝的解构之声，叙述者以这声音说着"我是我"，这声音"我是我"还会继续下去，即使叙述者已证明并没有什么"我"、也没有什么持续不绝的角色在说"我没有/不是我"。

于是我的推测是：小说是在无休止地为自我之结打结和解结，在个人和团体的精神系统中，它通过质疑角色来证实角色的虚构性，目的是打消一种疑虑，因为一旦放任其在真实的社会世界中活动，这疑虑可能会摧毁个体和团体。因此，小说是在瓦解的深渊之上岌岌可危地维持着对主体、对角色的信任。在否定和肯定的不断摇摆中，在若不肯定其说之说便不能说否定的不断摇摆中，难道对主体的安排不是对其虚构性的安排必不可少么？在一个所有严肃问题皆安然无恙的"安全"领域，小说证明了维护自我之虚构性的可能性，尽管人们也同时有一种认识，即自我是一个虚假的表现、是"解释"而非事实，因而总是容易被相反的解释所消解，比如说对自我之多样性和虚无性的解释。小说是一种工具、是社会的产物，它在那个社会的精神体系内部有一定作用。它不是对某种事物的模仿复制，即那事物没有这复制也照样完好。它也不是除了精确的反映之外与真实社会世界毫无关系的附加的、替代的"世界"。

在西方内部，人们可以获得同样的语言材料，或者它们跨国家、跨语言、跨方言、跨世纪的翻译件，这从一开始就如此，或者说从"拂晓"时就如此——借用另一个熟悉的自然界象征。在不足三千年的时间中,我们西方语言没有发生足够的变化,甚至我们的生产、消费、生活方式也没有足够的变化,以至于各阶段不过是同样材料的一系列更改。一个阶段的特殊性在于在一定地点一定时间中组织这些材料的特别方式,比如在英格兰维多利亚时期。它的特殊性还在于这些精心组织的材料在那个国家和时间、或国内某一阶级中的特别作用。我已举了"维多利亚小说"作为例子。就小说整体而言,技巧、手法、主题、人物和社会观等等都不是那一阶段所独有。前面和后面阶段中都能找到明显的相似之处。然而,维多利亚小说的与众不同性在于这一切结合的比例上,还在于小说作为实物、作为印出来的书和期刊在那个文化中所起的作用。

因此,人们有理由谈论"维多利亚小说"或"维多利亚时期"。是的,弗吉尼亚是有一个维多利亚时期。它和圣诞老人一样存在着。维多利亚时期是许许多多的语言表述行为的结果,它虚构地存在着,但它从来不是现时或存在。如果确实如此,这一事实就应该对以下几方面产生影响:对系科、课程、教学、职业的组织,对所有鸽笼化分类、管理,以及对构成使文学研究制度化的虚幻蓝图和疆界所循的路线。

这些蓝图在很大程度上来源于这样的认识:即对维多利亚时期的人来说和对我们来说,维多利亚小说所起的作用不应该是一样的。我一直在主张将阅读和写作计划结合起来,在这一努力过程中,中心问题不应该是"维多利亚小说对当时的人起着什么样的作用",问题应该是"维多利亚小说在此时此地、在此特定语境中的作用和功效是什么"。本文的全部目的就在于说明它仍有作用。

我讨论了象征或阶段划分以及维多利亚小说的表述功能,如果此讨论体现了前面描述的修辞的两个分支的话,它也难以构成一个详细的计划，适用于我认为非常必要的文学研究的课程变化。在任何情况下，这些变化都应该从内部逐渐进行。只有当我们确信已找到更好的办法时，我们才能去瓦解按阶段和体裁来组织的传统方法。建立一个稳定的类目（如"维多利亚小说"）并按此去教学会带来很多益处，这对创作课程也如此；不要每开一门课就将教学计划重新来一遍。然而，这种类目也可能会不再适应文学教学起作用的语境，或者与教师关于教授阅读的观点不再相吻合。在这种情况下，旧的类目或许就应该让位了。

很难准确预测新课程和新计划会以什么形式出现，但是可以肯定的是，以阶段和体裁分类的旧鸽笼会被摧毁，与戏剧、小说、诗歌一起，非小说类作品（哲学和批评文本）的解释问题会引起更大重视。或许人们还会认识到解释的问题越过阶段和体裁之界，比如，象征性语言在使意义多样和不定中的决定作用。阅读洛克、肯尼思·伯克、威廉姆·燕卜荪所使用的方法一定会与阅读雪莱、狄更斯所使用的方法相似。新开设的课程中可能有必要加进些其他语言的文本，也许是翻译过来的，至少在本科阶段是这样。但是，还是有必要注意原文、注意翻译中的问题。如果要教授蒙田、卢梭、狄德罗、歌德、克莱斯特或尼采，那么教学中就要面对翻译中的不足。这些新课程也许最好由年轻教师来完成，他们在说明文写作和文学阐释方面受过新思维模式的影响。这些教师必须对学生和他们所供职的机构的实际需求做出反应。然而，某种乌托邦式的计划和理论阐述也会有益处。虽然已经有许多论文、文章甚至书将新的批评模式用于英美文学文本，但是新式文学教学至今没有自己的像《理解诗歌》一样的书或新版本的《诺顿文学选》。这些课本应为介绍性课程指明下面三种观点的切合实际的重要性：一、好的文学作品可能是异质的混合体而不是"有机的整体"；二、理解作品的关键在于解释象征手法的熟练程度；三、作品的功能可能是表述性超过模仿性。一个学科经历迅猛变化的时期既给人以兴奋又给人以挑战。在今后的岁月里我们会有许多的兴奋和挑战。

（董文胜　译）

作为寄主的批评家

    "我宁死也不离开这里，"荷尔特先生文雅地一笑说，"那画里的常春藤就是这么说的，这寄生物紧紧地攀附着橡树，真像是多情哩。"

    "会杀死母本的啊，先生！"塔舍尔夫人大声嚷道。

——《亨利·埃斯蒙德》

一

    在《文明史中的推理与想象》一文中，M. H. 阿布拉姆斯有一处引证说，韦恩·布思断言，对于某一部作品作"解构主义"的解读，"显而易见地要寄生"于"明显或单义性的解读"①。引文的后半句是阿布拉姆斯的话，前半句是布思的话。我引证的引文是一种链锁结构的例子，这也是我在本文中将要探讨的一个话题。当一篇批评文章摘引某一"段落"加以引证，那么会发生什么呢？这与一首诗当中的引述、应和、引喻有区别吗？引文

---

    ① 见《批评探索》第 2 卷第 3 期（1976 年春季号），第 457—458 页。后半句引自韦恩·布思的"M. H. 阿布拉姆斯：作为批评家的历史学家，作为多元论者的批评家"，载《批评探索》第 2 卷第 3 期（1976 年春季号），第 441 页。本文开头的几页经芝加哥大学出版社惠允曾以序言的形式刊登在《批评探索》上，见该杂志第 3 卷第 3 期（1976 年春季号）第 439—447 页。

在主要文本的构造体内是一个异己的寄生物呢，还是包围并缠绕住引文的阐释性文字是寄生物、因而引文成了寄主？寄主养育着寄生物，使它得以生存，但同时又被它扼杀，正如人们常说的，批评扼杀文学。或问，寄主和寄生物能够幸福地共同居住在同一文本的住宅之内，互为依存或分享食物吗？

总之，阿布拉姆斯接着提供了一个"更加激进的回答"。他说，如果我们对"解构主义原则"认真看待的话，那么，"任何依赖书写文本而存在的历史就都变得不可靠了"（第458页）。这种说法，就让我们姑妄信之吧，这算不上是什么论证。某个关于历史或文字史的概念和某个确定性解读的概念一样，可能确实是不可靠的，而如果事实如此，那么，知道这一点也许更好。但是，在阐释领域内存在着某种可证明的靠不住现象，并不妨碍人们去"这么做"，大量的各种各样的历史、文学史以及阐释读解的存在便是证明。另一方面，我又不同意过分轻率地看待解读的不可能性。由于解读被纳入了人类的个体身上，也纳入了反映我们文化生存与消亡的群体，所以，它具有生死攸关的重大影响。

"寄生性"这个词暗示，"明显或单义性的解读"被比喻为一棵高大的橡树，它扎根在坚实的泥土里，因为被解构主义的常春藤心怀叵测地包围缠绕而受到侵害。这种常春藤似乎是阴性的，从属的，欠缺的，或者说是依附性的。它是一种攀附其他植物的藤类，赖以生存的唯一方式是靠汲取寄主的营养液，遮蔽寄主的阳光和空气，我由此想起哈代的《常春藤夫人》或萨克雷《名利场》的结尾："愿上帝保佑您，诚实的威廉！——再见吧，亲爱的爱米丽亚——温柔的小寄生草，紧绕着您攀附的那棵斑斑老树，再度焕发出你的青春吧！"这种以亲眷情感为主题的感伤言情小说把寄生性现象引进封闭的家庭组织，无疑能够恰如其分地道出某些人对于"解构主义的"阐释同"明显或单义性解读"的关系的想法。寄生物总是在葬送着寄主。这个异己已经闯入家门，或许是要杀害这一家之主，其行为看起来并不像弑杀长者，而事实却是如此。那么，"明显的"解读就是那么"明显"，甚或就是那么"单义"吗？难道它本身不可能就是那个不可测度①的异己？这个异己近在眼前，因而不能被视为陌生。难道它本身不可能就是"敌人"②，而不是慷慨大方、热情好客的主人？明显的解读难道就不可能是多义的而只是单义的吗？这里说它是非常多义的，乃是因为对它熟视而无睹，习见而不惊，因为它有能力让人想当然地把它看作是"明显的"、单义的。

　　"寄生者"是那些能够使人联想起明显对立面的词汇之一。没有那个对应词它就不具有任何含义，没有寄主便没有寄生物。与此同时，这个词及其对应词又都进一步分化，各自的存在表明本身业已经过了自身内部的分裂，正如"Unhcimlich, unheimlich"③。以"para"构成的词和以"ana"构成的词一样，都把这种现象作为固有的属性。在英语中，"para"（有时作"par"）作为前缀，表示横靠、在附近或旁边、远于、不正确地、相像或类似于、辅助的、同质异能动或聚合的。在外来的希腊语复合词中，"para"表示在旁边、靠一侧、横靠、远于、不正当地、有害地、不顺利地以及在其中。以"para"构成的词利用印欧语词根"per"的某种形体组成了词汇扑朔迷离的迷宫中的一个分支。这个词根是"一些前置词和前动词的词基，具有'向前'和'通过'的基本含义以及一系列广泛延伸了的词义，如'在……

---

　　① 原文为"uncanny"，它和与之相对的"canny"一词是米勒在解构批评实践中常用的关键术语之一。uncanny 的本意可以是"不可思议的"、"神秘可怕的"，但米勒又往往意指文学文本超越了现存的形而上学认识系统而变得不可解读的现象。为了表现该词的这一独特意义，试译作"不可测度的"。——译者注
　　② 米勒在这里涉及 host 一词的三层意思，除了"寄主"和"主人"以外，该词在中古拉丁语中还有"敌人"的意思。——译者注
　　③ 德语，意即"不可思议的东西中具有不可思议的成分"。——译者注

前面'、'在⋯⋯之前'、'初婚的'、'首要的'、'主要的'、'朝
向'、'反对'、'靠近'、'在'、'在⋯⋯周围'"①。

　　如果说以"para"构成的词是以"per"构成的词的迷宫的
一个分宫的话，那么，这个分宫本身也就是迷宫的一个缩影。
"para"是一个双重性对立前缀，同时能指附近和远处，相似和
差异，内部和外部，某种家庭组织内部的同时又是其外部的事
物，某种同时既是一种分界线、阈限或边缘的此侧又是超出这些
范围的事物，在身份地位上既平等又从属或依附，驯顺，如关于
宾主、奴隶与主子的关系。而且，以"para"表示的事物不仅同
处于内部与外部分界线的两侧，而且它就是界线本身，亦即一种
联系着内部与外部的具有渗透性薄膜的屏帘。它使内部与外部彼
此混淆，让外部得以入内，让内部得以外出，使其一分为二又使
其合二为一。它还在两者之间形成一种含混的过渡。虽然以
"para"构成的某个特定的词可能看来只能选取上述可能的词义
中的一项单义，但是，其他的各种含义却总是像点点星火闪烁在
这个词的里面，使它不肯静止地待在句子中间。在句法的阈限之
内，所有的词字都是和睦地相处一起的亲友，但这个词却像稍微
有点不合群的外客。用"para"构成的词包括："parachute"
（降落伞）、"paradigm"（范例）、"parasol"（阳伞）、法语词
"paravent"（挡风玻璃）和"parapluie"（雨伞）、"paragon"
（完美之物）、"paradox"（悖论）、"parapet"（胸墙）、"paratax-
is"（不用连词的排比）、"parapraxis"（动作倒错）、"parabasis"
（古希腊喜剧合唱队领唱的独白）、"paraphrase"（释意）、"para-
graph"（段落）、"paraph"（签名后的花笔）、"paralysis"（瘫
痪）、"paranoia"（偏执狂）、"paraphernalia"（设备）、"paral-

---

　　① 本文所有的定义和词源均摘自 The American Heritaage Dictionary of the English
Language，William Morrised.（Boston：American Heritage Publishing Co. Inc. and Hough-
ton Mifflin Company，1969）

lel"（平行的）、"parllax"（视差）、"parameter"（参数）、"par-
alle"（寓言）、"paresthesia"（感觉异常）、"paramnesia"（记忆
错误）、"paramorph"（同质异晶体）、"paramecium"（草履虫）、
"paraclete"（圣灵）、"paramedical"（护理人员的）、"paralegal"
（近乎合法的）以及"parasite"（寄生物）。

　　"parasite"一词来自希腊语"parasitos"一词，原意是"在
食物的旁边"——"para"（此处作"在……旁边"解）加上
"sitos"（谷物，食品）。"sitology"（饮食学）是关于食物、营养
和膳食的科学。起初，"parasite"（食客，寄生者）原本是个正
面人物，是一位亲密的来客，同你一起坐在食物旁边，共同分享
食物。后来，"parasite"这个词逐渐具有了职业食客的含义，指
的是专门讨要别人的邀请进餐而从不回报、从不邀请别人进餐的
人。由此演变为英语中现代的两种主要含义，即生物学和社会学
方面的含义。所以，"parasite"（寄生物或寄生者）是"依赖于
或是栖居于不同的有机体之内生长，汲取营养，取得庇护而与此
同时对其寄主的生存没有任何裨益的有机物"；或是"一个惯于
骗取他人的慷慨大方而从不做任何有益的回报的人"。把一种批
评谓为具有"寄生性质"，不管是指人还是指物，都是不逊
之言。

　　"寄生物"这个词中隐含着一个思想的或是语言的或是社会
组织的（其实是三者俱有）奇异的系统。没有寄主就不存在寄
生物。寄主和有点邪恶或说具有颠覆性的寄生物是同坐在食物旁
边的同桌食客，共同分享着食物。另一方面，寄主自己也是食
物，因为他的躯体也被无偿地蚀尽，正像人们常说的："他正把
我吃个倾家荡产。"随之，寄主可能变成从词源方面讲毫无关系
的另外一种意义上的主人。不消说，"host"一词（圣饼）也是
圣餐供奉用的面包或圣饼的名称，由中世纪英语"oste"一词演
变而来，最初源自拉丁语"hostia"，意思是祭品，牺牲。

如果说寄主既是食者又是被食者的话，那么，他自身也包含着主客的双重对立关系；作为客人，具有友好存在和异己入侵者的双重意义。"主人"（host）和"客人"（guest）两个词实际上可追溯到词源方面的同一词根："ghos—ti"，意即陌生人，客人，主人，严格地说就是"人们同他负有友好往来义务的人"。现代英语中具有这种转义的词"host"来自中世纪英语的"（h）ostte"；"（h）oste"来自古法语的主人、客人；古法语的这个词来自拉丁语的"hospes"（词干是"hospit－"）一词，意即客人、主人、陌生人。在拉丁语词中以及在诸如"hospital"和"hospitality"等现代英语中的"pes"或"pit"源出另一个词根"pot"，意思是"主子"（master）。"ghos-pot"这个复合的或双枝的词根原意为"客人的主子"，"象征友好往来关系的人"，如在斯拉夫语"gospodi"一词中，指"大人"（Lord）、"长官"（sir）、"老爷"（master）。另一方面，"guest"一词出自中世纪英语的"gest"；"gest"出自古挪威语的"gestr"；"gestr"来自"ghos-ti"，同"host"出自同一词根。主人是客人，客人也是主人。主人还是主人。殷勤待客的一家之主同受到招待的来客之间的关系，即寄主同本来是"同桌食客"意义上的寄生物之间的关系，被包含在"host"这个词的自身之内。

另外，具有来客意义的主人既是家中的一位友好造访者，同时又是把这个家庭变作饭店、变作中立领土的异己存在。或许，他是一群敌人的先遣使者（根据拉丁词"hostis"的"陌生人"、"敌人"的含义）。他是首先踏进门槛的人，身后跟着一群心怀敌意的陌生人，结果竟受到我们自己的主人的迎接，恰似基督教的神祇是万军之主一般。这种不可测度的对立关系不仅存在于这一系统中寄主和寄生物、主人和客人的对词之间，而且也存在于每个词自身之内。他在每个截然相反的对立面被分开以后又在每一对立项之中重新组合自身。这就打乱或说破坏了看起来很明确的两极关系，而这种两极关系似乎是适用于系统思维的概念性程式。每一个词都在自身内部被"para"的奇怪逻辑弄得一分为二，因为"para"是一种薄膜，既能把内部外部分隔开来，也能以一种联姻式的粘合力把它们结合起来，也可以说，它能形成渗透性混合，使陌生者成为朋友，使遥远的变为邻近的，使"Un-heimlich"变作"heimlich"，使朴素的变作舒适的，尽管这些概念相近而且相似，却依旧陌生、遥远和不相似。

寄生物侵犯寄主，其最惊人的表述之一就是滤过性病毒。就此而言，寄生物是一种异己，它不单单是有能力侵入家庭这块小天地，蚀尽一家人的食物，把主人杀死，而且在做这一切的过程中，还有奇特的能力把寄主化作大量增值的自身的复本。滤过性病毒总是处在生死之间不稳定的边缘上。它总是企图动摇这种对立。因为，举例说，它并非在"吃"，而只是在繁衍。它是一种晶体或说是晶体的一种成分，但同样也是一种有机体。滤过性病毒的遗传模式遵循以下的规则：它能够进入寄主的细胞并且能对该细胞中的一切遗传物质进行剧烈的重新安排，把该细胞化作制造它自身拷贝的小工厂，从而把该细胞消灭掉。这就是出人意料的"常春藤夫人"。

这是一则寓言吗？如果是的话，那么，它寓指什么呢？现代遗传学者对于遗传繁殖和用语言或其他符号系统进行的社会交往使用了"类比"（但是，这种类比的本体论状况是什么呢？），这或许可以证明从另一方向的反证是有道理的。"解构主义批评"是否也像病毒一样，是侵犯一个具有"明显或单义性的意义"、由单一性指涉语法所传达的纯形而上学的文本的寄主呢？这样的批评是否会剧烈地重新安排寄主文本的书写物，使它发出自己的信息，其"不可测度性"、"罅隙"（aporia）和"延异"（la différance），或者任何其他的意思呢？有些人是这么说的。但另一方面，有没有可能恰恰相反呢？情况有没有可能是：形而上

学，即明显或单义性的含义，正是以语言和这些语言特有的文本
世代相传数千年的西方文化中的寄生性病毒呢？形而上学是否会
进入诞生在这种文化之中的每一个新生儿的语言学习器官？并且
按照它的模式去塑造这种器官呢？其差别或许是：这种器官不同
于供病毒侵入的寄主细胞，并不具有自己先在的固有的遗传
密码。

　　然而，这一点能十分肯定吗？形而上学的系统对于人来说是
"自然的"吗？就像布谷鸟啼叫"快快布谷"，或者是蜜蜂在六
角形蜂巢里建造蜂房一样都是天性使然吗？倘若果真如此，那
么，寄生性病毒就会成为寄主体内一种携带同一遗传编码信息的
友好来客。这种信息就会先期使所有的欧洲婴儿或许是全世界所
有的婴儿都能阅读柏拉图，变为柏拉图主义者，以致其他一切事
物都需要进行人类难以想象的某种突变。语言的牢房是一种外在
的强制因素呢，还是被囚禁者的血液、骨骼、神经和大脑的一部
分呢？难道那总是待在我体内讲话、甚至在我梦中也在编织语言
网的喋喋不休的声音，有可能是一位不可测度的来客，一种寄生
性病毒，而不是这个家族的成员？提出这个问题必须使用由这个
喋喋不休的声音提供的语词，否则，人们提出这个问题又怎么可
能呢？难道此时此地讲话的不正是这个声音吗？或许说到底，用
病毒作类比毕竟"只是个类比而已"；它是一种"修辞手段"，
无需认真看待的。

　　说这些同诗歌以及同诗歌的解读能有什么关系呢？我的意图
是拿它当作"例证"来说明解构主义的阐释方法。既然如此，
本文采用的步骤就不是只用于一首诗的文本，而是适用于一篇批
评文章所引述的片断，而且这种批评文章中含有引自别的文章的
引文，就像寄生物寄居在它的寄主的体内。这个"例证"是一
个片断，就像分析化学测试时放进试管中的某种物质的取样。从
一小段语言尽量发挥延伸出去，从这片言只语出发扩展到一个又

一个的语境，把整个印欧语系，把其中各语种的文学和思想观念，以及与我们的家庭经济、礼品馈赠和接受有关的所有社会结构方面的变更，统统作为这些片言只语的必要背景而包括进来——这一切为认识看似明显而单义的语言中的丰富多义性提供了证据，文学批评的语言也概莫能外。在这方面，即令不在其他方面，批评同文学语言是贯通的。本文关于"寄生物"的讨论还有一层隐含的意思，这就是这种多义的丰富性在一定程度上寓于如下事实：即没有借喻就不存在概念性表现，没有隐含的叙述——这里指家中的异己来客之说，就不存在概念与借喻的相互纠缠。解构主义就是探讨在借喻、概念和叙述相互交织的固有属性中究竟隐含了什么的批评。

我的例证提出一种模式，说明批评家与批评家之间的关系，说明任何一位批评家的语言中都有自相矛盾的地方，说明批评文本同诗歌作品总不是对称的关系，说明任何一篇文学文本内部都有自相矛盾的地方，说明一首诗同其先前的作品都有歪曲倾斜的关系。把对诗歌的解构主义的解读谓为依附于"明显或单义性解读"的寄生性解读，是不以自己愿望为转移地陷入了关于寄生物之说的奇怪逻辑，是按照语言不是人类手中的器具、不是思维的驯服工具这一法则，不由自主地使单义性的东西具有了多义。如果人乐意准许语言去那么做的话，反而是语言在思考人和人的"世界"，其中也包括诗歌。

记载于寄生物一词及其关联词主人和客人之内的形象思维系统（然而，什么样的思维又不是形象性的呢？）让我们认识到，对于一首诗进行的"明显或单义性解读"同该诗本身并不一致。单义性解读和"解构主义"解读，两种方法都是"坐在食物旁边"的同桌食客，是主人兼客人，主人兼主人，寄主兼寄生物，寄生物兼寄生物，这是一种三角关系，并非两极的对立。始终存在着一个两者都与其发生关系的第三者，它位于两者之前或两者之间，两者将它分化、吞蚀或交换，并且跨越它而相遇。个中的关系事实上始终是一种链锁。这是一种奇特的链锁，无始也无终，从其内部也看不出任何支配性的成分（起源、目标或是支撑性要素），在这样一条链锁中，始终存在着某种先来的东西或是后到的东西，人们所集中注意的任何环节都与它关联，它可以使整个系列打开。这条链锁中任何两个相邻成分之间的关系都是一种奇特的对立，既亲密无间同时又相互敌对。这种关系无法用两极对立的普通逻辑包容。用辩证综合法去解释它也是行不通的。而且，每一种"单一成分"都远非明确地呈现其实质，而是在自身的内部进行再分化，以再现寄生物和寄主的关系，它由此而在更大程度上，要么成为这一极，要么又成为另一极。一方面，"明显或单义性解读"总是包含着"解构主义的解读"，把它作为隐居在自身之内、充作自身一部分的一种寄生物，另一方面，"解构主义的解读"又绝不可能使自己摆脱它试图抗衡的形而上学的解读。所以，诗歌本身既非寄主也非寄生物，而是寄主和寄生物两者都需要的食物，也就是另一种意义上的主人，这种特殊三角关系中的第三种成分。两种解读共同坐在同一张餐桌旁，被一种相互负有义务，馈赠物或食品分发和馈赠物或食品接受的奇特关系制约。

　　按照我的形象比喻，这首诗就是牺牲、祭奉意义上的那种含义不确切的礼物、食品、主人。它被可以测度或不可测度的批评家们打碎分化、传递、吞蚀，而这些批评家之间依据的正是寄主和寄生物彼此之间的那种怪异关系。但是，任何一首诗反过来又具有依附于更早诗歌的寄生性质，也可以说，它在自身内部以寄生物和寄主永无休止地颠倒的另一种形式包容着更早的诗歌，把它们当作被封闭起来的寄生物。如果说这首诗是供批评家们消受的食物和毒药。那么，它自己必定吃过别的诗，必定曾经是个食同类者，吞食过早先的诗篇。

且以雪莱的《生命的凯旋》为例。它的评论者们已经说明，这首诗里隐居着一条寄生性存在的长长的链锁——先前文本的模仿、借喻、来客、幽灵。这些现象都以上述奇异虚幻的方式出现在这首诗的居所之内——有的被肯定，有的被否定，有的被升华，有的被扭曲，有的被展平，有的被滑稽地模仿。这些现象正是哈罗德·布鲁姆已经着手加以研究的，而且，对其作进一步的探讨，明确其定义，也正是当今文学阐释的一项主要任务。先前的文本既是新文本的基础，也是这首新诗必定予以消灭的某种东西。新诗消灭它的方式是使它合并进来，把它化作幽灵似的非实在体，以便完成变作自身基础的那种既可能又不可能的任务。新诗既需要那些老的文本，又必须消灭它们。它既寄生于它们，又贪婪地吞食它们的躯体，同时又是把它们邀请进自己的家里，对它们进行阉割的邪恶主人，就像绿衣骑士邀请高文爵士那样。这条链锁中的每一个先前的环节本身对其先行者来说，也都曾经扮演过寄主兼寄生物的相同角色。从《旧约全书》到《新约全书》，《以西结书》到《启示录》，到但丁，到亚里厄斯托，到斯宾塞，到弥尔顿，到卢梭，到华兹华斯和柯勒律治，这条链锁最终通到了《生命的凯旋》。这首诗，或泛言之雪莱的作品，它也出现在哈代或叶芝或史蒂文斯等人的作品中，并且形成了包括尼采、弗洛伊德、海德格尔和布朗绍等浪漫派"虚无主义"的主要文本中序列的一个部分。这种对于寄主兼寄生物关系的永久性的再现又一次见诸目前的当代批评中。譬如，它见诸对《生命的凯旋》进行的"单义性"解读和"解构主义的"解读之间的关系，见诸阿布拉姆斯的解读和哈罗德·布鲁姆的解读之间的关系中，或者，见诸阿布拉姆斯对雪莱的解读和我在本文中提供的解读的关系中，或者见诸对这些批评家单独地看待时每一个人的评论中。寄主兼寄生物"不合逻辑"的关系在每一个单独存在的实体中重新建构自身，变成更大范围中的这一极或那一极，这一无情的法则既适用于批评文章所批评的文本，同样也适用于批评文章本身。《生命的凯旋》自身之内既包含着逻各斯中心主义的形而上学，也包含着虚无主义，两者你争我夺，势不两立。明乎此，对批评家就这首诗发生分歧也就不感到意外了。假若真的还有什么"单义性"解读的话（事实上不可能有），那么，也绝不能对《生命的凯旋》的含义采用这样一种解读，不管是"明显的"还是一心一意的"解构主义的"解读。这首诗如同所有的文本一样是"不可读的"，如果"可读"指的是单一性的、一劳永逸的阐释的话。其实，无论"明显的"解读或是"解构主义的"解读法都不是"单义性的"。每一种解读在其自身之内都必然地包含着自己的敌人，本身既是寄主，也是寄生物。解构主义的解读包含着明显的解读，反之亦然。在诗中以及在诗的批评中，虚无主义是西方形而上学之内的一种不可割离的异己存在。

二

虚无主义这个词业已不可避免地作为一个"解构主义"的标签而出现，隐蔽或公开地被当作一个代名词，用以表示人们对于这种新的批评模式，对于它能够贬低一切价值观念、使传统的阐释模式"不可能"所感到的恐惧。何为虚无主义？这里，我们使用一条从尼采到荣格再到海德格尔的链锁来作说明，或许对分析有所裨益。

尼采的《强力意志论》第一卷，按照他妹妹在《遗著》中的记载，题名为"欧洲的虚无主义"。此卷第一节的开头如下："虚无主义站在门口；这位所有来客中最不可测度的来客从何处而来呢？"（"Der Nihilisinus steht vor der Tür; woher kommt unsdieser unheimlichste aller Gäste?")①

　　海德格尔对此所作的评论出现在他论述荣格的《关于路线》的文章的开头部分。后来，海德格尔论文的标题换为"Zur Seinsfage"（《生存的问题》）。海德格尔的论文采取的是致荣格的书信形式：

　　　　它之所以被称作"最不可测度的"（der "unheimli-chste"），是因为作为一种无条件的施行意志的意志，它需要本原意义上的无所归宿。因此，为它指点门户是多此一举的，因为它早已不为人所见地游荡在住宅之内了。重要的事情是能对这位来客看上一瞥并且把它看透。你（荣格）写道：

　　　　"虚无主义的恰当定义似可比作使肿瘤杆菌能够为肉眼所见。它或许并不表示一种治疗方法，而可能只是一种如何治疗的设想，有待于人们进一步作出努力。"……虚无主义本身如同肿瘤杆菌一样微渺，是某种不健全的事物。对于虚无主义的实体，求取治疗方法的前景和有意义的主张是不存在的。……虚无主义的实体既非可治愈的，亦非不可治愈的。它是不可治的（das Heil-lose），而它本身却又是进入健康之中的一种独特的归属（eine einzigartige Verweisung ins Heile）。②

　　上述三位作者在一条链锁中一环扣一环；就他们而言，对于

---

　　①　*The will to power*，由 walter Kaufmann 和 R. J. Hollingdale 翻译（New York：Vintage Books，1968），见该书第 7 页；弗里德里希·尼采著 *Werke in Drei Bäden*"，Karl Schlechta 编辑（Munich：Carl Hanser Verlag，1996），第Ⅲ卷第 881 页。
　　②　德语：使不可思议的变作可思议的。*The Question of Be*〔德英文对照本〕，Jean T. Wilde 和 William Kluback 合译（Nwe Haven，Conn：College and University Press，1958）第 36—39 页。

虚无主义的正面论述都不能脱离我一直在探讨的术语系统。换言之，这一术语系统不可避免地牵扯到对于这位最不可测度的来客虚无主义的正面论述。虚无主义可说是寄生物和寄主关系中固有的。病态和健康的形象比喻也是固有的。寄生物的健康、食物和适宜的环境，对于寄主来说可能是疾病，甚至是致命的疾病。另一方面，在生命形态的繁衍中存在着无数的实例，证明寄生物的存在对其寄主的健康绝对必要。此外，如果说虚无主义本身是"不可治的"，是一种不能愈合的伤口的话，那么，想去理解这一事实的企图就可能是健康的一种条件。佯称这位最不可测度的来客并不在住宅里或许就是一切疾病中最顽劣的疾病，诸如唠唠叨叨、乖张暴戾、鬼鬼祟祟、阴阳怪气等，其表现为周身不适，厌倦活动，因而让它们失去了一切乐趣。

这位最不可测度的来客就是虚无主义，用雅克·德里达的话说就是"幽灵般的主人，这主人总是骚扰而不愿待着不动，它是一种总令人不安的怪异意义上的客人和幽灵"。虚无主义也已在西方形而上学之中使自己无拘无束。虚无主义是密藏在逻各斯中心主义系统的任何表达方式之内的一个潜在的幽灵，例如，在雪莱的《生命的凯旋》之中，在对这一文本的任何阐释之中，无论是阿布拉姆斯对《生命的凯旋》所作的解读，还是以相反的形式出现的哈罗德·布鲁姆的解读。逻各斯中心论和虚无主义彼此相关联，而其关联的方式并非对立，也不可能用任何辩证的"Aufhebung"（扬弃）加以综合。它们各自限定而又友好地对待对方，充作对方寄生性的主人。然而，各自又都是对方致命的敌人。不为对方所见，是对方的无意识幻象，亦即是某种不可能借助定义来认识的。

如果说虚无主义是隐居在形而上学住宅之内的寄生的陌生人的话，那么，"虚无主义"作为贬低或抹杀一切价值观念的名称，就不是虚无主义"自身之内"所包含的内容的名称，它是形而上学外加给它的名称，正如"无意识"这个名词是意识外加给它不能直接面对的那一部分自身的名称一样。逻各斯中心主义的形而上学在试图排除包含在自身之内又有别于自身的那一部分的过程中，遵循着一条自柏拉图以来一切西方形而上学巨著所证明的自我颠覆的规律，对自身进行分解。形而上学在自身内部包含着自己的寄生物，成为它自己徒劳地企图治愈的"不治之症"。它企图彻底消灭隐藏在自身内部的虚无性，从而把这种不治之症掩饰起来。

有没有什么方法来打破这种规律，从而扭转这个系统呢？是否有可能从"虚无主义"的立足点出发去对待形而上学呢？人们能不能把虚无主义变为主人，而它的异己来客则是形而上学，从而给两者各起一个新的名称呢？那样的话，虚无主义就不再是虚无主义而是另外的什么东西了，某种不具有惊人先兆的东西，或许成为一种听起来十分纯真的东西；如"修辞学"、"语言学"、"转义研究"甚或是"语法、修辞、逻辑三学科"。那样的话，形而上学或许要以这种三学科的观念重下定义，成为修辞学和转义学的必然结果。那样的话，它就不会是一种动因，而是一种通过语言游戏在语言的牢房之内形成的幻象。"解构主义"就是目前用以指谓这种颠倒现象的一个名称。

然而，当今"解构主义"的程序（尼采就是这种程序的倡导者之一）在我们这个时代却并非破天荒的。千百年来，它以这种或那种形式被经常地重复着，其起点可直接上溯到古希腊的诡辩学者和修辞学者，其实也可上溯到柏拉图本人，因为他在《智者》一文中已经把自己的"自我解构"贯穿在自己的著述原则之内。假使解构真的能够把我们从语言的牢房里解放出来，那么，情况似乎是它早就该这么做，但事实上却没有这么做。看来一定是爆破装置出了故障，或者是爆破手不够熟练，要么，或许就是关于解放的定义下得不对。尼采的"fröhliche Wissenschaft"

（令人欣喜的智慧），即他想逾越形而上学而达到肯定的、增强生命力的、可演示的语言行为的企图，是以拆毁形而上学为假定的，而这种拆毁表明，它将通过"最高价值观念贬低自身"的一种不可避免的过程而导致虚无主义。价值观念并非被它自身之外的某种颠覆性事物贬低。虚无主义不是一种社会的或心理的，甚或是世界历史的现象。它在"精神"历史或者在"存在"历史中，并不是一种新的或者可能周期性重现的现象。最高价值观念贬低着自身。虚无主义始终是业已归宿在其寄主西方形而上学之内的寄生物。在《强力意志论》第一卷的开头，在"zum plan"（"总论"）的起始，在尼采把虚无主义描述为"一切来客中最不可测度的来客"一句之后，这一点被表述为"出发点"（Ausgangspunkt）：

> ……把"社会的忧伤"或者"心理的堕落"，或者，尤甚者，把腐化视为虚无主义的成因，这是一种谬误。……忧伤，不管它是属于灵魂的，肉体的或是理智的，都不能本能地产生虚无主义（亦即：根本否定价值、意义及意欲性）——这种忧伤总是容许作多种解释。确切地说，虚无主义植根于一种特殊的释义，即基督教——道义的解释。①

如此说来，有没有可能借助虚无主义的形而上学来避免由其自身进行的无限生殖以及无止境地把虚无主义再纳入那对它作出界定、并作为它存在的条件的形而上学呢？"解构主义"是否就是这样的一种新的方法，而这种新的三重方法是否能够走出人类历史（充满谬误的历史）的迷宫而进入阳光灿烂、真理昭著、

---

① Kaufmann 和 Hollingdale 合译本第 7 页；Karl Schlechta 编辑版第 Ⅲ 卷第 881 页。

最终使一切方法都得到澄清的清明讲坛呢？符号学、修辞学和转义学能否取代古老的语法学、修辞学和逻辑学呢？有没有可能最终从一种"闪"取代"含"、"含"取代"闪"的无休止的兄弟之争中解脱出来呢？

我不以为然。"解构主义"既非虚无主义，亦非形而上学，而只不过就是作为阐释的阐释而已，即通过细读文本来理清虚无主义中形而上学的内涵，以及形而上学中虚无主义的内涵。但是，这种程序在它自己的话语中绝不能回避它所引述段落的语言。这种语言就是形而上学中的虚无主义，以及虚无主义中的形而上学的内涵的表现。我们没有任何其他的语言。批评的语言同它所解读的作品的语言一样，都受到同样的限制，都会进入同样的死胡同。为逃脱语言牢房所做的最为勇敢的努力到头来只会把墙筑得更高。

但是，"解构主义"程序，把幽灵和寄主的关系颠倒，玩弄语言游戏的游戏，这样就可能超越虚无主义通过形而上学以及形而上学通过虚无主义而产生的反复增值。它可能达到某种类似于尼采称之为"fröhliche Wissenschaft"的东西。这或许就是令人欣喜的智慧式的阐释，它是最大痛苦中的最大喜悦，一种对我们的主人——语言才配享用的欢乐的占有。

解构论不能提供一条出路来摆脱虚无主义或形而上学，也不能摆脱它们彼此间不可测度的固有属性。这些都是无法摆脱的。但是，它却能够在这种固有属性的范围内往复运动。它能使这种固有属性发生左右摇摆，其方式如同人们进入一个陌生的边境地带，一个似乎可以最大限度地看到另一国度（即"超越形而上学"）的边疆地区，虽然这个国度在西方人看来绝对无法进入而且事实上并不存在。然而借助这种阐释形式，这个边疆地带本身可以为人们所感知，正如15世纪的绘画使得不能为人看见的托斯卡纳艺术氛围变得为人所见一样。这个地带可以凭借人的头脑扩张性的扭转，即头脑不能够进行符合逻辑的领悟的经验，而占据。这一程序试图在不可能达到证明的领域内达到证明。但是，就在这种企图失败的时候，却有某种东西在运动，与一个界限相遇。这种遭遇可以比作到达看不见障碍物的边界时那种不可测度的感受，就像华兹华斯当年所感到的：他已经越过了阿尔卑斯山却毫无知觉。这又好比是，"语言的牢房"就像宇宙，按照某些现代宇宙论学者的假定，它既有限又无涯。在这个围闭的范围内，人们可以到处自由地走动，从来也不会遇到一堵墙，然而它又是有限的。它是一所牢房，一种既无起端又无边际的环境。因此，这样一个所在是真正的边疆地带，在一个意义上说，没有和平的家园，即没有当家做主人的人及家庭范畴。在另一意义上说，即"在边境线以远"，也没有任何属于怀有敌意的陌生者的异国。

不管我们身处何地，我们落脚的地方总是这一中间地带，总是属于寄主兼寄生物的地方，无所谓内，也无所谓外。它是属于"the unheimiich"（不可测度）的地区，超越任何形式；如果我们知道我们身处何地的话，那么，不管我们在哪里，这一地区总在自行重新组合。这个"所在"便是我们有幸生存的任何地方，从"文本"这个词最广泛的内涵来说，也就是不管在什么样的文本中，都概莫能外。不过，这种情况的出现，只有在对该文本进行最极端的阐释的时候，即把作品提供的条件运用到极限的时候。对于这种阐释，也就是本源意义上的阐释，人们给它取了个名字，就是"解构主义"。

三

为了举一个实例来说明"寄生物"一词在某个作者的作品"机体"之内起着寄生性作用，我现在对雪莱作品中的这个词作一分析。

"寄生物"这个词并没有出现在《生命的凯旋》之中。但是，这首诗的通篇结构却是围绕着寄生性关系展开的。《生命的凯旋》可以被认为是对各种形式的寄生性关系的探讨。主导这篇诗的喻象是光明与阴影，也可以说是自身内部被分化了的光明。该诗运用了一连串的拟人手法和情景，其中的每一个都给所有拟人手法中保持"一模一样的"一种光明增添上比喻性的"形象"（雪莱语）。这种比喻性的形象使光明变为阴影。对这篇诗进行的任何解读都必须贯穿光明与阴影这两极对立的重复形态。它还必须识别一个情景同取代它的下一个情景的关系，因为这种关系就像阳光熄灭星光、星光又熄灭阳光一样。这颗星就是晓星、金星、长庚星，三位一体。当新的光明出现，原来的光明便转化为阴影。在原来的光明的内部，两极对立始终在自行重新组合。这种两极对立是一种媒介，传达着梦幻视象之内的梦幻视象以及个人对抗或是取代先行个人的结构，或是被这种结构传达。这种结构在全诗中再三重复。这种重复使得这首诗成为映像之内映像的一种"mise en abime"（"反复无穷次的隐匿"），或者说成为一组大匣套小匣式的中国匣子。例如，在这首诗的内部，这种关系存在于诗人的视像与卢梭早先在诗人想象范围内所陈述的视像的重叠拼合之中。卢梭的视像出现于该诗线性序列的后段，按"编年史"时序应该在先。但在形而上学层次上，它却把先发生者置后，作为后发生者的解释性先因。讨论中的这种关系还存在于该诗对于一长串早先文本的呼应和指涉，因为在这些先前的文本中，这首诗所使用的象征性战车或其他喻象都曾经出现过：如《以西结书》《启示录》、维吉尔、但丁、斯宾塞、弥尔顿、卢梭、华兹华斯。反之，雪莱的诗又被哈代、叶芝以及其他许多人所模仿。

诗歌内部一部分同另一部分之间的关系，或是该诗同先前的和以后的文本的关系，就是对于寄生物与寄主关系的一种表述。它以实例说明了这种关系不可确定的摇摆。要确定哪种成分是寄生物，哪种成分是寄主，哪种成分支配或包含另一种成分，是不可能的。这种序列是否应视为各种成分的串联，而每一种成分对下一种成分来说都是外在的，或者就像中国套匣那样遵循着某种封闭的模式，这也是不可能的。如果使用中国套匣式的模式，那么，确定任何一对的哪一种成分为外、哪一种为内则也是不可能的。简言之，越过寄主寄生物之间那道既是隔墙同时又是连接膜的奇怪的薄膜，内外之间的区别就不能成立了。每一种成分对相邻的成分来说都是外部，但同时又将它封闭并且被它封闭。

《生命的凯旋》最引人注目的"情节"之一就是自戕式性爱的那一幕。这情景同有"寄生物"一词出现的雪莱的其他诗歌中的一系列情景是一致的。这一情景表明，性的吸引是生命胜利的一种最为致命的形式。生命的凯旋其实就是语言的凯旋。在雪莱看来，这种现象的表现形式就是：每个男人或女人都受他或她的欲望所构想的虚幻形象支配。这种形象中的每一个都是由光明的另一种替代形象造成的，它一旦被抓住就消隐逝去。它之所以消逝，是因为它仅仅是作为光明的一种瞬间隐喻而存在。它是一个瞬时的发光体。诗中说道，金星是黄昏时分的星辰，它只不过是黎明时已经坠落的晓星的另一副伪装。借助词首辅音的变化，以阳性的"H"替代阴性的"V"，"Vesper"（金星）便变成了"Hesper"（金星的别名）。

当《生命的凯旋》中那对如胶似漆的恋人匆匆相会的时候，他们交相毁灭着对方，就像粒子和反粒子，或者按照雪莱使用的隐喻，就像两片雷雨云撞击在狭窄的山谷中，或者就像一个巨浪拍打在海岸上。不过，这种毁灭并不彻底，因为这种猛烈的撞击总会在岸上留下印痕、残留物、泡沫。这就是爱神阿芙罗狄蒂的泡沫、种子或精液。在雪莱无限重复的演示中又开始循环往复。在雪莱看来，生命凯旋的最阴暗的特征是这种毁灭至死也不会完结。他认为，生命虽然是活着的死亡，却是不会消逝的。它总是以光明的全新形象无休止地进行着自身的繁衍：

> ……他们绕着蔽日遮天的她起舞
>
> 少女和小伙痴狂地挥动手臂
> 舞步不停闪烁；他们渐行渐远，
> 双双沉浸于情爱的氛围，
>
> 爱的火星悄悄爆出，他们被燃得通红
> 犹如灯蛾受到光亮的引诱和驱使，
> 向着新的璀璨的毁灭来往匆匆。
>
> 他们终于像两朵云团被赶进峡谷，
> 雷电交加，化作大雨，搅得地动山摇，
> 维系他们生命力的火焰般的纽带，
>
> 迸然断裂……心头的余悸未等全消
> 他们就一个接一个倒在路上
> 失去了知觉，竟不顾这旷野荒郊
>
> 但我说不准那辆战车在何方
> 撵上他俩；因为没有印迹可以找到
> 我只看见狂暴的大海息怒以后

空寂的沙滩留下点点泡沫。

（第 2 章，第 148—164 行）①

　　自《仙后麦布》之后，有过一连串的诗文片段再三地书写、再书写了这同样的题材。以上这个气势磅礴的节段是这一系列片断中的顶峰。在早先的版本里，"寄生物"一词就像被精心编进语言织物里的识别标记，别具特色。这个词出现在《仙后麦布》里，也出现在《仙后麦布》的一个片断、题为《人间魔鬼》的版本里。以后，它又出现在《阿拉斯特》《莱昂和西丝娜》《伊斯兰的反叛》《心之灵》以及《含羞草》中，总是一个由下列主题和中心思想构成的环境背景：自恋和乱伦，不同代人的冲突，攫取政治权力的争斗，关于太阳和月亮、泉源、小溪、洞穴、坍圮的塔楼或林间谷地等主题，还有大自然对人类建筑物的破坏以诗学探求的失败，等等。

　　雪莱以《人间魔鬼》为题改写的《仙后麦布》的那一部分，糅进了这多种成分复合（包括从以西结那里借用的战车）的最早写法，而这种写法在《生命的凯旋》中得到其最终的表现。诗中，伊昂珊的"缕缕金发荫蔽着／她心中那无瑕的矜傲，／交织缠绕就像寄生物的卷须／盘绕着一根大理石廊柱"（第 2 章，第 44—47 行）。

　　在《阿拉斯特》一诗中，注定要死亡的诗人就像那喀索斯在寻找他失踪的孪生姐妹一样，在寻找那梦中前来相会的"蒙着面纱的少女"（第 1 章，第 151 行）。他寻找她是在一块林间

---

①　"The Triumph of Life" 的原文系根据 Donald H. Reiman 在 "'The Triumph of life': A Critical study"（Urbana，Ⅲ.：The university of Illinois press，1965）中所确定的原文。所有引述雪莱的其他原文均根据 "Poetical Works"，编辑：Thomas Hutchinson，校阅：G. M. Matthews（London，Oxford，New York：Oxford University press，1973）。

谷地上，那里有一口"井/黑黝黝，明晃晃，盛满极澄澈的水"
（第 2 章，第 457—458 行），但他找到的却只是倒映其中的自己
的一双眼睛。不过，这双眼睛又被"两只眼睛，/两只星星般的
眼睛"重叠（第 2 章，第 489—490 行），在他面容浮现的时候，
那两只眼睛同他对视。它们或许就是真的星星，或许是他不可捉
摸的情人的眼睛。这段关于眼睛与神貌的文字游戏在描写"寄
生物，/点缀着万朵鲜花"（第 2 章，第 439—440 行），盘绕着
密林中的树木，荫蔽着这眼井的时候，已经在前几行诗中预先作
了铺垫。

　　在《莱昂和西丝娜》的第六章中，后来又在修订本的《伊
斯兰的反叛》中（此诗隐含着乱伦性爱的主题），西丝娜在战斗
中援救莱昂，使他免遭失败，把他扶上一匹轶粗战马狂奔，来到
山顶上的一所宫殿遗址。在那里，他们交媾求欢，场景中又一次
涉及眼睛、神貌、星星和那喀索斯的水井："她那黝黑、深邃的
双眼，/宛如悬卧在朦胧的水井之上星星的一对幻影，/即使在那
星星安息之时，也在游动，/它们陶醉在我们无言的、温柔的狂
喜之中。"（第 2 章，第 2624—2628 行）这次做爱是在废墟深处
的"用树叶做成的天然床铺"上进行的。这个幽静的所在在春
天由"鲜花盛开的寄生物"荫蔽着，而这些寄生物在轻风吹拂
的时候就在枯萎的树叶上洒下它们的"星星"（第 2 章，第
2578—2584 行）。

　　在《心之灵》里，诗人计划把情人艾米丽带到一个有坍圮
塔楼的海岛。他说，在那里，"我们将变得一模一样，我们将成
为/两副躯体之内的一个灵魂"（第 2 章，第 573—574 行）。这
里的废墟也被"寄生的花卉"荫蔽（第 1 章，第 502 行），恰如
在《含羞草》中，那个拟比作夫人的花园里长着冬季一到就枯
死的"寄生物搭成的闺房"（第 1 章，第 47 行）。

　　对于包含在"寄生物"一词之内的不定结构的特殊表述在

上述所有的诗人中起着作用。人们既可以说，这个词本身包含着这些诗文的缩样，也可以说，这些诗文本身是这个词的形象化。这些诗文既限制、同时又扩展了这个词的含义，从这个词所包含的复杂的思想和形象系统中，梳理出一个特别的构想。

这些诗文似可被看作要恰如其分地表现一组复杂的主题思想的努力。其目标是奇幻的，或说是普罗米修斯式的。它们试图描写一种自恋式的自行生殖和自我占有行为，而这种行为同时又是兄妹之间的乱伦。这种交欢以一种不合法的性行为抹杀了两性的差异以及家族的异质性。同时，这种行为又是人性与天性之间障碍的崩溃。它还是结束暴虐的政治性行为，这种暴虐被形象地比喻为一位苛刻的父亲对自己的子女以及他的子孙后代实行家族统治。最后，它又是一种诗歌创作行为，它要消除能指与所指之间的种种障碍。这样的诗歌会产生一种直接性的启示，使诗中无需更多的诗意，因为它无需更多的形象、隐喻、替代或"代表"、虚饰。所以，人类面临的是一片光明的普遍的赠与。它不再要求大自然提供金星似的形影、人物、形象或意象来承受这种光明并且在承受中将它掩盖起来。

上述的一切构思都一股脑儿地统归无效。《生命的凯旋》对其失败的情形作了最为清楚的说明：恋人、云朵、海浪海岸或词语的拼合既毁灭了它所联结的东西，又始终留有遗迹。这种遗传印痕使做爱、自我占有的企图、自我毁灭性的政治暴虐以及诗歌创作的周期又一无复始。雪莱的诗歌是一种永远被刷新的失败的记录。它根本无法求得正确的公式，从而一股脑儿地结束离异的、不完整的自我，结束做爱，结束政治权术，结束诗歌创作——以一种能动性的启示，一种万能的光明，使词语变作它们点燃的火，而火又作为词语而消失。但是，这些词语却始终存在着，明白地印在纸上，成了用词语来结束词语的一次次徒劳的不可磨灭的印痕。因此，这种企图必然要重复。雪莱从《仙后麦

布》到《生命的凯旋》反反复复地写了成分相同而排列稍有不
同的同一情景，他一再重复，直到去世方才罢休。这种重复无言
地道出了诗人总想把事情弄清，于是以这些留下的东西作为再努
力一次的必要的结束。

在雪莱看来，"寄生物"这个词就是这桥梁、隔墙或连接薄
膜的代名词，它既使这种启示性结合成为可能，消除着差异，同
时又始终是禁止这样做的一种障碍。如同阿芙罗狄蒂在海岸上遗
留下的那道泡沫细线，这种遗迹，在先前的情侣为了结束无止境
的链锁而做出的疯狂举动消失以后，又使这整个过程一元复始。
另一方面，寄生物又是构成某种二元对立的各平行成分之间的障
碍和连接膜。这种二元对立产生形式，也产生关于它们相互作用
的叙述。同时，寄生物又是处于不同纵面上的成分——天与地、
人间和位于其上的神界——之间的障碍兼联结屏帘。上界是永恒
的洁白光辉。而人间是对立的偶对，例如男性对女性，既体现又
遮蔽着这种洁白的火光。

雪莱笔下的寄生物总是寄生的花卉，是缠绕林中的树株而攀
向高处去争夺阳光和空气的藤本植物，它们或生长在宫殿遗址，
覆盖着宫殿的石基，并且在那里搭成芬芳馥郁的居室。寄生性藤
本花卉依赖空气、依赖它们从自己寄主身上能够汲取的营养而生
存。它们的枝干同寄主结合在一起。雪莱的寄生物总是鲜花盛
开，在天地之间形成一道屏帘。这种屏帘甚至在冬季变作干枯藤
枝织成的网络时，也依然存在。

在雪莱对寄生物和寄主系统的表述中，最后一点含混之处，
就是不能确定上述诗篇中的那位胞妹情人是否同那个充满欲念的
诗人或无限高于其上的超验神灵处于同一层面上。她二者兼是，
既是主人公可与之乱伦交欢的姐妹，同时又是一位主宰一切、高
不可攀的女神或圣母，因为阿拉斯特所寻求的那双神眼就不是一
位凡体姐妹的眼睛，或如，诗人对于《心之灵》中艾米丽的爱

情也是一种企图，像普罗米修斯的企图一样，想盗取天庭的火种，或如，《生命的凯旋》中性爱情景的主导者就是气吞一切、跃马凯旋的女神"生命"，或如，在这种写法的第一个版本中，为亨利所爱的凡女伊昂珊就是人间魔鬼的女性化身；这女魔主宰着他们的关系，她化作重现女主人公双眼的星星，出现在这篇诗的结尾。这对星星般的眼睛是雪莱笔下的一种恒定的象征，表示与其尘世征象相应的那种不可企及的超验力量，但与此同时，它们充其量又不过是所爱之人的眼睛，而且同时又是主人公自己的被折射回来的眼睛。

四

在不同代人之间的关系中，一代人同另一代人寄生性地被关联在一起，而这种关系又极不明确，这一主题以其最为完备的形式出现于《心之灵》。这种见解极清楚地说明了这个论题同寄生物和寄主系统的关系，说明了它同雪莱笔下所重复的由过去剧变式自我毁灭的必然残留物所形成的主题之间的关系，说明了它同这些诗文中总是存在的政治性主题之间的关系，说明了它同人的作品和自然造化的关系之间的关系，也说明了它同雪莱一向所作的诗歌力量的戏剧化之间的关系。

在《心之灵》中，诗人要把他的艾米丽带到斯波拉德斯群岛去，而岛上那座坍圮的塔楼，在序言的一份草稿里，似乎被径直说成是"一座历经劫难而多少得以保存的撒拉逊人的城堡"。在诗中，这座塔楼却是一幢奇异的建筑物，系自然生成，简直如花似石，亦花亦石。同时，它又几乎是超自然的。它是某位男神和某位女神的居所，起码也是供一位半人半神的海王同他同胞姐妹兼配偶居住的所在。这幢建筑把人类层面包括其中。它既位于这个层面之上，又位于其下：

但这荒岛主要的奇观是一幢

阒无人迹的住所；谁个如何建造，

土著的岛民并无人知晓：

它虽然高耸入云，俯瞰着树林，

却并非一幢结实的塔楼；不过，

有位英明而多情的海王，为了愉乐，

在开天辟地之初，在还没立罪名之前，

兴工把它建造，使它成为

那古朴时代的奇迹，岛上的骄傲。

成为他的胞妹、他的配偶的专用乐园。

而今，它简直不像人为艺术的残存，

倒像泰坦的再世；它孕育自己的形体

于大地的心腹，然后冲破重重山峦，

从有生灵的石头里出生，在洞穴中

轻轻地、高高地巍然立起：

因为所有古色考究的图像

都已经剥落，代之则是

常春藤和野葡萄，弯弯曲曲，

盘根错节；寄生的花卉似晶莹的宝石

照亮一座座无灯的殿堂，而花谢之时，

苍穹则通过冬日织成的花格

投下斑驳的月光，晶晶的点点星火，

或是白昼朗朗晴空的碎片；——

在洁白如玉的地面上拼成精美的图案。

（第 2 章，第 483—507 行）

很可能，"海王"就是这个海岛上的一位人间之王，但他同时又很可能是"海洋之王",一位奥林匹亚山上的神祇或是一位泰坦。简言之,这幢寓所建造于"开天辟地之初"。它建造于接近原始之时,那时,对立的事物还处于混沌或接近混沌的状态之中,乱伦行为还构不成罪行,正如乱伦对过去埃及的那些法老构不成罪行一样——他们总是同自己的同胞姐妹求欢,她们是满足他们神性中凡俗成分的唯一合适的配偶。同样,在那种混沌初开之时,自然和文化并不是对立的。这幢宫殿看起来既像"泰坦再世",是一种超人力量的造化,同时又像具有人为特征,它虽然在外观上并不尽然,但毕竟还是一件"人为艺术的残存"。与此同时,它又是天然造化的,似乎是从石头里生出,根本不是由人为艺术建造。虽然这幢建筑物曾经装饰着雕刻精致的铭文和图像,但是,这些饰物却随着岁月的流逝而磨灭。它的塔楼和表面又一次呈现出天然岩石的外貌,似乎是活生生的、冲破重重山峦而长出来的石头。自然性、超自然性和人性三者融合为一体,其象征则是兄妹的乱伦,亦即同胞与同胞结成配偶,从而以其新产生的遗传血统破坏了正常的人类两性关系。对于乱伦行为的禁止,正如列维—斯特劳斯所论证,既是人的属性,同时也是大自然的属性。因此,它破除了两者之间的障碍。这种破除的行为又被海王和他的姐妹加倍地破除了。他们的交媾使得罪名不能成立。它把自然、超自然以及人的属性撮合在一起——模拟并且维持着从宫殿身上可以看出的那种统一的景观。这种海景与陆景合二为一的景观使大自然的特色似乎成了大地和海这两大神祇性欲得到满足的理想境界:

> 于是,无论白天还是黑夜,
> 从高耸的塔楼和平台上遥遥望去,
> 大地和海洋好像在相互抱着酣睡,而且
> 梦到波浪、鲜花、云朵、树木、岩石以及

我们从他们的微笑中所看到并且

称之为现实的一切。

诗人的计划就是要把他的艾米丽带到这个地方来，指望重温洪荒时代那种理想的性结合。这种旧梦重温将会奇幻地恢复那个时代。它将会把他们带回到无罪可言的原始时代，以一种行为性的囊括来再次协调自然、超自然和人。

然而，这种行为却是永远无法完成的。直到《心之灵》结束时，它依然还是一种事先的希望。而表现它的词语总是禁止它的实现。它之所以永远无法完成，是因为事实上这种结合古往今来就不曾存在过。它不过是立足于现在的一种逆反构思。它是通过解读现时依然存在的符号或残留物而形成的一种"好像"。那位海王，尽管可能很英明多情，毕竟还是人。对于乱伦的禁止总是先于乱伦的行为本身。它先于自然本性和人性之间的分野，同时又确立了这种分野的存在。海王和他的配偶之间的求欢行为本身才"创设了罪名"。它虽然是同胞与同胞之间的性行为，却没有终止两性之间、家庭之间以及辈分之间的差异。正如地球要有人生息，暴政和苛父的存在以及诗人对艾米丽抱有难以平息的欲望这一切所表明的一样。

再者，这幢建筑物只是好像同时具有自然本性、神性和人性。虽然它的石料完全是天生的，但是，它的形状事实上却是人为艺术的产物，其佐证就是石头上曾经有"古色考究的图像"。这种图像之所以考究，是因为它表明可以追溯到一个更久远的、已无法追忆的人类传统。常春藤和野葡萄的"卷团"，寄生物花卉形成的那道屏帘，前者在石头上形成象形文字似的花纹；后者的洁白如玉的地面上投下花格式的图案，这些都是那种被磨灭了的铭刻的替代物。这里的纯天生的藤蔓和寄生物似非而是地变作一种书写。它们代表着海王的建筑工匠在石头上刻下但已经剥蚀的考究图案。它们还隐指广义上的书写，譬如，代表着读者当时正在追寻的这首诗本身的书写。但是，寄生藤蔓的图案却又不是字迹清晰的语言，它只是"代替"被磨灭了的人的语言。在这种"代替"中，"宇宙洪流时代"的一切想象的统一性都分崩离析。它又被驱散到不可调和的隔间中去，而这种隔间则由企图把它们聚合在一起的分离膜来隔离的。男性和女性；神性、人性以及超自然性，统统都变作个别的领域。而这些领域的分别是由语言本身，由语言诉诸形象、诉诸隐喻性的"替代"或寓意替代而形成的。想逾越这种障碍，并且整合亘古以来就被聚合它们的语言所分隔的东西（那种古色考究的图像，即使对于英明而多情的海王和他的姐妹配偶来说，也是久已存在的），只能导致其间的距离加大。它会适得其反，反而制造出自己企图消除或无视的障碍。没有亲属的命名便不存在乱伦，而乱伦之所以"被立为"罪名，与其说是因为兄妹之间的性行为，不如说是因为赋予他们的某种形象。但是，这种形象是始终存在的，古老得超出了人的记忆。它把自然和文化结合在把两者分开的事物中，正如活生生的石头上雕刻的图像，使其在人文方面变得重要，再如寄生的藤蔓，或更确切些说是它们投影的花纹，被作为符号看待。

同样，诗人企图同艾米丽重温海王和他姐妹的欢乐，结果只重温了非法的性关系罪行；这种关系在雪莱的笔下始终是——起码也是含蓄地——表现为乱伦。诗中主人公对他的艾米丽说，"但愿你我二人是一母所生的双胞胎！"（第 1 章，第 45 行）讲话人的爱只会加剧这种分离。他同艾米丽的结合始终有待于未来实现，如是者还有《人间魔鬼》中亨利的爱情，《阿拉斯特》中男主人公的爱情，而莱昂和西丝娜的结合只是在他们身受火刑之时才如愿以偿。莱昂和西丝娜的做爱无论如何都不会产生伊斯兰的政治解放。同样，诗人想在《心之灵》中以词语来表达这种结合，这本身也只能成为阻遏它的障碍。它还阻遏着诗人那种普罗米修斯式的企图，即想通过语言，通过情欲之爱来登上天庭，盗取火种。这一段是雪莱最为恢弘的交响乐式的高潮之一，但它所表达的却是诗歌的无能为力以及性爱的无效。他企图挣脱自己的局限，挣脱既是自我又是语言的链锁，然而这一段却表达了他这样做的时候作为诗人兼恋人的毁灭。这种失败就是雪莱对寄生物结构性的表述。

　　然而，"雪莱"又是何许人呢？如果任何署着这个名字的作品并不具有任何可识别的边界，也不具有任何内部的隔墙，那么，"雪莱"这个词又能指的是什么呢？它之所以不具有边沿，是因为它从四面八方遭到侵犯，也从内部遭到了其他名字即其他写作力量的侵犯，如卢梭、但丁、《以西结书》和一大批其他人。他们都是些无形的陌生客，跨越了这些诗篇的界限，模糊了它们的边缘。虽然"雪莱"这个词可以印在标题为《诗作》的一本书的封面上，但是，它必定也命名了某种没有可识别的边界的事物，因为这本书在其内部掺杂着十分庞杂的外来成分。寄生性结构能够抹杀它所进入的文本的边界。所以，在雪莱看来，寄生物就成为用形象语言构成的一种沟通的屏帘，它在永无止境的"代替"阻遏实现融合的过程中持续地分离着它想融合的东西。这首屏帘产生一种结合的幻影，成为一种修辞效果，一种虚幻的"从前曾经"和"将来可能"，而永远不会是"现在"和"此地"：

> 我们将心心相印，息息相通，
> 我们的脉搏将同步起伏；双唇
> 将以有别于语言的雄辩，屏闭
> 那燃烧其间的心灵，而沸腾在
> 我们深层存在的井孔，我们
> 最深邃的生命的源泉，宛如

旭日照耀下的山洪，将会

融合成纯金般的一片激情，

我们将化为一体，将会变成

两副躯体中的一个灵魂啊！何以两人

一对孪生的心房中只有一种激情，成长

再成长，酷似两颗喷焰的流星，

充盈着激情的两个星体终于合一，

接触，交融，改模变样；永远

燃烧，又永远熄不灭，毁不掉：

它们彼此从对方找到食物，

像无比纯净轻盈的火焰，光辉的生命

不需要任何低劣的养料，

永远向着天国，永远不会夭折：

两个意志中只有一个希望，一个意志

支撑着两个卓越的大脑，一个生命，一个死亡，

一个地狱，一个天堂，一种不朽，

以及一种毁灭。啊，我的悲哀！

我的灵魂要借助展翅飞腾的词语

去刺穿爱神那人迹罕至的至高领域，

它们却是铅铸的锁链，缚住升腾的火焰——

我心悸，我颓丧，我战栗，我灭亡！

(第 2 章，第 565—591 行)

读着这些不寻常的诗句，谁个都不会不感到诗人在这里抗议得太多了。对于"一"这个字的每一次重复结果只给阻遏同一性实现的那种阻碍又加厚了一层。诗人抗议过多不仅表现在他企图用词语来产生由这些词语本身所阻遏实现的一种融合，甚至也表现在结尾的哀叹中。问题还不仅仅是诗人通过词语并没有达到

同他的艾米丽的结合，从而登上爱神的火焰般的高处。他通过这一系列无效的奇幻的表述甚至也不能"灭亡"。词语不能使任何事情发生，而词语的无效也不能使任何事情发生。虽然《心之灵》的"广告"告诉读者，诗人在到达那个岛屿即"斯普拉德群岛中最荒凉的岛屿"之前就在佛罗伦萨去世了，但是，读者知道并非词语杀害了他，因为紧接在"我心悸，我颓丧，我战栗，我灭亡！"这行诗之后，是几行相对比较平静的高潮后的献辞，其开头是："去吧，你这羸弱的诗文，去跪倒在你君主的脚下吧。"（第 1 章，第 591 行）

诗中这一段壮丽的高潮本身是由悖论性的寄生构造的种种变体而写成的。旨在实现融合的言语符号必定会重构这些符号想要抹除的障碍。诗人越是说它们要融为一体，他就越会把它们一分为二，因为他必须再三认定它们是分离的。以有别于语言的雄辩而讲话的双唇同时也是人与人之间限制性障碍的门户。这对嘴唇可以屏闭那燃烧其间的心头，但依然是一种沟通的中介体，而对于融合的实现也是一种障碍。双唇又一次成为寄生性的构造。此外，那道出胜于雄辩的词语的喉舌，就是使用雄辩的词语来道出这种超语言的话语的。它一旦为这种话语命名，也就避免了使心灵受到屏闭。同样，深邃的井孔的喻象重申了细胞式封闭结构的概念，正如山涧在旭日照耀下被"融合"的形象中，水与火的撞击向读者表明，一对恋人只有作为存在实体蒸腾挥发，才能融为一体。两副躯体只有一个灵魂的喻象，一个双星体变作一个飘忽的流星的喻象，一对各自既是食客又是被食者（彼此从对方体内找到食物）的喻象，都一再表现了寄生性的关系。所有这些都是"雪莱"对寄生性构造的看法的变体，他设想了这样一种统一的概念，即：统一总保持着双重性，但在这种统一性的形象表述中，它却显示出两者能逾越寄生性隔墙合二为一、但又依然一分为二的可能性。

　　"mise en abime" 最终模拟了这种不可能性。这是一种词语的多级组联，描述的是一种统一性基础之上的二元性，它接着便再次细分，降落到更深一层的基础上，这样逐级下落，直到最后，如果确有这最后的层次的话，那就是"毁灭"的深渊。细胞与细胞，爱者与被爱者之间的那堵竖墙，被存在于各层次之间的横向帏帘所加倍。揭开一道帏帘，只会显露出另一道帏帘，以此类推以致无穷，除非是最后的一道帏帘，它显露的是一片空虚。这或许就是上述统一性的空虚，而这种统一性就是诗中反复用"一个"、"一个"、"一种"、"一种"来祈求实现的："两种意志内只有一个希望／一个意志支撑着两个卓越的大脑，／一个生命，一个死亡，／一个地狱，一个天堂，一种永生／以及一种毁灭。啊，我的悲哀！"这种语言力图抹杀作为语言的自身，以便让位于一种超越语言的无中介的融合，这本身便是障碍，它始终是一种不可抹杀的印痕的悲哀。词语始终作为残留物而摆在那里，是"铅铸的链锁"，阻遏着词语与它们自己召唤出的火焰般的统一性相结合。

　　这并非是说做爱与诗歌创作是"一模一样"的或者像施展魔术改天换地的行为语言那样，它们要走进注定它们无效的死胡同。从某种意义上讲，它们是相互对立的，因为做爱总是企图以无言的方式去做诗歌用词语的方式去做的事情。谁都不会怀疑，雪莱相信他的诗中"存在着"性感受，也不会怀疑他在诗中"描写"了性感受，例如在《莱昂和西丝娜》一诗中以及《生命的凯旋》中关于性爱的那一大段就是。但是，在雪莱笔下，做爱和诗歌创作又不是截然相反的对立物，可以说，双方各自都是对方的演示，或说是对方的象喻。这是一种简约的关系，读者不管侧重于双方中的哪一方，这一方都会表现为对方隐喻性的替身。但是，当读者把重点转移到对方的时候，这个对方却并非"原来的"对方，而是它起初所呈现的喻象的喻象。《生命的凯旋》表明，做爱是一种方式，如同人体化的受难一样，来"经受"符号创作、符号设计和符号阐释的自我毁灭效应。做爱的无词语性毕竟不过是寓于符号之内的另一种方式，这一点在《生命的凯旋》一诗中已经表明：在爱情的暮星、金星和启明星、"光明的护持者"长庚星之间存在着确证的同一性，即拟人化的拟人化，而且在所有的其他转喻、所有的"代替"形式之间也都存在这种同一性。

另一方面，诗歌创作在雪莱看来始终是喻指人生各种形态——政治的、宗教的、家庭的以及性欲的——的喻象，而且也是被这些形态喻指的形象。它在起源上并不占先，只能体现于它所喻指的这样或那样的人生形态中。在雪莱看来，没有一个"符号"不具备它的实在的载体，因此，语言替代的游戏就绝不可能成为完全理想的相互交流。这种相互交流总被它必需的化身，即由恋人的肉体所体现的那种最富于戏剧性的形式掺进杂质。另一方面，做爱也绝非一种完全无词语的交流或媾和行为。它因之也被语言掺进杂质。做爱是通过肉体去经历和感受喻象中的罅隙的方式。它也是体验语言如何起到阻遏恋人美满结合的作用的一种方式。当恋人们已经筋疲力尽，甚或为了成功地做成此事落得自身毁灭之后，语言总是使这种循环重新开始的发生学的印痕。

五

总共五次，或者，如果把《人间魔鬼》和《伊斯兰的反叛》算作单独的两篇文本的话，那就是七次，而如果把含同样成分但未出现"寄生物"一词的其他段落包括在内的话，那就甚至不止是七次——所以，雪莱在自己的全部作品中，总共不止七次亲身叩击过寄生物门户的门扉。每次叩击，他都退缩回来，因为他无力在不毁灭两者的情况下使两者融为一体。他退缩回来，自己成为遗留物，成为语言的力量，能够说出"啊，我的悲哀！"并且被迫再次去破除这种障碍，结果却再一次失败，反反复复，直到他去世才告结束。

批评家，如同那些明确地受到雪莱"影响"的诗人，诸如布朗宁、哈代、叶芝、史蒂文斯等，也是后来之人，他也一次又一次地重复这种模式，一次又一次地无力"成功地做成此事"，恰似雪莱对于自己的重复，对于前人的重复，也恰似诗人和艾米丽追随着海王和他的姐妹配偶。

批评家对于这条由重复组成的链锁所引申出的格式具有以下看法：批评家想解开他所阐释的文本中各种成分的疙瘩，却只会使这些成分在另一个地方再次扭结起来，始终会遗留下一团迷雾，或者说原有的迷雾未消，又增添了新的迷雾。批评家在叙述对这种决定诗人生涯的无止境的重复的看法时陷入了自己的叙述的窘境。批评家对此的感受就是无力彻底把自己研究的诗人搞清楚，找到一种最后的决定性的表述，一劳永逸地给这个诗人作出结论。虽然诗人各不相同，但是，每一位都包含着他自己的不确定性。这一点或许可以表述为，批评家绝无可能明确地表明作家的作品是否是"可确定的"，表明它是否能够被最终阐释。批评家无法解开那缠结在一起的意义的丝丝缕缕，把它梳理顺当，使其清晰醒目。他能做的充其量只是追溯文本，使它的各种成分再一次生动起来，而在此过程中，他感受到确切解读的失败，在这里，这是具有决定意义的。

理性分析不能逾越的那堵空白的隔墙，起源于西方文学的所有文本中都同时存在着的某种逻各斯中心主义的形而上学，以及它的具有颠覆性的对应物，它们是寄主和寄生物，盘根错节，纠缠不清。就雪莱的作品而言，这种情况就是：一方面，"理想主义"始终存在，成为对他的诗作、甚至是对《生命的凯旋》进

行解读的一种可行的方法，另一方面，由于承认心象投射在人类
生活中的作用，因而又对此产生疑问，这一点可归结为雪莱的
"怀疑论"。这就是解构理想主义的那种"影子法则"。这在《生
命的凯旋》中极为清楚地得到了系统的表述：

> 崭新的喻象
> 出现在（现象和历史世界的）泡沫之上，
> 尽情地由你去描绘吧；
> 我们所做的和我们之前的人一样，
> 只是在泡沫消逝的时候向它投上我们的阴影。
>
> （第2章，第248—251行）

　　然而，诉诸语言的喻象本质来对形而上学实行"解构"，不
管这种拆卸行为是在作者自己的文字内部进行，抑或是在后来的
批评家以反复追溯方式进行的后继行为，如我在本文的讨论中所
进行的那样，其自身都始终包含着两难境地。这一两难境地本身
又是双重的。另一方面，诗人和他的影子亦即批评家，只能用某
种分析的工具对形而上学进行"解构"，而分析反过来又会变成
另一种形式的形而上学。换言之，形而上学和怀疑论之间的区分
会改变自身，成为"怀疑论"之内一种新的双重性。怀疑论并
非解构主义的一种坚实而可靠的机具。它自身内部就有另一种形
式的寄生性构造，是形而上学自身内部具有与其相反的效价的
镜像。

　　诉诸出自理想主义的语言是这种现象的绝好例证。正如我们
在现今批评中到处能看到的，修辞分析法、"符号学"、"结构"、
"叙述学"或转喻阐释等，它们都可以归结为一种准科学性的学
科，可望在识别文本的意义方面以及在识别这种意义是如何产生
的方面提供详尽的、合理的把握性。诉诸词源能够变作另一门考

古学。它可能成为受欺骗的另一种方式，被似乎是"本源"的那种表面阐释能力，以及被随之而产生的那种似乎是有明确因果关系的词义衍生链的阐释能力所欺骗，而这种词义衍生链可追溯到某种印欧语系词根的某个起始环节。由于当前批评中这种动向的动因是诉诸弗洛伊德的语言学见解，这些批评家或许就不应忘记弗洛伊德在《日常精神病理学》以及在《笑话与无意识》中关于一切形式的语词游戏都是浅表性的论证。词语游戏是对于某种较为危险的东西的抑制。但是，这个某种东西却把自身同那种语词游戏交织在一起，并且阻遏它成为单纯的话语或是单纯的游戏。修辞分析、喻象分析，甚至词源的探讨，对于非常理想主义地解读雪莱提出质疑是必需的，不过，对于这种分析本身也必须进行一无止境的质疑，加以拆解，因为这就是批评的生命。批评是人的能动表现，其有效性有赖于永不满足于一种固定的"方法"。它必须不断对自己的立足点进行质疑。批评文本和文学文本各自都是对方的寄生物兼寄主，各自都以对方为食物并且为对方提供食物，毁灭对方并且为对方所毁灭。

为了拆除雪莱的理想主义，就必须拆除语言上的种种假设，但是，这样做绝不能凭借还原理想主义的办法，绝不能诉诸把两者都包括在内的某种"元语言"，而只能通过修辞分析、转喻分析及诉诸词源这样一种运动，从而触及到某种"超越"语言的东西，而达到这一步则只能通过承认在这一运动的反理想主义或反逻各斯中心形而上学的反向动量中的语言学契机才有可能。所谓"语言学契机"，我指的是一件文学作品在自身的媒体受到质疑的时候所出现的瞬间。这种瞬间能使批评家得以把怀疑论和理想主义冲突所残留下来的东西当作新的起点，譬如，通过承认语言的行为功能，这一点已经进入我对雪莱的讨论。当这种残留物重新构成了一种新的指涉性，形成了一种新的冲突——这一次指作为转喻的修辞与作为行为性话语的修辞之间的冲突，这种新指涉性的新矛盾又必须受到质疑，这是一种永无休止的阐释运动，这一点雪莱本人在《生命的凯旋》的组诗中已经作了无言的模拟。

这种运动不受辩证综合法的支配，也不受任何其他范畴的约束。不过，不确定的事物始终具有还原为某种隐蔽形式的辩证运动的动力，例如我在本文中所使用的术语"链锁"和"逾越"便是。但是，这一点常常被正常运动的经验所抵消。瞬息间的事物总要产生一种叙述，即使是一种不可能的叙述的叙述，一种不可能通过语言实现的由此及彼，也是如此。这种形式的批评在无休止的"代替"运动中无所归宿，始终是开放的，辩证法与不确定性之间的张力就是这一现象的另一种情况。

从一方面说，"deconstruction"（解构）一词是对这种运动的合适命名。这个词同诸如"decrepitude"（衰老）、"denotation"（内涵）等以"deu"构成的词一样，表述的是一种既否定又肯定的自相矛盾的行为。在这一方面，它和所有带双重对立性前缀的词一样，和以"ana"组成的词如"analysis"（分析）或以"para"构成的词如"parasite"（寄生物）都一样。这些词往往成双成对地出现，但这种双对却不是对立物，并非肯定对否定。把它们联系起来的是一种系统的区分，要求就各自的情况作不同的分析或拆解，但是就各自的情况来说，第一次都会以不同的方式导致双重的结扣。这种结扣同时又是一种放松行为，它是思维在面临它不可能进行合理思维的事物时的一种瘫痪：analysis（解析），paralysis（麻痹）；solution（融合），disolution（分解）；construction（建构），deconstruction（解构）；composition（组合）；decornposition（解体）；mantling（覆盖）；dismantling（揭开）；canny（可测度的），uncanny（不可测度的）；competence（胜任），incompetence（无能）；apocalyptic（启示性的），anacalyptic（直示性的）；constituting（组成），deconstituting（解散）。解构式批评游荡于这些成双成对的极限之间，以自身的能动性证明了，譬如说，任何一种解构同时又是建构性的、肯定性的。这个词中"de"和"con"的并置就说明了这一点。

与此同时，"解构"这个词又具有令人产生误解的言外之意。它所暗示的有点过于外在，过于武断和强健。它暗示着要用有别于、而且要把无法阐释的文本拆解、必须用不同于它、比它更强硬的工具。"解构"这个词暗示，这种批评是把某种统一完整的东西还原成支离破碎的片断或部件。它使人联想起一个比喻，即一个孩子把父亲的手表拆开，把它拆成毫无用处的零件，根本无法重新安装。解构论者并非寄生者，而是弑亲者。他把西方形而上学的机器拆毁，使其没有修复的希望，是个不肖之子。

实际上，鉴于"解构批评"是运用修辞的、词源的或喻象的分析来解除文学和哲学语言的神秘性，这种批评就不是外部的，而是内部的。它与它的分析对象具有同样的性质。它非但不把文本再还原为支离破碎的片断，反而不可避免地将以另一种方式建构它所解构的东西。它在破坏的同时又在建造。它在这里跨不过去就在那里跨过去。它不是以君临一切的架势从外部审视文本，而是始终局限于文本追寻自身的活动之中。

谈及解构批评活动，以及其中所包含的所谓批评家对于文本有一种不可抗拒的力量的问题，我们还必须作一点补充说明，这就是这种力量总是无法施展的，而这一点也正是在阐释过程中所发生的情况。拆解者总是在拆解他自身。这种模式的批评现在有时被称作"解构主义"，其实它本身就是一种分析性的批评。它非但不是一种层层深入文本、步步接近一种终极阐释的链锁，而是一种总会遇到某种钟摆式摆动的批评，如果它走得足够远的话。在这种摇摆中，概而言之是对文学，具体来说是对某一篇特定的文本，总有两种见解会相互阻遏，相互推翻，相互取消。这种阻遏使任何一种见解都不可能成为分析的可靠归宿或终点。我在本文中引述的例证就是雪莱作品的寄生性构造中的并存现象，既有理想主义，又有怀疑论；即有指涉性，但它只在喻象中不断前指，因此什么也不能指涉；还有行为性语言，但这种语言又不产生任何行为。解析变成了瘫痪，它所依据的是那种奇特的必然律，正是这种必然律使得这些词语或是这些词语所描述的"感受"或"程序"进行着相互转化。每方都跨越界限，仿佛成为自身的否定或对立。如果说"解构"一词指的是批评的程序，"摇摆"指的是通过这种程序所达到的两难境地，那么，"不可确定性"指的就是批评家与文本的关系中对于那种永不停息、永不满足的运动的感受。

为这种模式的批评，以及任何可以想见的批评进行辩护的最根本的理由是它行之有效。它揭示了主要的文学文本中迄今未能识别的含义以及含义存在的方式。认为文学文本可能是异质共生的，这种假定比起断言一部文学作品必定是"有机的统一"，对于评论某部特定作品来说更灵活，更开放。后一种假定是拒绝承认在一部特定的作品中可能存在着自我颠覆的复杂含义的主要因素之一。此外，"解构主义"在它所阐释的文本中能够发现它所认定的那种双重性对立格局，例如寄生物兼寄主的关系。它并不认为它们是普遍存在的解释结构，无论就本文讨论的文本来说，还是就笼统的文学来说，都不是。解构批评旨在抵制批评的笼统化和极权主义的倾向。它旨在抵制它本身对作品的所谓完全把握、从而停滞不前的倾向。它在抵制这些倾向的时候，所凭借的是阐释的一种不安的愉悦，它要超越虚无主义，不断向前运动，但这种超越同时又是一种停滞不前，正如寄生物既在门外，却又早已在门里，是最不可测度的客人。

（老安　译　盛宁　校）

阿里阿德涅的线:重复与叙述线索

我是你的迷宫……

——弗里德里希·尼采①

现在，在这张假想的迷宫图案中，你会发现克里特和鲁卡的图案都由一条蜿蜒曲折的通道或轨道所组成。取一条软线，然后把它放下，就将它当作通道本身。如果不中途打断的话，它将会走通所有三张画中的迷宫。（那两张克里特迷宫其实是一个图案，只是外形一为圆形，一为方形。）然后想想这个问题："迷宫"一词的意思正是"绳—行"或"绳圈行走"，其第一个音节很可能正与我们英语名字"Laura"（意即通道）一样，其方式已由乔叟的一个诗行完美体现："因为这房子被来来回回地绕行。"进一步还得注意，首先，假如围墙是真的而非鬼怪所为，那么进进出出应该不会有什么问题，因为别无他路可走。但如果围墙是鬼怪所为，即使翻越它们也使人最终进入或返回成为不可能，那么阿里阿德涅的线就确实需要了。

第二，要注意这里的问题似乎根本与进入无关，而再次

---

① Werke in Deri Banden, ed. Karl Schlechta（munich, 1966）, 2：1259："I am your labyrinth"（我是你的迷宫）。

与出来有关。在任何情况之下，只有你拿着线进入，它才会对你有所裨益；而当迷宫中的蜘蛛或别的怪物要吃你，你的线对你的返回就至关重要了。因此，阿里阿德涅的线暗示着即使战胜怪物也徒劳无益，除非你能够同样从怪物的迷宫中解脱出来。

　　　　　——约翰·罗斯金：《致大不列颠工人和劳动者信》，二十三①

　　线是我的癖好。我的口袋里都装满了捡来的纠缠在一起的一圈圈的线，以备不时之需，其实也从来不会有用。假如有谁剪断了包裹的缝线而不是耐心地忠实地一层层地解开它，我会实实在在地气恼不过。我真是不能想象，人们怎么能这么轻率地使用橡胶圈——神化了的线的一种。就我而言，橡胶圈是一个宝贝。我有一个，不是新的，是我六年前在楼外面捡的。我曾确实尝试使用它，但我实在不忍心，况且我不能如此奢华。

　　　　　——伊丽莎白·盖斯凯尔：《克兰福德》②

　　魔法，即魔鬼所干之事：——你可能料想这些踪迹会在大革命时期法国古老的寺院图书馆里某本手迹中找到。它所描述的例子是某个冷静、理智的精灵突然为一道强烈光柱、一片耀眼光芒、一线新的光亮所打扰或失去平衡。当它左顾

---

　　① 见库克和魏德奔编《作品集》（伦敦，1907年），第27卷，第407—408页。在此引文的第一句中罗斯金提到的插图见图一、二。罗斯金对迷宫图案旁的题字作了如下评价："旁边散乱的字母，如果一行行往下念并给予断句，则如下文：'HIC QVEN CRETICVS EDIT EST LABERINTHVS/DE QVO NVLL VS VADERE QVIVIT QVI FVIT INTVS/NI THESEVS GRVTIS ADRIANE STAMINE JVTVS'，其意义为：'这是克里特人代达罗斯扎造之迷宫，/里面的人谁也出不来，/除了忒修斯；要不是他得助于阿里阿德涅的线以及她所有的爱，他也做不到。'"（第401页）

　　② 《作品集》，纳茨福德版本（伦敦，1906年），第2卷，第49—50页。

右盼时，揭示出从未猜想过的一百个真理。但是，在它毫无希望地区分秩序井然的思想王国时，其结果却给它的接收者带来恶兆。在有关运用数学于天文学和音乐的一部够枯燥无味的专著的第十二卷里，其严谨的方法仍无丝毫松动。应该说，它通过使一个长篇的复杂的论证线索丝丝入扣，高度一致，标志着整个工程及其作者生命的第二阶段的结束。不过，它其实开始了，或者说，如分娩阵痛一般以一种心烦意乱的方式似乎准备了，一个全新迥异的论证，而要对此进行恰当的扩展则还需一段新的人生。

但是这又会带来什么样的混乱和什么样令人困惑的不平等呀！对心灵之眸也会带来多大的伤害！这是可以证实的"太阳风暴"——这种精神启示在最后一刻闪现在这个劲头十足、泰然自若、令人尊敬的寺院学生身上。他当时正静坐着写他的著作的最后几章，之后他就要走马赴任修道院院长，他理应得到的现实奖赏，领受领地、主教冠和指环，以及去改革寺院里的音乐和历法，这点他的数学知识足以使他胜任。由形状规格不一的纸张拼凑而成的第十二卷的样子实在不敢恭维。它根本就无法装订。事实上，那人自己，以及在一个特定的时间空间里所发生在他身上的事情，已经侵入了某一事情。而如果不是完全抽象和非个人的话，这也无关紧要。这一卷书间接地成为一个事件、一个插曲和生命的一张插页的记录。在前面几卷里你通过插图发现的不过是些最简单的必不可少的图表，此处书写者的手偏离方向误入令人费解的疆域，那种象形文字长长的空间，因为它们是他的主题的理论要素的可证实的图画。冬天柔和的晨曦似乎在所有潦草的文字书页中闪现，词句和象征弯曲、呼吸、燃烧而进入那好像是变得可见的音乐的可爱的"安排"。突然，文字和作者变成"一个永远难再的东西"，如同诸如此类的作品中疯子那些已知的做派。最后，整个事情中断了，有一个单词据后人证实还没写完，此人还加上了作者的死亡日期，"deliquio animi"。

　　　　　　　　　　——沃尔特·佩特：《皮卡迪的阿波罗》①

　　批评家在解释、展现或解开这些段落的症结时应该遵循什么样的线索呢？他该如何通过叙述形式那迷宫般的难题，尤其是小说中的重复问题呢？是因循词句本身的线索吗？然而，词句的主题、意象、概念或形式模型根本不能成为迷宫的"线索"，反而如罗斯金语录所示，其本身也是个迷宫。按词句的主题去理解，不会使盘根错节的叙述形式简单化，相反，只会以某个入口为起点折回到整个错综复杂的迷宫之中。

　　这种部分（甚至是某个"处于边缘地带的"部分）与整体的重叠是所有这些理论探讨的特征。假如叙述形式问题的探究是借助于小说人物、或人际关系、或叙述者、或时间结构、或象征语言和神话参指的作用、作为小说基本转义的反讽、或现实主义、或多重情节，诸如此类，那么，同样的事情会以不同的方式发生。词句的主题可能拥有如下优势：它是个较少为人使用的切入点，是个后门，既是部分的主题——因而是微观的，又是形式模型的整体——因而又是宏观的。应该指出的是，词句的意象由于不可避免地再次交叉，已经污损了词句的意象那地志学上的置放。由于词句较之概念更为形象化（然而有没有无形象的概念?），它可以轻而易举地导向我已提及的所有其他概念，如人物、人际关系、叙述者、时间、模仿，等等。可能它从一开始就不那么回避问题的实质，或者在任何情况下以不同的方式用未经证明的假定作为论据。

────────

　　① 见《杂论》（伦敦，1895 年），第141—143 页。

　　再说说阿里阿德涅的线。狄俄尼索斯对阿里阿德涅所说的
"我是你的迷宫",标志着她的故事美满结局时刻的到来。这一
时刻,几乎与阿里阿德涅生活中另外两个关键时刻一样,已经深
入到古典的、文艺复兴的和后文艺复兴的想象之中,一直到理
查·施特劳斯的《那喀索斯岛上的阿里阿德涅》。后者是可以追
溯到 18 世纪的基里·班达乃至 17 世纪的克劳迪奥·蒙特佛尔迪
的悠久的歌剧系谱中的最新成就。① 故事中另两个关键时刻,一
个是倾心于忒修斯的姑娘交给他救命之线并将自己托付于他之
时,一个是表现阿里阿德涅遭到背叛,从那喀索斯岛的海岸上眼
看着发过誓要等她的船只消失在海平面之际:

> 她赤着脚飞快奔向海浪,
> 大声喊叫,"忒修斯! 我的爱人!
> 你在哪儿,野兽已杀光,
> 我怎么却见不到你了?"
> 周围的岩石再次回答。
> 她看不见任何人,然而月亮当空照,
> 不久她爬上高高的岩石,
> 才看见他的大船正升帆而去。
>
> ——乔叟:《好女人的故事》②

---

　　① 蒙特佛尔迪著名的《阿里阿德涅的悲叹调》是他所有有关阿里阿德涅的歌
剧中仅存的作品。基里·班达 (1722—1795) 是捷克音乐家和作曲家,在音乐戏剧
的发展上比卢梭所起的作用还重要。他的《那喀索斯岛上的阿里阿德涅》(1774) 影
响了莫扎特,后者打算以班达的作品为样本写一个 "二重唱戏剧"。有关音乐戏剧、
二重唱戏剧和独唱戏剧的历史以及后者与丁尼生的 "莫得:一部独唱戏剧" 的联系,
见 A. 德威特·卡勒的《独唱戏剧和戏剧独白》,PMLA 90,第 3 号 (1975 年 5 月),
第 366—385 页。
　　② F 文本,第 2189—2196 行。见《作品》,F. N. 罗宾森编,第二版 (波士顿,
1961 年),第 513 页。

尽管一种结局是阿里阿德涅不堪孤苦伶仃的绝望,用自己的线上吊自尽,但是该故事绝大多数被加上了个快乐的结局:狄俄尼索斯救了阿里阿德涅并娶了她。如佩特所说:

> 在整个狄俄尼索斯的故事中,古代艺术最经常、最有成效地描述的便是他娶了阿里阿德涅这一情景。……而作为一个有关浪漫爱情的故事,它可能具备有关生活之荣耀的古典传说中所有的动机。它流传下来,后世对它的兴趣经久不衰。其中两位最伟大的意大利画家毕其一生功力于这一题材:提香的画海岸和山林、暗黑簇叶和火红的动物形象聚拢一处,占去较大的空间,而丁托列托的画更喜欢尽情地描绘人与人之间的贴近和急迫的拥抱,以及令人称羡的身体风采。两者在描绘身体外形美方面同样技艺精湛。①

阿里阿德涅的故事与它的神话一样,在沿着两条最终会聚于一点(即阿里阿德涅嫁给狄俄尼索斯)的叙事线索的过程中,有其略嫌不对称的地方。是代达罗斯告诉阿里阿德涅如何用线去救助忒修斯。他被弥诺斯囚禁在自己建造的迷宫之中,靠飞翔出逃,与其子伊卡洛斯从空中坠落却幸免于难,最终安全抵达西西里。后来弥诺斯又发现代达罗斯在解决弥诺斯当众悬赏设置的一个难题:如何用线穿过海螺里所有内腔和迂回曲折的螺线?代达罗斯在海螺壳中间钻了个孔,把一根线系在蚂蚁身上,把蚂蚁放入小孔,当蚂蚁出现在螺壳口时,他赢得了赏金。线和迷宫,在探查迷宫的过程中,线被极其复杂地绕来绕去,最终战胜了迷宫,但同时也造就了另一张复杂的网——这里图案叠置于图案之

---

① 《狄俄尼索斯研究》,见《希腊研究》(伦敦,1895 年),第 16 页。佩特提及的油画,见图三、四。

上，如同那两个类似的故事本身一样。

在"忒修斯的舞蹈"这个传说中也存在着这种内在于故事模式之中的重复的强制力。忒修斯自然是神话中狄俄尼索斯的对立面，一个理智之士，具有阿波罗的明晰，但他却无法摆脱阿里阿德涅的影响，不管他多费劲地试图忘却她。当忒修斯从代达罗斯的迷宫中脱逃之后，便去了得洛斯岛，向阿波罗和阿佛洛狄特献祭，为向他们表示敬意而独创了一个舞蹈，由一群从米诺塔那儿救出来的童男童女表演。该舞蹈就其复杂的转身动作而言是迷宫的一个仪式上的翻版。它后来成了得洛斯岛的一个宗教机构，从此以后为纪念阿佛洛狄特而定期演出。得洛斯岛人称之为 Ger-anos，即鹤舞，显然是模拟那种鸟的动作。①

沿着另一条线索，即狄俄尼索斯的那一条线，其中一个方向上是艾里高尼的故事，另一个是潘修斯和酒神的祭司的故事，而那些祭司正是欧里庇得斯那个主旨尚有争议的非凡的晚期剧作的主题。潘修斯是狄俄尼索斯的怀疑者，为他那个被巴克斯弄疯了的母亲所杀，他的故事妇孺皆知，而艾里高尼的故事则鲜为人知。艾里高尼是伊卡里厄斯的女儿，两个艾里高尼之一，她被狄俄尼索斯诱奸，而狄俄尼索斯以酒来回报她父亲。当伊卡里厄斯人以为自己中了酒毒时，就把他杀死了。艾里高尼被那条狂吠的狗米拉领引到她父亲未埋葬的尸体旁，就在附近一棵树上上吊自尽。狄俄尼索斯为了报复，使雅典所有的女子都发疯上吊。艾里高尼被变成处女星座。

这三个故事的有点错误的搭配又一次令人惊讶。每一次狄俄尼索斯都充当某个家庭罗曼史中模棱两可的诱惑者—救助者，其最终结局往往是父亲形象的失败或死亡，而母亲形象的角色较为

---

①　见保萨尼阿斯《希腊记事》9.11.4；普卢塔克《忒修斯》21；另外，雨拜赫·达米奇在"忒修斯的舞蹈"中对这一主题作了有价值的分析，见 Tel Quel 26 (1966)，第60—68页，尤其是第61页。

复杂：或为谋杀者，或为自杀的牺牲品，或为神的变了形的配偶。狄俄尼索斯将后者从其父或其伪善的言而无信的情人的压迫中解放出来。各个故事之间的关系不可测度，不能被完全理性化。更换这些有点神秘的故事要素的需要内在于故事本身。它就像无论哪种讲述都无法清楚表达其意义一样。它必须被探索了再探索，就如同在迷宫中的线上叠加了线一样，而根本不能变得完全清楚明了。每次讲述都再次显示了那迷宫般的关系模式，而同时未能掀开其"真正"的意义面纱。一代代学者对欧里庇得斯的巴卡的意义争论不休。甚至连传奇工匠代达罗斯纵然足智多谋，也不能从迷宫中脱逃，而迷宫是他造了用来隐藏帕西法厄与白公牛生下的人首牛身怪物儿子的。代达罗斯只有借助于飞行才逃出了自己的迷宫，容我打个比喻，就如同斩断了戈尔迪打的难解的结而不是解开了它。当然，他付出的代价是失去了自己太鲁莽的儿子，一个轻率莽撞的年轻人，太阳的挑战者。几个故事变得谜一般的对立：建造、解决，隐藏、揭示，男、女或雌雄统一在模棱两可或阴阳同体的人物中，比如狄俄尼索斯自己，或者像阿里阿德涅，她在男子沙文主义者眼中可能有点太富进攻性而算不上纯粹的"女性"，或者像阿拉克尼，一位吞食猎物的崇拜阴茎的母亲，织蜘蛛网者，希腊语中的 erion，正如雅克·德里达在其《丧钟》中指出的那样，意思是羊毛，一绺阴毛。

在罗斯金有关被"蜘蛛网中间的怪物"吃掉的受害者的意象中隐含着阿拉克尼与阿里阿德涅形象的融合。阿里阿德涅和阿拉克尼这两个相似但又不完全一致的神话的重叠（两者都包含了线和编织的意象）早在莎士比亚的《特洛伊勒斯和克莱西达》第五幕中那个绝妙的混合词"阿里阿克尼的"中就已经出现。正如"这是，也不是克莱西达"一样，因此阿里阿克尼是也不是阿里阿德涅，而同时是也不是阿拉克尼，既都是又都不是。在同一个神话或叙述传统中这些故事的相似点和相异点之上，必须

加上这种带有明显神话差异的侧面重复——此处是由于名字的
"偶然的"相似而引起注意的。这种引起冲突的部分的同音异义
完美地模拟了两个故事之间的关系。[①]

　　两条叙述线索（狄俄尼索斯的和阿里阿德涅的）会聚于狄
俄尼索斯和阿里阿德涅的婚姻，其传统的象征是狄俄尼索斯给了
她闪闪发光的王冠。在她死后这顶王冠成了金牛星座区域的不灭
的冕。它也由狄俄尼索斯套在阿里阿德涅手指上的戒指来象征。
缠结了两个故事的婚姻纽带的戒指，星星之环，每一种环状物都
把事件的碎片化的线性的序列神化成一个圆圈或循环，一个可以
永远返回的圆圈："噢，我怎么就不该渴求永生和众环之婚戒，
循环之环呢？"[②] 这种双圈，即婚戒和众星之冠，其实是盘旋的、
螺旋状的、迷宫状的和耳朵状的。假如只是因为它是第二个而非
第一个，那么即使精确的重复也从来不会完全一样。第二个作为
起源、模型或原型形成第一个。第二个，即重复之物，是第一个
的起源性的起源。阿里阿德涅原先自己也是个爱神，而在丁托列
托那幅美妙绝伦的画里，维纳斯的出现使她复制成双。维纳斯递
给阿里阿德涅王冠，而且，在另一次复制中，阿里阿德涅和狄俄
尼索斯的婚戒与这对情人那小小的迷宫般的耳朵相得益彰。尼采
在其《查拉斯图拉》第四部第 5 章中，修改了原先版本中狄俄
尼索斯对阿里阿德涅的悲叹的反应（这是由剧中的萨满教魔术
师很古怪地唱出来的），其中耳朵也出现了：

　　　　聪明些，阿里阿德涅！……
　　　　你有小小的耳朵，你有我的耳朵：

---

　　① 就我所知，I. A. 理查兹是第一位接受"阿里阿克尼的"并阐释其"双重重
叠"意义的人。见其《〈特洛伊勒斯和克莱西达〉与柏拉图》，《思辨工具》（伦敦，
1955 年），第 210 页。

　　② 尼采：《查拉斯图拉如是说》，见 Schlechta 编 Werke，2：474。

你就听进去一句明智的话吧！

假如人们准备相亲相爱，难道不必先互相憎恨吗？

……

我是你的迷宫……①

　　我是你的迷宫！阿里阿德涅的悲叹弥漫着狄俄尼索斯进入她身体最深处的意象："您愿否深深地/心脏爬入/进入我最隐秘的思想/爬入。"② 狄俄尼索斯接着说，同时反过来把自己当作迷宫来让她带着线进入和探索。这种双方成为对方的接纳者或迷宫的相关性，也正如在丁托列托的画里两人小小的螺旋状耳朵的对应中得到了呼应。同样，这在狄俄尼索斯送入阿里阿德涅耳朵的谜一般的智慧那模棱两可的意义摆动中得到了回应。这个智慧有关两性之间人际关系的双重性。这种关系爱恨交加，同时也是某个阴阳同体的个体对镜孤芳自赏，既自恋又自恨：假如人们准备相亲相爱，难道不必先互相憎恨吗？……阿里阿德涅的线之线索既是探索已在那儿的迷宫的方法，同时其自身也成为迷宫，照罗斯金那错误的词源学来说，是一种从蜘蛛网中的蜘蛛腹下吐出来的"绳—行"，此时阿里阿德涅异变为阿拉克尼。线，即阿里阿德涅的线，既是迷宫又是安全探索迷宫的方法。线和迷宫各自成为对方的本源又成为对方的摹本，或者说是产生对方的摹本，原本就在那儿的一个本源：我是你的迷宫……

　　在相爱当中（其强烈的自我克制就表明它本身就是一种致命的迷宫般的背叛）爱恨交织和到底谁进入谁的问题，在《金碗》提及阿里阿德涅的线的一个关键时刻得到表述。人们应该记得詹姆斯小说题目源自《圣经》，它包含了一条断了的或未结

---

① 尼采：《查拉斯图拉如是说》，第 1259 页。

② 同上书，第 1257 页。

之线的意象："人怕高处，路上有惊慌，杏树开花，蚱蜢成为重
担，人所愿的也都废掉；因为人归他永远的家，吊丧的在街上往
来。银链折断，金碗破裂，瓶子在泉旁损坏，水轮在井口破烂"
（《圣经》，《传道书》12：5—6）。这段摘自《圣经》的段落已
经"包含"了阿里阿德涅的故事中的要素：欲望和死亡中欲望
的破灭，破碎了的盛装人生奖赏的容器，断了的连接这些容器的
绳索。詹姆斯提及阿里阿德涅（这是他最为出色的手段之一）
是在阿辛格姆夫人摔坏了碗，留下玛吉面对自己通奸的丈夫并提
供给他一个延缓的"帮助"。她在背叛自我的同谋关系中向他定
下了惊人的代价：他必须允许她进入他的自我最深处的蜿蜒的走
廊。他必须成为她的迷宫："现在它在她内心起了作用，达到最
强烈的程度，她初步领略了那个珍贵的真理，即通过帮助他，也
就是帮助他帮他自己，她可以帮助他帮助她。刚才她不是已经与
他一起完全进入了他的迷宫了吗？——她将她自己作为中心和核
心置于他面前这一行为本身，在那个明确的导向和完全根据她自
己的本能中，她可以安全地将他领出来吗？"[1] 玛吉和阿里阿德
涅/阿拉克尼一样，既是他的迷宫又同时是一个织网以使他纠缠
不休的中心能量。他的迷宫既是他自己的，又是她通过进入和探
索而使他无法脱离的那一个。

　　显而易见，线的意象不能超然于重复的问题。重复可以被定
义为任何发生在线索之上使其直截了当的线性状态出现问题甚至
引起混乱的东西：返回、打结、交叉、来来回回成波状、悬置、
打断、虚构化。正如罗斯金在《致大不列颠工人和劳动者信》
中所说，代达罗斯建造的迷宫其根本原理就是使一条绳索或道路
弯弯曲曲而成，这从此以后可以当作任何"线性的和复杂的"

----

① 亨利·詹姆斯：《金碗》，纽约版《小说和故事》，1909 年，第 24 卷，第
187 页。

东西的典范。"线性的和复杂的"这个短语是个矛盾形容法。它所命名的线索并非简单的线性，并不只是从开始到中途到结束的直截了当的运动。下面我将简短探讨现实主义小说的"简单"的线性术语和线性形式通过变得"复杂"——盘根错节的、重复的、复制的、打断的、幻景般的——来颠覆自身的方式。

＊　　　　＊　　　　＊

首先，就像《克兰福德》中的叙述者口袋里那些缠结在一起的线头一样，我来毫无选择地叠砌一下有些跟讲故事的叙述形式或普通术语相联系的绳索的意象：叙述线索、生活线索、署名报道、干线、我写封短信、不住哭起来、行型活字、我的台词是什么、系谱线、基因系、联系、隘路、故事线索、细绳、线性特征、岔路、死胡同、结局、被困得走投无路、松开的绳索、过缘的、转义、交叉融合、夸张、危机、进退两难、用来绑物的带子、流通、补偿、再造、雕刻、越轨的、越界、越过障碍、失去联系、婚姻纽带、一对、结对、交媾、情节、双重情节、次要情节、纺纱、占据阻挡对方队员的有利角度、线的末端。

也许有可能逐步地解开这线圈，将它们按顺序排好，将它们做成一个一节套一节的流苏状的有序的链子，或者将它们钩编成一个有可见图形（如同地毯上的图形）的织物。起先，最受强调的东西是包含着线的意象的术语家族的丰富性和复杂性——修辞、习语、俚语、概念语，或诸如赫拉克勒斯处于交叉路口之类的叙述主题。数十个例子涌进脑海，比如一束蓬乱的线头。假如线的概念稍稍扩展，包括相关的切断、纺织和设置极限、圈定范围，那么情况更是如此了。人们何以能发现这种缠绕叠加的规则或为无限设置界限呢？立法（从外界强加或从内部发现）和界限的观念本身就是线的意象。（Lex 的词根是 lese－，意即收集。它与"logic"和"coil"是同一词源）根据一个不可避免的意义的死角，要定义的事物进入并影响了定义者。

人们会发现从一开始线的意象无论用于何种叙述术语领域，都趋于逻各斯中心化和独白化。线的模式是西方形而上学的传统语言中强有力的一部分。它不能轻易地超然于其潜在意义或其在系统中所起的作用。在一个纯粹的换喻线索中，叙述事件一个接一个，但这个系列趋于自我组织或被组织成一条随意的链子。追踪有一个可见的野兽。故事的结局是根据回忆揭示整体法则。这项法则是连接成一个不可避免的序列并昭示一个在编织的地毯上尚未显现的形象的突出的"真理"。线的意象总是暗示了一个由某一外在统摄原则决定的单一的、持续的、统一的结构。这个原则统摄整体线索，赋予其法则，控制其外延进程（弯曲的或笔直的），带有某个起源、目的或场所。本源、目标或基础：所有三者会聚于逻各斯的内聚运动：超验的词、话语、理性、比例、物质或场所，一如英语中的收集、立法、传说或线圈。

这些词源学的状况是什么？是确认某词的真正意义？是挖掘根植于直接经验（物质的或是超物质的）土壤之上某个本源存在？都不可能。相反，它们用来表明某个特定单词的界定性的缺失。每个词本质上都属于一个纵横交错的词词间关系的迷宫，这些关系追溯的并非一个指涉本源，而是某个一开始就已经是比喻转换的东西（根据卢梭或康迪拉克法则，所有词语本源上都是隐喻）。更有甚者，人们经常碰到某个特定的词不止有一个词根，而是分叉在一个导致双叉或三叉词根或导致博物学家所承认的考古学上的无知——"起源待查"——这么一条词源链上。除此之外，（依我看来）毫无理由说明为什么在词源链上不应该有曲折或彻底的断裂。词语领域是个自由的国度，难道不是吗？似乎毫无理由说明为什么某个特定的声音或符号不该在跟它的比喻词根毫无关联的领域里使用。它能不能呢？词语本身作为一个物质基础在对人们可以赋予的意义范围里施加了什么样的强制力? 人们可以弯曲但不必折断词源链吗? 无论如何, 词源学探究的效果并非是使词语牢固地扎根入土, 而是令其不稳定、有歧义、摇摆不定、不可测度。所有词源学都是错误的词源学, 其一层意思是在词源链上总会有些弯曲或非连续性, 其二是词源学经常未能发现一个词源, 一个真正的起源的本义。假如词源链总是表示词的聚集(同时在运用它的所有地方), 那么该链就包含有返回自身的可能性。在这种返回中, 它颠覆了自身的线性特性而变成了重复, 没有这条线就没有重复, 但正是重复惊扰、悬置或破坏了该线的线性特性, 就像冬天柔和的晨曦在其一直向前的逻辑背后闪亮。

再者, 人们从一开始也可以看到, 词句的叙述术语趋于将自己组织成连接物、链条、一串串、图案、外形, 每一种涵盖一个我前面已经确认为现实主义小说问题之基础的地形区域: 时间、人物、叙述者, 等等。确认词句的术语, 即使以一种显然是随机的方式一段一段地确认, 根据阿里阿德涅的线的悖论, 也意味着覆盖整个领域。那条线描绘了整个迷宫, 同时它又是迷宫的重复。

*　　　*　　　*

我收集的这些线头可以归整入九个线性术语领域。

首先有书写和印刷书籍的物质方面: 字母、符号、象形文字、雕刻文字、浅浮雕以及体现在短语"给我写封短信"意义层面上的字母。书写或印刷书籍的线性特性是逻各斯中心主义的有力增援, 尽管没有任何文字不具有重复或线性的断裂的可能。

线性术语的第二个领域包含叙述线索的所有词语: 结局、行为的欺骗、事件的转折、断开或失落的线索、论证线索、故事线索、地毯上的图形、作为已发生故事的再追踪的叙述。注意这些词句都是比喻性的。它们并不描述印刷文字或书写词句真正物质上的线性特征，也甚至不描述小说里章节的顺序，它们倒是命名了所叙述事件想象中的序列。

第三个题目是用线性术语来描述人物，像在短语中：生命之线、生命线、或我的台词是什么？相面术就是从面部特征来判断性格。"性格"一词本身就是个比喻，意即某人内在本性在他面部线条上的外在符号。性格即符号，就像在短语"中国书写文字"中那样。

第四个地方是所有人际关系的术语：子女与父母的关系、从属关系、婚姻关系、私通关系、遗传或祖先系谱，等等。人们不用线的意象就无法谈论人际关系。

"下"一个领域是经济术语。人际关系用语大量借用自经济词语，比如在"可耻地大量耗费精神"中，或者当某人说"付给他钱"或"付给他利息"，或者说起某人"不再从事社交活动"。许多经济术语（如果不是全部的话）都包含有线性意象：流通、具有约束力的诺言或合同、偿还、联票、边缘、削减、使自己中饱私囊、马上支付现金、通行、通用。

叙述术语的另一个领域包括地形学：道路、岔路、交叉、小道、边疆、大门、窗、门、拐角、旅行以及在交叉路口的俄狄浦斯那样的叙述主题。

另一个研究题目是小说的插图。大多数 19 世纪小说当然都以雕刻画作为插图，那就是，铜版上刻上线条再印成图画。罗斯金在《佛罗伦廷纳的阿里阿德涅》（1873—1875）中探讨了这种用线条来制造一种可重复的图案。

另一个区域是小说文本的形象语言。修辞用语具有强烈的线条感，比如人们说起转义、传统主题、交错配列、省略、夸张，等等。

小说批评中最后一个传统主题就是逼真再现的问题。"现实主义"小说中的模仿是对现实世界的绕道而行，它反映这个世界并且在生产和消费的文化或心理系统中以这种或那种方式引导读者返回世界。

这些地区的每一个都需要单独讨论。线的意象、比喻或概念穿过所有传统的写故事或讲故事的术语,像是地毯上的主要图案。在它们的关系中,所有这些领域的独特之处就是说起它们中的任何一个必定用的是比喻性词语,别无他法。比方说,"叙述线索"就是一个词语误用,是强暴地、强制地或者滥用某个来自另一领域的术语以命名某个尚无"恰当"称谓的事物。所有这些术语领域之间的意义关系并非符号与事物之间的关系,而是从一个符号到另一个符号的移植关系,其中被移植的符号其意义也是取自另一象征符号,如此循环往复,无休无止。这种移植的名称是象征。讲故事,即将人们的生活"经历"用语言表达出来,在写作或阅读过程中就是那种经历的中断。叙述就是沿着一条永远移植于直接经验的时间线索的寓言化。不过,在这个意义上,寓言恰恰是不可能清楚明白地表达因此也不能支配经历或写作的意义的表现。我自己的这种对叙述术语之迷宫的研究也正可以被定义为一种对迷宫中心不可能的追求,即对创造并因此指挥它的蜘蛛或怪物米诺塔的不可能的追求。

造成这种不可能性的原因可以有多种方法加以阐述。由于此处实际探讨的是理智失败的问题,所以我们最好认为这种思想无法企及叙述术语之谜的中心并因此控制它,这种状况可以有各种经历途径。一个途径就是遭遇到的死胡同,这时任何术语或术语家族都被穷追不舍,也不管是"其本身"的语言学方面的问题,还是作为一种谈论某部小说客观方面的方法。没有任何一条线索(人物、现实主义、人际关系,或者其他任何东西)可以被追溯到一个能够提供某种纵览、控制和理解整体的方法的中心点。相反,它迟早要抵达一个交叉路口,犹如一把生硬的叉子,每一条道路都明白无误地通向一堵白墙。这种双重盲目既是想抵达迷宫

中心的失败，事实上又是一种对某个无处不在、无处可在、任何
线索或途径都可企及的错误中心的阐释。这些空荡荡的通道没有
任何米诺塔。如罗斯金所见，米诺塔是一只蜘蛛，或曰阿拉克
尼——吞食其配偶的蛛形纲动物，蜘蛛网的编织者——其本身就
是深不可测的东西，既隐藏又显示一个缺失。她的文本是一个谜
中之谜。

在研究一部特定的小说或叙述批评术语的一个特定方面时
出现的死胡同每一次都不尽相同。不过，每一种情况都是以某
种非理性、非逻辑的东西得到体验。批评家经受一种甄别困
难，比如比喻语言与字面语言的区别，或文本与文本所反映的
文本外现实之间的区别，或小说模仿外部事物的观念与另一方
面小说又使事物发生的观念之间的区别。批评家也许不能确定
在两种重复的因素之中哪一种是另一个的本源，哪一种是另一
个的"描述"，或者是否它们事实上是一种重复、或是异类的、
不能被兼容并蓄进一个模型，是双重中心的还是非中心的。批
评家也许不能告知某个特定的文本症结是"纯粹语言性的"还
是与"生活"有关。读者在阅读某个特定的段落时，可能经历
一种不可能判断的情况，即决定不了到底谁在说话，是作者、
叙述者还是人物，何时何地对谁说的。处于其不可确定性之中
的这样一个段落具有成为一个书写文本的磨灭不掉的痕迹，而
不是某个可以用单一的声音述说因此可以被遣返回单一的逻各
斯的东西。在这些段落中，总是有什么东西遗忘或丢失，什么
东西太多了或什么东西太少了。这就阻止了将书写文本输送回
不管是想象的还是真实的那个单一的心灵。如此这般地，独白
变成了复调，单根线变成了看似两面但只有一个面的折变形
式。另外一个可供选择的比喻是一个有很多交叉点的复杂的
结。这样的结在某个部位可能被解开，不那么费解，但其代价
只能是在线圈的其他部位造成一个难解的死疙瘩。死结的数目

顽固不化地保持原样。

更令人疲惫不堪的是，批评家可能经历下面这种不可能性，即把叙述形式问题的一部分从问题症结的整体分离开来以求理解它之不可能。他不能分离开一部分然后单独地研究它。部分/整体，内部/外部之分成为不可能。其结果是部分与整体不能区分，外部的早已在内部。比如，要界定小说中的人物就不能不谈及人际关系、时间、修辞、模仿，等等。

在另一方面，批评家遇到的不可能性可能不是企及某个指挥中心，而是从迷宫中脱身出来，从外部观之，赋予其法则或找到它的法则。任何分析或阐释的术语总是错综复杂地纠缠进批评家正试图观自外界的文本之中。这种情况关联到将批评和分析术语（即批评家需要用来阐释小说的术语）与小说本身使用的术语区分开来的不可能性。任何小说都已经阐释了它自身。它在其自身中使用了与批评家使用的同样的语言，遇到的是与批评家遇到的同样的死胡同。批评家可能以为自己安全、理性地外在于文本的矛盾话语，但他早已缠身于它的蜘蛛网之中。在企图建立起一套阐释小说的一般"理论"术语时，在企图避免理论而走向文本本身、不带任何理论预设地解释文本意义时，会碰到同样盲目的分叉，双重的障眼物，或者双重约束。

因此，对某一特定小说或小说群体的批评不应该试图找到某个预先假定的统一体，而是因循一条或另一条道路，直到它在文本中遇到一个或另一个这些双重的障眼物。而那个统一体结果总是欺骗性的，是强加于身的而非内在于己的。然而，只有通过耐心细致地跟随线索深入文本迷宫直至其极限，才能体验到这一点。这样一种阐释努力如果不是对某一特定小说的"解构"，那么必是对它在建构其故事讲述之网过程中解构自身的方法的一种发现。对叙述的分析中所遇到的死胡同无论如何避免不了。它们只会因轻信而蒙上神秘面纱，在实际上是个深渊的地方虚构出物质来，举例说，将意识当作一个坚实的基础。这种伪装不严的裂隙得以避免的唯一途径是立即停止，想当然地使用正在使用的术语而不是质疑它，或者不把当前的文本分析推向深入，以至于出现某种单一的确定的阅读的不可能性。

叙述分析的这种死胡同是真正的双重障眼物。其原因首先基于如下事实，即在叙述及其分析领域中没有一个本真的基础——无论是历史、意识、社会、物质世界，或任何别的什么——而其他领域可以成为它的象征。因此叙述术语是一种普遍的词语误用。这些转义打破了象征与基础之间的界限，令人信服地对理论关怀的经验开放。

这种双重障眼物的另一个分叉是叙述术语无论如何不能被分隔成不同颜色的线束这一事实。同样的术语必须被用于所有领域。所有的惯用语句都有所重叠。比方说，无论是批评家还是小说家在论及性关系时都不能不使用经济术语（像得到、花费等），或不谈到模仿再现（如再造等），或不谈及地形学（越过），其实肯定要同时谈到所有其他的叙述话题。叙述语言总是移植的，借用的。因此任何一条单根的线都通向每个地方，就好像由单根线或单条通道迂回曲折而成的迷宫。

作为结束，我将兜个圈子回到我刚开始时提到的文本之一——《克兰福德》。《克兰福德》这部小说描写一个村子正处于其人口将完全由老处女和爱挑剔的光棍组成的危险之中。由于其香火不能延续，性的复制或血缘的交叉不能进行，仿佛在女性化的和使之女性化的复制中存在某种大写的男性力量的丧失，该村子正面临消亡的危险，就像弗洛伊德所认为的那样，生殖器意象的增值意味着它的丧失："正如波尔小姐评论道：'因为克兰福德大多数殷实之家的女士们要么是老处女，要么是无子嗣的寡妇，所以假如我们不宽限一点，变得不那么排他，久而久之我们就会什么社团都没有了。'"①《克兰福德》里的上述这段文字必然关系到世代和家族交叉中世代相传的姓氏。这与字母"f"（其实与双写"f"）有关。"f"在系谱学上源自"G"，希腊文中的第三个字母伽玛；它是另一种交叉，路上的分叉，一个截短了的"X"，有点像"Y"。字母"f"是那个弯曲的复制，正如希腊语里所称的，一个"双伽玛"。当然，草写体或小写的伽玛是 y 形状的，而大写的伽玛像个直角。《克兰福德》中的那个段落里"f"或双写"g"，在家族姓氏和家族血统的完全女人化并因而使进一步的系谱交叉几乎（但不是完全）成为不可能的过程中得到进一步的复制。好像双写"f"或四重的"G"就是词句的双重障眼物或终结，而这也正是我此刻论证线索的终点。

这个段落令人钦佩地以其平静但又犀利的反讽为自己辩护，尽管应该指出它是双重的，对话体的。其实它不光在其反讽中，也在其语言的折变形式即间接话语的使用上，都是非逻辑的。这个段落有引号，所描述的是弗里斯特夫人在克兰福德的女士集会上所说的话，召集大家来是为了决定是否要把新贵菲茨—亚当夫人叫来，她婚前名叫玛丽·霍金斯，一个农夫的女儿。但是，弗里斯特夫人的话并不是直接说出来的。它们以间接话语的第三人称过去时态表达出来，好像她说的是荒唐可笑地印在报纸上的某篇来自国会辩论的报道。纸上的字词、时态和代词既不是叙述者的，也不是弗里斯特夫人的。确切说这语言不属于任何人。这是一种双重叙述，是柏拉图在《理想国》中大加鞭挞的那种叙述。事实上，假如读者把《克兰福德》中的叙述者当作（他也应该这么认为）不等同于作者伊丽莎白·盖斯凯尔的一个杜撰出来的人物的话，该段落就是个双重的双重叙

---

① 盖斯凯尔，第 2 卷，第 77 页。

述。而在现实生活里人与人之间的对话中，没有哪个男人或女人会说出书页上的这些话。它们纯粹是写作杜撰出来的，就好像"ffaringdon"或"ffoulkes"这样的姓氏中的双写 f 一样。这段落并不如此具有对话性质，有两个始发的声音，就好像有两个焦点的椭圆，是非逻辑的、比喻的、双曲线的，永远被抛离了基础。它在任何逻各斯中都没有可以想象的基础，甚至在双重逻各斯中也没有：

　　她一直认为菲茨这个姓氏意味着贵族什么的；比如菲茨—罗伊——她觉得国王的几个子嗣就姓菲茨—罗伊；现在还有菲茨—克莱伦斯——他们是国王威廉四世的后代。菲茨—亚当！——它是个可爱的姓氏；而她觉得它可能意即"亚当之子"。要是没有些许高贵的血缘在血管里流淌，谁都不敢姓"菲茨"；姓氏里有某种交易在里面——她有个表弟把自己的姓拼写成以两个小写的 f 开头，即 ffoulkes，因为他一直看不起大写字母，称它们属于新近发家的家庭。她曾担心他会一辈子打光棍，因为他是如此地挑三拣四。当他在一个海滨胜地遇见了 ffarington 夫人，一下子就坠入情网，而她也实在是个可爱的淑女：一个家底不薄的寡妇。后来，"我的表弟"，即 ffoulkes 先生娶了她，而这全归功于她姓氏里的那两个小写的 f。①

　　图一：罗斯金提到过的克里特硬币。插图见《致大不列颠工人和劳动者信》，23（1872），E. T. 库克和 A. 魏德奔编《约翰·罗斯金的作品》，第 27 卷（伦敦，1907 年）。
　　图二：卢卡天主教堂门廊南墙上的迷宫。出处同图一。

---

① 盖斯凯尔，第 2 卷，第 77 页。

　　图三：提香《巴库斯和阿里阿德涅》（1518），伦敦国家美术馆。

　　图四：丁托列托《巴库斯和阿里阿德涅》，威尼斯。

（周汶　译）

史蒂文斯的岩石与作为治疗的批评

为纪念威廉·K. 威姆萨特
(1907—1975) 而作

> 用叶子覆盖岩石还不够。
> 我们必须通过对大地或我们自己的治疗
> 不受其干扰，那等同于
> 治疗大地，一种超越遗忘性的治疗。

—— 史蒂文斯：《岩石》

"治疗大地"？这会意味着什么呢？史蒂文斯在《格言》(*Adagia*) 中说："前进是一种穿过变动不定的词语的运动。"史蒂文斯的读者们可以依据他的其他诗作，依据他直接继承的传统，即惠特曼和爱默生的传统，或根据诗歌和形而上学的普遍语言来解释"岩石"、"大地"乃至"遗忘"。此类读者可能会在史蒂文斯的其他"岩石"中记起《如何生活，做什么》(*How to Live. What to Do*) 中的"这簇状的岩石/庞然地高高耸起，光秃秃"，《这孤寂的大瀑布》(*This Solitude of Cataracts*) 中莱布尼兹似的"思想般的凸石"，《科加鲁瓦与它的邻居》(*Chocorua to Its Neighbor*) 中的岩石山，《处在一座山的位置上的诗》(*The Poem That Took the Place of a Moutain*) 中的岩石："在精确的岩石上，

他的不精确／将最终发现为其形成轮廓的风景"，以及《夏天的
证明》（*Credences of Summer*）中狂欢之巅的岩石：

> 岩石不可打破：它是真理。
>
> 它从大地和海洋升起又覆盖它们。
>
> 它是一座山，山的一半是绿，
>
> 而无法量度的另一半，变成
>
> 平静如空气的岩石。

　　遗忘，或者其反面，也是可以在史蒂文斯的其他作品中发现
的母题，它与时间的主题纠缠在一起难解难分；例如在《石棺
中的猫头鹰》（*The Owl in the Sarcophagus*）中，飞逝的现时，现
时的存在，"我们大家的母亲"，在消逝中哭喊："留下你，留下
你，我去了，噢，留下你／作为我的记忆。"

　　"大地"也是史蒂文斯的诗中常见的字眼。跟着它在他的诗
中徜徉，就能观察到其用法的调整；从日常指称的我们站立的土
地（"罐子圆圆地在地上"），到作为人物出现的背景的大地，直
到这个词更为抽象的用法，指"基础"、"根基"、"心智"或
"意识"、"理智"、"尺度"。意识"是整个的居所／它的力量和
尺度"，"事物的力量、心智"，简而言之，一块凸起的石头。大
地和岩石显然不同，因为一种大地的治疗是我们必须去除岩石，
尽管在这一点上，大地与岩石之间的区别是什么，仍然是有待质
疑的问题。然而，这种疑问的方法，正如考察的方法一样，看来
将会是一种熟悉的方法，即循着这些词与其他词在逐渐织成一个
单一的、宏大的互文性系统时的互相影响，这一系统即是一个许
多音符的复调和音，或如史蒂文斯想称其《诗全集》的那种
"簧风琴的整体"。

　　那么，何谓治疗呢？它在哲学或诗学中难以找到共鸣；根据

《华莱士·史蒂文斯诗歌索引》，这个词在《岩石》的第二部分《作为偶像的诗》那意味深长的使用之前只用过一次，而且是以多少有些不含蓄的方式。《作为偶像的诗》实际上部分的是关于"治疗"一词多重意义的沉思，是关于它在与别的词语和比喻联系时"生成意义中的新的意义"。此后这个词从诗歌作品中消失了，甚至《岩石》的第三部分也没有用它，尽管它曾经出现在《格言》中："诗歌是一种健康"；"诗歌是心灵的治疗"。在系统阐述互文性——在一位作家的作品或其与传统的关系中，词与词的结合，比喻与比喻的结合——的作用时，理论家们需要说明一个词何以出现，它如何被玩来玩去，转来转去，如何与其他词搭配，在整个术语变化的发展过程中如何被用作一种必不可少的方式，而后又被抛弃。

如果认为一位作家的全部作品都基于一种恒久的基础，处于一个潜在的系统或词语代码之中（这些词语有概念性的、比喻性的、"象征性的"、神话性的或叙述性的），这显然是不正确的。其错误正如 I. A. 瑞恰兹在《如何阅读》中所做的那样，暗示在我们西方语言中存在一套固定的、有多重意义的关键词语，掌握了它们就近乎掌握了西方的思想和文学。这类词语的所有组成部分——令人不可思议地具有互相对立的、不可调和的意义——庞大且仍有限度（《牛津英语词典》中就只有那么多词），但实质上是无穷无尽的。任何诗人的词汇在一定程度上都具有难以再小的特异性。最难料到的词，比如"治疗"，可能会暂时成为核心，同时成为稳固的岩石和不可靠的深渊，有着双重乃至多重的意义，诗人的思想就在这些意义的周围或上方旋转或编织自己的网。这样的词不是其他词的等同物或替代物。每一个都有自己特有的法则，因此不可作为某种普遍法则的例证。这样的词是不可翻译的，因而不可使之明显化，不可废止，使之消失和升华。它们固执地保持着混杂性、不可更改性，对辩证法的得意洋洋无动于衷，是溪流中的岩石，虽然岩石是空气。一位诗人的词汇不是一个聚合体或封闭的系统，而是疏离的、分散的。

那么，什么是"治疗"呢？《岩石》的第一部分《七十年后》，至少直到最后两节，与史蒂文斯所写的任何一首诗一样苍凉、冰冷。这是一首关于遗忘的诗。70 岁的老人忘却的不是他过去的幻想，而是那些幻想的温馨的情感，"活在心灵中的生命"。当温馨消失时，那些幻想看来就是幻想，于是便被暗中破坏了，消亡了。不仅仅它们的真实性和生动性遭到了摒弃，就连它们的存在也被否定了："吉他的声音/过去现在都不存在。荒唐。说过的话/过去现在都不存在。""荒唐"：从、到、离去、一个集中的这里，以及无声、聋、听不见的、耳朵受不了的。吉他的声音，例如史蒂文斯笔下的男人用蓝吉他弹奏出的声音，不仅仅是伪装成和声的不和谐的吵闹，它们甚至当时就不存在，在它们好像最响的时候却是无声的。它们不存在，因为它们是纯粹的虚构，是以虚无为基础的。数学上的无尽根是一个包含一个或多个无理根数的总数。（2 的平方根是个无理数。有一个 2 的平方根，但不是一个可以表达为整数或有限分数的数，一个可以"有理"表达的数。）语音学的清音是语言中的无声音，也就是，一个不是基于声带震动发出的声音。sur 一词的原始词根 swer 意为营营叫或细语，正如在 susurration（窃窃私语）和 swirl（旋转）中一样。拉丁语的 surdus 是中世纪的数学选来翻译一个阿拉伯词的，而该阿拉伯词本身又是对希腊词 alogos 的翻译，意思是：无声音的、无话的、不可表达的、无理的、无根据的。

《七十年后》的前六节记录了一个根本性的忘却行为。这种遗忘消灭了诗人过去看来最具活力的、最有坚固基础的一切东西。它是用连根拔的手段消灭它的，把它的根看作是不存在的，"不合逻辑的"。然后，在最后三节，拆散了的幻想又被重新组合。尽管基础可以是"虚无"，但这个虚无中包含一种"技巧"，一个工匠般的作用力，"一个有活力的假定"。它包含一个幻想的强烈欲望，结果叶子过来覆盖了那嶙峋的空气的岩石，一如丁香花在春季开放，清洗着失明的眼睛，使之重见光明，于是，开始了另一个轮回的幻想。失明与"荒唐"的失聪是并行的，视力在此又被"视觉的诞生"比喻性地暗示和替换。丁香花满足了视觉。它们填满了眼睛，正如吉他的声音填塞了耳朵、灌满了耳朵，因而将"永恒的冰冷"藏在根基下，正如他在《纽黑文一个平常的夜晚》中所称的："主导的空白，难以企及之物。"与大地的治疗等同的我们自己的治疗将会使我们强壮，治愈我们的耳聋、我们的荒唐。然后，我们将重新听见吉他声，如同春季使我们像治愈或洗去了的失明一样重见光明。

《岩石》的第2首诗《作为偶像的诗》的开头所呼唤的大地的治疗，必须是一个"超越遗忘的治疗"。它必须是一个不属于周期性灭绝循环的治疗，这样的灭绝展示了幻觉的虚幻性因而否定了它。或者，也许它是一种超越了遗忘的治疗，是那种使现在的肯定无法进行的压制。这种压制使我们忘却了某种早期满足中缺少的东西，某种即使我们"住在母亲们的房子里"也会缺少的东西。消除这种压制或许有可能达到下层的某种坚实的东西，或使得下面的某种不是以遗忘为基础，对遗忘极为脆弱的东西变坚实。经过治疗，我们将生活在名为虚幻的恒久的梦幻状态，因而"超越遗忘"。这种梦幻将会以这么一种方式被人们了解，以至于那深渊"Abgrund"会作为大地的真理出现而不会暗中破坏梦幻，从而使得梦幻永远不会被遗忘。也许，史蒂文斯的意思是不是说，超越遗忘的治疗将会永久地覆盖或加固深渊呢？于是，梦幻也许永远不会被洗刷掉，深渊永远不能重新得见："诗造就了岩石的意义/这样混乱的运动和这样的意象，/岩石的荒凉变成了一千种事物/从而不再存在。"在这些选择中难以决定的动摇是用史蒂文斯经常引用的格言表达的："最终的信念是相信一种虚构，一种你知道是虚构的虚构，再无其他。"

一个类似的动摇（但类似在此有何地位呢?）是用岩石与大地的关系表述的。大地和岩石是互为基础的。岩石是真理，但又是空气，是虚无，所以必须以其下面的某种坚实的东西为基础。另一方面，大地本身并不是大地。它是深渊，无根基之物，而岩石则留在空中可以看见，作为"灰色而独特的人的生命，/他从岩石上站起来，走向/更荒凉深处的台阶……"岩石是大地的固体，大地是岩石的基础，永远是颠倒的、可交换的、双重的或不可测的，这就是史蒂文斯在别处所谓的"固体不稳定的翻腾"（《现实是最严酷想象的一次行动》）。

大地的治疗将会是对大地的关注，使之更加安全、更加坚固，正如人们仔细地擦干一只玻璃纤维外壳给它治疗一样。同时，大地的治疗必须是将它抹去，如药物驱除病痛使人重新强壮一样，要让大地消失，或者像一个痴迷者被治好了危险的幻想。"cure"（治疗）一词源于拉丁语的 cura，意为"关注"，例如在 curate（副牧师）和 a cure of souls（关注灵魂）里的含义。我上面用的 scour 一词与它是同一词根。治疗大地就是把它冲洗干净，显露出下面的基岩。这样的治疗同时是——根据中古英语一个不同词根 cuuve 用的意义：掩盖、遮蔽、保护——一种通过掩藏而进行的关注。史蒂文斯也许甚至已经知道（他为什么不该知道呢?）curiological 这个词；根据《牛津英语词典》，其意义是"关于符号书写的形式，在这种书写中物体是通过图像而不是象征性的字表现的"。这儿的词根既不是 cura，也不是 cuuve，而是希腊语的 kuriological，使用文字表达，照字面讲，该词又源于 kurois，作形容词意思是：通常、普通，作为名词时意思为：老爷、主人。对大地的直观式的治疗，将会为大地找到合适的名称，使之变成一个模仿的偶像，精确地复制它，将它据为己有，做它的主人。诗中提出的疗法就是诗本身。诗是一个偶像，同时既是"太阳的复制"又是大地的一个比喻，虽然太阳和大地的关系尚待确定。偶像（形象、形状、外观）立即会创造大地，给它"适当"的命名，显露它，再将它覆盖。诗消解了岩石，占据它的地盘，用自给自足的虚构、叶子、花和果实覆盖嶙峋的岩石并取而代之。这时，其荒凉变成了一千件事物，因此也不复存在。

cure 一词的多重意义是不可调和的，就像《岩石》中所有关键性的单词和形式一样。也许，它们不可能被组合成一个有逻辑性的或辩证的结构，但它们却固执地保持着特异性。不可能从词源上找到它们单一的词根将它们统一起来或对它们作出解释，通过暗示它们有一个单一的源头来对它们进行详细的阐述。它们不可能用一个统一的结构聚在一起，如同来自同一树干的叶子、花和果实。发端是双叉的乃至三叉的；一个发叉的根引导寻求词基的搜索者进入迷宫般的词语森林中漫游。在 cure 一词上转向的《岩石》中的那些片段的意义在读者心中痛苦地摇摆。尽管他力图使这个词固定在一个单一的意义上，但它却依然难以定夺，令人不可思议地抗拒他结束这一运动的企图。覆盖深渊，或敞开它，或找到底部、岩石的基础，使之成为一个可在其上建筑的坚固的根基——它是哪一个呢？它怎么可能同时是三者呢？然而，要确定哪一个是不可能的。选了一个就会被引向其他的，于是就会被这首诗的词语引向一个盲目的思想的山谷。

既然这是一个关于荒唐的深渊和为那深渊打底或填充的问题，不妨从法语中借用一个不可翻译的名称来表示这个无名的谜，这个语言的死胡同：mise en abyme。abyme 是现代法语 abime 较早的一个变体，源于晚期拉丁语的 abussos，意思是没有底的。带长音符号的 î，是一个去掉头部或圆点的 i 加上一个帽子或帐篷，暗示一个扔掉了的 s。接着，这又被扔掉并被一个 y 取代，i grec，希腊语的 i。事实上，晚期拉丁语的 y 既等同于希腊语的 u，upsilon，"光秃秃的 u"，又等同于 y，或带尾巴的 u，也就是一个 i 音，如法语的 ici。希腊语的 u，变成了罗马语中的 y，只是从腓尼基语的 waw 派生来的两个字母中的一个，而 waw 本身又是派生于 v 的。另外一个派生字母是 f，希腊语的 digamma，"双伽玛"。这个 gamma 当然也是 y 型的。abyme 一词本身就是一个 mise en abyme，它有力地加上了一个尾巴，掩盖和显露了 u 的空虚，但却没有留下缺席的 s 的踪迹。这个词含有扔掉的字母之后的扔掉的字母，处于双重型的 y 所喻示的一个纵横交错的迷宫：一条通向岔口的路，海格立斯在十字路口，或者忒修斯在代达罗斯迷宫的一个无限重复的分支中，而我将要返回那迷宫。

　　mise en abyme 这个词语在纹章学中指一个中心（abyme），有个小一些的盾牌图案的盾牌，所以暗示越来越小的盾牌向中心退却。英语中与之最接近的令人起敬的字眼是"虚饰的盾面纹章"。一位骑士托词要拥有的武器是他自己盾牌上的 mise en abyme。以左斜线为例，它暗示的意义可能是非法的，父子关系遗传线的中断。我曾在《维多利亚小说的形式》中把这种结构称为"燕麦片盒效应"。给它命名或为之提供例证并不是要创造一个概念、一个全部例证说明的一般结构，因为，在此种情况下，这正是一个没有概念、没有严格名称的问题。因此，它只能每一次都不同地被"比喻"，使用彼此不对称的类比。如果没有严格的名称给它们做基础，那么这里的"比喻"、"象征"、"类比"又是什么意思呢？下面是从米歇尔·雷瑞斯的自传《人的时代》（1939）中选取的片段，在任何情况下，都可以作为说明 mise en abyme 的绝好例证：

　　　　我与无穷大概念的第一次直接接触得益于一盒荷兰产的可可，那是我早餐的原料（matiere premiere）。盒子的一个侧面上画着一位农家姑娘，扎着带花边的头巾，左手拿着一只同样的盒子，上面有同样的装饰图案；姑娘面带桃红，显出青春活力，微笑着奉献出那盒子。我被一种眩晕所制服，想象着那同样的图案的无尽的系列无数次的再生出同一个荷兰姑娘；她，从理论上讲，愈来愈小却永不消失，以嘲弄的神情看着我，向我展示她自己的肖像，那肖像画在一个可可盒子上，与画着她的可可盒子一模一样。

mise en abyme 的悖论是这样的：不产生某个比喻、某个"偶像"，就不可能看见那深渊，就没有对下面的虚无的眩晕。然而，任何这样的比喻都既敞开这个裂口，创造它或显露它，同时又填满它，用命名覆盖它，给没有根基的以根基、没有底部的以底部。任何这样的比喻几乎同时又成为一个微不足道的机制，一种手段。它成了某种不过是生造的、混合而成的因而也太人性化的理性的东西。例证中可能包括代达罗斯的迷宫，它虽然令人难以置信，但毕竟是一位人类工匠的产物，还包括柏格森的词语迷宫，可见的对语言感熟练运用的产物。另一个"例子"是史蒂文斯的《岩石》中熟练的文字游戏，包括对类似"治疗"一词的所有复杂的词源关系的机智或有些隐蔽的运用。如果史蒂文斯说的"诗必须是非理性的"和"诗必须成功地抵抗理智"没有错，那么理智战胜诗的时刻——用人的理性包围它的 mise en abyme——也就是诗失败之时，因为诗已经转化成一种理性范式。mise en abyme 必须不停地重新开始。因此，《岩石》是一个滚动的 mise en abyme。诗不断使用一个明显简单的词，一个不特别显得有技巧或巧妙的词（found、exclaiming、ground 或 cure），并轮番玩弄每一个词，将其放在相邻词的语境中，以使它在自己多重矛盾的意义下屈服，展现出下面的缺口，一个在那种词的所有意义下治愈的裂口。

　　然而，《岩石》还是以其他方式存在的 mise en abyme。其中一种方式就是并置短语的系列。这是史蒂文斯的诗歌过程中不间断的一个特征："开花与麝香/是活着，一个不间断的活着，/一种独特的存在，那稠密的万物"；"它们绽开苍白的眼睛，病弱的枝芽，/产生出意义中的新意义，/想要到达距离终点的欲望，/活跃的躯体，根中的心灵"。这样的系列中各要素之间的关系是不确定的，被深渊所隔。因为这些短语往往具有同样的句法模式，是同一动词（大多是动词"to be"）的宾语，所以看上去它们必然会彼此等同，或至少彼此互为比喻，但是，难道"眼睛"、"枝芽"、"意义"、"欲望"、"躯体"、"心灵"果真是等同的吗？也许，这些短语形成了一个系列，一个递增性重复的渐进，越来越接近史蒂文斯《纽黑文一个平常的夜晚》中所谓的"最终形式的徐徐移动"那种意欲表达的意义。也许每一个新的短语都取消了其前面的那个短语？有时，句法上的平行是误导的，例如短语 that gross universe 与其前一短语中附属的单词 being 并置，而不是与显然和其并列的 particular 并置。该系列玩弄着单词 being 的各种不同意义和语法功用。既定的语法模式有时误导读者错误地解释语法，或引着他进入迷宫中的岔路口，使之无法决定该走哪条路。例如在 "And yet the leaves, if they broke into bud/If they broke into bloom, if they bore fruit, /And if we ate the incipient colorings/Of their fresh culls might be a cure of the ground" 里，colorings 看来同时是 ate 的宾语和 might be 的主语，而这在逻辑上是不通的。might be 的实际主语是三行前的 the leaves。该短语看来是不合逻辑的、荒唐的，没有在单一的意义上生根。

　　这样的系列就是 mise en abyme，它们有着逗人的半平行结构和不匀称的类比，暗示该系列可能会含混不清地延续下去而不会自动枯竭或自我"纠正"。它们就像那些摇篮曲，比如《杰克建的房子》，是以变化和增加的重复取胜。约翰·罗金斯在《劳动者的力量》（*Fors Clavigera*，1872）的第 32 封信中把《杰克建的房子》与代达罗斯的迷宫相比较："歌谣不断加深的复杂性，意识清晰的必要性，以及歌手的清楚表述，是对越来越深的迷宫里所作的声音的模仿。"就像史蒂文斯并置的短语一样，《杰克建的房子》向自己转回身，是一条将自己的尾巴衔在嘴里的蛇，或一条几乎成功地把自己的尾巴咬在口中的蛇。正如"that gross universe"评论或界定"being"一样（这是到此时为止一直在史蒂文斯的短语系列中变化着的主题），《杰克建的房子》中潜在的永无止境的装饰系列的 mise en abyme，在"农夫播种他的小麦"到来时便被打断了，因为那小麦大概是杰克建的房子中存放麦芽的来源。这个将听者带回到该系列的第二件物品，于是使得无限后退的系列——杰克建的房子的迷宫，变成了一个无限循环的圈。同样，上面引自雷瑞斯的段落描写的逐渐消失的系列被尾部所阻碍，它调回头又使读者想起那"第一个"姑娘自己是一个画在盒子上的画像。然而，这一系列又被第二个段落不均匀地平衡了，该段落描写的是面对镜子时恋情映像的增加："我几乎要相信，在这个大约十岁时（？）获得的第一个关于无限的想法中，混合着一种显然令人不安的因素：年轻荷兰姑娘的虚幻的、确实难以捉摸的特征，如同无拘无束的幻觉可以借助闺房中精心安装的镜子得到无限加强一样，这种特征可以重复直至无限。"

这种不十分匀称的平行结构是各种形式的 mise en abyme 的特征。它是成功地敞开又同时填上裂口的、几乎成功地抗拒理性的方法之一。此类不对称的一个绝好的例证就是查尔斯·亚当斯的那幅漫画，画的是坐在理发椅上的一个男人在双重镜中不断退却的映像；他先是面向前，然后背朝前，接着又是面向前，就这样永无止境地后退。在该系列中，有一个形象是獠牙毛面的狼人，位于进入镜子深处的第五个图像。该狼人是一件令人害怕的东西，他是该系列的一部分但却与之不相适应，虽然它既不是开始，也不是结束或基础。以镜子为 mise en abyme 的另外一个例子是托马斯·哈代那首令人肃然起敬的诗——《血源》。正如罗斯金敏锐地看到的："杰克的可怕的迷宫'指神秘的迷宫，其居民是魔鬼查尔斯·亚当斯'为以后的几乎所有线性的和复杂的东西定下了模式。"

此类结构的特征是玩弄容器与器容物的文字游戏或自动倒退的内与外对比的比喻。杰克建的房子包容了摇篮曲的全部要素，虽然它们大都在房子之外。正如罗金斯所暗示的，这首诗的精妙之处就在房子本身，就像代达罗斯的迷宫同时既是一个围起的场地，又是一个无尽的漫游之处。一座迷宫是一座从里向外翻出的沙漠。同样，雷瑞斯自传中的那个段落开始于那个可可盒子，那是孩子早餐原料的容器，而那奉献盒子的姑娘也在奉献自己，处于一种令人烦恼的情爱的深渊，这是 mise en abyme 的又一特征。食与情是互相交换的，在《岩石》中亦是如此；第一部分有一个午时在田边的拥抱，接下去是治疗大地的形象和借助吃岩石上长出的果实而进行的自我治疗。这种吃以其令人心烦的弥尔顿式的和《圣经》的反响，也是一种罪过，伴有情爱与撒旦式的暗示。这些以各种双关语的方式包含着看和认识，以及通过与一个提喻部分的结合对整体和整体基础的认识。"白昼你吃，因此你的眼睛会睁开，你就会成为天神，能识善恶"（《创世记》，3：5）；"它们结出果实，好让人们知道岁月，/仿佛它的智慧是棕色的皮肤，/果肉里的蜜汁，最终的发现，/充足的岁月和世界"。就好像从雷瑞斯引用的段落一样，《岩石》包含一个玩弄容器与器容物的把戏，即肯尼斯·伯克所谓的"物质之悖论"的一个翻版。岩石是事物产生的基础，所以是外在的。同时它又是全部的居所，空间的所有内容都被包含在它的空间之中。这种谜一样的结构被母亲的房子、太阳、果实和这首诗本身所重复。读这首诗或吃那果实就是混合那局部被包容的整体，乃至混合整体的基础以使自己成为整体、变得坚实、被治愈，在最后的"发现"中了解一切。

mise en abyme 也可能会包含某种费解的把戏，一方面是纠缠不清的观念，另一方面是比喻、隐喻。可可盒子上的姑娘微笑着奉献自己的画像，一个形象、肖像，但她自己也只是个形象。一个形象之中的形象既肯定了外在形象的确凿现实，又暗中破坏它，正如在另一个较近的《纽约人》漫画上，画的是一对中年夫妇在看电视上播出的他们自己在观看他们自己在看电视……在《岩石》中，这种表现的阻隔（aporia）是借助 icon 一词的矛盾意义而进入的，正如在第一部分已经借更为模糊的词 shadow 进入的那样。作为偶像的诗既是对整体模仿式的复制，同时又是一个肖像、画像或它的一个隐喻。它是一个有两重意义的偶像，在实际意义和比喻意义之间不可捉摸地摇摆。语言的正确与错误用法之间的这种原因不明的变换是诗中 mise en abyme 的最终形式，它令人惊异地增加了重叠的、并置的、交错的、不同系列上的比喻性用语。

《岩石》中至少包括四个显著的语言"景观"，所有的词语加起来，构成一个明晰的模式。这首诗像是齐利楚（Tchelitchew）的一幅绘画作品，同时表现几个不同的物体，无论是重叠的还是交错的；它还像是一个儿童谜语，其诀窍就是看见五只猴子藏在树林里，或者更荒诞一些，在菜园子里见到了帆船。这首诗中包含一个恋爱场景，乃至一个爱情故事："正午田边的相会……一个绝望冰冷的人与另一个的拥抱"；"一如一个男人的爱，一如他在爱中活着"。该诗呈现出一个几何图案，它是用恰当的数学和逻辑术语描述和分析的："荒诞"、"发明"、"主张"、"提出的定理"、"设计"、"假定"、"形态"、"属性"、

"根"、"A 点/在重新开始的视角中/对准 B 点"、"引证"。诗中还呈现出一道自然风景，在季节的变换和日升日落中被叶子、花和果实覆盖的岩石。人在吃掉果实时或在他自己成为根植于泥土中的自然身躯时，就在这个造化的循环中占有了一份，他的眼睛像苗长的红芋芽一样获得了力量的增长："它们绽开苍白的眼睛，病弱的枝芽，/产生出意义中的新意义。"《岩石》最终描写、分析了自己。它提出了一种诗歌理论，用的是一个合适的术语——偶像、复制、形态、意象，等等。

看来问题在于这些场景中哪一个是诗真正的主题，是其他场景作为说明性比喻存在的真正基础。这个问题是不可答的。每一个场景都既是真实意义的又是比喻意义的，既是这首诗的基础又是该基础上的一个比喻，既是诗的核心所在又是在没有底的 mise en abyme 中比喻性地用来描述非本身事物的词汇的来源。每个场景独立的结构和与四个场景发生联系的结构，恰好就是比喻与实际之间那种既不是两极对抗、也不是等级森严、又不是血亲相传的令人难以置信的关系的一种戏剧化，或结合方法，或偶像的具体化。

在某种意义上，对所有四个场景的描写完全是真实意义的。在作为事物的模拟图像的意义上，它们是偶像；就许多实际目的而言，对于那些生活在英美社区语汇之内的人，这些事物被认为是作为独立的物体而存在的。确实有岩石、叶子、花和一年四季。一男一女确定无疑地相会于"真实世界"，正午时分在田边拥抱。这极可能是自传性地参照了这位老诗人过去的某个片段。确实有一些标着 A 点和 B 点、定理等的几何图案。一首诗的自我参照就是这样，一种参照或模仿形式，就像对天气的描述一样"真实"。

另一方面，没有任何一位《岩石》的读者会长时间地幻想，以为这是一首关于天气的诗甚或是一首关于几何、爱情或诗歌的诗。当读者专注于这些场景中的任何一个时，它就会以生动逼真的模仿形式出现，随着描述它的单词链从诗中其他词的筛网中挑出来；但同时，读者看到，如果不使用从其他场景中抽出来的词语，它是不可复制的，不可被变成一个偶像，因为正午田边的拥抱在数学意义上是"两者之间提出的一个定理"。同时，每个场景，虽然都需要从其他场景借用名称为自己命名，但它自己又成了其他场景比喻性语言的一个源泉：叶子、打蕾、开花、结果，"一如一个男人的爱，一如他在爱中活着"。每个场景都既是基础又是关于基础的设计，既是实际意义的又是比喻意义的偶像，具有这个词的双重意义，处于一种摇摆状态，用整首诗的词、短语或意象重构自己。当读者试图依赖于诗中的每个要素或形成单一场景的要素链时，当他寻求其他比喻意义的基础的文字基础时，那个要素或要素链屈让了，自己变成了词语的虚构、一个幻景、一个偶像（在外形意义上而不是在模仿复制意义上）。这要素变成了一个深渊，而不是一个基础，于是，读者被迫再一次向一边转移，力图在别的什么地方找到那个比喻的坚实基础，寻找，失败或被推翻，再找。

表述这种情况的另一种方法就是说读者可以弄懂诗的意义，假定场景中的任何一个都是真实的基础，在此基础上，其他的场景被界定为类比的、比喻的、偶像的。然而，根据这种界定，若对基础进行考察，就得将基础本身界定为类比的。为了界定比喻而必须被当作真实意义，这本身就是比喻的，于是区别就不存在了。为了将果实、人、情人、诗和几何图案界定为比喻的，剩余的词，正在转向的太阳，就必须被看作是真实的。然而，若果实、人、诗等是比喻的，那么太阳也是，因为它像别的一样是大地的一个偶像。除非在使用类比的情况下，类比是不可界定的。被界定者进入并因而污染了界定者，破坏了界定的正确性，比喻永远必须比喻性地被界定。永远会有一个剩余物、某种不合逻辑的东西留下来，它不符合任何阐释逻辑体系。某些东西必须丢掉，假定它们是边缘性的，其目的是作出首尾完全一致的解释。诗中的 cull 一词就承载着这种含混性，一只剔出来的烂苹果，是从其余的当中挑出来的，但挑出来的原因是它不适宜。一只剔出的水果是不完美的或有缺陷的。区分的行为确立了合适或完美的标准。如果不将该剔除的剔除，就不可能将剩下的搜集起来作为一致等级的样品。正如我将给出的例子一样，比喻实际上界定了真实而不是别的什么。无论哪个场景被当作比喻性的，都含蓄地将某个场景界定为真实的，但该场景若直接看去，就会自动清楚地成为比喻性的。那么，读者就必须在其他地方寻找真实的基础，处于持续地侧向转移之中，无法在完全真实的、模仿的、最终被治愈的"那块岩石"中找到立足之地。

《岩石》中的每一个场景，作为一个"独特的存在"，都是所有其他场景的等同物。每个场景同时作为比喻和基础都占有等同的地位，处于一个在诗中围绕动词"tobe"而被结合起来的链中之链："叶子的虚构是诗的偶像，/是赐福的比喻，/而偶像是人。""这是叶子的和大地的/以及我们自己的治疗。/他的话既是偶像又是人"，延伸这些同类的链条，或者将它们连接起来，可以得出以下肯定的结论：偶像是人是诗是水果是太阳是一个定理或几何图案是恋爱关系是……岩石。

这些场景中每一个的结构都是相同的。它事实上是传统上的抽象结构，是跃出真理深渊的某种可见物的外形。对史蒂文斯也是这样，真理是难以捉摸的、隐藏的、女性的，居于一口井的底部。将一直隐藏的东西暴露或揭开隐蔽，会短时间地把真理带出列斯河（又译"忘川"）的忘却，得到公开与展示。这种暴露扩展而成为整体的容器或占有整体的手段，然后立即掩盖上深渊或基础。它很快会变成一个虚构、一个幻象、某种中空的东西，一片"果皮"或"一只剔除的水果"，某种从来不在的东西，于是消失了。情人出现在中午，创造了彼此间的关系，一个定理把他们变成"两个在太阳的天性里的人，/在太阳设计的自己的幸福里"。一个几何图案是对出现在户外的空间的占用。果实从前来覆盖嶙峋岩石的叶子和花上长出。果实包含了整个的年头而且成为"最终的发现，/充足的岁月和世界"。那水果是全部的聚集，一个挑出的水果。吃了那水果将会拥有全部于是就治疗了大地。这将是按照到达大地并站在那儿的词汇意义，在"最终的发现"中，理解它。这儿 found 的意义可以是发现、发明或基础。接着人又像水果一样地长。他的成熟是一种诞生和视线的延伸，"意义中产生的新意义"。这些允许他包围空间。在史蒂文斯那里，这种看与制造象征的等同返回到了爱默生，正如查尔斯·桑德斯·佩尔思详细阐述的那样："对于爱默生的斯芬克斯，象征也可能对人类说：'我是他眼中的视线。'"这首诗本身就作为一个画面出现，成为叶子、花和果实的等同物，于是治愈了大地。

读者倾向于按照某种等级关系安排这些物品。确实，他想，该系列中的一件物品是其他物品的基础，为这个系列提供了基础并阻止了摇摆的不适。毫无疑问，这样一个基础或顶点的第一个候选者看来就是自己，是诗人或说话者的自己，是包括在诗的集合的"我们"中每个个体的一般意义上的自我。人们想在这首诗中发现一个个人的声音和一个个人的戏剧性事件，史蒂文斯自己年老时的声音和戏剧性事件。那么，阅读这首诗的经验也许会具有一种互为主体关系的安全感和包围感。在这样的关系中，作为读者的我自己将会通过单词在坟墓以外对诗人的自我作出反响并与之交流。这首诗究竟是否宣称："我们自己的治疗"可能会"等同于大地的/治疗，超越遗忘的治疗"呢？对《作为偶像的诗》的肯定的替代和转化停留在对一首诗欣喜若狂的肯定中，它将会以自我的坚实的岩石为基础并建于这基础之上，因为人的话就是那人并使他生了根：

> 这是树叶
> 大地和我们自己的治疗。
> 他的话既是偶像又是人。

　　对惠特曼的《自我之歌》、爱默生的《阅历》等前不久的美国传统，这首诗作出了许多回响，这似乎肯定了自我对于诗的其他偶像的优越性。惠特曼同样是以回归自我作为所有经历的基础，同样将自我普遍化以包括所有的事件、事物和人，正如读者试图在《岩石》中发现的一样。确实是为了对惠特曼表现出尊敬，史蒂文斯才有意让丁香花开放，像失明被治愈一样，覆盖嶙峋的岩石。史蒂文斯的树叶长自地下的深处，作为符号，像书中印着书名的扉页，正如惠特曼的草叶："我将自己赠与大地从我爱的草中长出"；"或我猜想草自己是个孩子，草木畸形生长的婴孩，/或我猜想它是统一的象形字"。在史蒂文斯的诗中，树叶之间的等同物覆盖了岩石、人，而作为偶像的诗得到了惠特曼的认可。惠特曼关于树叶作为书页的双关语，更充分地表现在史蒂文斯所说的"叶子的虚构是诗的/偶像"。而且，惠特曼的《自我之歌》像史蒂文斯的《岩石》一样，受到反复运动的控制——从黑暗的土地上出现的某种"特殊的存在"，自己显现在阳光下。"我发现，"惠特曼说，"我混合了片麻岩、煤、长丝状的苔藓、水果、粮食和可食用的根茎。"在惠特曼自我的歌中，岩石、大地是这些屈尊和回归的比喻的组成部分："岩石旁的云母"，地层深处的光亮，"徒劳地放出热量对抗'他的'邻近"的"深层岩"，"妖艳的气息凉爽的大地"，"夕阳西下的土地"。在惠特曼的诗中甚至还可以预先见到史蒂文斯的两个绝望的肉体正午时在田边的拥抱："我相信湿润的泥土/将会变成情人和灯。"（clods 一词既可指肉体又可指泥土。——译者注）

　　读者从惠特曼再进一步就到了惠特曼最近的先辈——爱默生。这个系列本身就形成了继续影响和误解的 mise en abyme，从爱默生到惠特曼到史蒂文斯。对于爱默生，《阅历》中坚强肯定的自我是基岩的虚构，人不能也不应走到其下面去。当所有别的都被剥去扔掉后，自我是仍然存在的唯一力量。虽然自我像烂果皮也是一种幻象，但它却是一种不断改造自己的幻象，尽管它常常遭到驱逐。它是所有的力量之源的苍白的真理，就好似虚无包含着一种关键的技巧，形成一个如同神圣的岩石般坚固的基础用于名和实用目的。这样的自我可能是词源意义上的一种物质，一个所有的经历和自我的肯定依赖的基础。主导的比喻又一次是下降并再次升入日珥的比喻：

　　　　巨大的月状的自我，扎根于绝对自然，取代了所有相对的存在并荒废了人间友谊与爱的王国。婚姻（按照精神世界的叫法）是不可能的，因为每个主体与客体之间存在不平等。主体是上帝的接受者，而且在每一次比较中必须感受到他被那种神秘的力量所加强。虽然不是以能量但却是以在场的形式，这个物质的仓库不能不被感受到；同样，任何理性的力量也不能把每个主体中睡着或永远醒着的神本身归之于客体……我们不可能不常常谈起观察事物时我们体质上的必要性，它处于我们的内心或浸透着我们的性情。然而上帝却是这些荒凉岩石的原始居民。那种需要在精神上构成自信的最大美德。我们必须坚持这种需要，不论多不光彩，并且在经过多次突击行动之后，借助更具活力的自我恢复，我们必须更坚定地保持我们的中心。真理的生命是冰冷的，而且迄今为止是令人沮丧的；但它不是泪水、后悔和烦扰的奴隶。它不尝试别人的工作，也不采用他人的事实。它是智慧的一堂主课，将你自己的与他人的区分……在每个人都总是回归的孤独中，他也具有健全的心智，受到过多次启迪，并将会带着这些走进新的世界。不要在意嘲笑，不要在意失败；再次奋起吗，老伙伴？——这好像是说——还存在着所有公正的胜利；而世界意欲实现的真正传奇，将是把天才转变为实用的力量。

这斩钉截铁的肯定，在坚强自我的美国传统中居核心地位，它使得那自我不光彩的贫乏成为一种放射性的力量，使它那虚幻视觉的幻想的贫穷变成一块上帝般的岩石。另一方面，史蒂文斯的《岩石》是对爱默生的基本自我的一次彻底的解构，尽管它以等同于自我、叶子、大地和岩石的方式发现了一种大地的疗法。史蒂文斯的诗，最重要的一点，是对爱默生和惠特曼的一种解释，这种解释暗中破坏了他们表面的肯定（虽然爱默生和惠特曼两人都以自己的方式消灭了他们看似坚实的基础）。在任何情况下，史蒂文斯的诗进一步挖空了爱默生和惠特曼，最终歪曲了他们的关键性比喻和词语，动摇了以它们为根基的结构，并展示出这种结构没有基础。对史蒂文斯而言，爱默生的荒凉的岩石并不是人们不可以在其下面或其前面行走的起点。对于他，自我被剥夺其作为基础的地位，显现为在那基础之上的一个人形。自我和其他要素具有同等的地位，与它们受到同样的对待。自我存在着，但却是以和果实、太阳、诗及几何图案同样脆弱的、没有根基的方式。它作为偶像、形象、人形，为隐在的虚无而存在。自我不是岩石，而是不在场的岩石的虚幻的替代物，某种过去不在，现在也不在的荒诞的东西。而且，自我不是该系列的基础，它只是一根链条上的一个链环。这个链环与其他的具有等同地位，因为它被列入了一个水平的移植系列。在该系列中，每一项都依赖其他项作出界定和存在。自我，对于史蒂文斯，就产生于这种语言的替代游戏，如果它们消失，自我也自动消失，其虚幻的存在取决于对它们比喻性的借用："他的话语既是偶像，又是人。"

另外，史蒂文斯之使用集合词"我们"与爱默生之使用这个词有着显著的区别。当爱默生说"我们必须坚持这种贫乏（需要）"时，他和惠特曼的意义差不多，比如："我混合云母、煤"，或"我们也像太阳般令人眩目地、惊人地升起，/我们发现我们自己，哦，我的灵魂在宁静清凉的拂晓"。对于爱默生和惠特曼两者，每个自我，如果不处于孤独中，必须肯定自己，然后如同所有的中枢、所有的混合体一样："我很大，我包含众多。"爱默生的《阅历》中一个关键的时刻是他拒绝与别人发生任何冲突，也拒不接受与他人的平等关系，甚至在恋爱中也如此。他人只可能是自我的意象或偶像，因而与之是不平等的。所有的替代与想象都必须遭到拒绝，因为它们会给自我的、球形的无所不包的统一体带来混乱。主体只能娶客体，就是说，不是与之并等的什么东西："在每一个我与你之间，将会存在原型和照片之间同样的悬隔，宇宙是灵魂的新娘……生活可以被形象地描写，但不可分离或是取代。对它的统一的任何侵犯都是混乱。灵魂不是孪生的而是独生的，虽然它最终显出自己是孩子，在外表上是孩子，但它却是一个致命性的、宇宙的力量，不允许存在共同生命。"

相形之下，谁是史蒂文斯《岩石》中的"我们"呢，是不是头两行说起的"我们"："那是一种假象，认为我们曾经活过/活在母亲们的房子里……"是夫妻吗？是诗性的"我们"吗？一个代表所有的男人和女人、所有70岁的老家伙们的一般的集合的第一人称复数吗？史蒂文斯的诗中有一种苍白的非人格化的语气和惯用语，不允许将它看作或者觉得它是一个可以辨认的人的自传性陈述，这就是华莱士·史蒂文斯，哈特弗德事故赔偿公司副总裁，《簧风琴》的作者。这被转换成了句子的主语，正像诗中个体的自我融入了一个复数的自我、整个人类、"我们自己的治疗"的"我们自己",和那个"我们自己"融入一个集体的非个人意识,"事物的主体、思想","人类的起点和终点"和那个思想,超越任何个性,融入岩石而岩石又融入虚无。个人品格意义上的自我是被诗所融化的主要幻象之一。自相矛盾的是,这种融化并非在移入一种更加虚无的唯我论时才会发生,正如有时所说的,这是史蒂文斯作为诗人的命运,而是完全以混合那个自我和他者的替代的方式出现,爱默生出于对强烈自我的真正唯我主义定义的需要坚决拒斥这种混合。史蒂文斯对他者的存在更为坦率、更需要它们,所以,最终易于掉下深渊或自我融化,而爱默生和惠特曼则不是这样。这种融化是通过自我的替代或自我将自己建立在与另一个的关系上的努力来达到的。对于史蒂文斯,自我那自我封闭的领域破裂了,因而被其自己分开的裂口所吞没。一种试图自我维持的包围与替代、破坏、湮没那包围的冲突可以在《岩石》的所有主要场景中见到。

　　所有四个场景构成或试图构成一个建立在坚实基础之上的原形的、统一的整体。诗、果实、太阳、几何图案或逻辑体系,根植于土地的单一的人、母亲房子中的孩子、正午拥抱的情人,这些全都力图构成那种形式。然而,这些形象中的每一个都以从水平和垂直方向断裂的形式自动分开,所以不是成为一个被围着的有限形象,而是形成了一个 mise en abyme。几何图案开始时看来是一个以坚实的谓词为基础的封闭的逻辑体系,这些谓词可能保证了在太阳设计的自己的幸福里生成形象的假设的定理。这样的形象也许能满足到达距离终点的欲望。这封闭的形象,天哪,变成了一个无限重复的系列,就像查尔斯·亚当斯那幅漫画;而岩石,"就在附近",其作用不是根基,而是"A 点/在远景中重新开始于/B 点",在 A 点开始,受到达距离终点的欲望之驱动,人到达了通向地平线 B 点的一条线。在 B 点后退的远景重新开始，如此，直至无限，而永远也到不了距离的终点。不存在坚实的起点，只有一个在 B、C、D……点不断重新开始的随意的起点，永远也到不了地平线。这无尽后退的几何图形，在《夜曲中岩石的形状》中，是借助岩石的形象非对称地平衡的，这儿的岩石是作为"人类的起点和终点。其中包容着空间本身，通向/闭合的门"。哪个形象可以建立于岩石之上呢？这个问题是不可答的。被围定的图案不停地变化成迷宫般的 mise en abyme，正如最后几行包围被它们的开口吞进了昼夜的交替，那夜晚呼出午夜臆造的芬芳或杜撰出黑暗的深渊。

同样的转化解构了诗中人的场景。"生活在母亲们的房子里"而不是在杰克建的房子里，就是居于一个温暖的怀抱里，这同时有质朴的坦率又有行动的自由。在母亲们的房子里，史蒂文斯说，我们孩子"在自由的空气中/由我们的情感安排我们自己"。在中午情人田边的会面中替代的那种关系产生了一种不和，在回顾中暗中破坏了那两个场景，使得它们像一个从 B 点重新开始的开始于 A 点的远景。如果 mise en abyme 有什么不可思议的地方，人们常常还可以在里面觉察，例如在前文引自雷瑞斯的片段或现在这首诗里，一个朦胧的心理剧，涉及性别与世代的不同之处，包含对乱伦和自恋式照镜的禁止。根据那喀索斯神话的一个版本，那喀索斯爱上了孪生的妹妹，她死了，却被在镜像中徒劳而不幸地寻找。兄妹或任何同代男女的替代是两个绝望土块（clods）的拥抱，那是从下面坚实的土地分离出来的小块，试图恢复失去的统一，试图形成一个圆球，也许会按两者共同提出的定理包含空间。这个定理将会在一个温暖的房子里产生一个有限的图案，一个封闭的逻辑体系："呵，爱吧，让我们彼此/真诚！"让我们恢复我们在母亲们的房子里曾经拥有但又失落的东西。然而，一旦分裂发生，而且是永远地发生了，自我和他者之间的深渊就再也填不平。

　　到达距离终点的愿望永远也无法满足。无论选择什么权宜之计来封闭或愈合创伤，这分裂将永在。在"一种奇幻的意识"里，我面对我姐姐的自我，那另外令人绝望的泥块。我看她是失落母亲的替身，但这个替身的失败使我想起，母亲自己就是我遗忘了的深渊。在母亲房子里的温暖是个幻象，某种过去从未存在过的东西。她的房子"在僵硬的空虚中僵硬"地矗立着。我与我的另一个性别的替身的自恋关系是一个情感的时刻，试图为自我或在自我中找到基岩。它只找到了一个在 B 点重新开始的远景，一个恒久后退的地平线。史蒂文斯坚持在他者中替代或象征自我，使自我反对爱默生的禁止的、孪生的、分裂的或自相矛盾的"我们"，从而肢解了爱默生。和我的镜像的关系越过代沟替代了我和母亲的关系，表明那种关系也曾是一个空洞的意象，一个虚无的偶像。虽然这看起来是一个有坚实基础的包围，但却已经是深渊，因为有某种被压抑或被掩盖的东西丢失了。这种缺席现在已经在事后消除了那温暖的包围和重复中午田边拥抱的安全。与母亲的关系和与爱人的关系都是永恒的距离、欲望、不满、"将会被填满的空虚"（《纽黑文一个平常的夜晚》）的经历。他们是人，不是现实，"两个人在太阳的天性里/在太阳设计的自己的幸福里"。

　　如果对史蒂文斯而言自我不是爱默生或惠特曼似的岩石，那么也许就会发现一个坚实的基础，它是自我被替换时想象的东西，也就是说，在日升日落中，在季节的系列中，在对永恒变化的普遍表现中，自我所想象的那些东西。对此惠特曼说："留下了千百万个太阳。"诗、人、情人、果实、几何形象全都是向日的，是"太阳的副本"，太阳投下的"人形"或"阴影"。诗是太阳。水果是个小太阳、一个芒果。单独的男人和与情人有关的男人都是太阳或太阳下的人。这首诗，像史蒂文斯的许多诗一样，受太阳每年每天的运动所主宰，它随季节而动且造就了季

节，它每天的升落，就像人从大地上站起又消失于岩石，那块
"他从上面站起来的石头，啊，／通向更荒凉深处的台阶……"

　　那么，是否太阳是真实的，所有其他的偶像都是它的比喻，
是支持证实它们的基岩呢？不，太阳是典型的比喻，无论在整个
西方传统里还是在史蒂文斯的整个作品里，都是如此。太阳是不
能直接看的，但却是所有视觉的源泉，是其快乐的比喻的设计
者。对于看不见的、无法命名的，对于可理解事物的基础，太阳
是可见的、不可见的比喻，"事物的主体，思想"。太阳是存在、
依靠、真实，简言之，岩石的传统偶像。而岩石又是大地的比
喻，反之亦然，处于永久的置换之中。

　　如果《岩石》中不同场景的结构展示行为的反复，那么它
也是对那个结构的解构。修辞学上称这种情况为词的误用（cat-
achresis）。词的误用是粗暴地、强制地、随意地用一个词命名某
种没有真实名字的事物。catachresis 在音乐中还指刺耳的或非常
规的不和谐音，一个清音。词的误用的例子如：桌"腿"和母
"语"。这样的词既不是字面意义的，因为桌腿不是真正的腿，
语言也不是舌头；它也不是比喻意义的，因为它并不替代什么专
有的词。（罗曼语表示 tongue 的词，lingua，lengua，langue 被叠
合在一起变成了一个明显具有实际意义的词 language。）词的误
用破坏了实际意义与比喻意义之间的区别，这种区别是分析喻义
的基础，因此导致了修辞"科学"破坏了作为科学、作为清晰
明了的真理知识的自己。（欲更好地讨论词的误用，包括它与太
阳轨道的关系，参见雅克·德里达的《白色神话》。）

　　《岩石》看来是以一个命名的想法为基础的，它可能是隐含
真理的一个偶像，一个暗藏真实意义的比喻。然而，诗中的全部
词语都同时既是真实意义的又是比喻意义的。每个词都是词的误
用。有一种语言理论是以对可见物体的真实名称的实在参考为基
础的；根据这种理论，一个词的误用所指涉的对象，在敞开对着

阳光时是不存在的，这在过去、现在都不荒唐。《岩石》中的每个词语，包括"岩石"和"大地"，都是对某种没有、不可能有特定名称的东西的词的误用。这东西就是深渊"Abgrund，ungrund"、裂口、空白、无法接近的事物，这首诗就是它们的 mise en abyme，这一点我已经从各方面指明。史蒂文斯说我们必须有的那种在直观的画面中对大地的治疗，必然仍是未来的一种责任。这种责任永远不可能完全实现。给深渊命名就是掩盖它，把它变成一个虚构或偶像，一个不是表象的表象。什么是太阳的表象？太阳又是什么的表象？

　　这首诗中所有的词的误用都改变了指涉的虚构，那种以为诗的词语实际上指某种存在的事物的幻象，某个实实在在的岩石或土地，某件心理上的实体，甚至某种形而上存在的虚无，或"一无所有"。事实上，它们指的是盲点，永恒的不在，处在地平线以下的、"落地"的太阳。对这看不见的太阳，诚如亚里士多德所言，不存在命名因而也就没有实体，没有逻各斯。上升和下落中的太阳是不合逻辑的，是所有的 mise en abyme 之父。"太阳"这个词因而也就被剥夺了全部的正当性。这是一个词的误用，因为这个词不能建立在感官对它命名的事物的完整的感知上。由于语言中的全部指涉都是一种虚构，是原始的比喻或离开深渊、盲点的行为，所以语言的指涉就是它的堕落，是它对虚构的不可克服的嗜好。所有的词语最初都是词的误用。真实意义与比喻意义之间的区分是一个非逻辑的推论或那种原始的错误命名的分支。真实或本身意义的虚构因而是最高的虚构。所有的诗歌和所有的语言都是 mise en abyme，因为所有的语言都是以词的误用为基础的。西方思想在这一点上的持续，史蒂文斯在使用上升和落下的太阳作为自动断裂其偶像结构的主要"例证"时与这种传统的一致性，通过把亚里士多德《话题》中的一段运用于《岩石》而得到暗示："曾经说过作为'在地球上方运行的最亮的星'是太阳的一大财富的他，在这财富中利用了某种只有通过知觉领会的东西，也就是'在地球上方运行'；因此，太阳的财富可能没有得到正确的分配，因为太阳在下落时，无法表明它是否仍在地球之上运行，因为知觉无法告诉我们。"（V，3，131B）

太阳落下之后在哪里呢，消失在土地中了吗？它变成了土地，消失在岩石中，那里知觉无法感受，失明重新取代了视觉和洞悉。关于那个盲点，无法讲出任何"真实"或"正确"的东西，因此，我们必须沉默，又聋又哑，愚不可及。史蒂文斯诗歌的结尾绝妙地说明或表达了太阳的这种双重性，说明了它作为岩石的 mise en abyme 的可见性与不可见性（变得可见的黑暗，发出言语的沉默）。像诗、人和水果那样，太阳作为其可见的化身或偶像从岩石上升起，用芬芳黑色的光照在"黑夜照亮的"事物上。岩石作为"整个的居所"包容了太阳和太阳下的所有事物。虽然岩石好像是真实的，所有其他的都是其比喻，但它本身却是另一种词的误用。在 mise en abyme 的最远或最深处，在诗的结尾，向更远方看去的远景重新开始，一种不是看的看向着夜的深渊看去。岩石是

> 人类的起点和终点，
> 包容着空间本身，通向
> 闭合的门，白昼，白昼照亮的事物，
>
> 黑夜，以及黑夜照亮的事物，
> 夜晚和午夜臆造的芬芳，
> 岩石的夜歌，一如在生动的睡眠里。

"一如在生动的睡眠里"！这最后一次借用"一如"（as）悄

悄地转换到另一个比喻，再一次而且是最后一次表达了一直主导这首诗的节奏。像一个没有声音的声音，或像一种听见无声、荒唐或哑音的能力，或者像用"治愈的失明"一睹只可能是幻象的东西，生动的睡眠（vivid sleep）是一个矛盾修饰语，它是一个具有清醒意识的睡眠，尽管这意识不是以知觉为依据的。生动的睡眠是虚无的一个清晰的意识，正如岩石的夜歌是可视的黑暗。那歌是福祉的最后偶像或比喻表达法，是诗中最后一次出现宗教术语。这些术语就像其他词语之链，是另一种也许更强烈的词的误用。这歌在命名的行为中创造了它所赞扬的事物。它创造了在滥用的移植中敬仰的事物，这样的移植现出了没有真实名称的事物，因此，只拥有一个比喻性的或诗性的存在。"人放弃了对上帝的信仰后，诗歌是作为生命的拯救而取代它的实质"；"上帝和想象是一体的"（《格言》）。

　　从《岩石》中的"治疗"一词开始，阐释者被越引越远，进入交错纵横的迷宫，从惠特曼、爱默生返回到弥尔顿、《圣经》和亚里士多德，然后又进入我们印欧语族的交叉路口。史蒂文斯的诗是一个深渊或对深渊的填充，一个裂口和裂口似的裂口的偶像的产物，具有无尽的阐释。随着读者对其要素提出疑问并让每一个问题生成一个本身又是另一个问题的答案，它文本的丰富打开了深渊下的深渊，每个深渊下都有个更深的深渊。每个问题展开另一个距离，一个在 B 点重新开始的始于 A 点的远景，永远也不能接近不断后退的地平线。这样一首诗是无法被包容进一个单一的逻辑体系的。它呼唤出隐在的没有尽头的评论，其中每一个评论就像本文一样，只能阐述和再阐述这首诗的 mise en abyme。

（方杰　译）

不可能的隐喻:以史蒂文斯的
《红蕨》为例

　　纪念保罗·德曼的方法可以分成两种。我所说的纪念他与人们所说的承兑支票具有同等意义,即偿付借款或偿清欠款,令其价值处于流通之中,使它具有流通价值。

　　纪念德曼的方法之一是阅读他的文章。人们已经读过、正在阅读或将要拜读他的作品并非理所当然之事。他的文章的论证复杂难懂,又与有关语言及其与包括"自我"在内的经验世界的联系(这种联系极其容易,也许是不可避免的)的常识性假设格格不入,以至于我们会误读他,忘记他所说的话,甚至向他表示敬意这一行为本身,也会这样那样地压制他的教诲。当他明确否定的某种东西被肯定地说成是他的立场时,这种情况可能最为突出。德曼的读者会知道,他的作品中反复出现的一个主题就是这么一个问题,即为什么专家读者——且不说普通读者——趋于误读他们所讨论的文本的浅显意义。德曼断言:"霍尔德林所说的完全悖逆于海德格尔让他说的。"① 说到让—恩·斯塔罗宾斯基对卢梭的解释,德曼评论说:"多奇怪呀,当一个文本给我们提供一个机会,将非语言学的历史概念(如可完美性)与语言

———————

① 保罗·德曼:《盲目与洞见》,明尼苏达大学出版社 1983 年版,第 254—255 页。

联结起来的机会时，我们竟拒绝遵循这一暗示。然而，对斯塔罗宾斯基的学识和敏锐性吹毛求疵者又刻意避开卢梭设立的路标，推崇平淡无奇的而非启示性的阅读，尽管这么做也需要付出解释的努力。……肯定有一种不被怀疑的威胁藏匿于一个人们急于消解的句子之中。"① "解释"在此与阅读相对，甚至可以含蓄地与误读等同起来。

毋庸置疑，德曼有关海德格尔和斯塔罗宾斯基的话肯定适用于作为德曼读者的我们。此外，德曼的读者可能会不安地记着德曼有关阅读的一个结论：如果人们认为阅读就是要达到对某个特定文本的单一的、逻辑上一致的解释，一种显然完全由该文本中的证据支持的解释，那么，阅读便是"不可能"的。譬如，任何文本，包括德曼自己的文章，都可以证明是"修辞性的"，正如德曼所说，"视修辞为劝导时，它便是表述行为，但视其为一个转义系统时，它又解构了它自己的语言行为。修辞就是文本，因为它包含两个互不相容的、彼此自我解构的视点，并因此给任何阅读或理解设置了不可逾越的障碍"。（《阅读的寓言》，第131页，下称《阅》）这看似非常明白，但就《阅读的寓言》或者这段引文本身是一个文本（显然它的确如此）而言，德曼所说的有关阅读之不可能性的话，肯定也适用于他这段表面上非常清晰的有关阅读之不可能性的陈述。

鉴于这种双重困难（一种是普遍的趋势，甚至杰出的读者也可能误读，压制一些陈述句的明显直接的意义；另一种是在任何情况下阅读中固有的不可能性），若认为德曼的作品已获得广泛的认同，那些作品已被评论家和理论家们"吸收"，并且我们可以以此为出发点，那就未免太幼稚了。正如德曼本人在另一个语境中所说，"人们由此可以认识到不该轻率地看待阅读的不可

---

① 　保罗·德曼：《阅读的寓言》，耶鲁大学出版社1979年版，第144页。

能性"(《阅》,第 245 页)。因此,纪念德曼的一种方法就是重新尝试阅读他,甚至不顾这也许只是不可能的可能,因为正是遇到那种不可能性才会区分阅读与非阅读,或阅读与对某个特定文本的意义所作的牵强附会的预定的假设性理解。

纪念德曼、使他的作品通行于世、一代代流传下去的第二种方法,就是尝试独立地阅读这篇或那篇诗歌、小说或哲学文本,回到我原先的比喻,就是开自己的支票而不是支取德曼的。当然,首先得假定此人在银行里存有自己的钱。如果说人们可以按照德曼作品的精神或借助于他的思想完成自己的阅读,这简直是愚昧之至,因为每一位批评家在阅读过程中面对文本、与之从未有过的单独相处时,只能依靠他或她自己。与前面比喻大大不同(或许也没那么大的差别)的是,人们会想到亨利·詹姆斯的《艾斯朋手稿》中的叙述者在描述杰弗里·艾斯朋遇到困难时发出的求助呼声:"他看似友好却又嘲弄地朝我微笑,好像他看到我的窘境很开心。……他脸上的表情多古怪呀!'尽你所能从中摆脱出来吧,我亲爱的朋友!'"①

理解每个阅读行为孤立性的方法之一,以及转述或借鉴德曼作品时无论怎样小心也难以避免错误的深层原因,就是要认识到在他所作的所有有关语言和阅读的一般"理论"陈述中(例如我前面引述过的阅读之不可能性),存在着一种奇特的反讽的双重性。一方面,这些陈述为普遍的无可置疑的一般规律所证实,比如他说:"所有文本的范式由一个修辞格(或一个修辞格系统)及其解构所构成。"(《阅》,第 205 页)毫无理由怀疑德曼此话言不由衷,怀疑"所有文本"就是指任何时代、地点的所有文本。另一方面,德曼作品中所有诸如此类的论述都是在对某

---

① 亨利·詹姆斯:《艾斯朋的手稿及其他故事》,企鹅书屋 1979 年版,第 97、99 页。

个特定文本的阅读过程中做出的。它们从这种语境中获取其正确性以及它们所拥有的任何可理解性，而无视德曼自己的不可阅读性的理论。当它们在特殊阅读行为的复杂运作中脱离其原始语境，并在对"保罗·德曼的阅读理论"的说明中被盗用或作为另一位批评家自己阅读的辩解时，尽管那些论述有其明显的普遍性，它们也不再表示原来的意义，甚或失去了任何意义。这是毫无办法的。我们每个人作为读者都是孤立的，必须尽可能"从中摆脱出来"，因此必然会重复德曼曾坚持不懈地分析过的那些不可避免的"偏离常规"。

以华莱士·史蒂文斯的《红蕨》为例。这首选自《带到夏天》的短诗甚至没有被赫丽·史蒂文斯收入《心灵尽头的赞美诗》中，哈罗德·布鲁姆在全面评述史蒂文斯诗歌的书中也未作评价。毫无疑问，从史蒂文斯那种庞杂的、变幻不定的全景语言戏剧式的作品中抽出一首诗，正是我对德曼作品所提到的那种因脱离语境引用而导致错误的另一种方式。也就是说，它正是这种引用的一个例子，因为引用就是把片言只语从其原文中摘取出来再把它插入陌生的语境之中，而且如果它在新的语境中有什么意义，其意义也已全然不同。因此，所有引用都是对原文的比喻性表述，都是反讽的。任何宣称举隅法的相似性，即局部类似于整体并且实际上促成整体与自己一起发展，都将经不起推敲。《红蕨》并非史蒂文斯诗歌"作为一个整体"的令人信服的样品。局部，这里亦即所摘录的引文，与整体并不相像，而且当它如同一个长途跋涉的陌生人落脚于另一所房子那样进入它的读者或评论家的话语之中时，它变得甚至不像自己了。事实上，"陌生的"进入"熟悉的"这个问题，在《红蕨》诗中正是主题性的，也正是这么命名的。

尽管存在这些初步的存留的困难，《红蕨》也显得比较容易诠释。它不仅通过许多概念和象征术语与史蒂文斯的其他诗歌联系起来，比如《拿蓝色吉他的男人》、《球状的原人》和《岩石》等诗，这些诗我在别处已另有评论。[①] 而且，这首诗本身也是从《诗歌选集》中被分离出来再插入这儿的，并由多重概念和象征的交换、替代和移植编织而成。它使读者得以作出各种各样的阐释。下面便是该诗：

红蕨

那大叶子白天迅速生长
并在这熟悉的地方开放
它的陌生，困难的蕨
推挤再推挤，红了又红。

云中有这蕨的替身
没有父亲之火猛烈，
然而弥漫着它的本体，
映像和分枝，拟态的尘埃

和雾霭，垂悬的瞬间，超越
与父亲的树干联系而成长：
眩目的、肿大的、明亮之极的核心
熊熊燃烧的父亲之火……

婴孩，生活中说出
你所见的就够了。但是等吧
直到视力唤醒迷蒙的眼睛

---

① 见《语言学时刻》，普林斯顿大学出版社 1985 年版。

并且穿透事物的物理静态。①

　　这首诗本身就像红蕨一样开放，一诗节一诗节地舒展开它的叶子，每一诗节又由扩散性的短语组成，如同雾霭和垂悬的瞬间。第一节诗是一个单句，在诗节末尾结束。第二个句子以一串同位语更充分地展开，并以六点省略号作开放式收尾。紧随其后的是第四节中突然的新开始，直接对"婴孩"读者讲话，或许是对诗人内心的某个婴孩说话。标题表明这是一首有关红蕨的诗，但读者旋即明白红蕨是个修辞格。如同《球状的原人》及这位太阳诗人的其他诗作一样，《红蕨》是一首有关太阳的诗。或许更贴切地说是关于在太阳管辖之下、以太阳为中心和由太阳提供动力的白天："那大叶子白天迅速生长。"与史蒂文斯其他的太阳诗不同的是，《红蕨》成为日出诗悠久传统的一部分，比如歌德的《浮士德》第二部著名的头几行诗，以振聋发聩的声音替代了令人眩目的视象：日神的车轮辚辚滚来，/光的声响多么惊人！史蒂文斯的诗并非以声音替代视像，而是以一种"视像"代替另一种，即红蕨代替太阳。与《球状的原人》一样，在《红蕨》中，诗歌未言明的法则是，尽管诗歌以命名太阳为目的，但"太阳"一词却不可以使用。该词被排挤出词汇表。这一常规表明，用如此众多的词命名太阳是不可能的，或至少是不适宜的，可以说这是以眼睛直视太阳。

　　为什么是这样的呢？尽管太阳是所有视觉和所有生殖力、生命力和生长力（例如红蕨和人类父母的那些力量）的源泉，我们却不能直接对着太阳本身看。直视太阳就会失明，什么也

---

　　①　华莱士·史蒂文斯：《诗歌选集》，纽约：阿尔弗雷德·A. 诺普夫出版社1954 年版，第 365 页。

看不见。因此严格来说，太阳升起时并不"出现"。尽管这是视觉的条件，视像出现的地方却没有东西可看见。人们在那儿看不见任何东西。确切地说，由于真正的命名只有在所命名事物为感官所接收、在现象上可感知、尤其能为视觉所获得时才成为可能，由于"太阳"从不以这种方式出现，所以自相矛盾的是，以太阳使之可见的那些事物被命名的方式来命名太阳是不恰当的，或者实在是不可能的。太阳不属于我们在"光天化日之下"遇到、看到和知道的事物。因此，"太阳"只能用修辞格来命名，以隐喻来遮挡或迷蒙，由一个或一些防止失明危险的词来掩饰。正如亚里士多德很久以前就清楚的，即便是太阳这个词，或者其他语言中的这个词，其实已经是个隐喻，而不是字义的名称，因为字义的命名条件在这里并未实现。比如说，由于升起的太阳的不可视性，或者当太阳已经下山并在我们的视线之外、地平线之下时，我们甚至无能力从我们的眼角跟踪太阳，这些条件就被变成了不完整的。"太阳"的任何名称，即使是最显而易见按原初意义的那一个——"太阳"，在句子的句法中也是一种空白的地方，是对该处无物可感知并命名这一事实的掩饰。"太阳"这个词甚至算不上词语误用，因为它并不是从别的领域里移植过来的（在那儿它有一个直接的字面意义），比如在"桌腿"中的腿或"山的正面"中的面这两种情况。尽管我们大家——就连像歌德这样伟大的诗人也不例外——每天都很轻易地用到太阳这个词，但严格来说，它是个无意义的词，是语言中的一种清音。因而史蒂文斯避免使用这个词，可以被看成是一种语言上的审慎或过分讲究，是不情愿使用一个不能命名任何事物的词，尽管它看似一个普通的名称。

不过，对《红蕨》中的这种规避有两种反应方式，亦即两种阅读该诗的方法。更确切些，根据 A. 瓦明斯基提出的很有用的区分，这首诗要么可以被解释，亦即误解，要么被阅读。①
第一种方法，即阐释学上的解释，假定太阳作为视觉和认识的
本源，超验的逻各斯的象征，它本身其实是可见的。我们不是
每天看到它升起来吗？问题是要充分指出它的陌生性，它每天
的新奇性。隐喻正是能做到这一点的方法，但并不是通过把已
知强加于未知之上，而是通过古典的亚里士多德式的成比例的
隐喻技巧，在成比例的隐喻里隐喻移植的所有要素都一目了
然，因而便于了解和从字义上命名。字义命名取决于看见和看
见之后的认识："生活中说出／你所见的就够了。"事实上，命
名或者说出取决于看见，因为非比喻的语言作为所有隐喻移植
的基础和本源，被定义为语词与事物感知的搭配。我们看到太
阳，于是我们称之为"太阳"。更确切地说，从这种阐释视角
出发，诗显然取决于一连串这种隐喻中的各种因素之间的交
换。正如太阳在每一个日子里升起，阳光普照，同时照亮了云
朵，热带红蕨也从它们的生长节中迅速生长，然后在匍匐的长
茎或生殖根上繁衍后代，同样，男性生殖器也勃起和射精。根
据这种解释，《红蕨》产生于这三个领域之间的替换游戏，每
一个领域都对感知、认识和命名开放。根据隐喻的词源学意
义，来自一个领域的术语在双向的交错替换中会分散、播撒、
留存、输送到另一个领域。根据浪漫主义那种认为诗歌"从世
界掀起熟悉的面纱"的熟悉的看法，如果新的一天的新太阳的
陌生性通过把它称作红蕨和勃起的阴茎得到命名并公开保持，
那么属于太阳领域的词便被借来用于称呼勃起的阴茎为"猛烈
燃烧的父亲之火"。其相似性和双方合乎逻辑的语言移植都是
客观的。它们是事物本来的面目，是人们所见到和认识到的事

---

①　见《前言性后记：解释与阅读》，载《阐释中的阅读：霍尔德林，黑格
尔，海德格尔》，明尼苏达大学出版社 1985 年版。

物。这种看见和认识先于对事物的命名以及随后作隐喻时所涉及的名称变换。这种变换证实了亚里士多德的断言，即"对隐喻的支配"是诗人身上"最伟大的东西"："这是天才的标志，因为能做出好的隐喻就表明具有辨认相似性的能力。"① 相似性客观存在。而天才诗人具有辨认它们的能力。有鉴于此，新生期的诗人说出他生活中所见到的也就够了。太阳这个词在词汇中是合法一员，但由于滥用而变得过于熟悉，其表象就如磨蚀的硬币一样消隐了。通过证实太阳所相似的东西，称太阳为红蕨或阴茎正好符合我们对太阳的视觉和知识。诗人的话语基础是模仿的。幼稚的诗人是太阳的孩子，它的一个映像，拟态的尘埃和外在的相似物。诗人本身就是一个摹本。于是，诗人的说话，比如以诗的形式说话，也不是自主的创造，甚至其本身并不揭示某个看不见的东西，而是模仿的另一种形式。以《红蕨》为例，诗是太阳的另一个衍生物。诗是太阳的相似物。它完全受先前把太阳作为实物的本体论权威的支配：可见、可知、可命名。

不过，假如我们现在再一次仔细看看这首诗，阅读它而不是解释它，那么我刚才提出的那种对该诗意义作清晰表述的问题便开始显现出来。该诗语言中三种类似的方面可以同一，从而阻止了按照一系列合乎逻辑的亚里士多德的隐喻来读它，也就是阻止以逻各斯为中心或由逻各斯支配的方式来读它。这里逻各斯显然以最传统的意象由太阳代表。该诗语言的这些不规则的、不成章法的或者非逻辑的特征表明，事实上它是一系列不可能的隐喻。此处"不可能"意即语言与任何可能的物质现实之间的不相符。由于这种非逻辑的语言并非基于自然、基于事物的本真、基于导

---

① S. H. 布彻尔：《亚里士多德的诗歌和艺术理论，附有〈诗学〉的批评文本和翻译》，纽约：多佛出版公司 1951 年版，第 87 页。

致认识的感知（认识导致命名，然后使那些称作隐喻的、有坚
实基础的名称互相变动），所以它表明了语言游移不定的脱离感
知的自由，以及它将一些熟语形式灌注入其句法和语法模式之模
子的能力——严格来说，这些熟语形式一涉及经验世界就毫无意
义，比如说某物应该同时完全是雄性的和雌性的。其实，诸如此
类不可能的隐喻是描述太阳的用词常规。《红蕨》是太阳相似物
那源远流长的家族中的最新成员之一，这个家族包括柏拉图有关
山洞的寓言和我已经引征过的那些亚里士多德的段落，接下来是
雪莱的《生命的胜利》，尼采的《悲剧的诞生》，一直到普鲁斯
特的一个段落和德里达的《白色的神话》，以及几乎无以计数的
其他一些人们竭力用言辞描述太阳的实例。①

　　史蒂文斯在《阿达吉亚》一段有名的阐述中断言：“诗歌应
该几近成功地抵制理智。”② 此说也许过于随便，因而不能认为
因为它是诗，就可以从逻辑或者经验的观点出发说它是胡说八
道。读者可能错在低估了史蒂文斯诗歌中那种抵制理智的重要
性，低估了那种非逻辑的或不可能的熟语（那些熟语一经经验
现实检验就毫无意义）的重要性，当然，他自己也可能错在低
估了那个“几近”的力量。诗歌应该“几近”成功地抵制理智。
也许，当理智重新主宰诗歌之时，便是从解释转向阅读之际，就
是说，转向诗歌中那些语言特征的理性之际，这些特征在比喻上
和在经验上都具有意义。或许情况正好相反。理智重新主宰诗歌
的时刻，可能只不过是通过压制逻辑永远无法主宰的因素而获得
的一种虚幻的心灵明晰。它取决于你把阅读不可能性的经验当作
是对理智的胜利还是失败。正如保罗·德曼在另一语境中所说，

---

　　① 普鲁斯特的这个段落在保罗·德曼的《阅读的寓言》第60—61页的脚注中
有精彩评论，而尼采的段落在前面引述的 A. 瓦明斯基的论文中得到解读。

　　② 华莱士·史蒂文斯：《遗作》，纽约：阿尔弗雷德·A. 诺普夫出版社1957年
版，第171页。

在与语言的关系中，理性局限中的这样一种理性的含义是"深远的"（《阅读的寓言》第61页）。通过这首诗（史蒂文斯的诗歌就总体而言都一样）对其读者理智的强烈抵制，让我尝试指出《红蕨》一诗中这种非逻辑的三个时刻，并试图理解其含义。

第一个非逻辑是该诗首句中太阳一词的缺失。我已经说过在这首有关太阳的诗中太阳一词明显缺失，并说过这种缺失如何对应于直接经验感知中太阳的缺失。你无法直视太阳而不失明，因此，尽管太阳是看和说的本源，它本身却不能用建立在直接感知基础上的字面语言来描述。太阳必须由一个借用自可视、可命名的领域的词间接地描述，同时转入一个虽有太阳但实际上没有任何东西可供感知、看见和命名的地方。《红蕨》第一节中太阳缺失的标志是史蒂文斯并不说"太阳升起来了"，而是说"那大叶子白天迅速生长"。太阳缺失也可能是白天或白昼，比如在阴天。白天这个词在完全抽象化之后作为我们用来与黑夜相对的整个时间段，所命名的不是太阳而是太阳带来的东西。白天可以指太阳底下除了太阳之外的任何事物。白天可以用那无边无际的空阔的天空来表述，这天空是一个光明之处，但又是任何光源的缺失之所。太阳可能再现的地方其实空空如也什么都没有，这一事实得到史蒂文斯诗行中的非逻辑转换的印证——这种转换体现在先把白天本身、它的整体性描述成了某种大叶子植物（"那大叶子白天迅速生长……"），然后继续把白天说成是那看不见、不可命名的太阳在其中像红蕨一样生长的所在、环境或"地点"："并在这熟悉的地方开放／它的陌生，困难的蕨／推挤又推挤，红了又红。"如果把这句话当作是对任何经验现象的描述，那么它毫无意义可言。这就如同普鲁斯特描述晴空中的太阳时只好把眼睛转向别处一样。白天不可能同时既是一种大叶子植物又是一个红蕨在其中开放和生长的地方。这个句子以某个现象的直接表述论之有悖常理，但以某种语言必要性的体现视之，则又是极其精确。它揭示或表达了为隐喻的替换预设一个中心或逻各斯的必要性，而那个中心又总是缺失的，是一个虚空，甚至不是否定，因为我们不能说在那儿是否存在任何东西，只能说那儿没有任何东西可被感知和命名。在句法上，某个换喻，比如红蕨的换喻，被引入那个空缺之处，但这个换喻必须同时命名那个预设的中心和衍生自该中心的东西。在缺失了太阳的虚空里，在那个产生说话动机的句法位置上放上了他物的名称，比如红蕨，它是太阳众多孩子中的一个，其生命和生长有赖于太阳的光和热。句子在经验层面上的不可能性和荒谬性，显示出在任何话语行为中预设一个本源逻各斯的必要性，但同时，即使对语言最过分的曲解也绝不能谈及那个语言的本源，唯一的办法是运用那些词语，它们正好预设了句子理应质问、试图清晰地面对和命名的那个东西。句子运用太阳的不可视性揭示了一种语言的必然。这类句子别无他能，只能再次命名衍生的和次生的东西并把该名称置于不能被命名的地方，因为这个名称是语言的假定基础，比如，把红蕨同时放在太阳的位置和太阳在其中升起的整个白天区域。

　　该诗的第二个非逻辑是确定太阳被拟人化为男性还是女性的不可能性。似乎可以肯定太阳是男性的，尤其假如读者知晓宾夕法尼亚州荷兰人的俚语中蕨的意义并把它与诗中"树干"、"熊熊燃烧的父亲之火"联系起来，并能在"肿大的"和"拟态的尘埃/和雾霭"中看到阴茎勃起和射精的意象。在另一方面，一种隐隐约约的潜在含义又提示太阳是女性的而非男性的。太阳"推挤再推挤，红了又红"可能正在分娩她所有的孩子们，其中包括诗人自己。在太阳作为树干的阳具意象和太阳作为一个"眩目的""明亮之极的核心"、作为火不能被观看不然观者就会失明因而只能以一种缺失、空中之洞被体验的意象之间，存在着某种不相容性。不应对太阳的双重性别掉以轻心，仅仅把它当作一种在两种格式塔之间感知上的简单摆动："一会儿你看到它，一会儿又看不到。"不可能让某物同时成为男性和女性，其中每一性别又不失其全部力度。这是说不通的。尽管雌雄同体是可能的，但它一直为理性的分类习惯所不齿。假如读者采用第二种方法看待该文本，太阳身上的男性可以被"看作"对应于解释，这种阐释受制于词语的假定指涉性；而太阳的女性对应于阅读，亦即注意力转向诗歌语言本身。从男性向女性的转向并非自由摆动，而是一种单向运动，不可能从阅读再返回到解释，只会在这条单行道上越走越远，越来越深入几近成功地抵制了理性的理性。

把太阳看作男性、父亲，对应于男孩释然地（或许并非那么释然地）观看其父的阳具在诗中那模糊的（并非完全那么模糊）性场景中的作为。可以料想，史蒂文斯是以传统的男性中心的方式，即从男孩的视角想象这一场景的。本质上属于语言范畴的东西一旦通过性差异来表达，即使是名词的阴阳性或读者、主人公的性别都不再是无关紧要的了。一些女权主义批评家探究过从女孩的视角去看和谈论《红蕨》一诗所命名的东西会是什么样子，尽管就我所知并不以这首诗为例。在《红蕨》中隐在的视角确定无疑是男性的。应该记住父亲的《蕨》并非阴茎本身而是作为能指之首的阳具，是男孩可以通过把自己置于父亲的位置来挪用和控制的东西，是保证命名、谈及所见之物的隐喻交换之合法性的东西。

在另一方面，太阳可能具有的女性（仍旧从男孩的视角考虑它）对应于阅读而非解释。阳具或能指之首可能的所在地没有任何东西，有的是一种缺失，或者无感知之物，或者是令人眩目使人失明的东西。希腊人把自己对看到女性生殖器的恐惧移植到鲍波的故事里：她把自我暴露即掀起自己的裙子当作武器。就《红蕨》一诗而言，当我们试图直视太阳时，假如什么都没有或者除了令人眩目的明晃晃的一片之外什么都没有，那么这就意味着主宰和确证包含在说话中的隐喻交换的不是经验上所知的首要能指，尽管说话必然要预先假定这么一个处于替换链之首的第一能指。因此，要谈及你所见的东西是不可能的，因为所有说话的基础或预设从来不能为人们所见。那个能指应该在却并不在的地方在句法上是必需的。毫无根据地、非法地、无可视权威地填充这个地方的是从他处移植过来的某个名称，比如蕨这个词，当然，太阳这个词也不见得更合法，因为这里谈论的是一种语言必然性，而非经验事实。这是一个符号的问题，而非有关语言之外的现实的问题，这一迹象再次表明了语言的荒诞性，而读者却试图把语言当作具有字面指涉意义的东西。诗人并未谈及任何人们看得见的东西。

论述至此，非逻辑的最后一点便是史蒂文斯此处的语言，这在最后一节诗中很容易"看见"。假如在生活中说及所见之物便足矣，那么一方面这就意味着别开口说话，因为话语总是预先假定某个本源的统帅或主导能指，它所指涉的实物总是不为所见。那个婴孩诗人，太阳之子，只能总是一个被剥夺了语言能力的婴孩，这是由于他无力直视可以说是父性之火或母性之火，而那种直视于任何权威话语都极其必要。另一方面，这意味着在生活中说及可见之物以取代不可见之物足够了，也必须足够了，因为别无他物可言。这就意味着要说到沐浴着太阳的光和热生长起来并使自己可见的太阳的其他孩子，比如热带红蕨，或者父亲勃起的阳具，虽然如我们已经"看到"的，当作为植物的蕨变成作为阳具的蕨时，它就变得看不见了。在那儿没有任何东西可见，只有一个令人眩目的核心，一个作为缺失的核心，而非作为中心存在的核心，或转向母亲或鲍波的父亲。

上述那个告诉婴孩诗人生活中说出所见之物就够了的句子所具有的双重意义，尽管以参指逻辑观之毫无意义可言，但它再次被诗中最后一个句子的最后的非逻辑所双重化："但是等吧／直到视觉唤醒迷蒙的眼睛/并且穿透事物的物理静态。"这里的视觉，如同首行的白天，是一个奇怪之极的不可定位的抽象物，它无处不在，既在里面又在外面。"迷蒙的眼睛"如同孩提时代称之为"懒眼"的眼睛之部分失明，是未利用其具有的视力的眼睛。当身体恢复知觉时，通过视觉一种完全内在的变化唤醒迷蒙的眼睛。在另一方面，视觉可能是太阳升起时照亮了外部世界的一种修辞格。眼睛迷蒙是因为无物可见，但是当阳光倾泻下来普照大地以后就有物可见了，便唤醒了迷蒙的眼睛，如同光线穿透睡婴的眼睑使之醒来一样。视觉是"那儿有物可见"的一个换喻，是获得视觉过程中某个部分替代与之邻近的另一部分或者一般的照明条件的名称。视觉在此是首行中白天的同义词，换言之，它命名了太阳带来之物，其自身又从不可见。在这个意义上，视觉是太阳缺失的一个名称。假如说出所见之物就足矣，那么这种说话必须来自视觉，而可见之物是太阳底下的东西，比如红蕨，而非太阳本身。视觉之本源从来不为所见，正如同首要能指，即所有话语的创造者、保证者和授予者从来不能被看到和命名，只能以其移植替代物视之和命名之，比如太阳这一情况。

在完成诗中末行的最后一句中，视觉并未被当作眼睛的一种内在特征或力量，它自己会觉醒和沉睡，而是当作某种从外界作用于眼睛以唤醒它潜在视力的东西，这种处理尤其奇特。这种奇特正是诗歌的最后一个非逻辑："但是等吧/直到视觉唤醒迷蒙的眼睛/并且透视事物的物理静态。"以第一种方法阅读视觉，这句话的意思是说被唤醒的眼睛具有一种透视力，好比人们说某人具有"敏锐的视力"，一种透视自然、掀起她那熟悉的面纱、超越静态、"事物的物理静态"以窥视其背后隐藏着的动态和生命的能力。自然所处的静态迫使它重复熟悉的相同的东西，像在"phys"和"fix"中那口吃般的头韵。如前所述，婴孩诗人那具有透视力的眼睛此处是一种透视和拥有女性自然的力量，此自然甚至包括那个在熊熊燃烧的父亲之火背后隐约出现的女性化了的太阳。在另一方面，如果视觉以第二种方法观之，即把它当作通过光线作用于婴孩诗人那迷蒙眼睛的什么东西，那么那个"事物的物理静态"也内在化了。这种状况产生自婴孩把任何东西都迷蒙地看作静止和死亡这一方式。他是那些视而不见的人之一。此刻，在理智抗议说这些诗行不可能是这个意思之前，"直到视觉唤醒迷蒙的眼睛／并且透视……"这些词可以被理解为是说"视觉"作为一种来自外界的力量，通过穿透它、使之失明来唤醒迷蒙的眼睛，如同俄狄浦斯弄瞎自己的眼睛以惩罚自己看到了不该看的东西，如同看到女神的裸体要受到惩罚，如同太阳是一个令人眩目的核心，谁直视它就会失明。这句话不可能同时很有逻辑地说出这两个意思，因为它们不可能在参指意义上同时说得通，然而，假如这句话自始至终是被阅读的而不是根据某个假定一致和统一的阐释原则来解释，它确实不可能同时说出这两层意思，而这两层意思无论如何是不能和解或被辩证地扬弃的。假如那个婴孩诗人在生活中说出所见之物便足矣，同时他等到视觉穿透他的眼睛，那么他会失明并且会无话可说。说话只能是有关不可见之物。这最终包括红蕨以及在眩目的太阳以至阳具意义上的蕨。诗歌展示了这一点，但因它的言语与任何可以想象的"看见"的形式都不一致，所以它并不是某种可"见"之物。

最后，当婴孩批评家试图说出他或她在诗中所"见"时，发生在婴孩诗人身上的事情同样也发生在他或她身上。阅读行为远非召唤一种从作为视力的视觉（即根据其参指逻辑阐释诗歌）到作为洞见的视觉（即获自转向阅读的对诗歌语言的假定的掌握）的转变，而是导致一种由保罗·德曼称之为不可阅读性的文本所引起的失明的双重经验。基于其假定的参指意义对该诗解释，势必导致无以减轻的非逻辑的荒诞。这种阅读不可能性的经验导致这种不可阅读性的双重展示：读者对第一种即在阐释层次上的那种不可阅读性的洞见，无力在其进行解构活动时阻止重犯它所谴责的错误。这里的例子是我不由自主地非法使用失明和洞见的隐喻，以便命名对不可"见"因而也就不能清楚"说出"之物的掌握和不能掌握。如此看来，第二种不可阅读性就是批评家无力阅读并从其阅读活动中吸取教训。换言之，在我的阅读中，我必须用作解构的工具正是我已经解构的东西，或者已经证明在文本中解构自身的东西，具体说，就是为了有一种合乎逻辑的语言，比如批评家在"阅读"（而不是"解释"）一首诗时所用的语言，我接受了必须有一个超然和外在于语言游戏的首要能指的神话。我使用了这个神话的最强有力的形式之一，亦即必须依赖于性区别方能获其形象的那一种（父亲阴茎的存在和母亲生殖器的不在）。为了在这个基础上阅读诗歌，我不得不对比喻作字面上的解释，如在本诗中当我说到太阳时说"那儿什么都没有"，其实混淆了象征意义上的阴茎和实际上的阴茎。是否有可能通过任何可以想见的辩驳行为来逃避这个以男性为中心或以阳具为中心的神话又是另外一个问题。这是一个当前有待解决的问题，也许永远有待于解决。当然这里我自己的过程只会再次证实保罗·德曼所说的不应掉以轻心的"阅读的不可能性"。

（周汶　译　王逢振　校）

对《阅读的寓言》中一个段落的部分"阅读"

　　阅读保罗·德曼著作的读者很可能会被其中某些格言警句般的公式化阐述所吸引，这些阐述或以不容妥协的通则或以略带挑衅的反讽似乎是有意要引起争论。请看下面的例子："概念语言这一文明社会的基础看起来同时又是叠加在错误之上的谎言"（《阅读的寓言》第155页，以下简称《阅》）；"由此人们看出阅读的不可能性应该引起重视"（《阅》第245页）；"我们越想对自己公正，就越会撒谎，特别是在自责时"（《阅》第269—270页）。此外还有"寓言（朱莉）"中的一句话："所有文本的范式都包括一个比喻（或比喻系统）以及对该比喻的解构"（《阅》第205页）。尽管德曼证明了阅读的不可能性，在此我还是想对上面那句话以及它所出现的段落中的其余部分（此话在中间）作一番"阅读"。

　　我这一尝试性的阅读行为起因于德曼在《阅读的寓言》第206页中的观点，即必要的道德环节存在于所有的寓言中，或者说所有的文本中，因为德曼认为所有文本都是关于自身不可读性的寓言。像通过语言对语言之外的其他指认形式一样，对德曼来说，"道德性"既不出现在开始以充当语言的基础，也不出现在结尾以确证语言最终胜利地回归到现实，而是出现在一个内在系列的中间。这一系列的顺序当然只是虚构的，是为了便于将一些事实上总是纠缠在一起"同时"出现的东西看作叙事，这些东西包括比喻、寓言、指认、道德、政治和历史等诸多方面。我曾在别处论述过德曼著作中阅读的道德性，在此我的重点是第205页上的部分内容。

　　德曼一直在研读"朱莉"的第二个序言，这使他断言任何文献一旦被视为文本，即"以其修辞方式来考究"，"它的可读性就值得怀疑了"（《阅》第204页）。举个例子：第二序言对"朱莉"的文本可读性提出质疑，指出读者无从知晓它究竟是卢梭编造的，还是来自于"真实"的书信集。在这一讨论的语境中，德曼以适当的方式明确提出了一系列关于所有文本的修辞虚构的论述。在这样一个例子中，我们可以看出德曼总是在某一特定语境中作出理论概括，脱离了那一语境，概括的意义就大不相同了，即使那包罗万象的"所有"赋予它们以独立于任何语境的权力。下面就是一系列的概括，正是它们构成了德曼关于阅读中的道德环节的初步推断。

　　　　所有文本的范式都包括一个比喻（或比喻系统）以及对该比喻的解构。但是由于此模式不可能止于一次"一锤定音"的阅读，它就因而造成一种替补式的比喻叠加，说明先前叙述的不可读性。这种叙事与最初以比喻为中心而最终总是以隐喻为中心的解构性叙事不同，我们可以在第二（或第三）层次上称之为寓言。寓言性叙事说的是阅读失败的故事，而诸如《第二话语》的转义性叙事说的是指称失败的故事。这一差异只是层次上的差异，寓言并不消除比喻。寓言总是关于隐喻的寓言，因而也就总是关于阅读的不可能性的寓言——此句中表示所属关系的"的"本身就应该当作隐喻来"读"。（《阅》第205页）

很多人认为上面的几句话很重要，因为它们简明扼要地概括了德曼在《阅读的寓言》中的许多观点。理解了这几句话，读者就可以从整体上把握《阅读的寓言》，但遗憾的是，不仔细研读"整个作品"，人们就无法"理解"这些话（假设"理解"是个恰当的词）。德曼在论断中用了"所有的"和"总是"，这种绝对自信的口吻会使读者心存疑虑："所有？"、"总是？"荷尔德林以精辟的语言表述了他对此的憎恶："人们怎会有这种该死的希望，即希望只存在唯一、世上一切皆来于此唯一？"德曼是否犯下了那种专横绝对的"唯一"之过？解构理论常常受到这样的指责，因为解构主义者在每个文本中总是发现同样的东西，而且是他们所希望发现的东西。德曼是否犯下了这种罪过？有没有可能不犯呢？指责解构主义的人这么说是不是有其他什么意思，还是仅仅认为他们的"唯一"比解构主义的要高明？一个人怎么可能同时既尊重文本的独特性又尊重文本所体现的规律呢？事实上，这是道德思考（自然包括阅读的道德）中经常讨论的问题，难道不是吗？每一种与道德有关的情况都有其独特性，但是如果不是对某种绝对规律的反应，它们怎能是合乎道德的呢？每一个阅读行为也是如此，只要它涉及道德判断和责任。可以肯定的是，每个读者都希望在阅读中做到合乎道德规范。①与其他人一样，无疑德曼也同样有必要完成这双重义务；至于"总是发现同样的东西"，我想请读者先预猜一下关于某一给定文本德曼会作何解释，正如亨利·詹姆斯的《梅西所知道的事》中梅西作出人生重大决策时，读者猜想她将说什么和做什么。与梅西一样，德曼似乎也服从于某种规律，在此是阅读规律，而且

---

① 关于在判断及评判的理论中努力避免极权独裁的例子，参见 J. -F. 利奥塔及让—卢·戴博著《论正直》（巴黎：克里斯蒂安·布古安，1979 年），以及收录于《辨别》第 14 期（1984 年秋）和《判断力》（巴黎：子夜，1985 年）中的诸多学者论利奥塔的文章。

只有他才能接近这规律。

　　与此相关的还有另外一个问题。我所讨论的这一段落中的"隐喻"、"叙事"、"阅读"、"寓言"等词的使用至少可以说是个人色彩很浓的。不管怎么说，如果这些术语出自《阅读的寓言》的其他地方，它们很可能会显得晦涩难懂，比如说论述尼采和卢梭的"隐喻"、论述普鲁斯特的"阅读"等文章。德曼说所有文本的范式都包括一个比喻（或一个比喻系统）以及对该比喻的解构，读者一定不能忘记借助尼采和卢梭所发展起来的激进的比喻理论。对德曼来说（或者对德曼作解读的尼采和卢梭来说），字面指称本来就是个异常的隐喻，它盲目地用属于别的领域的词来掩盖无知，这种无知是无论如何也变不成知识的。德曼详细论述了卢梭作品中的例子：一个原始人惊恐万状中将他所遇到的另一个人称为巨人，但是因为外在表象和内在本性之间的对应永远得不到确证，这个隐喻就一直是异常的、不确定的。当我有意用概念化的词"人"来掩盖自己最初的不确信时，那可就错上加错了。在德曼看来，"人"这一个词是隐喻之上的隐喻，或如我前面提到的德曼不容妥协的阐述，"概念语言这一文明社会的基础看起来同时又是叠加在错误之上的谎言"（《阅》第155页）。正因为语言是由这种隐喻或隐喻系统所构成的，所有文本的范式都是一个比喻或比喻系统。由于比喻是不稳定的，于是文本既肯定其中的隐喻又同时解构它们。从德曼的阐述中读者不难看出，解构并不是评论家从外部对文本进行"阅读"时发生的，它是文本对自身不可避免的解构。语言固有的特征决定文本不仅要设置比喻或比喻系统，而且要拆散它，将它的反常性昭之于众。

　　德曼认为这一过程绝不能因为文本成功地揭示自身建立于其上的错误比喻而宣告结束。在自身的解构过程中，文本又以另一种方式犯了它所指责的错误，这就是说，所有文本可能是在无止境地重复同一错误，这种错误只有武断地将其中止。换句话说，任何文本都是没完没了的叙事："这一叙事不断地讲述着指称上的反常性，而且只能在各种不同的修辞综合层面上反复讲述。"（《阅》第 162 页）。用德曼个人色彩很浓的术语来说，所有文本都是叙事，因为它们是按顺序来进行叙述，像是在叙述一个故事，其中有隐含的主人公、叙述者和读者，而实际上它们所叙述的是共时发生的比喻或比喻系统的设置和解构。任何一个比喻在被设置的同时也被解构。设置的本身就包含着解构。

在此，我们可能应该注意"巨人"这"比喻"是一种间接的拟人化，是对另一个人面貌和形体的"损毁"，或者说是将某种意识归于可见的容貌，不管它与自己的意识相同与否。虽然"巨人"出自卢梭，但它却预示着德曼在以后的著作中（从论雪莱的《生命的胜利》的文章起）会着墨于这拟人化的比喻。德曼的著作在不断发展，但若我们回过头来看一看，我们会发觉它们之间存在着明显的连贯性和侧重点，当然这种发现很可能是一种错觉，因为读者有这样一个根深蒂固的习惯，即从杂乱无章的序列中整理出具有连贯性的故事。德曼认为文本不可能止于一次"一锤定音"的阅读，特别是对文本的孤立的阅读，因此在德曼后期的著作中，比如在他关于抒情诗的基本转义是拟人用法的理论中，任何读者若想看出某种类似 50 年代之后早期著作中的目的论的东西，必然会止步不前。对德曼来说这样的终止是不可能的，可能的只是对同一错误一遍又一遍的、以不同形式出现的重复。

德曼在我所"读"的那段中对这一点的阐述需要我们仔细阅读。比喻和比喻系统以及对它们的解构的"范式"被称为"模式"。这"范式"和"模式"的意思大致差不多，都是指普遍适用于各种不同文本的图表式概述。关于这一切，有一点需要指出：对（自身）解构行为的阐释与对解构所指出的语言错误的重复不谋而合。事实上，解构同时也在犯此错误。这似乎是德曼阐述中"但是由于……它造成"式的逻辑。正是因为不可能有"一锤定音"的阅读，也不可能存在对语言终止性的阐释和把握，所以叙述便被一次次地叠加，第二次加到第一次，第三次加到第二次，以此类推，结果是以不同形式出现的对同一循环的反复重复。"但是由于这一模式不能终止于'一锤定音'的阅读，它（便因此）造成比喻叠加，说明先前叙述的不可读性。"这"不可读性"并不在于读者，而在于文本本身，虽然文本的自我失控会相应地"造成"读者无法把握文本。

　　德曼给这"比喻叠加"起的古怪的名字是寓言。我说"古怪"是因为德曼的"寓言"既不同于一般用法，又不同于他自己在"浪漫主义的修辞"中对"寓言"的定义（乍看起来也是个人色彩很浓）。"寓言（朱莉）"中的阐述是这样的："因为这种叙事与最初的以比喻特别是隐喻为主的解构性叙事不同，我们可以在第二（或第三）层次上称之为寓言。寓言性叙事说的是阅读失败的故事，而诸如《第二话语》的转义性叙事说的是指称失败的故事。"为什么"我们"可以将第二或第三层次的叙事称为寓言？从什么意义上说这个词是正确的呢？为什么文本永远不能"自我解读"？不管怎样，说文本各部分之间的关系是自我阅读或阅读失败似乎无异于是一种转义，指作家的创作活动。若用清楚易懂的字面意思来取代这一转义，德曼话语中的令人费解和荒诞不经之处也就同时被替代了，而这更使人难以置信。毋庸置疑，作者控制着并且能够阅读他（她）所写的东西！比方说，在德曼后来以"寓言（朱莉）"所举的例子中，究竟是什么使得卢梭犯了语言错误（将圣布赫神化），或者说让朱莉犯了这一错误，而她在第三部分第18封信中再明白不过地指责它并除去它神秘的光环。德曼说道："在这一文本中……当朱莉的语言立即重复她所刚刚指出的错误时，晦涩感便出现了……如果确实如此，我们便可以说朱莉无法'阅读'她自己的文本，无法了解文本的修辞方式与意义之间的联系。"（《阅》第217页）这一段的脚注令人信服地说明了卢梭的清醒并没有弥补朱莉的盲点，而是如德曼所说的，盲点是关于清醒的寓言："通过玩注释游戏，卢梭获得了与朱莉之间的视角距离，从而将混乱丢给主人公，他自己则躲了起来。但是这一方式在朱莉身上也出现了，她对过去经历的清醒是不容置疑的，像卢梭与她的距离一样，她也同样保持了与自身的距离，然而她却无论如何也无法避免重复错误。卢梭在前言中说他面对自己晦涩的文本时感到很无助，而朱莉在顿然醒悟时重新使用解释的隐喻模式，这两点是颇为相似的。这种对视角的处理是自我的隐喻意义上的一种无限的回归。"（《阅》第217页）

为什么会有"无助"？这似乎非常令人费解。最明显的解释是，它是记忆方面的缺陷，但德曼是坚决反对这种解释的。人们可能会这么说：在德曼看来，没有人长久地记着痛苦艰难的修辞解构过程，并进而避免重犯刚被解构的同样的语言错误。诚然，要记住德曼文章中艰深的论证或运用此论证于其他文本（假设有人想这么做）① 都是很困难的，这似乎证明了德曼也持有"记忆方面的缺陷"的观点，此缺陷是一种致命的遗忘症，它主要发生在人们洞悉个人和集体生活中语言之作用的时候，而洞悉指的是德曼提供给读者的痛苦的了解。我们有足够的理由去抑制、去忘却它。但情况并非如此，德曼坦言他反对这种对他观点的理解。朱莉对过去的经历非常清醒，卢梭也记得并了解自己笔下的内容。尽管此时的记忆既有包容性又有理解力，但却无论如何也减轻不了"无助感"，也就是说，作者和人物都无法避免重复错

---

① 应该记住，这件事要做就要做到底，甚至还要持续下去。最无益、最无力的就是片面地、断续地将德曼关于语言的洞察运用于批评文章，虽然从基本步骤上看，这种文章在主题、心理、指认等方面皆无可挑剔。

误，虽然他们记得也知晓这些错误。为什么会这样？对此问题的清楚解答是理解德曼所有著作的关键，这么说是丝毫不为过的；在此我们要假设"理解"是个恰当的词，因为德曼认为不能在一般意义上来理解"洞悉"这一概念。即使我们可以非常清楚地把握德曼在说些什么，面对他艰深的文章我们仍然会觉得无助，一如卢梭在"面对自己晦涩的文本时感到很无助"。

之所以造成无助是因为问题的关键与记忆、清醒、洞悉、盲点等心理学分类毫无关系。这是一种语言上的必然，是任何智力、记忆、洞悉都无法逃避的。我越是试图想起什么，甚至说我的记忆越成功，我就越有可能忘记，似乎我的洞悉力从来没有"在场"，从来没有成为我的在场意识的所属物。所以从原则上来说，这不是一个我能"记住"或忘记的问题。德曼所说的阅读自己文本的失败也一定适用于作为读者的我（这是本文作为阅读行为的一个隐喻）。它同样一定适用于德曼自己、适用于他的文章，虽然他的著作极力抵制这样的论证。在《阅读的寓言》这一文本里，某处看似晦涩难辨的实例在别的地方常常是可以清晰地洞悉的东西。只有大胆的读者才试图对德曼作二次猜测，并宣称他超越了第一次作出的努力。他确信以前曾到过那里并勘察过地形、绘出了地域图。在这种情况下，德曼的"寓言"之特殊用法可以帮助读者"理解"不可抗拒的出错的力量，这力量在人类对语言的屈从中可见一斑。

德曼说"我们可以在第二（或第三）层次上称之为寓言"。可见德曼认为寓言即叙事。它叙述一个故事，但与以解构隐喻为主的初始叙事不同的是，初始叙事说的是指称失败的故事，而寓言说的是阅读失败的故事。"层次"与括号中的"或第三"在此有些奇怪。我想"或第三"在德曼看来意味着：最初的比喻或比喻系统的解构已经可以看成叠加于第一层次上的第二层次叙事，因此阅读失败的寓言就可以看作前两个层次之上的第三层次的叙事；然而，如果比喻的设定及其解构被当作一个单独的故事，那么寓言就只能是第二层次的叙事。至于"层次"一词，这种情况形成一种重要的看法，并防止可能出现的一个严重错误，即认为阅读不可能性的寓言在性质上与"叙述指称失败故事"的"比喻性叙事"截然不同。不，德曼迫切地想让我们知道两种叙事的修辞构成是一样的，可以在同一个尺度上标明，也可以以同一标准来衡量。我认为德曼想说的是：两种叙事的共同的叙事构成都是普遍的比喻性语言，虽然在字面上被接受下来，但接着便显得有些反常。一方面，故事是指向作为"指称"对象的"真实的世界"；另一方面，在第二或第三层次的寓言性叙事里，故事又指向另一个故事，即关于指称的故事，但德曼直截了当地声明，"这一差异只是层次上的差异，寓言并不消除比喻"。"消除"一词在这里也很重要。德曼有时用它来命名某种（不可能的）消失，比如在《阅读的寓言》的前言中讨论争议性很大的"解构"一词的使用时，他说他是从雅克·德里达那儿借来的，"这意味着它与一种富有创造力的严密性有关，我无意说我有这种力量，但我绝不想消除它"（《阅》第 X 页）。在当前这个实例中，若说寓言并不消除比喻，实际就是确证称作"解构"的语言运作的积极方面。解构给人带来疑问的同时又再次得以确证，也就是说，叠加及带来疑问的整个链条从来没有被消除，虽然许多新的寓言式叙事被叠加到先前的比喻或比喻系统之上："寓言并不消除比喻。"

　　但为什么德曼将第二或第三层次上的叙述称为寓言？如果读者记得该词的词源以及德曼在《时间性修辞》中给它的定义，就会看出"寓言"用得是恰如其分。德曼的定义重印在新版本的《盲点与洞悉》（以下简称《盲》）中。寓言：该词指在诸如集市等公众场合以另一种方式将深奥的知识通俗地表达出来。比如《福音书》中关于耶稣的道德故事，其中的启示既明又暗、既隐又显。如果你掌握了寓言的关键所在，深奥的知识就已经表达了（以另一种方式），你也就不必看它是如何表达的。反之，寓言则始终会昏暗不明。你很可能仅取其字面之义，认为文字所表达的即是它的意思。你若理解它，就根本不需要它，反之从表面你永远得不到真义。所以，不可读性的悖论从一开始就存在于寓言的概念之中。

　　然而这么说是不够的。在德曼看来，寓言总是时间性的，它是历时地展开，也就是说寓言总是叙事。它与象征是不同的，象征是共时的，它在空间排列上预先假定了象征与被象征之物之间的相似点，前者是一个符号，后者是一件事物；而寓言是有前后顺序的，是符号与符号关系，而非符号与事物关系。寓言中符号与符号的关系总是有关距离、不同和差异。寓言符号不同于它所指认的、代表的或替代的符号。下面是德曼在《时间性修辞》中就此点所作的阐述："在象征世界里，意象有可能与实体相吻合，因为两者的区别只在外延不在本质：它们是同一类范畴的部分或全部。它们的关系是一种共时性的关系，而事实上它又是空间性的，其中时间的干预只是偶然事件，而在寓言世界里，时间是创源性的、构造性的范畴……只要有寓言，寓言性符号就必须指向它之前的另一个符号。寓言性符号所构成的意义只能存在于对前一个符号的重复（基尔恺郭尔之用法），① 两者永远不可能吻合，因为此前一个符号必须具有绝对的当前性"（《盲》第207 页）。对这最后的短语"绝对的当前性"还应有更多的篇幅来补充说明，但与本处关联不大。因此只要这么说就足够了：德曼指的是一种过去性，它既非现在又非此在，因此无法通过追溯时间之流（比如通过回忆）来达到。

---

　　① 无论那是什么意思，引用基尔恺郭尔的话应该附上大篇幅的区别性文字，在此恕不附加。

　　根据以上这些解释可以看出，为什么寓言这个词正好适用于德曼在"寓言（朱莉）"中所描述的所有文本的普遍的语言结构，为什么所有的寓言都"总是关于阅读的不可能性的寓言"。如果寓言符号重复前一个符号，那么它也同时重复了其中的错误，这错误常常是某个比喻或比喻系统及其解构。但是，先前符号中的错误被寓言符号以一种盲目的形式重复，就是说，以一种不可识别的差别重复，或者以一种只有掌握寓言之关键的人才可识别的差别的形式重复。在时间和叙事之意义上，文本自我解读能力的缺失就在于文本各部分之间的盲点、不同和差别。德曼在文章中所给的例子是这样的：在涉及与上帝关系时，朱莉重复了反常的隐喻结构，她原先顺从此结构，随后涉及圣布赫时却清醒地将它解构。阅读的不可能性存在于朱莉与上帝及其与圣布赫之关系的寓言关系中。德曼的逻辑似乎很清楚，而且是无懈可击、不可辩驳。所有的文本皆是一个比喻或比喻系统，第一个比喻的解构以寓言形式"造成""比喻叠加"；正因为如此，叙述的故事才是关于不可读性的故事。新的比喻或比喻系统指向第一个，然而这是建立在不同和差别基础之上的，结果是第一"符号"及作为其寓言的第二"符号"之间的关系是必然的、命中注定的（前述的"造成"是不可避免的），这种关系同时又是盲目的、深奥的，它作为第一个符号的新形式不是显而易见的。正如德曼在《时间性修辞》中定义寓言时所说的，"寓言性符号及其意义（所指）之间的关系不是由教条所规定的"（《盲》第207页）。人们无法通过某种现成的符码来确定并掌握这一关系。这种关系不是以可预知的、合理的方式存在。比如说，它不是基于寓言符号及其所指的前一个符号的关系。在寓言中，任何东西都可以代表他物。没有什么理由支持这一关系，无论是从主观、神学、先验角度还是从社会习俗方面。它的出现完全是语言和叙事的必然。只要你接着说、接着写，你就一定要以寓言的方式叙述对先前叙述阅读的不可能性。由于寓言以这种必需但不明晰的方式重复了第一个错误（虽然第一个错误——即从字面上理解隐喻——被清楚地解构了），那么这第二个寓言性的比喻叠加便"叙述了前一叙述的不可读性"。这一叙述显示了对第一比喻或比喻系统的清楚的解构丝毫没有使文本避免重复同一错误。看起来文本似乎无法一直记住自己的洞悉，也许它识别不了差异中的寓言性的相似。比喻叠加叙述了对前一叙述的不可读性，这与寓言说一指二的方式是不谋而合的。"朱莉"的第二部分似乎在叙述朱莉对圣布赫的失望以及随后而来的对上帝的皈依，但事实上，或者说在寓言意义上，朱莉转向宗教信仰所表示、叙述或讲述的东西，正是文本自我解读的无能，这是必然的结果。朱莉无法"阅读"以前写给圣布赫的信正是文本"真实内容"的寓言，也即文本自我解读能力的缺损（这些信理应使她避免重犯"同样"的错误）。同理可得出为什么卢梭无法阅读他所写的东西。这一点戏剧性地表现在卢梭拒绝说明他是否创作出了朱莉的信，同样，"我们"（你、我、德曼）无法解读"朱莉"是文本无法自我解读的又一个寓言。这种内在于文本的不可读性是所有文本的"真正内容"，是它们实际上讲述的故事。

正如我所说过的，这一切似乎再明白不过了。德曼明晰的阐述是他严格而清楚的方法论的胜利。他清楚地表述了他称之为永久不变的、无可救药的"悬置的无知状态"这一道理（《阅》第19页）。但是情况完全是这样吗？读者可能还有一些萦绕于心的疑团，因为德曼的有些话说不通，至少从一般的逻辑和分析来看是如此。究竟为什么"文本"在一处记不住它在另一处非常透彻地了解的东西？为什么文本无法自我解读？此时，读者可能会有这样的感觉，即他们读不懂德曼的文章，虽然一遍一遍地研读这一小段话，以图反驳德曼关于一切文本皆不可读的论断，结果还是觉得没有抓住关键的内容。要回答这些棘手的问题，首先有几个基本的观点应该说明：

1. 人们经常将德曼的作品和雅克·德里达的解构程序相提并论，但两者是不一样的。德曼趋向于在具有绝对普遍性的层次上论述所有文本皆叙述阅读不可能性的寓言，尽管他的每一篇文章都是对某一特定文本的"阅读"。而德里达则似乎对他所质疑的术语的无法征服的语言特点更感兴趣，如延异、婚姻、丧钟、足迹等术语，这些术语随着他的新文章会不断增加，而他所说的语言特点不仅属于某一特定语言，而且属于某一特定语义域。在他最近的文章《通天塔之旅》中，德里达坚持说"通天塔"一词以一种独具特色、无法替代、"几乎无法翻译"的方式表述了一个普遍的结构："在这一意义上，它（通天塔之旅）是关于神话之源的神话，关于隐喻的隐喻，关于叙述的叙述，关于翻译的翻译，等等。因此它不是一个需要探讨的单独的结构，但它以自己的方式发生作用（正如专有名词一样，它自身几乎是无法翻译的），并尽力保持语言的特点。"[①] 具体实例和它所体现的普遍规则之间的关系，看来在德曼和德里达是不同的。

2. 换句话说，对德曼而言，语言似乎是最终的上诉法院，也可以说是说话终止的地方。德曼每一个严谨的论证或阅读的终点都再次证明，那些看上去与自我、社会、历史或本体论有关的东西，其实是又一次表明了不变的语言规则。这一点在德里达则不尽相同。他两人之间的确存在着不同，即使这不同只是同一硬币的正反两面。如果过分夸大两人在基本洞悉和假设方面的不同，那就犯了一个错误。这样的读者应该记住德里达在自己评论德曼的书里所说的话，即他完全赞同德曼的后期著作。即便如

---

① 雅克·德里达：《通天塔之旅》，载《心理：另一种想象》（巴黎：加利利，1987 年），第 205 页。

此，德曼也不可能写出下面德里达在最近一本论乔伊斯的书里
（《尤利西斯留声机：为乔伊斯说两句》）所写的那些句子；那本
书阐述了前语言对语言的驱动，并指出单词"是"（yes）从一
开始就由语言行为预设了，因而不再是平常意义上的单词。无论
如何，这就是语言与非语言聚合的那种连续不断的延异（地方—
非—地方）中汇合。在第一个"是"前总还有一个"是"："关
于'是'的话语预设了'是'的责任：是的，说过了的就说过
了，我对质问作出回答或它是对质问的回答，等等。我总是以电
报文体根据不同情况确定'是和赞同的笑'的种种可能，如超
验的自我理论、本体百科全书、伟大的思辨逻辑、基本本体学以
及对给定和传递的思想开放的存在的观念，它们是预先设定，却
又不能包容它们。"① 虽然说"是"是一种语言行为，它总是在
第一个"是"前预设了一个"是"，我们很难说这是通常意义上
的、第一个"是"对之作出反应的语言；而在德曼看来，语言
之前别无他物，虽然在任何文本里都存在着语言本身模糊的
"另一面"（德曼无疑在这一阐述中看见了"另一面"中没有解
构的隐喻的陷阱：另一面既可以是另一个人，也可以是一个超验
的基础的名称）。

　　3. 我所讨论的德曼这段话的关键是比喻或比喻系统（虽然
此段话很清楚地将它解构，但还是不可避免地再次使用它），其
实也就是人格化或拟人法。正如我所说过的，这是德曼在《阅
读的寓言》后发表的一系列出色的文章中所着重讨论的转义。
关于我所阅读的这段话中的拟人化，还有许多可以一说。

　　在《阅读的寓言》里，德曼在"寓言（朱莉）"之前那篇
"自我（皮格马利翁）"的文章中就曾含蓄地将拟人化作为讨论

---

① 　雅克·德里达：《尤利西斯留声机：为乔伊斯说两句》（巴黎：加利利，
1987 年），第 132 页。

的对象。德曼很少使用第一人称代词（虽然在《阅读的寓言》的前言中曾经用过）。这一点与他一丝不苟的严谨是一致的，这种严谨使他的文章像是由某种非个人的才智写成或由语言本身写成，而不是由某个与我们一样受盲点法则和阅读不可能性支配的人写成。换种方式说，也许依照原则，德曼不愿将对犯错必然性的洞悉用于自身，虽然他阐述说它是具有普遍性的。此处"原则"可能是这样一个事实：按照原则，每个读者必定对他自己的盲点视而不见。任何认识或阐述它的努力都是徒劳的举动，结果只能是错上加错。这可能是个最好保持沉默的领域，就像德曼所做的那样。

再换种方式说，德曼清楚地认识到自我是个隐喻，而且是个没有什么特别权威的隐喻。尤其是自我不能作为解构工具的使用者超越解构而潇洒地返回自身。在"自我（皮格马利翁）"中，德曼略带轻蔑地承认海德格尔"主体在解释者的伪装下（超越解构而）再生"的观点，此观点也在保罗·利科尔对弗洛伊德的解释中以不同的方式出现。德曼说："我们在此所关注的只是卢梭是否像利科尔笔下的弗洛伊德那样，根据自我能够认识它自己未要求权威而重申自我的权威性。"（《阅》第 174、175 页）这似乎正好描述了德曼通过《阅读的寓言》为自己要求的权威性，这种具有反讽意味的权威性断言对无知的洞悉，或者说这种自我的权威性确证了自我只能是一个隐喻。但这是不正确的，自我在超越解构上的复得是个幻觉，是另一个错误，毋庸置疑，这是个对解构主义批评家特别有吸引力的错误，他们需要舒舒服服地得出这样的保证，即"他"是解构方法的大师。德曼使他的读者（包括他自己）甚至丧失了这种悖论式的自我的生存——自我作为一个实在的权威论点，超越除语言之外的一切，甚至它自己："从真理与谬误的角度看，自我在卢梭并不是一个享有特权的隐喻"（《阅》第 187 页）。这一点在德曼身上也如此。这里的描述，无论是从卢梭、普鲁斯特、尼采还是别的什么人的角度，事实上都是一种非个人的、普遍的语言运作，用普鲁斯特的话来说，它是"为了叙述之便"以这个或那个专有名称来表述的。

然而使用专有名词或代词，或者使用几乎淡化得不见痕迹的拟人手法，似乎是另一个不可抗拒的语言的必然性。因为意义深远，它可能是最重要的必然性之一。德曼对自我是享有特权之本体这一观点进行了"解构"，但在他客观而普遍化的阐述中，拟人化这一转义的存在证明了他在自己的语言中也无法避免使用它。这也为我前面论述的文本无法自我解读的段落提供了佐证。

这是怎么发生的呢？除非在隐喻的意义上，文本无法"解读自己"。阅读一词实际上只适用于有意识读者的活动，无论读者自我存在的隐喻意义多么明显。虽然他可以在很大程度上不称自己为"我"，不称他所撰写的评论文章为主观的大手笔，或不谈什么"全是洞悉、绝无盲点"，德曼的读者还是不太可能不谈文本各部分之间非个人的关系，似乎这些关系是包含着一个自我的行为。文本讲述了指认失败的故事。它像一个侦探高手一样将隐喻中的错误昭之于众。然后这一叙述就"造成"（似乎它有生殖能力一样）替补性的比喻叠加，这种叠加叙述它无法解读自身，尽管它对自身的隐喻之反常性有一种解构性的洞悉。这一寓言，或者说第二、三层次上的叙述，显示了阅读之不可能性。这一显示完全是关于文本自身的，虽然它也可以适用于作者、叙述者、评论者或读者。它与他们本身并没有什么关系。

"造成"一词的拟人化很关键，因为它将概念、构思及起源之有机的连续性和必要性看成一种自然的时间过程，而其实前者是非常不同的时间上的必要性。"造成"这一隐喻指出了一种非个人的语言需要，如德曼的寓言理论所述，这一需要的标志不是有机的连续性，而是分离、偶然和不同。"造成"使得德曼描述的奇怪的语言过程合理而正确，似乎它是有开头、中间、结尾的故事，每一部分皆与历史事件所指相对应。实际上，德曼的确想证实相反情况，即充满暴力和不公的"历史实体"的决定因素并不是人的意志，而是非个人的语言法则，它不受人的控制，人们甚至无法清楚地理解它，因为我们的理解总是含有残留的曲解。

"造成"一词的拟人化及文本解读或不能解读自己的这一观念的拟人化绝不是没有问题的。它掩盖了德曼所描述的语言行为的不可解释的神秘性（至少在"我"看来），并使之貌似有理。这种神秘性就是：为什么语言注定要"造成"德曼所确定的两种形式的不连贯，即对它自身基本隐喻的解构以及随后以不同的、伪装的方式对隐喻的确证？但这种方式还是可以通过其表面上不相似这一面具觉察出来的。为什么语言表现得像人一样呢？我前面说过，语言在德曼是最终的上诉法院，因而此问题似乎没有答案。它这样表现是因为它就是这样。德曼在"诺言（社会契约）"一文的结尾说道："错误不在读者。"语言本身将认知与行为分离开来。语言保证（自我）：德曼巧妙地颠覆了海德格尔这一著名的论断，这既意味着"语言保证（自我）"，又意味着"语言出现了口误"。他接着写道："在必定导致误解的程度上，语言也必定保证自身的真理。这也是为什么此修辞程度上的文本寓言会产生历史。"（《阅》第277页）此处的"产生"与前段中的"造成"相呼应。它间接表明了类似某种遗传因果关系的观点，这一术语借自于历史概念，但现在人们却将它用于截然不同的观点，即语言——拥有德曼确定的令人不快的独特性的语言——盲目地使历史的发生成为必然。

然而，我在前面说过，德曼肯定比我们领悟得更早，他预见到了我们可能对他的文本所做的"解构"。我所读的"寓言（朱莉）"的这一段中最后一句话的最后一个短语就是例证。在确证所有的寓言"都是关于阅读的不可能性的寓言"之后，德曼在破折号后写道："此句中表示所属关系的'的'本身就应该当作隐喻来'读'。"这显然是事后的想法，旨在引起读者思考。这句话究竟是什么意思呢？将表示所属关系的"的"当作隐喻是什么意思？此句中有三个"的"："关于隐喻的寓言"、"总是关于阅读的不可能性的寓言"，可以料想，德曼严谨的观点一定适用于所有的"的"。在书名中也出现了一个同样的"的"：《阅读的寓言》。读者可能首先认为德曼指的是所有格"的"的众所周知的双重性：即它既可表示"来自"又可表示"关于或涉及"。阅读的寓言既是关于或涉及阅读的寓言，又是来自于阅读行为的寓言。很可能德曼认为这两种意义上的"的"互为隐喻。"阅读的寓言"或"关于阅读不可能性的寓言"的意思就是：叙事是关于阅读不可能性的间接、隐藏的故事，以及寓言来自于阅读的不可能性或不可能性来自于阅读行为。然而，这种对所有格的双重解读并不是隐喻性的，因为它使寓言的文字起源不受从寓言产生的阅读不可能性的影响而保持完整。隐喻是一种替代，是一种转移，是从其合理的领域转入其"比喻"的领域。我们知道，对德曼而言，所有的隐喻都是错误的、反常的，是对"真实存在"之事物不可救药的无知的遮盖，比如说，掩盖了那个看起来像另一个我、先称为"巨人"后称为"人"的生物内部究竟是什么样子。当德曼说应将所有格"的"看作隐喻时，他一定想打破发生方式，并使之具有杜撰性、反常性和比喻性。

在此情况下，什么是隐喻性替代及其动因就非常清楚了。"阅读的不可能性"、不可能性的寓言、"隐喻的寓言"，这些短语中使用的"的"不过是以明显抽象的阐述旁敲侧击地指出隐藏的拟人法，即确认了我在"造成"以及在人格化的文本自我解读这一比喻中所识别的自然、有机、生成或生成的因果。根据我此时用的破烂不堪的《韦伯斯特字典》（1898年版）"的"被定义为：介词，意为"从或来自于；从……来，表原因、起源、手段、作者、或代理。因此'的'是所有格的标志，它表示产生，如'男人的儿子'，儿子由男人来，由男人产生"。老诺亚·韦伯斯特或写这一词条的他的儿子的洞悉力令人佩服，他选用了一个《圣经》中的例子，英文中"儿子"的首字母 S 是大写的，这表明"男人的儿子"指的实际上是耶稣、上帝之子，他既是神又是人，是逻各斯/圣子本身或本人，因此他又是人类的父亲，起码他是上帝造人的模型。该例子显示了在所有格"的"以及改变时间次序的进一步转喻中，神学问题从来都是显而易见的。所有格"的"之特性就是包含了一种无法摆脱的混合，它可以是形而上的或神学范畴的（逻各斯作为存在之基础），可以是个人及创源范畴的（逻各斯作为理念、自我、圣父或圣子），可以是语言范畴的（逻各斯作为字或大写的字）。

　　无论如何，"读"德曼句子中的"的"时不看其字面义而看其隐喻义就是将统管全句的潜在的拟人看作是错误的、反常的现象。隐喻性的"的"掩盖了一种无名称的关系，它不是生成的或创源的，而是语言的。如果此处"的"是个隐喻，那么什么样的字面阐述可以替代它呢？这样的一个词并不存在。人们可能因此会说，与所有最初的指称失败一样，看作隐喻的所有词"的"在严格意义上是夸张的引申。这是德曼在别处表达的一个观点的佐证，即拟人与词语误用的重合，但非绝对的对称。隐喻性、拟人性、引申性的"的"是一个占位符号，目的是遮盖对语言运作问题的不可征服的无知。德曼说将"的"作为隐喻来读，这谜一般的短语说明德曼或他的文本意识到了这一点，同时他的文本还意识到：自我解读失败的证明意味着秘密地再次引入自我范畴，而这自我范畴早已被宣布为是反常的、非权威的隐喻。

　　无疑，德曼对阅读"的"不可能性的清醒认识以及他对阅读不可能性的阅读"造成"了反常性的新的重复，而他的认识明白无误地识别了这一点，比如说，反常性体现在我一直将文本、纸上的文字称为"德曼"，似乎它们是人，似乎我要和这人对话或者我对他有道德义务。① 在我所读的这段话的后一页，德曼清楚地说道，道德学或道德性是一种语言上的需要或必要，它并不是主观需要。德曼说，"道德学与主体的意志（无论它是受挫的还是自由的）毫不相干，更不用说与主体间的关系有何相干了"（《阅》第 206 页）。至于德曼关于语言和阅读中必需的道德维度的观点，我在别处已经试着做过论述。②

（董文胜　译　王逢振　校）

---

① 对作为比喻之"的"的另一种阅读，见德曼《抵制理论》一文中关于济慈《许珀里翁之衰落》的段落，《抵制理论》（明尼阿波利斯：明尼苏达大学出版社 1986 年版），第 16—17 页。

② 见《阅读不可阅读性：德曼》，《阅读之道德》（纽约：哥伦比亚大学出版社 1986 年版），第 41—59 页。本文写于 1985 年，当时尚未发现德曼的早期著作以及接踵而来的大量的关于这些著作的著作。在我看来，我对《阅读的寓言》中一段的阅读依然是恰当的，为了清晰起见，我只做了两处改动。文中提及的德曼"早期著作"现改为"50 年代早期著作"。提及德里达和德曼的句子现在是"完全赞同德曼后期著作"。法语版的德里达论德曼的书《回忆录》将收录论德曼早期著作的扩充的文章，《像贝壳深处海的声音：保罗·德曼的战争》，载《批评探索》第 14 期（1988 年春），第 590—652 页。在 1988 年 6 月 17—23 日的《时代周刊文学增刊》一篇无题文章中（第 676、685 页），以及在即将由内布拉斯加大学出版社出版的德曼早期论文集里的"致乔·维那教授的公开信"中，我对德曼早期著作以及它们与他后期著作和"解构"之关系已谈了自己的看法。在此我想补充的是：将德曼早期和后期著作并置是以一种显著方式来正视这样一个事实，即纳粹极权统治在德国的成功、大屠杀、第二次世界大战是西方文化乃至世界历史中一个决定性的转变。自那以后，我们所说、所做、所写的一切都是以这些事件为背景，无论我们知道与否还是愿意与否。以前，德曼的著作一直以一种独特的方式体现了这一事实，现在我们有办法了解这一切。从今以后，任何人所写的任何东西也都多多少少以此为背景，要记住这一点也许不太容易。

当前文学理论的功用

　　不久以前，保罗·德曼还能高兴地说（当然，其中含有多少讽刺的意味就不得而知了），在未来的几年里，文学批评的任务，会以人们经常冠以"解构"之名的修辞阅读的方式，对所有的文学领域构成一种帝国主义式的占有。德曼说："但是，完全没有理由认为，这里所建议的分析普鲁斯特的方法，在技巧上经过适当修改后，就不能适宜于弥尔顿、但丁或是荷尔德林。事实上，在未来的几年里，它将成为文学批评的试金石。"人们很难说，这项任务自1979年以来已经得到了系统有力的推广和实施。这是不争的事实，尽管"解构"已经具有了广泛的影响，出版了许许多多关于它的论著，受到德曼影响的许多年轻的批评家取得了辉煌的成就。然而，更多有关解构的论述，无论是把它当作"理论"还是当作"方法"，都仅仅是企图褒贬它，而不是运用它借以证明它"适宜于"弥尔顿、但丁、荷尔德林，或是"适宜于"安东尼·特罗洛普与弗吉尼亚·伍尔夫。

　　事实上，自1979年以来，文学研究的中心有了一个重大转移，由文学"内在的"修辞学研究转向了文学"外在的"关系研究，并且开始研究文学在心理学、历史或社会学语境中的位置。换言之，这种转移从对"阅读"的兴趣，即集中研究语言及其本质与能力，转向各种各样的阐释性的解说形式上去，其关注的中心在于语言与上帝、自然、历史、自我等诸如此类常常被

认为属于语言之外的事物之间的关系。由于其兴趣产生了位移
（或许难以理解，但这种位移肯定是"决定性的"），因此，文学
的心理学理论与社会学理论，如拉康式的女权主义、马克思主
义、福柯主义等，就具有了一种空前的号召力。与此同时，一些
早于新批评、已经过时了的注重传记、主题、文学史的研究方
式，开始大规模地回潮。基于此类研究方法的论著横空出世，仿
佛新批评方法——更不要提更新的理论方法了——从来就没有存
在过。这种类似地域性的滑动或流动，在"左"与"右"两方
面都显而易见。一位名叫沃尔特·杰克逊·贝特的人怀念着新批
评之前的时代，因为在他看来，新批评方法是毁灭性地限制了文
学研究的范畴；年轻的马克思主义者和福柯主义者则认为文学研
究掐断了（他们如此断言）与历史和政治的联系。在贝特的怀
旧情绪与后者的傲慢与浮躁之中，这种滑动或流动同样存在着。
大地好像在渐渐冒出巨大的哀叹之声："解构"的时代一去不复
返了。它曾经如日中天，而如今，我们要有意识地回到那种更温
暖、更有人情味的作品中去，看看文学研究的力量、历史、意识
形态以及它的"体制"，研究阶级斗争、妇女如何受压迫、社会
中男人和女人的实实在在的生活以及在文学中的"反映"。我们
可以再次提出实用主义的问题：文学在人类生活与人类社会中的
作用何在。也就是说，我们在质询：一旦脱离了对（作为语言
形式的）文学特性的严肃思考，文学研究还能成为什么。无论
是保罗·德曼还是雅克·德里达，他们对阅读一首诗、一部小说
或是一部哲学著作这种单一的行为提出了太过分的要求，使人们
哪怕是想想都会感到厌倦。阅读当然不能变得如此艰难！也不该
要求这样那样的自我意识与踌躇不决。毫无疑问，不可能指望每
个人都熟练地把握阅读的解构主义方法的内在本质，然后再自然
而然地加以运用。但我们需要它。认真看待解构称之为文学语言
或是有关语言的论述，或许能够无限期地延长或延缓我们将注意

力转向文学与历史、社会、自我之间关系的欲望。在此领域业已成为经典之作的《抵制理论》中，保罗·德曼分析了这些原因：人们的浮躁和集体性的欲望，抑制与逃避难点，不愿清晰地看待文学，没有把文学看成是语言的具体运用从而缜密地思虑其本质。事实证明了德曼文章中的论点，因为这篇文章被排斥在一部探讨文学与其他学科之间关系的著作之外，而这本著作恰恰是由美国现代语言学会资助出版的。显而易见，德曼抵制理论的理论遭到了处心积虑的抵制。

　　文学脱离修辞研究的转向，经常和一个虚假的缘由相提并论，这里指的是德曼、德里达或是他们的志同道合者所提倡的文学的外在联系。据说，这些批评家只关心语言，因此割断了语言与真实的历史世界、与活生生的男人、女人的世界的联系。人们将解构同其他过时的、"枯燥的"、"精英的"各种"形式主义"混为一谈。还说解构反对全新的社会学的各种方法，因为后者实际上更关切语言之外的现实世界。人们将所有的荣誉归功于这种转向后面的动机：人们怀有寻求社会公正、谋求改善妇女和少数民族的处境、力争明白无误地理解无形中操纵我们意识形态的先决条件等等这样一些崇高的愿望。我这里所描述的信仰的转向，实际上就是一个引人注目的例子。而且，所有的荣誉还归于人们已厌倦了在阅读上下功夫，归于人们认为阅读可能会导致脱离现实生活责任的烦恼意识，归于人们渴望文学研究能够起点什么作用，并且能在社会和历史上产生影响力的强烈愿望。很难设想人们会倾慕那些对社会公正没有热情而又准备去付诸实施的人们。

　　问题在于：这同文学研究究竟有什么关系。正是在界定它们之间关系的时候产生了争论和异议。我的论点是：文学研究虽然同历史、社会、自我有着千丝万缕的联系，但这种联系，不应是语言学之外的力量和事实在文学内部的主题反映，而恰恰应是文学研究所能提供的、认证语言本质的最佳良机的方法，正如它能对德曼所称的"历史的实质性"有所影响一样。就此而言,"阅读",在其最警觉与耐心的、具有多重含义的修辞分析的意义上,是必不可少的。那么,我们又怎样才能判断一个特定的文本是什么和说什么?它又能做什么呢?这些问题,事先不可能是想当然的,哪怕几代人对该文本的评论已数不胜数,也不可能得到满意的回答。

在这个意义上,既然"阅读"对任何真正关切文学与文学之外联系的人来说都是必不可少的,那么,假若解构批评、新批评以及诸如威廉·燕卜荪、肯尼思·伯克这些批评家的洞见被人们遗忘,或是遗落在某些想象的、已经消失了的历史"发展"阶段,再也不被认真运用于当今实际的文学研究之中,对文学研究来说,这无疑是个灾难。我想进一步指出,(引用德曼的说法)"在未来的几年里,文学批评的任务"将会是调和文学的修辞研究(就目前而言,"解构"是最严谨的批评)与现在颇具吸引力的文学的外部研究之间的矛盾。或者更确切地说,既然调和一词(托马斯·基恩提醒我)是属于辩证思维的词汇,而且常常意味着某种综合或提高的可能性——通常是以牺牲某一方为代价的——那么,还是用"对抗"、"遭遇"或是"无法妥协的妥协"比较好,因为,很有可能,一旦被当作一个文本来看待,任何片断语言中的文学或是"文学性"的修辞研究,就要遭遇语言之中所明确表达的东西,而这完全不能用历史的、社会学的或者心理学的阐释方法来替代或是加以解释。即便"遭遇"或是"对抗"使人产生误解,我所说的东西也永远不会面对面相同,而只能是间接地接触,就像泡沫室中的一个宇宙粒子的那些运行轨迹一般。无论如何,文学一旦丢失了修辞研究,仅只重点研究语言及其规律,研究它是什么和它能做什么,特别是仅仅研究与语法和逻辑明确的功用纠缠在一起(就像寄生的病毒与寄主细胞的功用密不可分一般)的象征语言的作用,那么,我们就不可能理解文学在社会、历史以及个人生活中的作用。

我们急欲寻求文学研究的理由时，往往处于危险的境地：误置文学研究的角色，对文学的要求太多。比如，把文学看成是一种政治的或是历史的力量，或者认为文学教学本身便是明白无误的政治。没有人会怀疑文学是表述行为的，它引发事端，以文字海纳百川；也没有人会怀疑，文学教学往往就有政治的成分在内，甚至为明显之际，或许就是我对它的政治含义保持沉默、一无所知或者是淡然处之之时。与其说文学的表述行为的效果（无论是好是坏）被过高估计了，不如说它们常常被放错了位置。文学的社会学理论将文学降低到仅仅是主导意识形态的一种"反映"，这事实上将文学的角色限制在了被动的反射地位，仅仅成了现实权势的一种无意识的失真的写照。如此一来，文学研究告诉读者的，将会是那些他们或许在别的地方可以更好地学到的知识，比如直接去研究历史档案等。另一方面，德曼进一步论述说，"在修辞的复杂性这个意义上（他指的是让—雅克·卢梭的《社会契约论》），文本的寓言生成历史"。为了能够理解某种语言是如何形成我们称之为历史的这种情况，首先有必要搞清楚，就一个现成的文本而言，将它称之为具有高水平的修辞复杂性的文本，其寓意何在。也就是说，在充满信心去研究那些外部的关系之前，有必要去阅读《社会契约论》或是任何我们感兴趣的文本。这不是件容易的事，也不大可能随心所欲。换句话说，那些外部关系本身对文本而言就是内在的。所谓内在与外部的区分，极像二元对立，终归是不可靠的、引人误入歧途的。而且，那些明显的"外部的"关系本身需要一种修辞分析，例如，要求对各种形式中必然出现的各种各样的修辞手法有贴切的理解，进而探讨一部文学作品与"语境"的关系："反映"是隐喻；"语境"是换喻；"意识形态"是失真的形象，等等。

实际上，德曼或是德里达的作品并非全是"内在的"研究，

也并非只关注语言本身、完全脱离超语言学的范畴、使语言局限
在狭小的范围之中。事实上，他们对文学与历史、心理学、伦理
学的关系，已经有了详尽阐述的理论，德曼的《阅读的寓言》
即是一例。在他生命最后两到三年的时间里，其著述日益集中在
这些问题上。毫无疑问，这又多了一个例证，足以说明趋向政治
性、历史性、社会性这种近乎普遍性的转向，构成了当今文学研
究的特征。我这篇文章自然是另一个例证。在我前面提到的
《抵制理论》一文中，德曼对文学的修辞研究之于社会、政治、
历史理解的贡献已经有了这样的说法：

> 比如，混淆了能指的实质性与所指的实质性会是不幸
的。在视觉与声音的层面上，这可能再明显不过了，但就更
普遍的现象（如空间、时间，尤其是自我）而言，就变得
模糊不清了：头脑正常的人绝对不会因为看到"白天"这
个词就去种葡萄，但这毫不妨碍人会联想起他的过去和未来
的经历，因为它同现时的、存在于空间的系统相关联，而这
个系统又是属于虚构的叙事而不是属于现时的世界。这并不
是说，虚构的叙事就不是世界和现实的组成部分了；实际
上，它们对世界的影响力大得足以令人不安。我们称之为意
识形态的东西，简言之，就是语言的现实与自然的现实、参
照物与现象论的混淆。其结果是，文学性的语言学，超越了
其他探究的形态，包括经济学的，在揭示意识形态脱离常规
方面，成了强有力的、不可或缺的工具，而且在解释发生的
原因时，它也是个决定性因素。那些指责文学理论忘却社会
与历史（也就是意识形态的）现实的人，只不过道出了他
们的恐惧，担心自己意识形态的神秘性被他们所怀疑的工具
所揭露。一句话，他们只是马克思《德意志的意识形态》
一书蹩脚的读者而已。

对此，人们或许会提出辩驳，或者直言不讳地说：德曼把文学与语言研究同政治的关系完全搞错了。但唯有不怀善意者才会说，对于其语言理论以及他称为"文学性"的理论，德曼没有明确地解释它们的政治和历史性的内涵。确切地说，最好是把他的理论当作实践而非抽象的理论，因为他的大部分著作都是集中探讨某些文本的阅读的，他在《阅读的寓言》中论述卢梭多种著作的系列文章就是如此。再明确地说，他的著作，像所有优秀的文学研究成果一样，既非纯粹的理论，也非纯粹的实践（"实践批评"），甚至也不是两者的综合或界乎两者之间的某些东西；它是一种阐释性的语言方式，超越了虚假与误导的对立。人们可以称它为"范例"。但这同样会引发一个问题："它到底是什么东西的范例？"答案必然是：阅读的每个出色的例子都是其他例子的范例，因为根据举喻法的一个奇怪的逻辑，类似文学研究的情景，其中永远不可能存在一种涵盖一切的普遍理论的综合性或是确定性。总之，假如德曼那些既具有实践性又具有理论色彩的著作，其中有一部能够严格地诠释文学具有指称的、历史的、社会的与政治的影响，那么，它同样可以用来有力地论证雅克·德里达。德里达在自己的著作中，一向注重研究体制化的、政治的与社会的意义，其中一例是在《立场》中，最近的例子是对他的一个访谈，名为"美国的解构批评"。

反对文学修辞研究的政治左右两翼势力，继续把它歪曲为与历史无涉、厌恶政治，这或许恰恰指明了我们这里所探讨的问题的重要性。由此可见，无论对文学研究，还是对文学研究在现实社会或是未来岁月中的作用来说，它都事关重大。所谓事关重大，指的是为了我们的政治和道德生活，应该继续去发现文学修辞研究的意义。

毋庸置疑，美国社会发生了剧变，大学与社会的关系发生了

剧变，文学研究与文学理论的社会功用也随之发生了剧变。此时
此刻产生剧变的最引人注目之处，或许是工业化研究侵袭大学所
产生的新的渗透性。大学里越来越多的研究开始接受私有工业的
资助与合同，而不是像以往那样仅仅接受联邦政府的资助与捐赠
的基金。在我看来，这是目前所发生的最大的变化。尽管它看上
去离我们的人文学科研究相去甚远、甚至毫不相干，但我以为事
实并非如此，这种新兴的"合作研究"同各种形式对大学各个
方面的渗透、侵袭息息相关。它们正从根本上改变着人文学科研
究在社会中的功用。

　　人们对人文学科在美国生活中的功用所达成的共识，大约持
续到我上大学的 1944 年为止。那种共识完全是马修·阿诺德式
的人文主义的产物，它就体现在美国高等院校的课程之中。这种
课程基本上是培训盎格鲁—撒克逊血统的中产阶级男性白种人去
从事各种职业：法律、医学、教学、公务、商业、新教服务，等
等，以及培训盎格鲁—撒克逊血统的中产阶级女性，使之成为贤
妻良母、家庭主妇以及社团的服务员。这其中的观念是：你要离
家四年，到一个封闭的、与世隔绝的地方（当然，常常是与
"异性"隔绝与封闭），在那儿阅读柏拉图、莎士比亚、罗伯
特·布朗宁，吸收人文主义价值观，从而为进入社会做准备。那
时，对人文学科研究的一致看法是，把它基本认定为主题与文体
研究。人文学科课程的目的，是用来帮助人们吸收我们西方传统
中自《圣经》与古希腊以降的最优秀的思想和见解。这样的课
程同样提供了文体的形式，其大部分来自于维多利亚时期的散
文。1944 年我在奥伯林学院上大学，第一学年的必修课中，我
们读的是阿诺德、纽曼、米尔、赫胥黎，还有安德鲁·朗、瓦尔
特·利夫与厄尼斯特·迈耶斯翻译的《伊利亚特》。那时，对一
个学文学的学生应该读什么经典之作，人们有一种共识。基本上
都是英国文学方面的：乔叟、莎士比亚、弥尔顿、蒲柏、华兹华

斯、丁尼生、阿诺德、T. S. 艾略特，没有一个妇女作家，其中外国的作品都是英译本，这种情景，现在在美国各地的"西方文学经典"之类的课程里依然存在。这其中实际上蕴涵着一种普遍的假想，即那些碰巧用拉丁文、希腊文或是意大利文写作的经典之作都具有可译性。尽管人们说得很好听，应该关注"语言要求"，应该要求人们有能力阅读法文、德文或是拉丁文，但我在这里所说的这种共识，完全依赖于这样的假想：任何语言中的伟大作品，都能够而且已经被翻译成英文了，其意义并没有丝毫的损失。难怪那些所谓的"语言要求"后来渐渐地销声匿迹了，因为阅读荷马、但丁、陀斯妥耶夫斯基、波德莱尔、尼采的"原文"的必要性已经不再被普遍地认可了。

然而，恰巧也正是在那个时候，这种共识开始分化了，尽管我对此一无所知。在奥伯林学院的一些高年级，已经开始尝试着教授类似《理解诗歌》的课程，并且渐渐成为了时尚。同样的变化也在全国展开了。正如沃尔特·杰克逊·贝特在前文提及的那篇文章中敏锐地指出的那样，新批评是对这种共识的沉重打击。一旦你开始假定任何人都能阅读一首诗歌，无需是某个特殊阶层的人，也无需任何特殊的知识、特殊的教育；或者一旦你有所转变（无论这种转变多么温和），从注重说的是什么、主题内容，到它是怎么说的，再到语调、修辞、再现的方式，那么毫无疑问，这就是那种共识结束之时。师生们迟早会看到：这个"怎么"污染并损害了"什么"。也就是说，新批评长期的影响已经与其创立者的原意相去甚远，甚至已是南辕北辙。美国解构批评的诞生源于保罗·德曼加入哈佛大学鲁本·布劳尔的"人文第 6 号"课程，也许，这可以被视为那个过程的一个寓言。

对此共识的第二个打击，是比较文学学科被引入美国高等院校的课程之中。无论比较文学的愿望多么温和、目标多么保守，但它的移入最终却导致了一种认识，即一种语言与另一种语言之

间具有不可翻译性。如贝特所洞见的，这实际上意味着英文系的
权威与主宰地位的崩溃，同时也意味着对人们为什么要学习外国
语言有了一种共识：那是因为你无需从原文再回到英文，而是应
该居留其中，人们可以说，是进入母语之中。就过时的阿诺德式
的有关人文学科的共识而言，新批评与比较文学的发展都是颠覆
性的，它们是寄主生物体内滋生的一种破坏性的寄生物，最终都
具有致命的攻击性。

除了内部滋生的这两种打击之外，还应该加上大学之外种种
的社会变革：人们提出了新的设想，认为所有的美国人都应该接
受高等教育；兴办公立大学；观念发生转变，认为妇女同样应该
接受职业教育（这一转变具有重大意义）；逐渐认识到，美国是
一个多语言的而非单一语言的国家；类似电视这样的技术产业迅
猛发展；喷气式飞机可以把欧洲学者在几个小时内载到美国；欧
洲的"理论性"著作在美国迅速翻译出版，甚至有些常常是首
先用英文出版——一句话，人文学科研究普遍国际化了。

上述所有跨越与交叉边界的结果，导致了旧有共识的崩溃或
者消亡。我认为，这不是通过法令就可以重建的。最多，或者说
是最坏，一种欺骗性的但却是绝对抑制性的假的替代物能被重新
强加于它的位置，从而取而代之，就像现在某些地方试图做的那
样。事实上，这或许是目前对人文学科最大的威胁。我所说的
"抑制性"，举例来说，是指强迫在洛杉矶的拉丁美洲人或是泰
国人，纽约的波多黎各人，或是洛杉矶与纽约两个市的任何一位
城里的黑人，仅仅只去看《李尔王》《远大前程》等旧有的经典
之作，而且阅读的目的就是寻求它们的"内涵"，并且要根据先
期定好了的神学的规则去阅读。这就是约瑟夫·康拉德所说的
"抑制原始风俗"，大家都知道，它最终变成了"根除所有野蛮
人"的东西。无论拉丁美洲人、泰国人、黑人还是波多黎各人，
都被假想为"野蛮人"，除非她或他能够尽可能变为中产阶级的

白人男性，而这正是经典著作的预期目的。关于人文学科这种共识的消亡（它是上述内在与外在因素两者结合的消亡），事实上意味着经典无可挽回的崩溃，可翻译性这一假想的崩溃，以及人文教育是最基本的审美（与愉悦有关）和具有主题性（与价值观相连）这一假想的崩溃。

我希望自己这里所指的经典的动摇不被人们所误解。我并不是说，从此不必再读索福克勒斯、但丁、莎士比亚、弥尔顿、华兹华斯，等等。毋庸置疑，阅读他们自然是大有益处的，但应该看到，人们现在完全以不同的方式在阅读他们。部分的原因在于，这是阅读的新形式带来的结果，它显示出经典作家要比过去人们对他们的认识复杂得多；同时，我们文化传统中的价值观念，也远不像某些经典捍卫者认为的那样，是安全而又坚固的储藏地。现在，经典之作可被看成是语言普遍特征的浓缩形式，象征语言的旨趣，例如说，在于直接颠覆语法或逻辑的意义。另外，说经典之作现在是以不同的方式来阅读的，还因为是在不同的语境中加以阅读的，而且是被那些随着电视、电影、流行音乐成长起来的学生们放在不同的语境中来阅读的，例如，在课程中经典之作与非经典之作是并置的。传统的经典意识不仅包含排斥非经典之作的思想，而且含有强烈的先决条件：经典之作应该如何阅读。对这两种界定形式的拒斥，完全动摇了经典的地位和思想意识。

那么，人文学科研究的什么基本原理可以置于旧有共识的地位呢？我以为，答案只有一个，那就是：储存、对话、存留档案、回忆、铭记与纪念这一整套工作。是的，这仍是人文研究责无旁贷的任务。但是，我们的历史，现在被不同的人以不同的方式加以回忆，而一些不同的事情，现在又进入人们的记忆中，如黑人文学与历史，妇女的历史与妇女写作史等等。如今，回忆、应该记忆什么、对应该记忆的东西如何加以阐释，这些都已不是被动行为，而是有生气的、充满强烈情感的行为。这种行为每个时代都会有所不同，因为每个时代对历史的把握都有自己的目的。新文学理论的一个重要影响，就是要重新界定应该铭记哪些值得记忆的东西；在确信了我们应该记忆我们想要记忆的东西之后，应该有什么样的复原与重新阐释的程序。

然而，与上述人文研究永恒的任务相并行，人文学科的研究，在当前我们多语言的、多民族社会（这样的社会，它的文化传统无论如何基本上都是由大众传媒所形成的）的语境里，必须再将注意力集中在它的另外一个传统的任务上：教授阅读。文学系的课程，应该是对阅读与写作的基本训练，应该阅读文学的鸿篇巨制。当然，经典的概念应当更加宽泛，而且，在训练阅读的同时，也应该训练阅读各种符号：油画、电影、电视、报纸、历史资料、物质文化的资料，等等。今日一个受过教育的人，一位有知识的选民，应该是一位会阅读的人，应该具有阅读所有符号的能力。这并非易事。

我们最基本的任务，也就是人文学科新的原理，是要教授阅读与有效的写作，而这只能来自于或伴随着一种精于阅读的能力。人文学科教师们的任务发生的这种变迁，一方面是由于我们社会自身产生了剧烈变化，由于高等院校这些社会主要公共机构的角色发生了转换；另一方面是由于学科内部发生了变革。后者最引人注目之处，特别表现在文学研究上，使理论重新居于了中心地位。文学理论的未来前景远大（引用马修·阿诺德的话），因为它是我所界定的、在未来岁月中人文研究的两大任务的工具：档案记忆工作的一个基本工具，教授批评性阅读工作的一个基本工具，而批评性阅读的工作完全可以充当抗争语言现实与物质现实这种灾难性混淆（其名称之一是"意识形态"）的主要手段。

（郭英剑 译）

理论的胜利,阅读的阻力
以及物质基础问题[①]

> 一切事实的东西本身就是理论。
>
> ——歌德

我以阅读一段文字开始,并以此褒扬阅读。为了我们——文学的读者、文学的写作者、文学的讲授者以及"唯有善读才能使之成为好作品"的讲授者——共同的事业,我们于 1986 年 12 月聚集在纽约市:我在此时此地、此种情境中阅读这段文字。它出自"泰诺提特兰(Tenochtitlan)的毁灭",是威廉·卡洛斯·威廉斯(William Carlos Williams)关于美国的大作《美国的精神》(*In the American Grain*)中的一节。《美国的精神》是当今称作"文化批评"的主要著作。这段文字描述了蒙特祖玛(Montezuma)的首都——世界文明的高峰之一——被科特斯(Cortez)以欧洲价值观念的名义毁于一旦。

　　街道、广场、市场、庙宇、宫殿,这座城市把它黑暗的生活撒播在一个新世界的土地上,在此生根发芽;它敏感于

---

① 此文为米勒于 1986 年任美国现代语言协会(Modern Languages Association of America)主席的演讲词,1987 年 5 月发表于 *PMLA*(Publications of Modezh Lauguages Association)。——译者注

自身的富丽堂皇，但完全与世隔绝：僵化、警觉，以至于征服伊始便彻底消失了。其独特的同盟整个陷入了再也不能复活的境地，至少再也不能在精神上得以挽救；那是一种神秘的、建设性的、独立的精神，因自然的财富而强大。但它很可能轻如鸿毛；是一种消失在那片土壤中的精神。(32)

　　这段文字恰如其分的悲伤之情，充分地表述了美国历史的概念，而这正是《美国的精神》一书的全部主题。美国历史的概念有赖于两种文化的冲突。一方面，是蒙特祖玛的泰诺提特兰文化，或是（与此相平行的）土生土长的美国印第安文化，或者是（另一种并行的）皮埃·塞巴斯汀·罗索尔（Pere Sebastien Rasles）对印第安人和他们脚下的美国大地的感受的反响。罗索尔这位 17 世纪末 18 世纪初耶稣会派往现在缅因州的印第安人处的传教士，是《美国的精神》中的主角之一。

　　从另一方面看，还有大批征服了美洲的欧洲人。对在这里面对的土地内在的优点，不知是出于恐惧还是无知，他们为美洲大地附加了异种文化。威廉斯所举的例子中包括：毁灭了泰诺提特兰的科特斯；大肆屠杀印第安人、建立起自以为正义的宗教和主导美国意识形态的政治的新英格兰清教徒们；还有为获蝇头小利斤斤计较的本杰明·富兰克林（Benjamin Franklin）。这些都是威廉斯的美国历史中所描述的坏家伙。

　　在赞扬罗索尔的《教益信札》（*Lettres edifiantes*）时，威廉斯写道：

　　　　与英国人不同，罗索尔承认了美洲。这一点在他所有的谈话中都很突出。与他们的死灰相比，这是燃烧的火焰……阅读他的信件，犹如为我们带来甜水的河流。这是未被认真对待的道德源泉，它极其敏感并勇于接受当地事物。他有着敏感的头脑。他良好的感觉对一切事物都绽开、旺盛、开放、振奋——而不是封闭起来——都与之和谐一致……在罗索尔的著作中，人们感到印第安人在他与东部不同的理解方式中脱颖而出。他自然而然成为了一名印第安人。

威廉斯在这里不仅确定了一种特有的文化的含义，而且确定了局外人应对此文化所采取的立场。一种特有的文化就像泰诺提特兰文化：它根植于大地，对隐匿在美国精神本体中的本土精神和活力十分敏感。一种特有的文化包含着那种暗含的本质并从大地中汲取这种本质，使之在建筑物、政体、法律、价值观、习俗、艺术、人工制品、生产、流通、消费方式，即文化的各个方面清晰可见。一个旁观者应怀着虔诚的敬意和皮埃·罗索尔那样开阔的心胸来对待这种文化，尽力保护源于根系的花朵并使之进一步开放："创造、杂交、异花传粉，这是太阳。"（威廉斯，121）这里的比喻是传统的。皮埃·罗索尔就是太阳。土生土长的印第安文化是大地。太阳把隐匿在大地中的东西引出，使之开花，毫无疑问它是趋日性的花朵。

看看美国史的书面记载，威廉斯重复了罗索尔的崇敬之情。他试图对这一切敞开胸怀，正如他在自己的批注中所说的："从所有的来源中汲取一种东西：生命中奇特的磷，它在古老的错误名称之下是无名的。"（Ⅴ）恰当的命名是可行的。它是展现。它把潜藏的活力和精神公之于众。

好的阅读或是好的批评依次再现了威廉斯所展示的罗索尔《教益信札》中的内容。好的阅读是富有成效、可行的。恰当的命名文本能把生命中奇妙的磷——威廉斯在其他地方称为"光芒四射的要旨"（the radiant gist）——重新带回大地之上。批评可以使这一要旨应用于现时。

威廉斯把新英格兰的清教徒作为相反态度和过程的主要例

证。他们对新大陆的现实情况怕得要死，大批屠杀印第安人，杀
害了皮埃·罗索尔，把一种肤浅的外来文化强加给新大陆。这是
一种从异国他乡引入的文化、一种在美国精神中毫无根基的文
化。结果是那"光芒四射的要旨"沉没于大地之中，再也不能
复活。威廉斯说，那些新英格兰的清教徒们

> 一定是把整个世界都封闭了起来。这完全是他们穷凶极恶的
> 任务迫使他们这样做的。对于新大陆——完全是非官方
> 的——他们没有丝毫的好奇心，没有惊讶，对一切都视而不
> 见、缄口藏舌、充耳不闻。他们两耳灌满了单调乏味的赞
> 歌，肉体隐匿在严格的习俗之中。(112)

这是多么有力的措辞。对威廉斯来说，美国历史的悲剧在于
清教徒的态度处处获胜，并在许多方面战胜了皮埃·罗索尔的态
度。我们的文化没有深深植根于我们的自然环境中、没有在其深
深的皱褶结构或精神中，而是摧毁了我们的自然环境或是覆盖了
其表面。"这是道德败坏，"威廉斯说，"这就是美国。它始于
此。你看到了起因。没有构建所需要的基础，只有他们周围一片
繁盛的大地——就在他们眼皮底下。"(114)

此时此地，就在今天，关于两种文化的对抗，关于形成美国
历史的叙述，你还能说些什么呢？这是多愁善感的胡言乱语？一
种土生土长的、自发的、未从海德格尔（Heidegger）批评的严
厉性中受益的海德格尔主义（Heideggerianism）？威廉斯"光芒
四射的要旨"或许充其量只是海德格尔所指的"隐匿的存在"
在美国的翻版。两者会以稍稍不同的方式阐明，西方的历史是忘
却存在的（the forgetting of Being）历史。现代技术的成就，即是
这种忘却在当今的顶点。技术当然包括打字机（海德格尔不喜
欢打字机——不知对文字处理器他会作何感想？），还有喷气式

飞机、计算机、通信卫星以及原子弹。你可以以另一种方式来问这个问题：威廉斯的"光芒四射的要旨"充其量仅只是现在爆发的 Cratylism 主义（这个执拗信条是：现象学的言词自然地与事物的本质相一致）的奇怪的翻版吗？对于威廉斯来说，言词对于事物内部暗含的深刻本质的力量比言词与事物之间的相似之处更神奇。我已在其他地方阐述了威廉斯"生命中奇特的磷，它在古老的错误名称之下是无名的"这一概念的异质性，这种异质性并非在把生命看作某种精神和把生命看作某种物质激情两者之间摇摆不定。以上两种见解均存在于以语言为中心的（logocentric）形而上学之中。不，我们讨论的异质性，是把生命（或大地）从某种程度上看作是超语言的和由于指出了名称才使生命成为存在这两者之间的对立。

　　无论我们把威廉斯"光芒四射的要旨"这一概念看作一种深刻的见解，还是把它当成一种神秘宗教信仰的令人遗憾的残渣，他的系统的陈述具有迫使我们承认"所有的含义都有物质基础的功能"——文化含义及书写或印刷文本所包含的含义。我们忽视了上述基础并为此承担了风险。此外，威廉斯十分有力地提出了文化含义与其物质基础相连方式的两种相对照的概念。这是比喻具体体现在人物和叙述身上的力量，它们来自于"渊源"（original sources）、来自于美国历史的文本如：科顿·马瑟（Cotton Mather）的《隐形世界的奇观》（*Wonders of the Invisible World*）、罗索尔的《教益信札》、富兰克林的《穷人理查德年鉴》（*Poor Richard Almanac*）等。一方面，文化含义能够自然地从基础潜在的固有含义中产生，因此文化与其构成的物质有着不可思议的联系。另一方面，文化含义会被武断地称作一种自由传播的面，例如，无论印刷在什么样的材料上，言语的意义显然是完全相同的。产生文化含义的物质是无关紧要的。一种文化可以从一国到另一国、从一个大洲到另一个大洲、从一种环境到另一种环境广泛传递或翻译而没有损耗或改变。正如一张白纸是无关紧要的载体，你可以在上面书写任何内容。因此，新的语言及其所有的伴随形式同样可以用来言说任何内容。

威廉斯明确无误地看到，"文化批评"最关注、也最有必要关注的是物质基础与上层建筑之间的关系。当然这在当今的文学研究中是一个前卫的话题，同时也是一个引起争议的焦点。

威廉斯想使意义或价值具有非任意、非常规或非仅仅是位置的可能性，而是对已经存在于那里、于大地之中的、有待于包含在文化的各个方面的潜在性的反映。他又一次正确地把美国看成这种反映性的否定力量。美国精神，从反论的角度讲，是非精神的。初始的规定含义是任意性的，而不是以原有的、潜在的含义为基础的。在整个文学史中，这一点一直缠绕着美国作家——例如麦尔维尔的《符咒》（*The Encantadas*），霍桑的《古屋青苔》著名的前言，还有亨利·詹姆斯评论霍桑早期著作及其关于肤浅的美国文化的著名论述。

我开始时说，我要在现实情况的语境下、在此时此地、在语言与文学的研究与教学活动中"阅读"《美国的精神》中的一段文字。那是一种什么样的情况呢？这需要双重定义。我先说第一个。众所周知，在过去的几年中文学研究经历了突然的、几乎是世界范围的转变，从一定意义上说由理论转向语言，并且相应地转向历史、文化、社会、政治、政体、阶级和社会性别（gender）地位、社会语境、制度化意义上的物质基础、生产条件、技术、分配以及在诸多产品中的"文化产品"消费。这种趋势随处可见，无需细言。谁知道有多少讨论会、会议、学术会议、课程、书籍和新期刊近期使用过历史、政治、社会或文化作为标题？

从语言转向历史来得如此突然、如此广泛、如此自然，用任何简单的原因都是难以解释的。这一定是过于确定的。所有善意的男性或女性都会对这种变化背后的大部分动机产生共鸣：急切地要与之共处，不是在方法论的争论所导致的无限的拖延中迷失，而是要使文学研究对我们的社会有价值，以免耐心的阅读活动隔绝于我们职业的迫切要求。朝向历史与政治的转变，来自于源于内部而非外部的要求，这是我们强加给自己的要求。它要求我们在教学和写作方面担负起道义和政治责任，要求把握现实，而不是去把握难以理解的理论的抽象概念和关于语言的不雅的词句，如修辞格的种种名称。如我所说，我十分赞同这种转变，但绝不是在这种转变采用愉快经验的形式，从小心翼翼、耐心阅读的义务中解脱出来、而在此前对一切都不能视为当然的时候。我把审慎的阅读理论文章也包含在这种义务之中。

毫无疑问，保罗·德曼（Paul de Man）称为"对理论的抵制"的一种或另一种形式是导致这种从语言转向历史的众多的因素之一。说到"理论"，我的意思是指文学研究的置换：从文本意义的中心转向传达意义的方式上。换言之，理论是使用语言来谈论语言的。再换句话说，理论是参照系的中心，它是作为一个问题而不是作为什么可靠的、明确无误的东西把读者与历史、社会以及在社会这个历史舞台上扮演角色的人的"真实世界"联系在一起。

人们理解这些抵制理论的原因。毫无疑问，这些原因不仅包括我前文所提到的不耐烦和在现实世界中有活力的欲望，而且包括了一种对语言学理论的方式深深的、本能的厌恶；修辞阅读或是解构的理论产生了一种信条（这种信条是相当错误的），即它已完全迷失于无休止的、乏味的语言游戏之中，它是精英的、反动的和不关心政治的。然而，在这里我最感兴趣的是攻击理论的方式，它主要是在修辞阅读或是解构的概念预设的意义上对此进行攻击的，这种攻击无论来自左翼还是右翼，其方式几乎是一致

的。双方均借助于道德和道义上的谴责。左翼叫喊着：不关心历
史、社会、社会中的男人女人的现实情况是不道德的。迷失于游
戏语言自身的乏味的闲聊之中是不道德的。右翼叫喊着：从关心
文学的主题——它研究的是文学表达我们文化价值的方式——转
向关注语言的虚无和"激进的怀疑论"、迷失于游戏语言自身的
乏味的闲聊之中是不道德的。"乏味"这个词作为修饰语来限定
理论，并用于双方的攻击之中，承担着巨大的性别负担。其含义
是说，理论是自恋性的，甚至是自淫性的。理论家们疲软无力，
而左翼和右翼的理论反对派都是强壮有力的男人和女人。他们使
现实世界的事物以生殖的模式产生和发展——不是雄性便是雌性
的复制。

来自右翼的攻击更像是重复着早已驳倒的陈腐思想，其渊源
看来是大众媒介的陈词滥调，左翼和右翼在使用攻击的术语方
面，在他们肤浅的理解力方面，在他们无力阅读他们所谴责的、
或者说他们显然没有能力弄清其明显含义方面是一致的。这种相
似性可能导致不动声色的旁观者怀疑左翼和右翼的区别在于其自
身就是一个符号，是一种意识形态的迷惑，掩盖了哲学的或理论
的预设条件的真实特性，尽管他们通常是为完全不同的政治和体
制的纲领辩护的。我说了"不动声色"。感情在这一范围变得崇
高。毫无疑问，这是包含了大赌注的一个征兆。在这不和谐的对
抗声中保持理智的平衡需要强健的头脑。

在右翼分子沃尔特·杰克逊（Walter Jackson Bate）、约翰·
西尔里（John Searle）、雷内·韦勒克（Rene Wellek）、尤金·古
德哈特（Eugene Goodheart）及内森·斯科特（Nathan Scott）和
左翼分子杰弗里·梅尔曼（Jeffrey Mehlman）（《再现》杂志的编
辑发了梅尔曼的文章作为主导文章）、还有我的好友弗兰克·伦
屈夏（Frank Lentricchia）和爱德华·赛义德（Edward Said）之
间，无论在任何情况下都难以作出选择。我提到伦屈夏和赛义德

是因为，尽管他们的工作是来自左翼最严肃、最负责任的尝试以求与解构达成一致，但他们看来仍然常常沉醉于我所提及的误解之中。德里达（Derrida）和德曼并没有把自己的事业与政治和历史隔绝。恰恰相反。二者均以不同的方式一直坚持，一个人不能不从事历史和政治活动。他们二人均把人文学科的研究和文学理论看作是对历史和政治的积极干预。我们这里要讨论的是：语言在这种活动中的作用，还有我一直在此关注的物质基础问题。

　　假如不是显而易见地从谴责者的焦虑之中衍生出来的话，对德里达和德曼所说的关于历史、政治及人文学科的正面角色的曲解的再现（misrepresentation）简直令人难以置信。右翼和左翼在本能地、荒谬地反对非特别表达方式或语言定位理论方面是一致的：右翼是从文学的美学观和以人文价值的名义的有利之点加以反对，而左翼则从对历史和物质基础的信奉的有利点加以攻击。两者都需要伸出谴责理论的手指，以避免通过向他们自己的意识形态提出的挑战理论来思考问题。可以理解，他们不愿面临这种挑战，他们甚至抵制对这种挑战的了解。然而，盲目地拒绝阅读是对我们职业的最低义务的轻视。我最近一直在从事我称之为"阅读伦理学"（the ethics of reading）的研究。如果这个短语有意义的话，那它一定与尊重任何讨论中的文本有关，与接受阅读的义务有关——仔细的、耐心的、审慎的阅读，在一种基本的设想下阅读：被阅读的文本可能讲述与你希望或期待的有所不同，或与普遍接受的主张有所不同。喧闹的、始终如一地违背这种伦理义务，是另一个十分危险的症状，虽然其中包含了诸多的因素，但文化、历史、语言和符号系统的物质基础的含义始终是一个至关重要的问题。

　　关于转向历史及抵制理论的作用作为这种转变中的一个因素的问题，就说到此。文学研究近期变化的第二个方面不太明显，并且不大经常得以承认。在从理论转向历史和文化批评的显然是荒谬的甚至是无意义的矛盾之中，存在着一种同时发生而且几乎是全球性的理论的胜利。我这样说的含义需要做一些解释。在过去的一年中，我在给《现代语言学会通讯》（*MLA Newsletter*）的简短文章中首先讨论了我们行业的主要职责——阅读、教学、写作——然后又说到我们行业的现状及未来。我看其现状与最近的将来，是由下列发展情况所决定的：（1）人口统计与保险统计的变化意味着 90 年代中期将有许多语言文学教师的新职位；（2）这个国家日益成为多语言多种族的国家；（3）无论我们多么希望事实并非如此，但我们共同的文化越来越不是一种书籍文化，而日益成为一种电影、电视及流行音乐的文化；（4）大专院校与日益"高技术化"社会之间的关系，正通过重新强调与企业的合作研究而迅速变化（这种直接的、地方性的变化阻碍大专院校作为社会机构与社会联系当然是更广泛变化的组成部分，其中包括金融和技术的国际化，还有由此产生的跨国地区，如"环太平洋区"）；（5）妇女运动已产生了决定性的持久变化，改变了文学研究的方法；（6）对重新估价本科教育的功能与功效的关注，如欧内斯特·博伊尔（Ernest Boyer）最新公布的卡耐基（Carnegie）报告和斯麦尔瑟（Smelser）关于加州大学体系详细划分的报告；（7）我们现有的一系列文学经典是多层重叠的、非常不固定的、往往是由交叉学科来确定的，其中不同种类的"非文学"作品和传统意义上的文学经典并行不悖，从而取代了原有单一的、一成不变的、每个国家只有一种的文学标准或是一组文学经典；（8）文学研究理论的新的中心性伴随着交叉学科研究的新的重要性而产生，如比较文学、妇女研究、美国黑人文学规划、文化研究、电影研究，还有批评理论，等等。

这些因素加在一起，构成了我们今后十年阅读、教学、写作的语境。这些相互关联的每一种因素都有许多可以讨论的问题，例如，关于外语教学或多或少、意想不到的、暗含的、纯工具性的概念，对那些不常讲授的语言来说尤其如此。说到"工具性"，我指的是这样一种主张：国家需要在世界范围内从事商业和外交活动，因此这是教授语言的最基本的原因。这一观念非常离奇的在意识形态方面与下列运动息息相关：宣布英语为官方语言，废除双语教育，在各级学校强力推行主要是英语文学或是英语翻译的一套通用的经典著作，从国家的一端到另一端——内陆城市、富饶的郊区、中部的乡村，还有南方——统统开设相同的课程。经典的观念以及语言研究是工具性的观念，预设了这样的观念：把一种语言译为另一种语言不会造成实质性的损失。这一信条反过来又有赖于根深蒂固的美国式的、关于意义之上层建筑与物质基础的关系的预设条件。这里指的是特定语言的语音、语义、句法的特殊性、其真相或本质。

现代语言协会（MLA）——主要通过执行主席的办公室——目前正从事五项首创性工作以积极干预这些领域。第一是试图弄清该协会在位于华盛顿的约翰·霍普金斯（Johns Hopkins）大学国际关系高级研究院中的、由理查德·兰伯特（Richard Lambert）创建的新外语学院中所起的作用（如果有作用的话）。第二是现代语言学会积极参与可能建立的联邦外语捐赠基金会的初步规划。这种可能性当然要靠国会的作用，但是我们在审议中陈述己见也是至关重要的。第三是学会的参与，通过英语联合会与其他主要的全国性的英语教师行业组织的合作，正筹备一次大型的、讨论英语教学的会议，这一受到慷慨捐助的会议将于明年7月在马里兰州的怀特种植园举行。第四是首先依靠代表大会的表决，然后是现代语言学会会员的表决，这将包括现代语言学会要坚持某种主张来反对宣布把英语作为美国的官方语言的运动。第五包括了机智而策略的步骤，以说服国家人文科学基金会（National Endowment for Humanities）支持识字、作文和阅读的教法问题的方案。

正如我所指出的，关于这些因素，关于所有这些首创性的工作，你可能有许多话要说，但我想集中讨论历史的转向和同时发生的理论的胜利。我所说的"理论的胜利"是什么意思呢？在对理论猛烈而又非理性的攻击方面，胜利是显而易见的，如果理论不活跃、不具有威胁性，它就不会受到攻击。在已经成为1979 年的经典文章《抵制理论》（The Resistance to Theory）一文中，德曼争辩道：反抗往往是局部性的、偶然的。例如在美国当今颇有争议的文学研究领域，你可以说是以"历史的"形式进行反抗，也正如我所尽力而为的那样，是争论性地去认识它。然而对德曼来说，对理论的抵制正是理论本身的一种更严肃的内在、持久的方面。假如对理论的抵制便是对阅读的抵制，那么理论本身就是对理论的抵制，因而，对阅读的抵制也就是理论所倡导的了。这一点，对于我在这里所提议的着重文本的修辞理论的阅读来说也是正确的。

抵制理论的深层形式（所谓深层是指理论自身的深层含义），不是偶然性的或历史性的，没有固定在特定的地点和时间。这是人类和语言学的一般概念。然而，对理论的抵制在不同的时间和地点是以不同的方式出现的；尽管在 1986 年这种抵制仍广泛存在，但自 1979 年以来就有了显著的改观。对理论的抵制正如对阅读的抵制一样，现在几乎是以理论的全面胜利的形式出现的。我把中西部现代语言学会（Midwest Modern Language Association）最近的一次活动作为例子告诉大家，他们于 11 月在芝加哥举行了会议。几乎所有的论文、张贴的文章、大会的各次会议可以说都是明显的理论化的。就连事实上是老派的、实证论的文学史方面的文章也冠以听起来像是理论性的标题。

理论的胜利的另一个例证是女性文学研究的发展。这一发展对文学的研究和讲授方式，对文学研究的课程开设与经典标准都产生了巨大的、不可逆转的影响。妇女运动毫无疑问在方法论方面是多种多样的，甚至是异质性的，但是从一开始就不仅是有政治动机的而且是彻头彻尾的高度理论化的。

毫无疑问，现代语言学会的许多成员将继续进行他们始终在做的事情：传记研究、历史研究、文献学、编辑等方面的重要工作，从当前意义上看来是远离理论的事情。但是，我们职业中的这些基本的史料性的职责，现在是由理论的胜利的语境所界定的，并在其中继续下去。许多诸如此类的活动已经转变了方向，比如转向去发现有关妇女或是黑人所写的著作的传记和文献方面的事实。

由于与理论相关的活动正广泛扩散，由于不断地需要对比较年轻的"搞理论"的同事进行评估，由于理论著作和专业活动的明显剧增：课程、论文、书籍、文选、新杂志、老杂志的改头换面、手册、指南、批评理论群、批评理论项目、讨论会、专题研讨会、为理论确定新地位、新的出版规划，等等，所以，即使是最保守的学者也不得不开始重视理论。所谓的新历史主义（new historicism）的倡导者和实践者声称他们已超越了理论，回归到了单纯的、非理论的历史研究，但他们关于"理论的终结"的说法终究难以掩盖事实真相。用一种熟悉的反论，这样明显的以理论陈述，而且是抽象的理论陈述来宣布非理论的终结。从可操作性的立场主张方面讲，它们是抽象的，特殊的言语行为被称为否定，而不是理性的、经验主义的争辩。他们说："我不是一个理论家"，而我们知道这是理论的陈述。当今对理论的抵制只能在结构主义和后结构主义理论的整个历史语境中进行——索绪尔（Saussure）、本雅明（Benjamin）、巴赫金（Bakhtin）、拉康（Lacan）、福柯（Foucault）、巴特（Barthes）、依瑞加瑞（Irigaray）、阿尔都塞（Althusser）、费希（Fish）、詹姆逊（Jameson）、布鲁姆（Bloom）、德里达、德曼，还有其他人。这种情境彻底改变了以此为背景的、个人的阅读、教学和写作活动进行的情况。历史是不可逆转的，尽管它肯定可以被重新阅读。当今对理论的抵制是明显的，是不可避免的理论性的。在这一方面，历史的不可逆转性也是显而易见的。

何以如此？为什么此时此地、在当今的美国文学研究中，批评理论会居于统治地位？毫无疑问，其中包含着诸多因素。然而，我们的文化在物质和意识形态方面极为枯竭的状况不是理论胜利的直接原因，它至多可以使之具有可预言性。这当然也不是任意的，一种结果便是无法无天地乱刮时尚风，使今天是这种思维习惯明天是那种思维习惯处于主导地位。当然，截然相反地解释文化变化的或然性和肯定性，是进行当代理论果断反思和战略替代的一对二元组合。

理论的胜利一如历史的转折，对内在的外在的复杂动机和动力有所回应，尤其是当从事我们这种职业的年轻人发现自己遍布于"具体"教学和职业情景方方面面时更是如此。这些动机和动力中有我先前所述的技术上的改进、制度上的改变和经济上的变化，所有这些，通过对讲义的复印和讲话的录音，以及乘坐飞往远隔万里的会议和研讨会的喷气式飞机，使工作的极其快速运作成为可能。另一因素就是发展迅速的翻译，欧洲的理论著作有可能先有英译本在美国发表之后才有原文发表。美国已成为技术经济"动力"的中心，恕我冒昧选用这个词。虽然文学理论源于欧洲，但是在美国，我们使之以新的形式，连同其他美国"产品"一起推向全世界——就像我们对许多科技发明所做的那样，如原子弹。这些理论推向日本、澳大利亚、南美、中国，而后重返欧洲，几乎遍及世界各地。这些理论在每一种新环境、新语言中以一种增生异质性的方式重新加以移植、转化并诠释。

但是，具有美国特色的理论的胜利，毋庸置疑地带有霍桑、詹姆斯及后来的威廉斯在其《美国的精神》中所言的那种声名狼藉的文化浅薄。这里的浅薄,指的是我们的文明深受不相适应的物质基础影响的奇异方式。从新英格兰州初到加利福尼亚州的我,自然非常清楚这一点。这并不是因为加州与新英格兰在这方面有何不同,而是因为作为旁观者,我更容易对美国文化的总体特色看得清楚。距我住处数英里开外新落成的雄伟的奥兰奇县表演艺术中心 (Orange County Performing Arts Center), 完全可作为美国在这一点上的寓意象征。这个用了数月建成的建筑下面原是种植大豆的田地, 在这之前是半沙漠。在这沿海地区的半沙漠上, 两千年前生活着名叫加布列利诺斯 (Gabrielinos) 的印第安人群。当然这不是他们原有的名称, 而是欧洲人强加给他们的。可笑的是, 该名称源于旨在使这些印第安人群皈依而成立的西班牙圣·加布列尔 (San Gabriel) 布道团。而西班牙人到来之后的 50 年里, 加布列利诺斯人已所剩无几。如果没有人工灌溉, 奥兰奇表演艺术中心当时也成不了豆田, 同理, 如果没有广泛接纳世界各地的艺术家, 它也不会成为表演艺术的中心。纽约大都会歌剧院 50 年前以及现在正在发生的情况与此如出一辙。这同詹姆斯从霍桑的笔记中与霍桑时代的新英格兰时期辨认出的那种奇异的浅薄也相去无几。

在詹姆斯的第一部小说《罗德里克·哈得逊》 (*Roderick Hudson*) 中, 罗兰·马莱 (Rowland Mallet) 告诉马丽·嘎兰德 (Mary Garland), 欧洲文化源远流长、盘根错节、日积月累。"所有这一切", 面对周围罗马的遗迹, 他说, "都孕育着生命;它们是源远流长、盘根错节、日积月累文明的结果" (334)。我们美国文明恰恰与此相反。我们记得它的发端, 因为它就发生于近代, 年代易考, 因而相对简单。它还没有积成坚实的根基。结果是, 物质基础同没有孕育而只是停留在表面的生活之间有了明显的裂隙。一切文化生活, 一切人类意图必须有物质基础, 必须有某种事物或物质成为生活的符号。在美国却表现为行为准则的随意性使事物成为意义的载体，使物质变成符号。从理论上讲，这种随意性很难"看"到。那可能是人为因素抹去了物质基础，遗忘了它并尽力避免见到它。但是我们的技术成就使我们不得不承认，即便是乍看上去也能意识到，这至少是个问题，就像是在奥兰奇县表演艺术中心工地的偏僻角落里时常还能显露出过去的豆田土块一样。

人们会说，是运气，或是不幸——总之是机会，使我们透过自己独特的文化，注意到了这个普遍的结构。文学研究的理论的胜利是文化的一方面。哥特鲁德·斯坦因（Gertrude Stein）关于加州那句有名的格言也适合于整个美国："那里没有那里。"（There's no there there.）加州的现时虚无（lack of presence）就是美国的将来，甚至是不远的将来，如果霍桑和詹姆斯言中，那也是我们的过去。或许这样说更贴切，在美国，物质基础的虚无（not there）同基于文化上的虚无（not there）明显不一致、脆弱、不坚固，就好像是舞台布景或奥兰奇县表演艺术中心那折中后现代派风格的建筑一样。

美国文学研究的理论的胜利符合我一直认定的结构。它也反映出符号系统与其物质基础之间的明显的无可比较性。在此，"物质基础"一词需带有广泛的和有疑问的指涉性。它指明一则文本的基础或理论试图解释其他有意义的物质。文学理论中那种笨拙的从例子到概念提喻似的关系就是该结构的一个翻版。但是，在此论及的基础，也同样是那些撰写理论的人们自己关于社会的、阶层的、习惯的、专业的和家庭情景的日常生活。这种物质基础也是身体性的，即可成为一种符号或一个符号系统的载体的身体，可用以写作的物质。

物质基础还包括一次性的每次独特阅读行为，以及手不释卷的人们。谈到"一次性"阅读行为，我想强调每次阅读行为中的偶然性、不可预料性、意外性和激进的创立性。我可能在生活的特定条件下，在特定的时间，特定的场合下，捡起了一本书来阅读。无论这种阅读行为如何受社会或惯例的制约，它也有可能以不可预料的方式改变我生活的轨迹。这些方式是阅读的场合无法解释的，包括我自己和别人以前阅读的书籍，这种物质基础最后包括那些书籍、文章、计算机、录音机、复印机等将理论翻译传播到全国乃至全世界的有形手段。譬如我此时此地坐在这里，使用诺特柏纳（Nota Bene）字处理软件，将这篇演讲词敲入我在韩国做的《前沿》（*Leading Edge*）之中。用这些工具我们完成了黑格尔的"我在此稿纸上写就《精神现象学》（*Phenomenology of Spirit*）"的奇妙的再创作。

　　然而在此，我必须尽可能清楚地表达我不得不说的最困难的部分。我已预料，可以说，显示于上面的物质基础与符号的区别是不可混淆的对立面。根据清楚的看见或看穿理论的词源意义，这个对立面是任何人都会明白并接受的理论概念。但这个概念事实上非常含混，所以我提到了近来文学研究中的一个前卫话题即是基础与上层建筑之间的纯粹区别。人们会说理论的胜利掩盖问题，换句话说，理论的胜利抵制阅读，抵制得非常成功以至于消除或忘却了讨论中的物质基础。文学研究中第一个物质基础，是指在一个实际阅读行为独特不重复的白纸黑字。其他形式的文化研究开始于其他形式的物质铭文、绘画、手工艺品、建筑、有刺铁丝网，等等。物质基础问题的重要性显示，一个明显抽象的纯"理论"的问题可能具有决定性体制的和政治的结果，因为我们对此问题的共同态度主要决定了进行人文主义研究与教学的方式。

　　我所说的关于"理论的胜利抵制了阅读就意味着忘记我们已经忘记了的铭文的物质性"是什么意思呢？由于篇幅有限，在此不能详述。它需要耐心、清醒并谨慎地阅读黑格尔关于感觉肯定性的论述，马克思关于物质基础、语言、意识形态和金钱的论述，尼采（Nietzsche）关于语言、意识和"事实"的论述，索绪尔关于符号随意性的论述，德里达和德曼的重要段落：德里达的"白色神话"（White Mythology）和他近日论述保罗·塞兰（Paul Celan）的大作《测试》（*Schibboleth*），德曼的"抵制理论"，以及持此观点论述迈克尔·拉法特里（Michael Riffaterre）的重要文章《词符与铭文》（Hypogram and Inscription）。

然而，我将在此尽可能简明扼要地谈论基本的东西。物质的概念——远不是指基础、根基、现实的基础，相反于语言剧或理论的抽象的东西——本身是出现在任何话语（discourse）中的极端有问题的概念，包括我现在的发言，尽管它在任何话语中为文化或历史占据了一席之地。这就是我举表演艺术中心为"提喻似的寓言"的原因。物质基础不加批评的概念是彻头彻尾的意识形态。它属于西方形而上学或逻各斯中心主义（Logocentrism）的范畴。它是理想主义的反映，而不是它以外的东西。当物质基础被作为感染力的基石以平衡形形色色的所谓的理想主义、意识形态或上层建筑时，更是如此。换句话说，根据物质基础的感染力所采取的政治行动是语内表示的（illocutionary）特定行为，而不是表述的（constative）言语行为，同所有的政治行为一样，它也提出表述的主张。

换言之，"物质性"，或"物质"或"物质基础"同其他一样都是词的误用的转义（catachrestic trope），它们用于表示无法接近、命名、察觉、感觉、思索或以任何形式相遇的东西，虽然它们是所有那些现象经历的隐藏物质。物质性一词使我们拥有其名但丧失其物。称作物质性的东西不可相遇，因为它常以语言或其他符号来传递，正如黑格尔和马克思以各自方式认可的那样。因此物质的概念不是解决方案而是问题。耐心、仔细地思考这个问题直到得出结论是当今文学理论和文化批评的主要任务。

基于这个想法，我们必须审慎地辨别现象与物质。我们直接接触现象不难，因为我们身处其中。意识是现象。但是，黑格尔（Hegel）早就看出，意识本身也表明，意识是一开始并一直是彻头彻尾语言性的，然而我们却无法直接接触到称之为或戏称为物质性一词的东西。我们只有通过名称或其他符号去认识物质。

从《巴赫金：散文与对话》（*Bakhtin：Essays and Dialogues*）中译出的巴赫金"笔记"中的一段话有助于说清楚这一点："事物的名称也是绰号。不是从物到词，而是从词到物，词产生物"（莫森，182），没有名称是恰如其分的。一切名称无论是普通的还是专有的，均为绰号、别称，都是不能给出也不能生存的专有名词的象征性的替代物。绰号、别称在传统的修辞语言中叫做"词的误用"。词的误用是不用比喻的修辞名称，因此它不替代任何给出的或可以给出的文学名词——例如，桌子腿（leg of a table）、山前（face of a mountain）、风眼（eye of a storm）。加布列利诺斯（Gabrielinos）便是这样一个绰号。起该名是期望印第安在文学上消失。虽然他们已消失而成为白人的名字，显然很对不住威廉斯，但他们自己给自己起的名字也是这样逐渐消失的。这些绰号、别称或词的误用中最强有力的是物质性或物质基础，以此可以作为语言之外整个区域的名称。物质基础的概念包括比喻的呼语法（apostrophe）、词的误用和拟人法（prosopopoeia）重叠和岔开的修辞研究领域。对于物质性问题的掌握，只能通过研究并理解这些转义才能获得——绝非易事，因为这些必须用于研究中的术语同要研究的事物密切相关。

也许我们语言和文学教师日常工作中同我们消除的、忘却的、甚至忘记了我们所忘记的事情最密切的是文学学者最普通的经历，即手捧书本进行阅读的行为就是面对面同铭文的物质性相遇。麻烦的是铭文使物质又一次看不见。我们读文章时对纸张视而不见。另一个解释是阅读总是理论性的。理论，甚至是物质基础的理论，确切地说是清晰的例证，将物质基础，即此时此地的这张纸，转化成广义的、一般的抽象概念。理论的胜利是在理论抹掉阅读独特行为的特殊性的意义上抵制阅读，但在我们知道事情发生之前或我们不能够知道将要发生的事情消失和遗忘的意义上，阅读本身总是理论性的。因此即使是最清醒的、理论上最有启蒙意义的阅读也是对阅读的抵制。然而，修辞效果复杂的阅读是我们最良好的愿望：至少记住我们已经忘记了而且我们必须要忘记的。为此我肯定地说，文学研究的将来取决于保持并发展今天普遍称之为"解构"（deconstruction）的修辞阅读。

最后，我向所谓左右两翼的解构批评家们及其对手提出一些忠告。对右翼派别，我说解构绝不意味着摧毁文学研究，也不意味着造成加重英语研究或人文主义研究上的危机。相反，解构与文学理论恰好是反映实际情况的——文化的、经济的、制度的、技术上的——唯一途径。正是在此情况下，今天的文学研究得以进行。文学理论是唯一一种避免将文学封杀在"有机形式"的唯美主义范围中的形式，而"有机形式"会阻碍文学研究在我们社会中的需求。只要大学仍然有解构形式的质询与其他形式的理论，最传统的人文主义的责任和使命、档案的保存、文学、哲学和历史的记忆与牢记，将会有效地进行。在质询扩大到大学基础的基础时尤其如此。

大学只可生存在这样的环境中，即开放辩论，保持言论、思想写作的自由，这是美国最珍贵的传统之一。众所周知，抛弃了这一点，大学将无法生存。今天的人文学科面临的最大的危险之一是企图压制和剥夺这种自由。当这些企图针对我们职业中那些职位不稳固的年轻成员时，更是越发不道德的。我指的是各种各样细微的和不那么细微的行为，使年长的同事在正常程序的范围之内和具有清醒的意识情况下能做出的行为，即：拒绝长期聘任，拒绝首先聘用，拒绝积极参加系、校委员会的活动，也许最糟糕的是拒绝发表有威胁性的文章和书籍。在这一点上，我同意约翰·斯图亚特·米尔（John Stuart Mill）的观点。真理不需要任何形式的审查制度的保护。真理会在教书、写作和自由辩论的氛围中发扬光大。任何对这种辩论的妨碍都会成为大学的致命的危险。我支持多元性,支持大学中的异质性,反对"什么都行"的随意多元化,支持为生存而进行公证、公开的角逐,我虽然对适者是否能生存不敢肯定,但认识到这样公开的角逐,是我们唯一的希望。我的观点是,让百花争芳斗妍,即使是那些臭菘和臭草。

现在妨碍辩论的争论常常声称,文学研究中或人文学科中存在着危机,而理论正在摧毁文学研究,要采取紧急措施消灭理论家。危机的概念出自于大众传媒的陈词滥调,出自于那些觉得我们的职业方向出现偏差的人们所产生的焦虑感。人文学科中没有危机。恰恰相反,所有学科领域和模式中生气勃勃、知识昌明、气象万千。这种勃勃生气包括有令人感动的希望和非凡的职业热忱,如一些天赋很强的大学生不顾及未来的工作前景而申请人文学科的研究生工作,还有那些称之为独立的人文学者,勇敢地面对显而易见不可逾越的障碍所表现出的献身精神。还有妇女研究进展释放的巨大的知识能量,而这种研究过去曾在男性的研究模式、准则结构和课程结构下受到阻碍、遭到挫折。

我们面临的绝不是危机,而是知识领域伟大的挑战与机遇,对年轻学者、批评家和教师尤其如此。他们在未来十年里将主宰这个领域并在其中做出不同寻常的创新,除非年长者阻碍他们做出社会经济制度方面必需的改革。我们的学生种族数量日益增多、语言和文化日见其多样性,他们如饥似渴地吸取人文学科的养分。如果采纳传统的价值观并研究传统的准则,他们就不会被文坛的大赦和个人的品德表现所愚弄,正如男子不打算说服或强迫妇女回到男子为主的准则的框架下和文学研究方式一样。因此,如果你们属于我们职业中的保守派成员,我建议你们通过愿

意接受文学理论来获得一切。理论对于今天人文研究的进展非常
必要。

如果站在所谓的左派立场反对理论，我建议你们同那些进行
文学修辞研究的人们走共同的道路，即加入到"解构"的多形
式运动的行列中，因为"解构"中的文学修辞研究是一种动力。
只要坚持物质基础不受审查的思想，即坚持完全形而上学的概
念，就如争夺西方形而上学的一部分一样争夺理想主义，你们对
历史的责任、对社会的责任，对文学物质基础及其经济条件、体
制的开拓，对构成文学的阶层与性别特征的现实的贡献，就不言
而喻地落入那些与你们对立的人们的手中。"解构"是多选择
的、异质性的颠覆和置换之策略的现名，它将使你的事业从困境
中解放出来。另一项任务就是，像安德鲁·派克（Andrew Par-
ker）、格利高利·乔（Gregory Jay）和其他聪慧的年轻学者正在
进行的那样，重读马克思的著作。

实际上，许多青年（而又不那么年轻的）学者勤奋工作，
几乎到了历史与语言大峡谷的两侧边缘。他们正在艰难地工作，
想出解决语言与历史关系的方案。他们正在试图查看这个大峡谷
是不是一个无底深渊，有无可能建造通向对面的桥梁，一边是否
能听到另一边的呐喊，或者峡谷本身是否是幻觉，是否是我们疑
惑的产物。一件事情是肯定的：如果这个峡谷两侧可能架不成
桥，不能横越，不能沟通，不能传达呐喊的信息，那是因为，那
些人既不愿将"文化批评"理解为是语言的定位理论——它自
（谎）称是内在反动的和政治上无效的——一种严谨、清醒的批
评，也不愿将其理解为是文化、批评、历史、尤其是我一直为之
辩护的物质基础等概念的严谨、清醒的批评。这个物质基础不可
想当然地被认为是完全置于批评的安全范围之外，也不能被预想
为是批评始于它的超然物。致力于这项工作的人们从各个方面，
也许以后是从截然不同的方面，从大峡谷的一侧或深入底部

（对此问题的切入点越多越好）去寻求解决问题的答案。我罗列其名，没有特别的顺序，不仅有派克和乔，还有迈克尔·斯布林克（Michael Sprinker）、德泼拉·埃什（Deborah Esch）、托马斯·基恩南（Thomas Keenen）、辛西娅·蔡斯（Cynthia Chase）、约翰·罗（John Rowe）、乔纳森·阿拉克（Jonathan Arac）、迈克尔·莱恩（Michael Ryan）、奈德·卢柯切尔（Ned Lukacher）、盖亚垂·斯皮瓦克（Gayatri Spivak）、安德译·沃明斯基（Andrzej Warminski）、大卫·卡洛尔（David Carroll）、苏珊娜·嘎哈特（Suzanne Guarhart）、让·路克·南茜（Jean-Luc Nancy）、菲利普·拉可尔·拉巴斯（Philippe Lacoue-Labarthe）。当然，更多的是取决于促进他们的思想和依赖于使这些思想在制度上富有成效，而不"仅仅是理论性的"。我为那些我提到名字的人们，也为那些没有提到名字但也致力于这种思想的人们欢呼。即使当你们以我看来是反常的或非理性的方式攻击我或是我亲密的同事时，即使当我肯定你们对于物质基础和意识形态上层建筑的认识"搞错"了的时候，我们依然志同道合。

　　总之，教授基础知识是我们在各级教学中一如既往的主要的职业责任：阅读与好的写作的前提是好的阅读。三个 R[1] 的计算可以留给其他学科的同事，虽然计算和量化工作对我们常常也是必不可少的。我这里所说的阅读，不仅包括书面的文本，而且包括包围并影响我们的符号、一切视听形象、一种或另一种供人阅读符号的历史见证：文件、绘画、影片或者"物质的"人工制品。可以说，同放在我们桌前的文本及其他符号系统一起，阅读是我们所有人聚在一起解决分歧的共同基础。这些当然也包括理论的文本。

---

　　① 三 R 关系："新批评派"的术语，指作者（writer）、作品（writing）、读者（reader）三者之间的关系。——译者注

　　教授阅读和写作是项艰巨的任务。事事都与它作对，包括历史转折和我今天所认为的理论的胜利作为文学研究领域的主要特征的诸多方面。真正的阅读不只是辨认出语言修辞或比喻直接削弱语法和逻辑意义的方法，它还是一种尝试，无疑是种不可能的尝试，是要正视被消除的或被遗忘的语言本身，即（作为我们由于词的误用而称之为物质的）语言的可行的或定位的力量。

引用著作：

　　保罗·德曼：《词符与铭文》（*Hypogram and Inscription*），见《抵制理论》（*The Resistance to Theory*），明尼苏达大学出版社 1986 年版，第 27—53 页。

　　保罗·德曼：《抵制理论》（The Resistance to Theory），见《抵制理论》，明尼苏达大学出版社 1986 年版，第 3—20 页。

　　亨利·詹姆斯：《罗德里克·哈得逊》（*Roderick Hudson*），纽约：凯利出版社 1971 年版。

　　加利·索·莫森主编：《巴赫金：论述其著作的散文与对话》（*Bakhtin: Essays and Dialogues on His Work*），芝加哥大学出版社 1986 年版。

　　威廉·卡洛斯·威廉斯：《美国的精神》（*In the American Grain*），纽约：新方向出版社 1956 年版。

（王金凯　任中棠　译　郭英剑　校）

在边缘:当代批评的交叉口

本文标题中的"交叉口"这个词有两个含义:边沿与十字路口。这种双重意象在我将要探讨的华兹华斯的诗歌中是固有的。这个词同样适用于描述文学批评在当前的状况。文学研究常常通过原初的交叉口得以发展,它汇聚了不同的学科或者不同的文学研究的范式。我试图在下文中对文学研究的现状作一番描述,这种描述不是一种宏观的全面考察,因为任何类似的描述都必然要从它的内部、它的交叉之处谈起。这么做,与其说是因为任何观点都是不无偏见的、带有倾向性的见解,不如说是因为遵从了这样一个原则:不存在任何可以想象的、超越文学批评语言之外的元语言(metalanguage)。

在西方,本国文学研究的体制化自然是近年来才有所发展的。马修·阿诺德于 1857 年在牛津大学做了首任诗歌教授,用英文授课。尽管在今天看来,英语系都是任何大学或学院必不可少的一部分——是学科景观的自然特色,甚至可以说是其本质的一部分——然而,事实上,它们在数十年前根本就不存在。当然,它们完全可以再次轻而易举地消失或是被边缘化,就像希腊语系和拉丁语系一样。一些专家相信,这种现象实际上已经出现。他们说,一种新型的学科:修辞和写作教学,正在全国范围内推广。而这种新型的学科将会取代英语系,或者至少将英语系的地位降低至目前古典系的现状。事实上,这是复归到了 19 世纪后期的美国，那时所有的大学和学院都有大量的讲授写作与修辞的教员。而本国文学研究的学科自身还正在建设之中。所以，当前美国大学中庞大的、实力雄厚的文学史与文学批评系科的现状，可能仅仅是一种相对短暂的现象，不会超过一个世纪。对它们来说，唯一的选择就是随机应变，只有这样才能够在一个新的文化情景下生存。

然而，文学研究的变化像其他学科一样，通常是非常缓慢的。这种研究已经完全体制化了，它体现在：中学的课程里；大学和学院的英语系、法语系、德语系、比较文学系，等等；在各种版本的教科书里，在适宜各种年龄段的学年年度计划的课程里，在培养出了新的哲学博士（他们中的绝大多数人都是为了可以得到相应的职位）的研究生计划里，等等。这些新的哲学博士们，倾向于仅只受训于如何教授文学，并只用某些方法教文学；而他们在写作教学方面的训练则往往是最低限度的。对这种变化的最体制化的抵制，来自于讲授文学和写作学的人们或多或少固有的假设、偏见和情感。

文学研究在体制上的连续性，当然有诸多的有利条件，要求每个教师在面对新教材与新学生时，每次都重新调整整个学科计划自然是不大可能的。哪怕最富创新精神的学者、教师或是批评家，他们为了自己的工作能够顺利进行，都要依靠现行相对稳定和保守的学术组织。近来，人们将大部分时间事实上都浪费在了人文学科新的课程与新的教学计划的整合上。但是，假如体制一方面完全不再理会社会对它的要求，另一方面也不适应学科的实际状况，那就会出现许多问题。我认为，从相当大的程度上讲，这就是目前的现状。所以，尽管体制化的具体体现有其惯性，但美国的文学研究此时此刻仍以非同寻常的速度在发生着巨变。

变化之一来自学科外界、来自社会。我这里所说的社会，指的是美国的文学研究寓于其中的语境,它既服务于这种语境又接受这种语境的服务,如学生家长、学校管理人员、托管人、董事、立法机关以及"传媒"。我们这些文学教师已经少有学生了,而且,显而易见的是,将来无论是选修单独的文学课程的学生,还是各种文学系的主修文学的学生,人数还会更少。就是这些极少数的人,不管在文学上还是在我们称之为"基本语言技能"方面,都缺乏严格的训练。他们写不好,也读不好。纵观我们的文化,阅读文学作品已经日复一日地变得越来越不重要。伊丽莎白时代与雅各宾时代的英国,人们是进剧场看戏;维多利亚时代的英国,人们是阅读小说,这种综合的社会功能到了今天,已经被另类的活动(似乎主要是看电视)所取代。读小说、诗歌或是剧本,甚至看一部戏剧。在今天逐渐变成了做作的、边缘的、迂腐的活动,对有些人来说,要他们认真看待欧洲边缘一个小岛——这个小岛已经不再是一个主要的世界大国了——的文学,开始变得越来越反常。更重要的也许是学习俄语、汉语或者阿拉伯语。与此同时,美国社会也已开始意识到,在很大程度上,我们是一个多语言的民族,原因不仅在于许多人把西班牙语或是其他语种当作母语,更主要的是,我们在使用标准英语时除了有个人的习惯用法之外,大家还言说和书写着各式各样不同形式的英语。不管好坏,必须更多地教授"作为第二语言的标准英语",对大学来讲也是如此。

随着大学成绩年复一年地下滑,社会有了越来越高的呼声,要求中学和大学应对年轻人不会读写这一事实尽快采取措施。对各个学院和大学来说,这个重担落在了那些一直受训练去详细讲解文学史和莎士比亚、弥尔顿、济慈或伍尔夫作品中错综复杂意义的教授们的身上,甚至在他们被要求越来越多地讲授写作课之前,许多英语系已经由于入学人数的锐减而陷于混乱之中,而且开始安排那些莎士比亚权威们和研究中世纪文艺的专家们去开设现代小说、电影、翻译的欧洲大陆小说之类的课程。有一所很大的州立大学的古典文学系，完全依照大学生的水平开设"神话学"的讲座课程，以此来为自身的存在定位。我最近访问过一所有着良好声誉的人文学院，它的英语系所开设的大量课程中至少包括了 J. L. 博尔赫斯的一部作品。这个系实际上是一个以翻译作品为主的外国文学系，而同校的西班牙语系、法语系、德语系都规模小且少有影响。

在讲解写作的领域，一个庞大的行业正在被调动起来，目的是要创造一个新的学科，调动的人员中包括了著名的文学理论家与文学史家，如：E. D. 赫希、韦恩·布思，还有斯坦利·费什，他们起初都是文学批评家而不是写作教学专家。与此同时，越来越多的聪明的年轻人已经开始在写作上追名逐利，寻求在修辞学、语言学以及教育心理学上的训练，而放弃了狭隘的、传统的文学史和文学批评。这当然有好处，但显而易见，它将进一步削弱传统的文学研究。

与此同时，从另一方面看，在严格意义上的文学研究学科的内部，业已产生了非同寻常的巨变。30 年前美国的文学研究领域，差不多完全被两种范式所主宰：一为内在阅读的方法，即人们通称为"新批评"的方法；二为注重搜集到的事实、确定的文本的实证主义的文学史。后者的范式常常同科学研究的方法相关，其渊源纷杂：19 世纪文学研究的隐喻式的同化作用；类似于伊波利特·泰纳的科学方法；悠久的欧洲语文学的传统；源于希腊和拉丁文学的研究以及源于圣经阐释学的文本批评，等等。诺思洛普·弗莱的原型批评在 1948 年问世时，恰恰成为取代新批评的第一轮强有力的冲击波。当时，以埃里克·奥尔巴赫和利奥·斯皮泽这样的流亡学者为代表的德国语文学的伟大的传统时隐时现，处于边缘状态。欧洲大陆——俄国的、捷克的、波兰的——形式主义的相关内容已经在雷内·韦勒克与奥斯丁·沃伦富有影响的著作《文学理论》中有所体现。然而，尽管出现了《文学理论》这样的著作，美国的文学研究依然抱残守缺、自我封闭在英美传统的信念中，认为自己能够独立行事，我行我素。

但是今非昔比，情况发生了巨变。任何严肃、认真的学生都会把这种巨变看成是一件国际性大事。对研究乔叟、莎士比亚、狄更斯的学生来说，了解用英语撰写的论述自己研究对象的辅助性著作，或者阅读《现代语言学出版目录》都是至关重要的。同样，了解欧洲大陆的批评理论、阅读《今日诗学》这样的国际杂志（由特拉维夫的诗学与符号学研究院主办），对他们来说也是至关重要的。

而且，文学方法论上的可行性选择，范围之大真是令人眼花缭乱。这些选择似乎很难统一于某种宏大的综合体例之中。虽然新批评、原型批评、实用主义文学史的影响力依然强大，但现在新兴了众多的文学批评理论。一种是或许更加精于阐述的现象学批评或是阐释学批评，它有时被人称为"意识批评"。语言学所引发的一种新的符号学形式主义业已有所发展。从结构主义语言学和结构主义人类学产生了结构主义批评。一种主要来自于法国、颇具威力的、新的心理分析批评也已开始产生影响。一种复兴的马克思主义的社会学批评开始在美国站稳了脚跟。还有一种新型的批评，注意力集中在读者的反应上，也就是集中在德文中的"接受美学"上。最后，还有一种文学研究的形式，其焦点在文学文本的修辞上，以修辞探究文学中象征语言的作用。这种方法有时被称作"解构主义"。这一名称至少有利于将它自己从"结构主义"的任何形式中严格区分开来。"解构主义"同法国的雅克·德里达、同我所在的耶鲁大学的一些批评家密切相关，现在，它也同美国其他大学越来越多的年轻批评家们休戚相关。它已经同肯尼思·伯克与威廉·燕卜荪的祖先或者至少是祖辈们分道扬镳了。上述所有这些新的批评形式都在全球范围内传播。

每一种批评形式的代表作很可能是用俄文、德文、法文或是意大利文写成的，就像用英文写成的一样。这意味着，翻译的延缓与不当已经对美国近期的文学研究构成了特殊的障碍。因为很少有学生或是青年教师能够顺利地阅读哪怕是一门外语，更不要提那些丰富多彩的内容了。

本文不拟对这些范式依次予以论述。在我所在的大学里，要想给本科生就这些范式作一哪怕是相对肤浅的介绍，都需要多人合作开课，并且要上一个学期。本文的宗旨在于：当前美国的文学研究，正处于非同寻常的流变或是不稳定的状态之中。变化之快很可能要超出往常的速度。变革主要源于早期来自内部的推动力与来自外部的压力。这使得变化颇难预料；只有感觉异常迟钝或是世外桃源中人才会对此熟视无睹，怡然自得。事实上，此时此刻介入这一领域令人振奋。当然，我的诸多同仁感到处于边缘地带，并且因此焦躁不安，这也不足为怪。

尽管文学的方法论名目繁多，令人眼花缭乱，但真正通行的方法——就我现在要言归正传的目的而言——可能只剩下清晰可辨的两种不同类型。一种包括了所有的方法，这些方法的先决条件，就某一方面而言，我都称之为是"形而上学的"。另一种则包括了这样一些方法：它们假定在文学中，由于语言本身内在的缘由，形而上的先决条件必然既是肯定性的又是颠覆性的。

所谓"形而上学的"，我指的是自柏拉图、亚里士多德以降联结我们文化的设定（assumptions）的体系。这个体系包括了很多概念：始源、连续、结局；因果关系；辩证进程；有机统一体；缘由；简言之，也就是各种意义上的逻各斯（logos）的概念。文学研究的一种形而上的方法设定了，文学在某种程度上是相关的，而且在某种程度上是基于语言之外的因素之上的。这里的语言之外的因素，可能是指自然界的客体，可能是指"社会"，也可能是指劳动力、价值与交换之间的经济现实。它也可

能是指意识、思想，或无意识，或绝对精神，或上帝。文学研究
的一种反形而上的或"解构主义的"形式则试图表明：在特定
的文学文本中，在各种类型不同的方法中，所有形而上的设定既
是存在同时又为文本所自行消解。它们被文本中某些比喻的文字
游戏所消解，阻止了人们把它当作（由逻各斯的某些形式构成
的）一个"有机的统一体"来加以阅读。转义（tropes）的游
戏，留下了一种无法吸收的残余或者是意义的残余（可以说，
是一种不劳而获的增长），进而造成了一种超越任何统一界限的
意义的移动。然而，转义游戏的内涵，进而导致了思维含混体验
时的一种完全合理化的意义的悬置现象。这种含混的体验使意义
变得摇摆不定。具有综合能力的辩证的对立面，可能因此分裂成
互相矛盾的因素，甚至在同一个方面，因素也各不相同。

　　对上述两种类型批评的区分，一定不要把它误解为是一种历
史的区分（事实上，这种误解时常出现）。确切地讲，它实际上
是对某种历史特有形式的挑战。我这里一直在探讨的一切，应该
这样来理解：我是在对熟知的历史体系提出质疑，这种历史体系
预设曾有过一个信仰的时代或是形而上学的时代，在它之后是现
代时期的怀疑主义，崩溃或分裂。当然，论争的焦点在于：西方
文化中任何时代的文学和哲学文本，每次都以不同的方式包含着
两方面的内容，即我所说的形而上学以及对形而上学的质疑。对
此预设前提的检验，是对文本本身的阐释。真正应该交锋的场所
就在这里，而不是别处。一首诗歌或一段内容，意义究竟何在？
总的来说（事实也是如此），无论是一部希腊悲剧，还是奥维
德、但丁或是《仙后麦布》的一段插曲，与任何一首浪漫派或
是后浪漫派诗歌一样，都可以作为检验的对象。我这里选取的例
子，是英国浪漫主义的一个著名的文本。

　　形而上学与形而上学的解构两者之间的关系，可以从华兹华
斯的诗歌《一阵微睡把我的精神封闭》（A Slumber Did My Spirit

Seal）中找到佐证。在这首诗中，一个比喻的显而易见的对立面之间存在着令人惊奇的密切关系。请看这首诗的全文：

> 一阵微睡把我的精神封闭；
> 我没有了人间的惊恐；
> 她似乎是一种东西
> 无法感知人间岁月的触动。
>
> 运动和力量，她现在都没有；
> 她既听不到，也看不见；
> 只是随着岩石、树木和石头，
> 每天不停地在地球上旋转。

这是一首美丽、动人的诗，同时显然又是一首简单的诗。它写于1789年与1799年之间的深秋或是初冬，当时华兹华斯与他的妹妹多萝西正痛苦地逗留在德国的戈斯拉尔。乍看上去，这首诗似乎是由一组系统化、互为关联、二元对立的对立面所组成的。这些对立面似乎是完全互相排斥的，彼此之间有一道不可逾越的边界线。而正是这样一组系统化的对立面，招致了对它辩证式的阐释。在这样的阐释中，对立面和等级的从属关系的某种组合密切相关。这样，基于一个解释性的第三个词语，就可能推导出一种构成了诗歌逻各斯的综合物。这个逻各斯，就是诗歌的根源与结局、基础与意义、"言词"与"信息"。我现在要辨明的是，事实上这个特殊的文本，根本不允许这样一个过程得以顺利地完成。这个方法不起作用，它总会留下一些什么的，总有一个附加的含义超出了每个类似阐释的边界线。

在这首诗中，对立之处数量之多令人惊讶。如：微睡对苏醒；男性对女性；封闭对打开；表象对存在；无知对知识；过去对现在；内在对外在；白天对黑暗（地球"每天的"旋转）；主体（或是意识、"精神"）对客体（即石头和树木的自然世界）；感知"触动"对感知情感："惊恐"；"人间的惊恐"对——什么？——或许是非人性的惊恐；意指"姑娘"、年轻处女的"东西"（thing）对意指物质客体的"东西"（thing）；岁月对日子；听对看；运动对力量；自我推进对外在的强制；母亲对女儿或是姐妹，或者是家庭中任何一位女性成员对家庭外的某个女人，也就是说，是母亲、姐妹或者女儿对女主人或是妻子，简言之，乱伦的欲望对合法的性感情；生命对死亡。

　　人们之所以按照对立面对这首诗进行阐释，其部分的支撑点在于它的句法和形式结构。从句法上看，这首诗是围绕着并列或对立的字词或是短语而构建的。如，第二行就重复了第一行，而第三与第四行又重复了一遍：

> 一阵微睡把我的精神封闭；
> 我没有了人间的惊恐；
> 她似乎是一件东西
> 无法感知人间岁月的触动。

　　没有人间的惊恐和有着封闭的精神是一回事。界定这两者的是说话人的虚假的设定：露西不会变老或是死亡。从形式上看，这首诗是由第一段和第二段的对立而构成的。每个段落的每一行与下面的一行相对应，前两行又与后两行对应；同时，根据诗歌韵律的错落有致，每个段落的一、三行相对应，二、四行相对应，构成：abab，cdcd。诗歌中两段之间的空白，像栅栏或是屏障一样，构成了诗歌主要在形式上的结构性原则。在从过去时态向现在时态的转换过程中，这个栅栏使得那时与现在、无知与知识、生与死对立了起来。通过对露西死亡的体验，说话者跨过了无知与认识这道线。诗歌既表达了对死亡那份意味深长、压抑的悲哀，又传达了成熟的认识的宁静态度。此前，他是率真的。他的精神为知识所封闭，就像他在睡梦中自我封闭起来了一般。他的率真是他对死亡这个事实一无所知的形式。露西看上去如此生机勃勃，好像一个无懈可击、充满活力、年轻的东西，以至于时间不可能改变她：变老或是死亡。她表面上的不朽，实际上使说话者确信了自己的不朽，于是他不再为自己的死亡而感到恐惧。他没有了人间的惊恐。然而，既是人，就会有死亡。因此，人的最大与最明确的恐惧，恐怕就是对死亡的恐惧了。

事实上，华兹华斯对自己的不朽深信不疑。我们从华兹华斯的其他作品，如诗歌与散文中，可以知道：他就像个孩子一样，或者说是一个年轻的男人。"他不可能死"这种感情与其强烈的和大自然融为一体的感觉休戚相关，因为大自然完全是物质性的，因此也就是不朽的；与此同时，它又完全是精神的，因此也是不朽的，尽管方式有所不同。这首诗歌，与华兹华斯的其他许多诗歌（如《温南德的罗拉》《马修组诗》《毁灭的村舍》）一样，说话者由于面对他人的死亡而不得不面对自己的死亡这个事实。他像个幸存者，站在坟墓、死尸或是墓石的旁边言说，而他的诗歌就是墓志铭。

这首诗歌的第二段，说话者基于永恒的"现在"（now）谈到了死亡的一般知识。他通过别人的死亡，知道了自己的死亡。于是，露西似乎成了一件不受伤害的幼小的"东西"；现在她真的变成了一件东西，像块石头一样自我封闭起来。她是具死尸，没有任何感觉或是意识，无法感知任何触动，无法激起自己的自由意志，只能毫不情愿地、不知不觉地随着地球每天的自转而转动。

这首诗的结构是时间性的。它在技巧的意义上也是"寓言性的"（allegorical），这个术语为沃尔特·本雅明、保罗·德曼所常用。由于具有象征意义的两个时间的相互作用，诗歌的意义就产生了。两个时间跨越了一个插入的空白而并置在一起。二者不是因为相近、而是因为截然不同而联结。在对"东西"所有的两种感觉之间，这种反讽的冲突是构成诗的整个时间寓言的一个缩影。

很巧合，德文中也存在着对"东西"（thing）一词的文字游戏。马丁·海德格尔的两段稀奇古怪的文章，或许能够有助于我们更好地理解华兹华斯。首先是《艺术作品的始源》中的一段，在这段当中，当我们把某物称为或者不称为"东西"时，海德格尔以实例说明了时间的作用：

> 人可不是物（thing）。确实，我们谈到一个面临难题的年轻姑娘时，往往称她为小东西，是说她在难题面前还太年轻。我们这么说，仅仅因为我们感到人的存在在某种意义上已经丧失，并认为我们必须寻求构成物之物性特征的因素。我们甚至不敢贸然把森林中的鹿、草丛中的甲虫、草丛的草片称作物。我们宁可把一把榔头、一只鞋、一把斧头、一只闹钟称为物，但即便是这些也不是纯然的物。对我们来说，只有石头、泥土、木头才是东西。

尽管海德格尔可能是在回应一种深层次的必然性，但很奇怪，他所罗列出的物的清单，几乎与华兹华斯的如出一辙。他所说的年轻的姑娘、石头、泥土、木块，与华兹华斯笔下的露西、岩石、石头、树林以及土地遥相呼应。更令人不可思议的是，海德格尔自然是不可能意识到他的注意力集中在了东西的性别方面，但他在谈论必然性，在解释"东西"一词的用法时，的确介入了性别差异的事实。说一个年轻的姑娘是个东西，因为她身上丧失了人身上的东西。所以："人可不是物。"缺失了某种东

西使她看上去"在难题面前还太年轻",年轻得无法承担生活的
重负。她太天真、太柔弱了。

　雌性东西的柔弱——它使得一位年轻的姑娘既低于成人男性
的知识,又在无忧无虑方面高于他们——同样出现在海德格尔另
一篇奇怪的文章《一件东西是什么?》(Die Frage nach dem Ding)
中。海德格尔首先回顾了柏拉图在《提阿提特斯篇》中所讲的
故事,来自色雷斯的漂亮而又反复无常的少女,在看到泰利斯全
神贯注地研究天空却掉进了井里时嘲笑了他。在他对宇宙万物进
行研究时,"他对眼皮底下的东西却视而不见"。"所以,"海德
格尔对柏拉图的这个故事评论道:"'一件东西是什么'的问题
必然常常会成为女仆所嘲笑的问题。而真诚的女仆必然要嘲笑某
些东西的。"这样看来,"一件东西是什么?"的问题——这恰恰
蕴涵在华兹华斯的诗歌《一阵微睡把我的精神封闭》中——对
露西来说,就是一个可笑的非问题(nonquestion)。她对此不会
理解的,因为她是一件东西。作为一件东西,使她既绝对低于、
同时又绝对高于持有永恒问题的可笑的男人们。由于死亡,露西
又从下面游移到上面,使得男性诗人无论在其间任何情况下都被
排斥在外,无法打破她的封闭状态。

　然而,在读者以各自的方式进入这首诗、试图打破它的封闭
状态时,情况会变得比我一直所叙述的还要古怪。我的陈述有点
过分条理化,很有点像泰利斯在论述宇宙,是一种类推法的过分
简单化。一方面,说话者事实上并没有死。露西似乎已经达到了
不朽,因为她和不朽的大地融为一体,而大地是不会死的——华
兹华斯在他的《序曲》第五部的起首就有力地说明了这一点。
因为没有死,说话者就被排斥在外,无法居于那永恒的生命力之
中。他的不朽,是有关死亡的永恒的空洞知识和死亡的永恒的不
可能性的一次糟糕体现。诗歌第一段中的"我"("我没有了人
间的惊恐"),在第二段非个人化的断言中消逝得无影无踪。这

似乎预示着说话者因为意识到了知识而失去了自我。他成了一个无名的、非个人化的觉醒者,永远都意识到:露西死了,而他还没有死。这是华兹华斯一切作品中幸存者的立场。

另外,一个模糊的、有关性别的戏剧性场面出现在这首诗中。而这个戏剧性场面是诗歌寓言意义最主要的一个障碍。识别这个戏剧性场面将会使读者更深入地理解这首诗。从《序曲》以及露西组诗中,我们知道,对华兹华斯来说,大自然是被强烈拟人化了的。奇怪的是,大自然是同时被拟化成了男性和女性,就像被拟化成了父亲和母亲一般。他在同样写于1798年戈斯拉尔时的著名的《婴儿》中——出现在《序曲》最早的版本中——就歌颂了大地具有母性的容颜与身躯:

> 没有放逐的他,迷惘又沮丧;
> 他幼稚的性情,融合了
> 大自然的引力、后世的联结
> 这使他与世界相连

然而,在早期《序曲》的某些插曲中,大自然也以一个可怕的男性精灵的形象出现,威胁要惩罚有不良行为的诗人。诗歌《采坚果》也是写于戈斯拉尔,后来收入了《序曲》。它将大自然的两种性别联结起来,出现在令人震惊的场景:雌性的大自然受到了强暴,这从大自然的另一面引入了报复的恐惧,这是一个可怕的雄性护卫者所能实施的报复。

华兹华斯8岁时母亲去世,13岁时父亲去世。父亲之死与他自己对此的荒谬的罪恶感,成为两卷本《序曲》中另一个插曲,以及"时间点"另外插曲的主题。但奇怪的是,他母亲之死却莫名其妙地被忽略了,所以读者对诗人的话简直可以说是不知所云:

　　　　此时此刻我心生烦恼

　　　　这源于朦胧的缘由。我已孑然一身……

　　就此来看,华兹华斯母亲之死很难说是悲伤的"朦胧的缘由",然而,诗人却要抹去她的死亡。他要将孤独的悲伤的起源推向久远,推向更深层次的朦胧。在露西组诗中,拥有生机勃勃、似乎不朽的露西实际上是对失去了的母亲的取代。这种取代重新给予了他(由于失去母亲所无法具有的)和大自然一种直接的后世的联结关系。这一点对读者来说,能否想到露西是作为一位女儿、一位主妇,还是作为诗人对他妹妹多萝西的感情象征,似乎都无关宏旨。重要的是,想象中的露西之死再现了他母亲之死,就像诗人在《序曲》中所描述的那样。

　　但是,在诗歌《一阵微睡把我的精神封闭》中,母亲之死的再次体现却采用了非常奇特的形式。这首诗与露西组诗,可以被视为企图从两方面拥有它,当然,这种企图没能得逞也是必然。在他的创作中——可以视为是"珍惜词语"——诗人已经惜墨如金,常常抛却不必要的东西。一旦华兹华斯是孑然一身、成为流浪者,迷惘又沮丧,那么他就只剩下生命与诗歌了。他唯一的期望是重新联结他和世界的关系,那就是去死,这是没有死亡的死亡,在坟墓中如死去一般,但却依旧活着,通过一个母亲的替代者——一位姑娘,她既活着又死了,既能活跃在生活中,又已经为大自然所侵吞——同雌性的大自然紧密相连。当然,这是不可能的,但是,伟大的诗歌却恰恰产生于这样的不可能性。

　　华兹华斯出于上述幻想的做法,多萝西·华兹华斯有一段精彩的话对此作了描述。在1802年4月29日的"格拉斯米尔日记"中——也就是《一阵微睡把我的精神封闭》完成之后的三年半——她这样写道:

当时我们去了约翰的园林，起初坐了一会儿。然后，威廉躺下了，我也在篱笆下的地沟里躺下——他双目紧闭，在聆听瀑布的水声与小鸟的欢歌。其实周围没有瀑布——那只是云中的水声——云中的声音。威廉听到的是我的呼吸声和不时翻动的声音。但我们都依旧躺在那儿，谁也看不见谁。他以为，就这样躺在墓穴里、聆听着大地宁静的声音、而且知道我们的亲朋好友就在身边，是会感到非常惬意的。

《一阵微睡把我的精神封闭》戏剧化地表现了达到这种幻觉的不可能性。更确切地说，它表明了：也只能在幻觉中来达到，就是说，只能在语言的结构中达到。这是因为，只有在这个语言的结构中："东西"既可以指"人"，也可以指"物"；一个人可以同时拥有诗歌的两段，而且能够像露西一样，既是生者又是死者；诗人既可以是那个无精打采的姑娘，同时又是永远觉醒的幸存者。然而，把它作为双关语，实际上意味着：拥有它即是不可能拥有它；拥有它即是永恒的遗失与分离；拥有它即是在"东西"这个词的一个意义和其他意义之间挖一道不可逾越的鸿沟。

在《一阵微睡把我的精神封闭》这首诗中，这种同时赢得又同时失去、由于失去而赢得、由于赢得而失去的现象，在统一体不断滑动中得以表达，它们跨越了各自的边界进入到它们的对立面。结果，头脑无法进一步保持那种有序的思想，因为有序的思想依靠的是将"东西"紧紧固定在它们各自意义的鸽巢之中。露西是个贞洁的"东西"。她似乎从未被世俗的岁月侵袭过，也即未被大自然——时间、死亡之神、死亡——侵袭过。无情岁月的侵袭，一方面既是一种性占有的形式，使得被占有者可以保持贞洁——如果她年轻时就死去了的话；与此同时，它又是一种最

终的剥夺形式，也就是死亡。为无情岁月所侵袭实际上成了一种
依旧保持贞洁、同时又遭受到性攻击的方式。

诗歌中的说话者——不是作为露西的对立面：男性对（她
的）女性、成熟的知识对她青春期前的天真——是被位移了的
代表：既是被攻击者又是攻击者、既是露西本人又是她的非强夺
的强夺者，即大自然或是死亡。说话者被"封闭"住了，就像
她一样。现在他也很清醒地意识到：他未被封闭住，同样就像她
一样。然而，要想意识到这一点，正如诗歌的第二段所暗示的，
就要从死亡的非个人化的角度来看。要把它说成是死亡。死亡是
使受害者毛发未损的攻击者，但与此同时，它——又像没有掩埋
的尸首暴露无遗一样——向天空敞开着，就像岩石、石头和树木
一样。说话者向知识的移动，正如他的意识开始分散、渐渐失去
了"我"一样，与露西的死是"同一件事"。它在死亡中找到了
寓言。

无论读者沿着诗歌的什么思路前行，都将置于一种完全的矛
盾之中。这些矛盾并非反讽，而是差异在相同之中的并存，有如
诗中的时间与空间密不可分，但却分裂为大地的摇摆运动一样，
或者是像露西和说话者的关系模糊了性别差异一般。露西既是贞
洁的少女又是失踪的母亲，大地的万物之母既给予说话者以生
命，同时又遗弃了他。然而，男性和女性一同来到了大地上，所
以露西和说话者是"同一的"（the same），尽管诗人同样永远被
排斥在露西的差异之外，成了不必要的增长，像一个被遗弃的孩
子。两个女人，母亲和女儿，越过了中介的男性的一代。她们抹
去了男性统治的权力、逻辑理解的权力，而这恰恰是男性最出色
的权力了。在传达这一点上，诗歌使读者既无法移入绝对的控
制、也无法超越或者是置身其外。读者陷入了一种跳动的摇摆之
中，既不满足于心智又无法立足于诗歌之外的任何活动。

《一阵微睡把我的精神封闭》这首诗既断言了男性统治的意

识——它在两代人（即母亲与女儿或者说姐妹）之死后依然存在——同时又哀叹虽然拥有了这个妹妹或是女儿，但这种意识却始终无法联结死去了的母亲，因此也就无法联结意识的基点。诗歌就在这两者之间闪烁不定。一方面，他的的确确是幸存者；即便他没有财产或是权力，他也有知识。另一方面，思想或是知识并非是无辜的。因为实际上是诗人自己以自己的想象造成了露西的死亡。思维在反光镜的意象之中重现了人间岁月的无情：触动、攻击、占有、杀害、包围，将他者转变为自身，从而使自己只能面对一具尸首这样一个空洞的符号。

或许人们认定我对这首诗的阅读，是基于作者对其父母之死这样的"心理传记式的"细节之上，但我想声明：事实并非如此。华兹华斯对他母亲之死的阐释运用了传统的比喻：确认大地有着母性的容颜。当我们在诗中读到她的时候，她是那个修辞格中的一个要素。华兹华斯的生活像他的诗歌一样，是出于这个虚构比喻结果的活动方式，更确切地说，是并入了整个比喻体系结果的活动方式。这种并入既存在于华兹华斯的语言之中，又存在于普遍意义上的西方传统之中，既出现在他之前，也出现在他之后。简言之，将这首诗放在露西组诗和华兹华斯整个创作的语境之下，《一阵微睡把我的精神封闭》就出现了一个在西方不断重复的戏剧场面：失去的太阳。露西的名字当然意味着光明。拥有她，意味着重新拥有了失去的光源，拥有了作为逻各斯、生命力以及意义源泉的父亲。作为光明，她立刻就能证明：那个主要的光源似乎曾经存在过。光明普照大地，但却难以捕捉和拥有，就像泰利斯研究的天空。试图捕捉或是理解它，将会冒掉进井中的危险。对露西之死的恐惧，实际上是恐惧光明的消隐，恐惧所有和太阳相连的东西的消逝。这种恐惧之情同样出现在露西组诗的另一首《奇异的激情》之中。诗中月亮的背景，传递了太阳的女性意象，使得自恋的诗人非常恐惧露西之死：

"噢天哪!" 我失声惊叫,

"假如露西死掉!"

如果露西真的死了,这种恐惧就得以实现了,这就意味着失去了
光明和光明之源。也就失去了逻各斯,只留下没有了根基的诗人
和他的文字。失去露西,就是失去了诗人的女性的映像,或者说
是失去了诗人自恋的镜像。在与大自然后代的结合力缺席的情形
下,这一直是他坚定的人格的唯一来源。那喀索斯的故事版本之
一说,那喀索斯的自恋,源于无望地搜寻一位已经死去了的、可
爱的同胞妹妹。对华兹华斯而言,"狂暴燃烧的父亲之火"(华
莱士·史蒂文斯语)已经消隐在地平线上,显而易见再也不能
升起。尽管地球每日在自转,它似乎也吸收了所有的光亮。即便
是反射、在晚上也传递太阳光源的月亮,还有露西的符号意义,
也都已经落下。诗人的意识在这些消隐的光亮中幸存,成为一种
黑色的光亮。他对此的意识,可以说是一种 "光非光" (light-
no-light),当太阳落山、露西死亡,当两者都为大地所掩盖,这
种光依旧存在。

所有华兹华斯诗歌的戏剧性场景,都是这种逻各斯光辉的消
隐,以及对这种消隐后果的体验,这在《一阵微睡把我的精神
封闭》一诗中表现得极为明显。由于所有固定意义的缺席,诗
歌自然而然地采用了意义交叉的结构。这就是我一直试图要证明
的那种特性在交叉替换中的永恒的相互转换。无论是在客观上还
是在主观上,如果诗歌被认为是个固定的 "东西",那么人们对
诗歌的感受还是会跨越文字所建立的意义的边界。文字的意义始
终在摇摆不定。每个词自身都成为矛盾的意义的栖身场所,就像
主人和食客同在一幢房子之内。这种摇摆不定超越了文字和象征
语言之间差别的束缚,因为文字的意义和其象征的派生变化同样

存在于文字之中,就像其他的对立面一样。这种文字之内的意义的摇摆不定和句法之内的一种类似的摇摆不定相映成趣。它又反过来对应着诗歌两段之间的"去和来"的总体关系,这些摇摆不定的意义中的任何一个,都是一对之中的另一个完全相异的例子,正是这一点阻止着任何辩证的综合意义的确立。这种由内而外追寻意义的差异,使人们的视线不再专注于试图在诗歌之外确定它的意义。这样,诗歌真正抓住读者的地方在于,它文本之内的摇摆移动使得诗歌在意识、性质或者精神方面没有任何固定的基础。因为失去了根基,这种移动,明确地说,就是非逻辑性的。

我对华兹华斯这首小诗的解释,似乎使我和人们对当代文学研究现状的真实描述相去甚远。但它却意味着,这是对这种阐释模式的一种"举例说明"。尼采在《权力的意志》中说:"能够把一个文本当作一个文本来阅读而没有插入一种阐释,是'内在体验'最终的显现形式——或许这是不大可能的一种形式。"假如这是不大可能的,也许人们就不再渴望达到这一点,因为所谓阐释,在尼采看来(在其他文章中有所阐述)是一种能动的、肯定的过程,是为了某种目的或是用途而对某种东西的一种占有。在多种多样的阐释形式——这形成了文学研究波澜壮阔的局面——里,或许路的真正的分岔口,恰恰处于这两种占有模式之间。处于两种讲授文学和写作文学的模式之间。一种模式已经明了它要发现什么。这类模式为某个中心的先决条件所控制。另一种阅读的模式相对更开放,对文本的无穷无尽的奇异性开放。这种谜一般的奇异性遮蔽了大部分的文学研究,但文学的奇异性依然存在。它逃逸出所有欲掩盖它的企图之后幸存下来。它是人类困境主要的相关物之一,因为我们的困境常常遗留在语言之内。这种奇异性在于:语言,至少是我们西方的各种语言,既断言了它的逻辑性,而与此同时又将它推向边缘,就像《一阵微睡把

我的精神封闭》里的语言现象一样。如果上述所说不错的话，
那我一直在举例说明的这样一种可供选择的文学研究模式，既能
而且应该进入我们的学院和大学的课程。这一点，在某种程度上
已经开始起步，但在我看来，教学大纲向此方向的进一步发
展——从基础的阅读、写作课程到最高级的研究生研讨班课
程——将是当今人文研究的一项任务。

附　录

1984

　　在读迈耶·艾布拉姆斯的《解释与解构》（*Construing and
Deconstructing*）时，我一直在努力回忆五年前我写作《在边缘》
一文时脑子里究竟是怎么想的。我不想重复托马斯·哈代在谈他
的《德伯家的苔丝》时所说的话："不著一字，斯更佳矣。但它
还是伫立在那儿。"尽管我可能不会以同样的方式写作《在边
缘》一文，但我还是很高兴我写了它，因为无论如何，它就伫
立在那里。像任何文章一样，随着时光的流逝，它就越来越脱离
了它的作者，因为他已不再是同一个人了。或许他恰恰因为写作
了那篇文章而变得有所不同。《在边缘》想必已经在这个世界上
自行其是，就像一位失去了父亲的孤儿，只能不停地说着同样的
事，一遍又一遍，回答着像迈耶·艾布拉姆斯质询它的诸如此类
的任何问题。

　　此外，今天美国文学研究的情形，与 1979 年的情形已大有
不同。在我看来，迈耶·艾布拉姆斯现在正努力同一个既成事实
达成协议。至少我当时的一些期望现在已经实现，也就是说，广
泛吸收新型的、修辞学的一套方法，使之能够进入美国的文学教

学和文学研究的实践当中，这一点已经实现了。文学研究的边疆或是边界已经移向不同地点，根据最近修辞的和语言学的洞见，开始了新的质询以回答文学和历史、文学和社会的关系。不管怎样，美国的文学研究已经彻底被结构主义和后结构主义的方法所改变了。这并不是说它没有了对立面，而是说它的对立面已经进入到了一个新的阶段，虽然我觉得可以预见，但仍然令人哀怨；我的意思是说，进入到了一种荒谬的辩论阶段，有时辩论是由一些著名的老一代学者引发的。他们显然感受到了文学研究这些新走向的威胁，以致自愿抛弃学者所有的精确和责任这些传统，仅仅是为了盲目地反击他们看来没有努力去理解的东西。迈耶·艾布拉姆斯绝不属于这类学者中的一员。他花了很大功夫读了德里达和我的作品。他的文章相当重要，那是一个不同体系的学者批评家所能做的最为严肃、最为详尽的努力之一，企图同所谓的解构主义达成协议。面对迈耶·艾布拉姆斯，人们既可以表示不同意见，也可以和他进行讨论。为此，我向他、还有他的文章表示敬意。

艾布拉姆斯先生并没有完全理解解构，这么说我想他一定会感到不悦，但我这么说，实际上意味着敞开了我们之间、还包括像他那样的人和像我这样的人之间进行对话的大门。我已经努力在试图回答这样的问题：像艾布拉姆斯和我这样两个文学学者，接受的几乎是相同的传统教育，作为读者大概具有相同的能力，但为什么会如此截然不同地阅读德里达？为什么我们会如此截然不同地阅读《一阵微睡把我的精神封闭》？我发现这是一个令人困惑的问题。我以为我已经找到了问题的答案，答案并不在于纯文学理论夸大了的高度，而在于基本的、本能的倾向于语言（文学的或非文学的）的低地。

文学研究的论争难得有圆满的结局。双方都不大可能赢得荣耀，也许都说了许多不得体的话。所以，在这种情况下去证明对艾布拉姆斯文章的一个简短的回应，或许赌注下得太大了。尽管我无疑非常感谢他对我的一篇文章和德里达一个选集的密切关注，但在我看来，他并未击中他所评论的文本的要点。我可以就他文章的每一行、每一句或多或少地加以评论，但我以为，在他的系统阐述和结论中，他所识别的某些东西有点偏斜。为了简洁起见，我将首先指出一些不太普遍、但却并非无意义的误解或是错误倾向，然后即刻转向蕴涵在艾布拉姆斯文章中的主要的误解之处。

第一个小点：艾布拉姆斯在文章的结尾，对今天的年轻人使用所谓解构的方法做了评论，认为他们只是为了提出新的和可出版的读本，为了在学术界独领风骚，为了提职和获得终身教职等等。我对这样的说法感到非常困惑不解。我以为，如果允许我这么说的话，艾布拉姆斯在这里似乎是极尽嘲讽之能事。他对我们同行里年轻人理性的诚实所表现出来的缺乏自信，真是令人惊讶。他自然知道，带有这样的动机，是很难有所成就的。对文学研究和文学教学唯一的希望就是，你怎么看待它，就怎么说。对艾布拉姆斯文中的那些言辞，你只能说：不著一字，斯更佳矣。

第二点：虽然艾布拉姆斯在文章中讨论了德里达，并且做了较为广泛的论述，但他主要谈的是德里达早期的著作，特别专注的是《文字学》和其他一些早期的文章。我想，尽管德里达无论如何都不会否定他那时写的东西，但他自此以后还出版了许多著作、发表了很多文章。他的新作自然能够形成现在的基本语境，看他的早期作品无疑不能离开这样的语境。而且，如果离开了德里达早期论述胡塞尔、海德格尔、甚至论述萨特或者那一时期普遍流行的法国存在主义的著作这样的语境，他早期的作品本身就难以理解。如果艾布拉姆斯想要对德里达文学研究著作的意义有一个更加可靠的评价，最好应该去讨论他的《丧钟》，或者《明信片》等。同样的话也适用于（尽管可能略有不同）对我文章的理解。我已经说过，尽管我非常感谢他对我讨论《一阵微睡把我的精神封闭》这篇文章的密切关注，但在我看来，使用举隅法是不可靠的，尤其以此代表我所有的作品，或是（在宏观上和假定已经脱离了德里达的层面上）代表美国的解构主义批评，更是不可靠的。艾布拉姆斯在此所使用的归纳法，显然基于一种非常脆弱的基础。

最后一点：艾布拉姆斯给人的感觉常常是，他认为人们正在宣扬的、所谓的解构，是一种全新的、从未听说过的阐释范式，它基于对语言所做的新的洞见，是一些先前从未有过的东西。事实绝非如此。事实上，人们在宣称的恰恰是，解构是具有悠久传统的修辞研究在当今的变体，它特别回归到了希腊语，尽管在某种程度上说，回归到了已经趋向于模糊甚至是被（希腊人自己，就像柏拉图那样）消抹了的希腊思想的一个方面。好的作家和好的读者总是明了解构的内涵的，比如它对修辞语言是如何论述的。艾布拉姆斯所称自己的"老式的阅读"（oldreading），事实上才真正是新来者。它完全基于一套最近的有关文学阐释的设定，这些设定被狭隘地约束在一个特定的历史场景，如 19 世纪或是 20 世纪的文学研究的人文主义。诸如所谓的唯美主义（即相应的镜像或孪生子），这种人文主义趋向于使文学的文本与基本的本体论、形而上学或是宗教的问题分离开来。

至关重要的一点：艾布拉姆斯文章中最大的一个误解，应该可以从他的标题《解释与解构》入手加以探讨。如果这两个词汇翻译成相应的、传统的同义词的话，那么，艾布拉姆斯的文章题目就成了"语法与修辞"（Grammer and Rhetoric），也就是说，它使用了中世纪三大学科分支的两个名称（第三个名称是逻辑）。艾布拉姆斯的错误在于，他采用了极为原始的设定方法，认为一种语言的语法——比如华兹华斯那首小诗的语言——是易于辨认的意义的第一层，也是最基本的层面，这个易于辨认的意义，其修辞的语言——比喻的异常领域——是作为一种非本质的第二层附加其上的。而这里的第二层是向艾布拉姆斯所称的（他在这里精心地游戏了他自己的双层意义）"超阅读"（over-reading）开放的。首先有一个"基础阅读"（under-reading），或者说是对普通语法的解释，然后，如果你碰巧需要它（尽管可以质疑：你为什么就应该需要？），这就有了超阅读，也就是对修辞的阐释，这有时也被称为解构。后者对文本来说，是一种多余的、无足轻重的东西。除此之外，它完全依赖于这样的事实：解构主义者就像任何其他读者一样，首先已经完成了对文本的基础阅读，也就是对其普通意义的解释，而这是所有有能力的读者都可以自然而然、圆满地完成的。

德里达和我宣称所属的传统是，这是一幅虚假的图画，无论对语言来说还是对好的阅读来说，都是如此。解构及其依附的传统，其最主要的先决条件可以说是：修辞语言可以一直深入其中。它不是被强加于一个易于解释的语法之上的某种东西。诗歌、小说、哲学文本，或是任何其他形式（比如说文学批评）的语言，并非像 A. A. 米尔恩故事中的普尔的那个蜜罐，他最害怕自己为大象设置的陷阱，上面是蜜（修辞之花的果实），下面是乳酪（文字语言的普通食品）。语言从头至尾都是蜜，而这个"尾"还深不可测。所有的语言，实事求是地讲（既不夸大也不缩小），都是极富修辞性的，我在这里对"下面"或者说是基础所作的文字游戏即是一个明显的例子。因此，所有好的阅读，都是在解释句法、语法类型阅读的同时，也是转义（tropes）的阅读。任何阅读，必然要同时实践阐释的这两种形式。这也就是说，没有艾布拉姆斯所假定的那种普通的"基础阅读"的东西。随着这种前提的崩塌，艾布拉姆斯反对解构的所有论据：他对解构的异常的阅读以及他提出的一个可供选择的教学法，也就都不攻自破了。事实上从一开始，超阅读也就仅有一种形式，即对语法和转义的共同阅读。

艾布拉姆斯所想象的语法的"基础阅读"是不存在的，其证据之一是：就特定的文本而言，一个人可以从所谓有能力的读者的"初次阅读"（first readings）那里得到的东西，简直是千差万别。艾布拉姆斯自己在简短评论《一阵微睡把我的精神封闭》时，就给出了这样一个例子。西方文学经典之作中的任何一部主要作品，哪怕是至为明显的"简单"之作，无论任何人，只要注意一下对它们的阐释的历史，都将会碰到各种各样、互不相同的解释。艾布拉姆斯在文章中说"我们这些'基础读者'（under-readers）是在人人都同意的普通意义上阅读的，我们始于此，也止于此"。我认为，我这里的"我们这些'基础读者'"实际上是指"我，迈耶·艾布拉姆斯，还有那些我能说服他们接受我的阅读方法的人们"。"人们对文学作品的可供解释的普通意义有着广泛的认同感"，对这样的观念提出辩驳的证据比比皆是、势不可挡。

任何好的读者面对《一阵微睡把我的精神封闭》中的词语时，如艾布拉姆斯在文章的末尾所引用的那样，都将会面临一大堆的问题，而无论如何不会面对一个清晰的、自然发生的、可以解释的意义（只有在此基础上，他才能完成不可靠的或是没有基础的"超阅读"的阿拉伯式的图案）。其中的一些问题属于"语法上的"，如：为什么这首诗说"did……seal"，而没有使用简单的过去时态"sealed"？而有些问题是属于"修辞意义上的"，或者说是与转义有关的，如：说一个人的"精神""微睡"是什么意思？说一个人的"精神"被"封闭"是什么意思？它是指一个封皮、一些蜂蜡、一座坟墓，还是指什么人的嘴被"封闭"了，或是别的什么意思？可以说，所有这些谜都同在一个层面上。每一个都进入到其他之中，与它们缠结在一起，于是，没有其他，哪一个谜你都解不开。它们未能形成一个等级体系，阻碍了艾布拉姆斯想要奠定文学研究基石的普通意义或是"基础阅读"的确立。

艾布拉姆斯文章中的其他结论也都因为他最初前提的不牢靠而变得大有缺陷，特别是他阅读德里达和我的解构文本的方式，他对我把《一阵微睡把我的精神封闭》置于华兹华斯和其他人的细节这样一个宽泛的语境的质疑，以及他描绘的适宜的教学法——以解释或是语法开始、然后再进一步（主要指特定的高年级学生）走向解构、也就是走向理解转义的修辞——无一例外。

解构主义批评的所有努力可谓是不厌其烦地、一遍又一遍地以各种各样不同的文本（诗歌、小说、哲学、文学批评、前言，等等）来证实与艾布拉姆斯想要说明的观点完全相反，也就是说，要证实最普通的语法意义已经被这种或那种转义搁置一边了。德里达绝不是要把他对卢梭的阅读建立在为每个人所接受的"基础阅读"之上，他要表明的是，一方面，一次具体的阅读，也就是"逻各斯中心论的"阅读，对我们文化中任何时代的任何读者来说都是不可避免的，而与此同时，在另一方面，这样的一次阅读包含着另外一次阅读的踪迹、遗迹或是潜在的暗示，而这后一次阅读消除了第一次阅读的效应。解构取代了形而上的阅读方式。或者说是对此进行了重新定位，所采取的方法是追随那些踪迹，并且把逻各斯中心论的阅读移入一个不同的语境之中。这个新的语境把逻各斯中心论的阅读完全变成了另外的某种东西。这个过程表明：逻各斯中心论的阅读方式，远非像艾布拉姆斯假定的那样，是某种有着坚实基础的基础阅读，也就是说，它不过是一个复杂织物中的一股线而已。

至于艾布拉姆斯提到我在文章开头对《一阵微睡把我的精神封闭》的释义，我得说他没能领会我的意图，对此我感到很遗憾。我想，其中的一个原因对我们之间的不同观点来说或许意味深长。我的释义是具有讽刺意味的，就是说，是为了展示它显而易见的不适当之处，并且以此为在下文说明这种不适当的原因、并进而修正它做铺垫的。读者应该意识到，在对这首诗的叙述中，有着令人惊异的不完整的东西或者说是有所欠缺，而读者应该期待更多的东西以对这种不完整性进行修正。正如有人所说，反讽应该有标点符号。

有关语境的问题：艾布拉姆斯假定，在语法能力上，对一种特定语言的任何读者或是说话者来说，阅读孤立的文本（比如像《一阵微睡把我的精神封闭》这样短小的抒情诗）都有一个牢靠的语境。德里达懂法语，所以他能阅读卢梭，这同其他法国人并无二致。我懂英语，那么，《一阵微睡把我的精神封闭》对我来说能有什么问题呢？德里达和我对由于修辞语言的渗透或是弥漫导致那些哪怕是最明显的、最简单的段落也有了难解之谜的问题，提出了我们的见解。如果说我们的解释是正确的话——事实也是如此——那么，其效果之一就是：使得语言的每一篇东西都具有特有的风格和独特性，是自身映像的创造者。正是在这个意义上我们说，标准法语或标准英语中那个假定的、充分的语境是一种错觉。

我们在这样一个非常时刻需要能够得到的任何帮助。这种帮助之一是同一个作家或其他作家在一个扩大了的领域内的那些"相似的"片断。如德里达所说，这个扩大了的领域永远不可能"饱和"，所以，它能够解决多少问题，就会自然而然产生多少问题，特别是通过那个"相似性"所引发的疑难问题。那么，准确地说，所谓露西组诗是以什么样的方式形成了一组呢？我同意艾布拉姆斯的观点，这是个问题，但我认为，假托诗与诗之间没有关系并不能解决问题。另外的"相似的"片断同样不能"解开"这些谜团——总之，在无法一劳永逸地解开和搞清楚的意义上，它们是难以解释的——但类似物也许能帮助读者窥见手边文本中究竟什么是异质性的、不相称的、个人习语的、个人独特的、甚至是（在无法解释的意义上）"愚蠢的"，等等。当然，上述所有这一切，都要仰赖有没有能力在第一和最直接的层面上把它看作是令人惊奇的、使人困惑的、意义缺乏透明度的。

最后，谈谈教学法的问题：我已经在前文中提到了，由于从语法的弥散而产生出修辞（这就是解构不厌其烦要论证的），所以艾布拉姆斯的教学范式是不可能的事。他设想下述情形是可能的：首先教给初学者"能够写出有着简洁、准确意义的文本，能够简洁、准确地解释所阅读的文本"。然后，再进一步，在高级研讨班内，作为一种不必要的虚饰，也许可以进一步讲解构的"保持平衡的艺术"。哎呀，这不起作用。没有修辞就没有语法，对写作教师来说，这是众所周知的，而且他们还在今天又以不同的形式发现了这一点。除非从一开头就给学生同时讲授语法和修辞，否则他们既不可能学好写作，也不可能学好阅读。我不否认，这对写作和文学的课程设置（以及教师的培训）造成了一些困难。近来物理学和生物学方面的知识已经给物理学和生物学的讲授造成了极大的困难。差异之处在于，无论是普通语言的还是文学语言中的转义，包括反讽，其基本属性已经为自柏拉图和古希腊的演说家以降的人们所熟知。如果说，从一开头就不应该讲授修辞或者是转义的知识（指的是在写作和阅读课程中，在教给学生语法能力的同时一道讲授），这就等于说，学校应该首先教你太阳围着地球转，然后再告诉一些优秀的学生事实并非如此简单。

对此你无能为力。假如语言是"背信弃义的"——我引用了艾布拉姆斯有点使人不快的字眼——那么，学生，哪怕是最初级水平的学生，应该被告知这个真相，就像生物课和物理课在开始讲课时，就必须努力向学生解释最新的遗传学或者粒子物理学的有关知识一样。作为写作课或是修辞学课的教师，你必须用语言解释语言，毫无疑问这有特殊的困难，但除此之外你别无选择。我再次声明，我认为艾布拉姆斯令人惊讶地蔑视写作课、阅读课的教师们和他们的学生，说他们必然在这场尝试中以失败而告终，真是令人诧异。

作为结论，我想再问：为什么在艾布拉姆斯和我之间有如此一条鸿沟？在我们首次碰到诸如《一阵微睡把我的精神封闭》这样短短八行诗歌的东西时（他在文章末尾引用了该诗作为对解构的最终挑战），究竟发生了什么事？我在自己的文章中已经谈到了他未能识别反讽的转义，这也许能提供一些线索。我想起了乔治·艾略特《丹尼尔·德龙达》中的一段话，描述的是格温德林对宗教经验、经济学知识或是政治知识的一无所知：

> 她不会总是意识到那些桎梏，或者更多的精神枷锁，但常常厌恶以宗教的名义呈现在自己面前的任何东西，同某些人厌恶算术或是算账如出一辙：这在她心中激不起其他情感，既无惊恐，也无渴望；因此，她是不是相信它的问题在她身上并不存在，她也从未询问过殖民地的财产和金融等状况，尽管她有许许多多的机会可以了解，因为这些是她的家庭财产依赖的基石。（第6章）

我渐渐地开始相信，正如有人尽管学识渊博、感觉灵敏、不无智慧，但对他们来说，形而上的或是宗教的问题都是"非问题"（nonquestions）；对另外一些人来说，尽管他们同样学识渊博、感觉灵敏、不无智慧，但社会的或是政治的问题都是"非问题"。因此，也许真的有人会有一个盲点，无法确认一个特定的语言片断中转义所固有的奇异的东西。这一点可能特别表现在对反讽的感觉迟钝上，就像一个人听不懂笑话的着眼点。如果需要人家来告诉你，这是一个笑话，那是一个反讽，我想没有什么比这更让人恼羞成怒的了。有关如何看待一个可能具有反讽的片断的分歧，很可能引发最激烈、最刻毒的论战，例如我开始写作这篇附录时所哀叹的那些。但是，这类东西，或许就是艾布拉姆斯和我之间的裂缝或是分歧所在，虽然我依旧希望他将会跨越断层，走到我这一边来，或许这也是所有基础读者和所有超读者之间的分歧所在，虽然我更愿意区分更坏和更好的阅读，例如对《一阵微睡把我的精神封闭》的阅读。

问与答

问：您似乎对解构提出了两种不同的主张，一个温和一些，一个严厉一些。温和的主张似乎是说，解构只不过是种尝试而已，为的是测试或是质询一个文本所设定的基础究竟能承受多大的容量。而严厉的主张似乎是认为，每一种情况下的基础都无法承担强加于它之上的重量。我想，像沃尔特·杰克逊·贝特这类解构主义批评家不会反对第一种观念，也就是说，他不反对测试或是质询文本。但第二个观念则会使他感到惊惶失措的。

答：我同意。第二部分是解构明确的怀疑论的一方面，它的的确确使贝特教授这样的人感到烦恼和惊恐。我对此的回答是，要告诉贝特教授或是任何人，还是让我们一起来看看作品吧。让我们一起读，而且一起做那个测试，然后我们再来看看你是否能说服我，说一个文本的基础确实承担了重量。我的意思是说，解构只不过是种好的阅读方式，探讨解构的最佳场所就是共同的阅读行为，而绝不仅仅是纯理论。就纯理论而言，没有经过测试的先入之见——如康德的著作中说了什么或是华莱士·史蒂文斯说了什么——很容易引起人们之间的唇枪舌剑。

问：如果贝特进一步阅读解构，难道您不认为他会在已经出现的那种明显的保守主义中找到慰藉吗？在我看来，您质询后所得出的结论也是预先决定的（predetermined），也就是说，您已经知道文学不会支撑附加其上的意义。但面对这样的事实，您最终得出了保守的论点：例如，既然没有什么方法可以使您为文学史的任何地图辩护，那么，您就可以固守您手中得到的地图。您是否认为解构因此保护了那些早期可能成为新批评家的学术和知识界的保守主义分子呢？

答：我不同意说我的结论是预先决定了的。我至今还在寻找，而且会很高兴找到坚实的立足点。至于说到文学史的地图，我相信一个基于新发展的新地图，是完全可能的。描绘出这个地图，是今天的主要任务。就解构仅仅是一种好的或者说是仔细的阅读方式而言，那么，它也是普通阅读——新批评是其另外一种形式——的一种形式。与新批评家不同，解构主义者争辩的是：你不能想当然地认为一部好的文学作品一定是有机的统一体。解构把反讽看作并非必然的（或许曾经是）一个可限定意义的转义（意为：口说一件事，而意指另外一件可认作是相同的事），而且比布鲁克斯还要强调这类复杂的转义问题，尽管他对转义极感兴趣。解构更符合燕卜荪或伯克，而不是布鲁克斯。我的意思是说，肯尼斯·伯克和燕卜荪的著作中包含了一切：如果你看过伯克，你就没必要再看德里达。不过，德里达把有关语言的观念运用于一个更大的（与伯克相比较而言）作品的范畴。我对他感兴趣，不仅仅因为他是一个理论家，而且因为他是一个读者。

问：有时您似乎在倡导一首诗歌是一次言语行为，因此我们在阅读它时，有必要考虑诗歌的场景。假如诗歌是一次言语行为，那么，您怎样证明您对"食客"和"主人"的分析呢？比如说，您把这些词语重新放回原位，然后就可以忽视它们出现在其中的文本的语境吗？

答：我以为，无论出现在什么场景，词语都会保持着自身某种历史性的力量。所以，对我来说，诗歌不是一块空地，在等着一人或是某个团体的读者给它意义，就像斯坦利·费什认为的那样。我读诗的时候，诗歌对我有一种力量，甚至是危险的力量。这力量之一是指栖居于词语中的历史意义的某些方面。我坚持我的"食客"和"主人"的历史，尽管它在某种程度上说是文字游戏。我的目的在于显示，这些词语倾向于获得自由，在他们的精明的使用者如斯坦利·费什的笔下，不是从它们的整个历史中，而是从它一个意味深长的部分获得自由。从词源学的角度进行论辩——如像海德格尔那样——是危险的，因为在一个词义的历史上，很可能会有断裂。整个历史在词语的根源上未必会先期规划好了。从另一方面讲，我认为一个词语并不完全是由它所处的场景界定的；它不是一个单调的声音或者空白的符号，使我可以自由自在地赋予其意义，或者说因为我是属于某个阐释团体的，它就会等着我给予它意义。文学总是充满了惊奇的，哪怕是对半路出家的好读者来说也是如此。

问：在《当前修辞研究的功能》一文中，您说您认为阅读莎士比亚、斯宾塞和弥尔顿比博尔赫斯或是弗吉尼亚·伍尔夫更重要，而在其他地方，您又说重要的是阅读"最好的"文学。解构主义能够提供什么准则或者什么办法来帮助我们确定究竟什么是"最好的"文学呢？

答：最初我说这番话，是在得克萨斯的一次会议上，那是在英语系系主任的一次聚会之前的会议。当时我试图确认我立场上的保守主义的一面。我的意思是说，对当代文学关注太多了。我举了例子，说弗吉尼亚·伍尔夫作为作家，足以使你花费大量时间来研究她，不管她有多么重要。人们有必要知道她知道些什么，包括了解在她的《一个人的房间》中所提到的那些同她关系波动的男性作家们。虽然我认为弗吉尼亚·伍尔夫是个重要作家，但我同样认为，人们不能仅仅阅读 20 世纪的文学。就经典的文学史而言，解构主义持保守主义的观点。对解构主义者来说，经典相对来说是无足轻重的。尽管哪怕是微小的重新编排——如德里达在他的《丧钟》中，将黑格尔与热内并列——都可能产生不小的后果。解构主义者是要对经典进行再阅读（rereading），但我们阅读的主要是每个人都阅读的那些人。因为经典在解构主义中早已是公认的了，这个特殊的批评形式并没有发现人们尚未注意到的众多重要的作家。比如说，德里达是教哲学的，他主要教授重要哲学家中的经典人物：柏拉图、莱布尼茨、笛卡尔、康德、黑格尔、海德格尔，就像任何其他哲学史家所做的那样。

问：设想一下您是个学生，所受的教育止于 1965 年。您很了解新批评、修辞批评、读者反应批评，但对解构主义却一无所知。假如您是这位学生的话，您该怎样用和您现在截然不同的方法读一首诗呢？您在其中看不到什么您认为您现在能够看到的东西呢？

答：没有看不到的东西，如果我一直是一个好读者的话。这就是为什么我说，你不需要德里达或是解构，如果你没有像燕卜荪和伯克那样读了太多的布鲁克斯和沃伦的话——那是新批评的另一面，它在修辞格等问题上观点更加激进一些。但我还要说，正是由于质疑了"一部好的文学作品将会是有机的统一体"这样的假设，解构主义使我可以自由地和作品的各个方面打交道，这样才不至于被统一体的假设所同化。解构主义批评家一直非常关注词的误用（catachresis）——一种修辞格，假定你这么称呼它——的力量，而新批评家对此没有给予足够的重视。（当然，德里达的《白色的神话》在这里是个重要的文本。）词的误用和拟人法，一直是我最近的著作所关注的重要内容。它们是界限，基于文字语言和修辞语言之间对立面之上的文学文本的修辞分析在此停顿了，也许在此可以窥视到——就像在眨眼时——语言之外的某种东西。这里的"某种东西"，可能阻碍着语言——如诗歌的语言——"变得清晰"可鉴。词的误用和拟人法结合起来，就像在"一座大山的正面"一样，但有着不同的、时间的方位：词的误用是面向现在，而且是面向"创造现在"，方法是命名那些不然就会悄悄溜走的东西；拟人法面向的是过去，是对缺席的、无生命的，或者是死去的东西进行乞灵，方法是给它戴上人格化的面具，直接对它说或者谈到它时仿佛它是个栩栩如生的人物："你很了解他的，你这威南德的悬崖和岛屿。"我的例子表明，省略号和拟人法自然是密切相连的。我曾经试图在《语言学时刻》中把某些类似的情况搞清楚。

问：但我得说，您在《语言学时刻》中对叶芝的《1919》进行了有机的阅读。为了显示诗歌的每一个单独部分都是无序的，您提出这首诗始终如一地创造了一个无序的意象。我至今仍不大明白，您阅读的新意究竟何在。

答：你所说的，实际上是误解了"有机的统一体"的阅读和解构主义者的阅读两者之间的对立。解构主义的阅读方式可以是对特殊形式的非常具体的阅读，比如一首特定的诗歌，就说叶芝的《1919》吧，解构阅读就是要具体说明它并非连贯一致，它是异质性的，是向逻辑前提、逻各斯统一体的力量提出挑战，而且并不因此创造一种有机统一的阅读。这样的阅读方式并不意味着它对任何人都是开放的，一个人可以自由地对诗歌进行任何不管是什么形式的阅读。我要说的是，我认为我对叶芝诗歌的阅读是正确的，思想健全的人，只要假以时日，都会达到我这种阅读的地步、站到我这一边来。当一个人把非确定性（undecidability）认作解构的特征，他的意思并不是指一种对所有人开放的移动，而是指在各种可能性中来来回回的、一种非常具体的、大体相同的移动，每一种可能性都是由一个又一个词组联结起来的。我的观点是，一首诗对任何读者和任何一种阅读方式——即便是一种不适当的阅读方式——都有一种强制性的影响。连最含糊其词的释义都潜在地包含着它试图抑制的意义,艾布拉姆斯对《一阵微睡把我的精神封闭》的阅读就是一例。这方面一个典型的陈述是保罗·德曼为卡罗尔·雅各布斯的《掩饰的和谐》所写的序言。对德曼的话,我完全赞同。他是这么说的,如果允许的话,我把它复述如下:

> 理解不是一个单一的、普遍真理——它将会作为一种本质、一种实在而存在——的变体。一个文本的真理是更为经验式的、文字式的东西。能使一种阅读方式具有或多或少的真实性的,只不过是它发生的可预言性、必然性而已,它不考虑读者或是作者的意愿。荷尔德林说,"Es ereignet sich aber das Wahre",这完全可以翻译成"什么是真相,取决于将要发生什么"。就一个文本的阅读来看,发生了什么,是必须加以理解的。能标示这种理解真实性的,并不是某种抽象、普遍的东西,而是这样的事实:它无视其他人的顾虑,是必然要发生的……它不是选择究竟该省略还是该强调的问题(采用对文本中的某些因素——以损害他者为前提——加以释义的方式)。我们不存在选择的问题,因为文本把自己的理解强加给读者并由此形成了读者的逃避。人们越是审查,也就越能暴露出什么东西被抹掉了。释义总是被我们称为分析阅读,也就是说,它总是要被人们不断地指出它究竟要掩藏的是什么。

问:您一谈到诗歌的强制性或是独立的状况,我总是感到很惊讶。您怎么能使诗歌在解构之中免于怀疑论呢?而解构中的怀疑论似乎削弱每一个其他存在的基础。

答:我需要依靠某种东西,或者说是要有个立足点。那就是书页上的那些文字。它们并不是像马拉美所称的"一种扭曲的外表的存在"。在给予那个不在的（nonpresent）存在以不可抵抗的力量时，我在用我的文学经验对此进行验证，这也就是为什么我不可能使乔治·艾略特的《米德尔马契》或是史蒂文斯的《岩石》生成任何我愿意使它具有的意义。这样一个对我具有强制性的文本可能是复杂的、异质性的、不可思议的，但这并不意味着它可以销声匿迹或是任由我赋予它任何我想要它具有的意义。这个事实保证了对人述说"在这种情况下，你错了"的可能性。很幸运我们有了这种可能性，因为一名教师会需要这种说法的。文本之于读者的这种力量，同样可能打开了读者之间的对话之门，你完全可以搞清楚某人究竟是对还是错。因此，真正走向德里达的方法——这将是非常困难的——就是努力表明，他有关柏拉图、庞吉、黑格尔的论述是错误的，他对他们的阅读是错误的。这更贴近主题，远胜于仅只是在真空中讨论他的什么"理论"。

问：弗莱的原型理论怎样适合您的解构主义观点呢？

答：对弗莱来说，原型趋向于被认为是某种先在的、或是越出它们具体化身的某种东西。所以，尽管弗莱的理论看上去并不是荣格式的，但他提出，在某个地点有一个原型的聚集地，而且它们必然在另外的地点重新出现。对我或是对德里达来说，范式只能存在于它们的主体部分；没有什么原始的例子。没有始源，只有一种鉴别的活动。据我所知，解构主义者谈到或是批评弗莱的并不多，但德里达在《结构、符号和游戏》一文中，明确批评了列维－斯特劳斯对一种原始的、幸福的、未开化状态的迷恋。在列维－斯特劳斯或是结构主义人类学的神话观里，你有两个、三个、五个、一打乃至上百个你搜集的神话例子，看上去似乎它们趋向某种原始的、它们都能代表的神话，尽管列维—斯特劳斯正确地把它看作是一种折射的幻觉。

问：M. H. 艾布拉姆斯用您的文章《在边缘》对德里达的语

言哲学和由此构成的美国解构主义批评进行了严格的区分。您认为是否存在着任何区分您的文学批评和德里达的哲学之间的基础？

答：我真希望有区别！但另一方面，仅只是简单地设定美国的解构主义完完全全是顺从的或是保守的，那无疑是错误的。美国的学院和大学里，课程和学科组织已经开始发生深刻的变化了，这是解构主义的一个结果。你的问题也有人提出过，但是从完全不同于艾布拉姆斯的角度提出来的。比如，罗德尔菲·加什（Rodolphe Gasche）在一篇名为《雕刻的文字》的文章中更加激烈地提出了相同的观点。他说，德里达是由于某种欧洲的语境，他在那个语境中是非常革命化的，他是个哲学家，而不是个文学批评家。当他在美国主要被文学批评家用于阅读的目的时，他就变得顺从和更加保守了。而且，在美国进行这种批评的人们，倾向于处于精英——也就是说我们的某些批评家——的圈子之内，而且以此维持现状和坚持保守立场等。解构主义者发现自己处于一种奇怪的境地，受到两面夹击：一方面受到贝特、韦勒克、杰拉尔德·格拉夫这些保守主义者的攻击，说解构是虚无的；另一方面受到马克思主义者的攻击，说解构对体制没有哪怕是一点点的改变。也就是说，一方面，我们无所事事；另一方面又是极端的无政府主义者。我不明白我们的反对者是怎样同时站在这两个立场上的。事实上，这两个立场都是严重错误的。我同意说，当你从一个体制化的语境移动到另一个体制化的语境之中必然会有一个变化。是的，德里达应该是一个哲学家，而美国绝大多数从事这种批评的人是文学批评家，尽管德里达对美国哲学的影响力正在日益被人们强烈地意识到。他的影响力已经遭到了瑟尔这样的哲学家们的抵制，并且发出了悲叹之声。另外，我确实认为，加什错了，他忽视了这样的事实，德里达首先是一位语言作品的读者，而他所读过的作品里，有大量的文学作品。还有一点也未必是事实，即与德里达相比，一个文学批评家一定要没有他激进才行。说解构一定会在美国受到削弱，其实这并不是它在转变过程中所固有的。其间是发生了变化的。是的，德里达毕竟每年在耶鲁大学教授几周的课程，而且在全美巡回演讲。从某种程度上说，他的活动已经转移到了美国。

问：您不再觉得在自我（the self）和语言之间有某种相互作用了吗？

答：我很怀疑你是否能想到我的内在的、某种像一粒沙子一样的自我，正如叶芝所说，某种类似确切、坚硬的物体的东西。在我看来，自我主要是语言的一种功能，而不是一种使用语言的特定的先在。语言是先于自我的。一旦你把自我看作是语言的生成物，那么自我就会变成多变化的、不确定的和复杂难解的。在这个意义上，我同意尼采的观点，他把自我定义为冲突自我的一个聚集（a congeries）。自我的问题在小说批评中至关重要。传统上人们总是设想，一部好的虚构作品是要演示所有的人物，每个人都有一个完整的统一体。在我看来，恰恰相反，现实主义小说所做的主要事情之一，是将自我的观念置于使人质疑的地步。这方面的一个绝好的例子是梅瑞迪斯的《利己主义者》。克拉拉·米德尔顿发现，尽管她答应嫁给维洛比的行为是以一个确定的、同一的自我——没有它，就没有她的承诺——为先决条件的，但她事实上并没有这样的一个自我。她更像是"一大批飞来飞去的愿望"。当然，这并不是说必然没有像自我这样的东西，而是说你不能把它当作想当然的东西。自我的本质，只是文学的疑难问题或是文学提出的有关问题等众多事物中的一种。

问：但是您在《当前修辞研究的功能》中提出，质疑自我的观念最终证实了自我。

答：嗯，如果没有自我是一件很难的事——几乎是不可能的，事实上，哪怕是在最实际的意义上来说也是如此。假设我能说，昨天我签了一张期票或是取回了抵押，但我今天已不是昨天的我，因此你就不能认为我与抵押款有任何关系了。显而易见，这会导致很大的麻烦。这似乎是个微不足道的例子，但我们的整个社会生活恰恰就依靠在这样的可能性上，即人们要遵守诺言、言行一致，因为假设你就是那同一个人，无论是日复一日、年复一年，你就是你。这是个严肃的事情，我是说这个自我的问题，它不仅仅是一个理论的推测。这就是为什么我想，有关的这些问题最好还是应当在一个相对安全的领地——如小说——而不是其他领地中提出来。这是我们需要小说的缘由之一，它缓和我们对于一个主体的焦虑感——因为允许提出与之相关的问题——或许能够把我们带入——如《利己主义者》那样——一个圆满的结局，并因此安抚我们的恐惧之情。在《利己主义者》中，作为一种固定、先在的自我的想法，为一种更加不稳定的自我的观念所取代。而这种观念如果为人广泛接受的话，人们将会更加难以相处。

问：但是，在实际运用中，解构主义不是恰恰证实了它要质疑的自我吗？

答：是的，尽管也许是一种有些动摇不定或改变了的形式。尼采是这方面的一个很好的例子。《权力的意志》第三部，据我所知，是质疑自我观念最为有力的一部分。尼采敏锐而又公开地论证说，没有自我这种东西，它仅仅是处于变动之中的一套功能或语言学传统等等。但是请注意尼采指明这一点的方式，他说："我认为（Ich halte）没有自我这种东西。"他不可能在解构自我活动的同时而不论证它。这是你提到的这一点的一个绝妙的例子。

问：在不久的将来，您认为文学研究将会走向何方？还有可能发生意味深长的、更进一步的变化吗？

答：我认为我们现在所处的边疆或是边缘地带，与五年前我写作《在边缘：当代文学的十字路口》时我们的处境大为不同。我们如今站在一个不同的十字路口，需要做出不同的选择。我当时呼吁要把后结构主义的批评范式引入学院和大学的课程中，这在相当的程度上已经成为现实或者正在成为现实。目前的危险之处在于，解构主义可能被僵化、麻木从而成为一种教条，或者成为一套刻板的阅读法则，变成了某种固定的方法，而不是彼此大相径庭的一组好的阅读的例子。我把今天文学研究的边疆看作是含有真诚吸收解构的课程（并非易事，包含了仔细阅读德曼、德里达等人的著作），需要我们随他们一齐走向（确切地说，是随德里达向前，随德曼在他去世不久以前的一些著作中的那个德曼向前）这样一些难题之中：这些新发展对伦理学、对文学研究的体系化、对文学史最广泛和最基本的问题、对历史本身、对社会政策和社会组织、对社会中文学的角色等究竟意味着什么。这里的利害关系非同小可。它必然需要人们进行最慎重、最仔细、同时也是最勇敢的思考。但是假如文学是作为美学的一种，它就会担当康德派给它的（也是始于康德）角色，即做认识论和伦理学之间的桥梁，那么，文学研究的新发展就不仅仅对桥梁、而且对桥梁假定要进入的那些领地也有了很重要的含义。所以，与其说我们处在边疆或是十字路口，倒不如说我们正在一座桥梁之上——而且这座桥梁，近几年来已经接受了一种新的测试：震动，或者说是诱惑。

（郭英剑　译）

"全球化"对文学研究的影响

　　今天，人们到处都在谈论全球化。什么是全球化呢？这个词显得有些奇怪。它既指一个过程，也指一种模糊的完成状态。全球化既是已经发生的事情，同时也是正在发生的事情，也许到完成还非常遥远。我们大家一直都在全球化，例如都受全球气候或气候变化的制约。甚至最封闭的国家，在某种程度上也受到国际贸易或其他外来的影响，例如古代穆斯林对中国的影响，佛教在中国的传播，等等。然而今天，人人都感到全球化已经达到了一个双曲线阶段。在文化、政治和经济生活的许多领域里，都可以确证它是一个独特的决定因素。

　　今天，这种大大加速的全球化过程有三个特征。第一个相对而言是"低技术"的。我们对它已经习惯，自然而然地把它作为事物的正常方面。然而它非常重要，甚至在文学研究中也非常重要。我指的是新的快速旅行和运输方式。喷气飞机和高速集装箱或大批量海运是这种状况的主要特征，且不说使我们将卫星送入轨道、使人登上月球、探测太阳及大部分遥远的行星及其卫星的火箭技术。日本的汽车和计算机产品或中国、日本、韩国和中国台湾（省）的其他产品在美国市场的成功，显然依赖于有效而廉价的船舶运输，就像信件和邮包（甚至大的包裹）几乎可以在隔夜之间就空运到世界各地一样。如果没有飞机，我今天就不可能在这里演讲。许多大学教师或学者，包括人文学科的教师或学者，已经习惯于在世界各地飞来飞去，从事研究，参加会议，进行演讲。这意味着许多学者不是属于某个地区或国家的学术群体，而是属于有共同兴趣的跨国的学者群体，一如他们属于自己大学内的某个系或某个研究群体那样。包括人文学科在内的各个领域的学者和研究者前所未有的运动说明了我们目前的境况。这也就是以全球化所指的一个方面。

第二个特征是经济的全球化。大学日益服务于大的公司并获得它们的资助（与传统上由国家资助并为国家服务相对），而这些公司越来越具有跨国的范围。一个跨国公司可以在许多不同国家有它的机构，为全世界的投资者所有，在劳动力最便宜的多个国家生产产品，并在全球范围内销售。这种公司并不忠诚于一个单一的国家或政府。我居住和工作的加州橙县有许多这样的公司，它们正在对位于橙县的厄湾加州大学（University of California, Irvine）产生越来越大的影响。跨国公司的不断增加意味着当代研究大学的性质和作用会发生重大变化。大学研究不再忠诚于国家的资助机构，如美国的国家科学基金、国家保健协会或国家人文学科基金，而是常常为跨国的医药公司、计算机公司或其他高科技企业服务。这一变化甚至在人文学科方面也正在出现。厄湾加州大学设立了一个新的韩国研究教授的职位，由三星公司资助。资助从政府机构转到跨国公司的这种转变，必将导致大学的巨大变化。

跨国公司的增加是国家政权衰落的一个主要特征。我们已经听到许多这方面的议论。比尔·盖茨——微软公司的老板——在决定全球范围变化方面比比尔·克林顿拥有更多的实权，即使后者是美国总统。新的跨国贸易组织，例如北美自由贸易协定或欧洲共同市场，表明了这种新的、跨国的、经济全球化的特点。对这种全球化形式的强烈抵制，如美国的贸易制裁和新的移民限制——且不说不合宪法的"交流正派条例"的规定——表明了国家界限可能遭到新的破坏所引起的焦虑。然而，边界日益消失是我们当前境况的一个不可抵御的特征。

20世纪90年代初期，冷战的结束使加州遭受严重的倒退，因为国防工业急剧地削减。税收大幅度削减的影响之一是，州政府支持的加州大学九个分校的资金大大减少：从20亿美元减到16亿美元，减少了20%。公开说明这种减少的理由是州财政收入减少。真正的理由可能是随着冷战结束美国不再因旧的原因需要大学，就是说，大学不再是为了军事研究和美国在一切方面（包括人文学科）超过苏联。国家人文学科基金现在也因那种原因大大减少，而它最初建立时的具体目的也是要在人文学科领域里超过苏联。90年代初期各方面都告诉我们，州政府对加州大学的支持再也不会上升到80年代的水平。教员和项目大幅度裁减。大约2000名教授提前退休。现在，刚刚过了五六年，州政府的资助已经恢复到先前的水平。那些管理大学的人只用了五年左右的时间就设想出了大学的新的使命。加州州长皮特·威尔逊和加州大学校长理查德·阿特金森最近的讲话清楚地表明了这种变化。在提交加州1996—1997年度预算报告时，威尔逊说："加州的大学和学院作为世界上最好的学校一直受人尊敬。像那些使加州变成可以实现任何梦想之地的先驱者、企业家和发明家一样，我们的高等教育机构正在继续那种传统，为我们准备能够在世界市场上竞争并获胜的学生。"阿特金森几乎是重复威尔逊的话，他说："我赞赏州长承认高等教育在为全球市场竞争培养技术劳动力方面所发挥的重要作用，承认加州大学为发展健康的加州经济所发挥的重要作用。"人们会问，在这种新的技术和工具型的大学里，文学研究会有什么作用？

第三种形式的全球化也许影响最为深远。我指的是新的交流技术的迅速发展。自从19世纪发明电报和电话以来，通过远距离的密切联系，这些技术改变了日常生活的结构组织。新的发展以几何级数加速了这些变化。谁都知道那些是什么：先是电影、无线电，然后是电视、录音、磁带、录像机、影碟、电脑、传真机，现在是电子信箱、互联网络和世界联网。这些发展引起的变化再夸大也不为过。正如许多分析家所论证的，它们在全球人类的生活中构成了一种重要的范式转变，从书籍时代转到了电子时代。这些新的设备使拥有它们的每一个人可以立即与世界任何地方的其他人进行交流，因此在每个方面都对全球化产生了巨大作用。世界联网是最重要、最富改革性的创新。它使任何入网的人都占有一个庞大的、不连贯的多媒体数据库。音乐，广告，人们可以在网上交换看法的各种"交谈室"，气象信息，哈勃太空望远镜的最新照片，股市报盘，电脑游戏，对每个可以想象的题目不断扩充的网上转换，以及在网上拥挤在一起的不断增加数量的图书和数控艺术品。所有这些从世界各地出现在我的电脑屏幕上，它们都一样地近在眼前。各种软件程序的发展有助于在大量扩充的无序中找到要找的东西。创造并运用世界联网的人至少有许多是不虔诚的。他们怀有一种新的民主自由感，具有巨大的、原生方式的创造性。他们有才能在电脑空间里创造新的不断变化的集合形式。

在这些伴随全球化出现的形式当中，我想强调两种重要的影响。

一种影响是全球化导致许多新的、构成性的、具有巨大潜力的社会组织或各种新的社会群体。这些新的群体包括研究和大学群体。一个明显的例子是，这些人中间有一种充满生气的、常常喜欢争论的团结感，他们在网上互相影响，不论他们是热衷于德里达还是经典作家，如莎士比亚、亨利·詹姆斯或普鲁斯特，抑或是热衷于有特殊兴趣的一些群体，如女权主义者或从事少数话语研究的人。

不过，通过网络出现的新形式的跨国组织超越了那种情况，正走向一种新的政治组合形式。最近乔·卡茨在一篇文章里描述并赞扬了正在发生的变化，说它们不仅是"当前政治制度的缓慢死亡"，而且是"后政治（postpolitics）的兴起和数控国家的诞生"。卡茨宣称，最近在总统选举期间他浏览网络，"看见了一个新的国家——数控国家——最初的涌动和一种新的后政治哲学的形成。这种新生的意识形态"，他继续说，"模糊而难以限定，表现出从古旧教条拯救出来的某些最好价值的混合，如自由主义的人文主义，保守主义的经济机遇，以及强烈的个人责任感和自由激情"。这种新的后政治群众究竟会变成什么样子仍然有待于观察。但我认为卡茨说新的强有力的变化形式表明了网络互相作用的特点是正确的。卡茨说："观念在网上几乎永远不会停滞。它们像孩子一样被投入世界，它们因自己所经历的许多不同的环境而发生改变，几乎永远不会与它们离开的形式完全一致。"卡茨希望这些后政治的群体会导致一个更好的世界，如果属于它们的那些人能够以正确的方式运用他们的权力。"数控国家中上升的年轻公民，如果它们愿意，就可以构成一个更文明的社会，一种以理性主义、共享信息、追求真理和新型群体为基础的新的政治。"我们会看到那种情况的。它也可能采取另外的方式。这一切取决于许多难以预料的因素。当然，美国现在正作出各种巨大的努力来控制和检查网络并使之商业化。

我想讨论的全球化的第二种影响甚至更容易引起争议，而且更接近于说明当前正在出现（至少在美国）的文学研究和人文学科研究的激烈变化。很久以前，沃尔·本雅明就曾论证说，新的技术，新的生产和消费方式，19世纪工业化带来的所有变化，已经创造出一种全新的人的感性，并由此在世界上创造出一种新的生活方式。"在漫长的历史时期里，随着整个存在方式对人类集体的改变，同样也改变了他们的感知方式。"根据本雅明的看法，工业化带来的一切变化，如大城市的兴起和新交流技术

（如照相和电影）的发展，产生出一种新的人类存在的方式，他们像神经质的、孤独的、波德莱尔笔下的那种人，渴求直接的经验，但同时又迷恋于一种遥远的、无法达到的、破坏各种直接性的地平线的感觉。本雅明最常被引用的文章是《机械复制时代的艺术作品》。人们完全可以怀疑其中关于感觉经验变异的主张。在本雅明的论述里，这些主张与新的集体性的出现相关。我们仍然有和我们先辈一样的五种感觉。进化变异一般要数十万年，而绝不是两个世纪。然而，人类的感觉、情感和认知器官，与其他生命形式相比是非常灵活的。今天，一个人坐在电脑屏幕前，或者看一部录像电影，或者观看电视，他对这个世界的感觉截然不同于 18 世纪生活在农村的村民。阅读过去的文学作品就是发现那种情境的一种方式。这是对阅读文学作品的一种有力的辩护。我必须说这种证据是模糊的。莎士比亚时代的人，甚至乔叟时代的人，在许多方面更像我们而不是有根本的区别，尽管他们绝没有电视。然而，他们和我们的区别仍然非常重要，必须认真研究以便精确地加以辨识。

新的电子群体或电脑空间群体的发展，新的人类感性的出现或导致感知经验变异并产生新的电脑空间个人的发展——这些是全球化的两种影响。作为这些变化的后果文学研究会发生什么呢？今天我们是否仍然可以研究文学？我们是否应该或必须研究文学？在新的全球化的世界上文学研究为什么目的服务？我想提出四点作为对这些问题的简要回答，至少是围绕着它们的一些看法。

第一，不管我们多么希望情况不是如此，但事实是，在新的全球化的文化中，文学在旧式意义上的作用越来越小。这个事实尤其使我不安，因为我研究文学已经 50 年了，而且计划继续下去。一生从事的职业日益失去其重要性无疑令人痛苦。但必须面对事实。如果某人在看电视，或看电影录像，或检索互联网络，他不可能同时阅读莎士比亚或爱米莉·狄更生，虽然一些学生说他们能同时做两件事情。所有的统计资料表明，越来越多的人正在花越来越多的时间看电视或看电影。现在甚至出现了从看电视或看电影转向电脑屏幕的迅速变化。一度由小说提供的文化功能——例如 19 世纪的英国——现在已经转由电影、流行音乐和电脑游戏提供。这里并没有什么固有的错误，除非你正好像我一样，也对旧式的书本文化作了大量投入。虽然许多文学作品在网络上可以得到，并可以随时进入任何个人的电脑，但我相信，相对而言，很少人运用那种绝妙的新的资料。当然，卡茨所说的新的"数控的年轻人"并不运用互联网络来了解莎士比亚。卡茨对新的"数控国家"（Digital Nation）的公民或"网民"（netizens）提出了一个非常有力的论点：他们信奉大众文化，蔑视那些仍然处于大众文化之外而想教训他们流行音乐、电影等肤浅的人。卡茨说："数控的年轻人……都对大众文化有一种激情——也许是他们最普遍共有的价值，一种政治家和新闻记者最误解、误用的价值。星期一上午，当他们逍遥自在地进入工作时，他们更多地谈论的是周末所看的电影，而不是华盛顿这星期的问题（或者，我可以补充说，弥尔顿的《失乐园》是多么好的一首诗）。音乐、电影、杂志、某些电视表演，以及某些书对他们最重要——不仅是消闲的形式，而且是表示身份的方式。"以前诗和小说一向是表示身份的方式。现在这方式是最新的交谈群体。"和其他任何事物一样，"卡茨继续说，"老一代的新闻和政治所共有的那种对大众文化的轻视使这个群体异化，使它的成员把世界分为两个基本的范畴：一个是得到它的那些人，一个是得不到它的那些人。对他们生活的大部分来说，这些年轻人被打上了无知的印记，或者说他们的文化是有害的。轻蔑他们的政治领导人或权威们（还可以加上教育家）还没有理解这些不断的攻击多么有害，它们造成的文化沟壑多么巨大。"《联线》（Wired）杂

志的广告页上不仅列出"选择的杂志",而且还列出了"帮助该
杂志出版的音乐"。1997 年 4 月一期的音乐名单有马修·斯威特
的 "100% 的乐趣";阿沃·帕尔特的"深刻的呼叫";麦尔文斯
的"星际高速传动";斯蒂文·杰斯·伯恩斯坦的"监狱"、"迈
阿密罪恶";马里·波音的"辐射的温暖"。这些与全球化有什
么关系呢?这种大众文化以电影、磁带、磁盘、无线广播以及现
在的互联网络等方式在全世界传播,而且互联网络越来越变成了
一种多媒体的运作。传媒文化具有强大的力量,可以淹没日渐衰
退的书本文化的沉静的声音,可以淹没各地区地方文化的特点,
就像现在到处人们都在穿着牛仔裤、手持半导体收音机或袖珍型
磁带或 CD 播放机那样。

全球化对文学研究的第二个影响是,新的电子设备在文学
研究内部引起了变革。虽然"数控族"的成员们很少有人利用
电脑和世界联网来进行文学研究,但仍在坚持文学研究的那些
人的工作却明显地因新的设备而发生了变化。在电脑上写作与
普通方式或用打字机写作大不相同。由于能够很容易进行修改,
所以文学研究的文本似乎永无止境或永远不能完成。它可以非
常容易地扩展,重新安排,剪裁,进一步加注,等等。此外,
现在已经能够生产文学研究作品的电脑版本,论文中可以包含
图片、电影剪辑、声音剪辑等,而且还包含使读者转到其他文
本、图片、录像或声音的按键。这种文章的独特性是它们只能
在电脑上阅读。网上杂志的增加正在改变文学研究的出版和发
行条件。我已经谈到高速运输如何使个体学者成为跨国研究群
体的组成部分,即不只是在当地他自己的大学工作的教授。新
的交流媒体使那些新的群体甚至更加活跃。此外,令人吃惊的
研究资料可以在网上获取,例如日益增加的大量的数控文本,
或者集中在弗吉尼亚大学的罗塞蒂(Rossetti)档案之类的资
料。这使每一个可以上网的人都能得到丹特·加布里埃尔·罗塞

蒂的绘画、素描和各种版本的写作，而且还有大量收集起来的辅助性的研究资料。另一个例子是"ARTFL"法文数据库，它通过芝加哥大学的网点可以得到，能够使它的使用者查询大量法文的主要哲学和文学著作，从蒙田和笛卡尔直到普鲁斯特。例如，狄德罗所有以相似方式使用某些词的地方，都可以转瞬之间在研究者的电脑屏幕上显示出来。如何处理这些资料由你自己决定，但这些资料为研究者提供了一种即刻性的记忆，远比图书馆书架上一排排无生气的书本更有力量。

我曾谈到，所有这些变化如何基本上改变了过去的文学作品对学者和批评家的存在方式。在我援用的例子里，安东尼·特洛罗普的《艾亚拉的天使》（*Ayala's Angel*）以其数控的网上形式，脱离了以前以印刷图书的物质形式出现的所有的历史语境。现在《艾亚拉的天使》在电脑空间里自由地飘来飘去，以一种奇特的新的同时性与所有那些无法想象的、复杂的、不协调的其他东西在世界联网上并置。这种对我们历史感的改变是新的交流技术对文学研究最重要的影响之一。

全球化对文学研究的第三种影响，是伴随着我前面提到的民族/国家衰落而出现的一种情况。文学研究一向主要是按照独立的民族文学研究来组织的，例如就我而言，主要是研究英语文学，基本上是英国文学，包括一个从属的部分——美国文学。现在这种研究被看作是一种帝国主义的特征。每个国家，例如美国，被看作是多元文化的或多语言的，因此只研究一个民族的文学是错误的，而当那种文学是一种外国文学时尤其错误；例如在美国，使英国文学制度化，把它作为首要的人文学科，现在就被认为非常错误，因为它是一种外国的文学，而且是我们二百年前在独立战争中打败的一个国家的文学。旧的独立的民族文学研究正在逐渐被多语言的比较文学或全世界英语文学的研究所取代。后者将加拿大、澳大利亚、新西兰、非洲和亚洲等地的英语文学与英国文学并列起来。同样的情况在世界范围的法语文学中也正在出现。莎士比亚研究仍将继续并应该继续，但它将在一种全新的语境和历史观中继续。

全球化的第四种影响（至少在美国）是所谓的文化研究迅速兴起（我认为是有争议的）。据说，正是在对被认为已经在解构主义里死去的形式主义批评的反应中，80年代中期或更早一些，出现了一种对外在批评的回摆，对一种新的意欲使文学研究政治化和重新历史化的回摆，以便使这种研究具有社会作用，使它成为一种解放妇女、少数民族和在后殖民、后理论（post-theoretical）时期一度被殖民化的那些人的工具。"文化"、"历史"、"语境"和"媒体"，"性别"、"阶级"和"种族"，"自我"和"道德力量"，"多语言主义"、"多元文化主义"和"全球化"，这些现在已经以不同的混合形式变成了新历史主义、新范式主义、文化研究、通俗文化研究、电影和媒体研究、妇女研究和性别研究、同性恋研究、各种"少数话语"研究以及后现代主义研究等的标示语。这个单子绝不是同质的。我们今天所称的"文化研究"是异质性的，是不同机构实践的一个有些不定型的空间。这些实践很难说有一种共同的方法、目标或共同的机构所在。在这个空间里，每一种定位都要进行激烈的竞争，清楚地表明了某种非常重要的东西。但是，尽管它们各不相同，所有这些新的计划都对文化制品的历史和社会语境有某种兴趣。它们倾向于认为这种语境是说明性的或决定性的。作者重又回到其中。过去过早地宣布了作者的死亡。主体、主体性、自我也已返回，同时还有个人的力量、身份政治、责任、对话、互为主体以及群体。一种新的或更新了的兴趣，在传记和自传、通俗文学、电影、电视、广告、与语言文化相对的视觉文化，以及在统治话语内部"少数话语"的性质和作用等方面都得到了发展。

对文化研究来说，文学不再是文化的特殊表现方式，如像过去马修·阿诺德认为的那样，或者像直到最近美国各大学认为的那样。文学只是多种文化象征或产品的一种，不仅要与电影、录像、电视、广告、杂志等一起进行研究，而且还要与人种史学者在非西方文化或我们自己文化中所调查了解的那些日常生活的种种习惯一起来研究。正如阿兰·刘（Alan Liu）所说，"文学"是一个"范畴，在文化'话语'、'文本性'、'信息'、'措辞机制'以及'一般文学'的无限的平面上，已经日益失去了它的独特性"。刘指出，文化研究"使文学似乎成了文化和多元文化许多相似记录中的一种——并不比日常穿衣、行路、做饭或缝衣有更多或更少的光辉"。

　　在这个新的领域里，虽然人们倾向于对文化研究与社会科学的关系采取辩护的态度，但非常明显的是，由于文化研究在人文学科中越来越占据统治地位，人文学科将越来越接近于与社会科学合并，尤其是与人类学和社会学合并。正如人类学家从人文学科的同事那里学到大量的东西一样，同样在研究生层次上进行人类学和社会学的基本训练也有助于那些即将进入文化研究的人们，例如统计分析的训练，资料和概括之间关系的训练，当用到人的主体时对责任义务的训练，用种种方法学习完成工作所必需的语言的训练，等等。传统的欧洲文化中心的文学教育对许多文化研究项目都不会有多大帮助。

　　在这种新的文学研究形势之下——这种形势是动态的，不断发生迅速的变化——对文学研究能做什么样的辩护呢？我认为文学研究有三种价值必不可少。第一，在新的全球化的文化中，不论现在文学作用日益消减的情境如何，文学在图书时代也是文化表现自己和构成自己的一种主要方式。那些不了解过去的人注定要重复它。了解我们过去的一种必不可少的方式就是研究过去的文学，而不只是研究语言本身。这甚至已经变成了一种商业或经济价值。我们加利福尼亚的公民要想达到威尔逊州长所要求的那种在全球经济中的竞争性，就必须不仅学习我们自己国家和与我们进行贸易和竞争的那些国家的语言，而且还必须学习它们的文学。文学研究提供一种无可比拟的能力，它可以使人感觉到生活在乔叟时代、莎士比亚时代、爱米莉·狄更生时代是什么样子，或者现在生活在某种东亚文化当中，生活在我们自己文化之内的某种少数种族文化当中（例如美国国内的土著人文化、墨西哥人文化、亚洲人文化或非洲人文化）是什么样子。

　　研究文学的第二个理由是：不论好坏，语言现在是而且将来仍然是我们交流的主要方式，不管意见是相同还是相左。文学研究仍将是理解修辞、比喻和讲述故事等种种语言可能的必不可少的手段，因为这些语言的运用已经塑造了我们的生活。

　　第三个也许最重要的理由是，对文学的深入研究——我指的是对书页上实际文字的研究——是达到正视我所说的陌生性或不可减少的其他人的他性的一种必不可少的方式，"他性"不只是那些属于不同文化的人，而且也包括我们自己文化中的那些人。针对文化研究中同质化的含义，即倾向于认为一切文化都是同一种普遍的人类文化的变体，我提出自己的前提：每一部作品对所有我们试图使之一样的合理的设备都会是"其他的"，不论是传记的、历史的、文化的还是技术的作品。这种情况对从柏拉图、索福克勒斯到福克纳的西方传统中的伟大作品是真实的，同样对于明显是外国的或外来的那些作品也是真实的，例如在美国土著人的英文著作，或者在新西兰毛利人的著作，或者在南非最近获得解放的黑人的著作，或者在北非穆斯林写的法语小说，等等。将柏拉图、索福克勒斯或福克纳置于这些作品的语境之中——新的课程表越来越这么做——也就是表明这些作品多么奇怪、多么"其他"的一种方式。这种与"他性"相遇只有通过常说的"细读"并得到理论反思的支持才会实现。今天许多人断言修辞阅读是过时的、反动的、不再需要或不再适合。面对这种断言，我以顽固、执拗、不无挑战的抗辩态度要求对原始语言细读。甚至在全球化的形势下，这种阅读对大学学习和研究也仍然是最基本的。

（王逢振　译）